LA MORT S'INVITE À PEMBERLEY

DU MÊME AUTEUR

La Proie pour l'ombre (An Unsuitable Job for a Woman), Mazarine, 1984, Fayard, 1989.

La Meurtrière (Innocent Blood), Mazarine, 1984, Fayard, 1991.

L'Île des morts (The Skull Beneath the Skin), Mazarine, 1985, Fayard, 1989.

Sans les mains (Unnatural Causes), Mazarine, 1987, Fayard, 1989.

Meurtre dans un fauteuil (The Black Tower), Mazarine, 1987, Fayard, 1990.

Un certain goût pour la mort (A Taste for Death), Mazarine, 1987, Fayard, 1990.

Une folie meurtrière (A Mind to Murder), Fayard, 1988.

Meurtres en blouse blanche (Shroud for a Nightingale), Fayard, 1988.

À visage couvert (Cover Her Face), Fayard, 1989.

Mort d'un expert (Death of an Expert Witness), Fayard, 1989.

Par action et par omission (Devices and Desires), Fayard, 1990.

Les Fils de l'homme (The Children of Men), Fayard, 1993.

Les Meurtres de la Tamise (The Maul and the Pear Tree), Fayard, 1994.

Péché originel (Original Sin), Fayard, 1995.

Une certaine justice (A Certain Justice), Fayard, 1998.

Il serait temps d'être sérieuse... (Time to Be in Earnest), Fayard, 2000.

Meurtres en soutane (Death in Holy Orders), Fayard, 2001.

La Salle des meurtres (The Murder Room), Fayard, 2004.

Le Phare (The Lighthouse), Fayard, 2006.

Une mort esthétique (The Private Patient), Fayard, 2009.

P.D. James

LA MORT S'INVITE À PEMBERLEY

roman

traduit de l'anglais par
ODILE DEMANGE

Fayard

Couverture : Rampazzo & Associés
© Jeff Greenberg/age fotostock ; Epics/
Hulton Archives/Getty Images ;
ngaga 35-Fotolia.com

Cet ouvrage est la traduction intégrale, publiée
pour la première fois en France, du livre de langue anglaise :

DEATH COMES TO PEMBERLEY

édité par Faber and Faber Limited, Londres.

À Joyce McLennan,
amie et assistante personnelle
qui dactylographie mes romans
depuis trente-cinq ans,
avec affection et reconnaissance.

Sommaire

Note de l'auteur

J'adresse toutes mes excuses à l'ombre de Jane Austen pour avoir imposé à sa chère Elizabeth l'épreuve d'une enquête pour meurtre, d'autant plus que Miss Austen a clairement exprimé son point de vue dans le dernier chapitre de *Mansfield Park* : « Laissons à d'autres plumes que la mienne le soin de s'attarder sur la culpabilité et le malheur. J'abandonne promptement des sujets aussi détestables, car je suis impatiente de faire retrouver à ceux qui n'ont pas grand-chose à se reprocher une certaine tranquillité, et d'en avoir terminé avec les autres. » Je ne doute pas qu'elle aurait répondu à mes excuses en me faisant remarquer que, si elle avait souhaité s'attarder sur des sujets aussi détestables, elle aurait écrit cette histoire elle-même, et bien mieux.

P.D. James, 2011

Les Bennet de Longbourn

Les habitantes de Meryton s'accordaient à penser que Mr et Mrs Bennet avaient eu bien de la chance de trouver des maris à quatre de leurs cinq filles. Meryton, un petit bourg du Hertfordshire, ne figure sur l'itinéraire d'aucun voyage d'agrément, n'ayant à offrir ni cadre pittoresque ni épisode historique notable. Quant à Netherfield Park, son unique grande demeure, aussi imposante soit-elle, elle n'est pas mentionnée dans les ouvrages consacrés aux architectures remarquables du comté. La ville possède une salle des fêtes où se tiennent régulièrement des bals, mais elle n'a pas de théâtre, et la plupart des divertissements restent confinés dans les maisons particulières, où les ragots viennent adoucir l'ennui des dîners et des tables de whist qui rassemblent invariablement la même société.

Une famille de cinq filles à marier peut être assurée de susciter l'intérêt et la compassion de tous ses voisins, surtout lorsque les distractions sont rares. Or la situation des Bennet était particulièrement fâcheuse. En l'absence d'un héritier mâle, le domaine de Mr Bennet devait en effet revenir à son cousin, le révérend William Collins, lequel, comme Mrs Bennet aimait à le déplorer à grands cris, était légalement en droit de les expulser de chez elles, ses filles et elle, avant même que son époux ne reposât, froid, dans sa tombe. Il faut convenir que Mr Collins avait cherché à réparer ce tort, dans la mesure de ses possibilités. Malgré le dérangement que lui imposait cette démarche, mais avec l'approbation de sa redoutable protectrice Lady Catherine de Bourgh, il avait quitté sa paroisse de Hunsford dans le Kent pour rendre visite aux Bennet, dans la charitable intention de se choisir une épouse parmi leurs cinq filles. Ce projet fut accueilli avec enthousiasme par Mrs Bennet, laquelle jugea cependant préférable de l'avertir que, selon toute vraisemblance, Miss Bennet, l'aînée, serait fiancée sous peu. Son choix s'était donc porté sur Elizabeth, la deuxième en âge et en beauté, mais il s'était heurté à un refus inébranlable qui l'avait contraint à chercher une réponse plus favorable à ses prières auprès de l'amie d'Elizabeth, Miss Charlotte Lucas. Miss Lucas avait reçu sa demande avec un empressement flatteur et l'avenir auquel pouvaient s'attendre Mrs Bennet et ses filles avait été ainsi tranché, sans que la plupart de leurs voisins en conçoivent un trop grand regret. À la mort de Mr Bennet, Mr Collins envisageait d'installer ces dames dans un des plus spacieux cottages du domaine, où elles bénéficieraient de la nourriture spirituelle de sa tutelle et de l'alimentation matérielle des reliefs de la table de Mrs Collins, agrémentées d'un occasionnel présent de gibier ou d'une flèche de lard.

La famille Bennet avait toutefois eu le bonheur d'échapper à ces bienfaits. À la fin de l'année 1799, Mrs Bennet pouvait s'enorgueillir d'être la mère de quatre filles mariées. Certes, Lydia, la benjamine, qui n'avait que seize ans, ne s'était pas unie sous les meilleurs auspices. Elle s'était enfuie avec le lieutenant George Wickham, un officier de la milice en garnison à Meryton, et l'on pouvait prévoir en toute confiance que cette fredaine s'achèverait comme il se doit : Wickham l'abandonnerait, elle serait chassée du toit paternel, rejetée par la bonne société et connaîtrait la déchéance ultime que la décence interdisait aux dames d'évoquer. Pourtant, le mariage avait eu lieu : la nouvelle avait été annoncée par un voisin, William Goulding, qui passant à cheval devant l'équipage de Longbourn, avait vu la toute fraîchement mariée Mrs Wickham poser la main sur la portière, par la vitre ouverte, afin que chacun pût admirer son alliance. La sœur de Mrs Bennet, Mrs Philips, faisait preuve d'un zèle remarquable pour répandre sa version de la fugue. Elle racontait que le jeune couple, en route pour Gretna Green, avait fait une brève halte à Londres où Wickham tenait à informer sa marraine de ses noces prochaines ; Mr Bennet était venu à la recherche de sa fille et, à son arrivée, les jeunes gens s'étaient rendus aux arguments de la famille : ils avaient admis qu'il serait plus commode de se marier à Londres. Personne ne croyait un mot de cette fable, mais l'on reconnaissait que l'inventivité de Mrs Philips méritait qu'on fît au moins semblant d'y ajouter foi. Il n'était évidemment plus question de recevoir George Wickham à Meryton, où il risquait de porter atteinte à la vertu des servantes et aux profits des commerçants, mais si son épouse devait se présenter parmi eux, on était généralement prêt à accorder à Mrs Wickham la généreuse tolérance dont avait joui précédemment Miss Lydia Bennet.

On s'interrogeait beaucoup sur les dispositions de ce mariage précipité. Les biens de Mr Bennet rapportaient à peine deux mille livres par an, et l'on estimait généralement que Mr Wickham avait dû en exiger au moins cinq cents pour consentir à cette union, en plus du règlement de toutes ses notes impayées à Meryton et ailleurs. Le frère de Mrs Bennet, Mr Gardiner, avait certainement mis la main à la bourse. C'était, chacun le savait, un homme cossu, mais il avait une famille et s'attendait certainement à ce que Mr Bennet lui rende ce qu'il lui avait prêté. Les occupants de Lucas Lodge s'inquiétaient fort à l'idée que l'héritage de leur gendre pût être diminué par cette nécessité, mais lorsqu'on constata qu'aucun arbre n'était abattu, aucune terre vendue, aucun domestique renvoyé et que le boucher ne manifestait aucune réticence à livrer à Mrs Bennet son habituelle commande hebdomadaire, on en conclut que Mr Collins et cette chère Charlotte n'avaient rien à craindre et que, aussitôt Mr Bennet décemment enterré, Mr Collins pourrait prendre possession du domaine de Longbourn dans l'assurance qu'il était demeuré intact.

Les fiançailles de Miss Bennet et Mr Bingley de Netherfield Park, célébrées peu après le mariage de Lydia, suscitèrent en revanche une entière approbation. Elles n'étaient pas à proprement parler inattendues : l'admiration que Jane inspirait à Mr Bingley avait été manifeste dès leur première rencontre à l'occasion d'un bal. La beauté de Miss Bennet, sa douceur et l'optimisme ingénu touchant la nature humaine qui l'incitait à ne jamais dire de mal de quiconque la rendaient aimable aux yeux de tous. Mais quelques jours après l'annonce des fiançailles de son aînée avec Mr Bingley, se répandit le bruit d'un triomphe plus éclatant encore de Mrs Bennet, une rumeur qui fut d'abord reçue avec incrédulité. On prétendait en effet que Miss Elizabeth Bennet, la cadette, allait épouser Mr Darcy, le propriétaire de Pemberley, un des plus grands domaines du Derbyshire, dont la rente, disait-on, s'élevait à dix mille livres par an.

Il était de notoriété publique à Meryton que Miss Lizzie détestait Mr Darcy, un sentiment généralement partagé par les dames et les messieurs qui avaient assisté au premier bal auquel Mr Darcy avait accompagné Mr Bingley et les deux sœurs de celui-ci, et lors duquel il avait donné d'abondantes preuves de son orgueil et de son mépris arrogant pour la société, faisant clairement comprendre, malgré les encouragements de son ami Mr Bingley, qu'aucune jeune fille de l'assistance n'était digne d'être sa cavalière. De fait, lorsque Sir William Lucas lui avait présenté Elizabeth, Mr Darcy avait refusé de danser avec elle, déclarant ensuite à Mr Bingley qu'elle n'était pas assez jolie pour le tenter. On tenait pour admis qu'aucune femme ne saurait se féliciter de devenir Mrs Darcy car, comme l'avait fait remarquer Maria Lucas, « qui pourrait souhaiter prendre son petit déjeuner pour le restant de ses jours devant visage aussi revêche ? ».

Cependant, nul ne pouvait reprocher à Miss Elizabeth Bennet de s'être rangée à une opinion plus sage, et plus optimiste. On ne saurait tout avoir dans la vie, et n'importe quelle jeune femme de Meryton aurait supporté pire infortune qu'un visage revêche au petit déjeuner pour épouser dix mille livres de rente par an et être la maîtresse de Pemberley. Les dames de Meryton, comme de juste, ne demandaient qu'à plaindre les affligés et à féliciter ceux à qui le destin souriait, mais il faut de la modération en tout, et la chance de Miss Elizabeth dépassait les bornes. Elle était plutôt jolie, toutes étaient prêtes à le reconnaître, et avait de beaux yeux, mais elle ne possédait rien d'autre qui la recommandât à un homme de dix mille livres par an et il ne fallut pas longtemps avant qu'une coterie des commères les plus influentes ne parvînt à cette conclusion : Miss Lizzie avait décidé de mettre le grappin sur Mr Darcy dès leur première rencontre. Et quand on eut pris toute la mesure de sa stratégie, force fut de reconnaître qu'elle avait fort habilement joué ses cartes. Bien que Mr Darcy eût refusé de l'inviter à danser au bal, son regard s'était fréquemment posé sur elle et sur son amie Charlotte, laquelle, après plusieurs années de chasse au mari, était devenue experte à déceler le moindre signe d'un éventuel penchant et avait conseillé à Elizabeth de ne pas laisser son évidente inclination pour le séduisant et populaire lieutenant

Wickham la conduire à froisser un homme d'une importance dix fois supérieure.

On n'avait pas oublié non plus l'épisode du dîner auquel Miss Bennet avait été invitée à Netherfield et où sa mère avait exigé qu'elle se rendît à cheval au lieu de s'y faire conduire dans la voiture familiale. Jane avait fort opportunément pris froid et, comme l'avait prévu Mrs Bennet, avait dû passer plusieurs nuits à Netherfield. Elizabeth, bien sûr, était venue lui rendre visite à pied et la bonne éducation de Miss Bingley ne lui avait laissé d'autre possibilité que d'offrir l'hospitalité à cette visiteuse importune jusqu'au rétablissement de Miss Bennet. Ce séjour de presque une semaine en compagnie de Mr Darcy avait probablement accru les espoirs de succès d'Elizabeth, qui n'avait certainement pas manqué de tirer le meilleur parti possible de cette intimité forcée.

Par la suite, sur l'insistance des plus jeunes membres de la famille Bennet, Mr Bingley lui-même avait organisé un bal à Netherfield et ce soir-là, Mr Darcy avait enfin dansé avec Elizabeth. Les chaperons, alignés sur leurs chaises le long du mur, avaient relevé leurs face-à-main et, comme le reste de l'assemblée, soumis le couple qui rejoignait la file des danseurs à un examen méticuleux. Sans doute la conversation entre les deux jeunes gens n'avait-elle pas été très animée, mais le fait même que Mr Darcy eût invité Miss Elizabeth à danser et qu'elle ne l'eût pas repoussé était un sujet d'intérêt et de spéculation.

L'étape suivante de l'opération de séduction d'Elizabeth avait consisté à rendre visite à Mr et Mrs Collins au presbytère de Hunsford en compagnie de Sir William Lucas et de sa fille Maria. En temps normal, Miss Lizzie aurait certainement décliné pareille invitation. Quel plaisir une femme douée de raison pouvait-elle éprouver à passer six semaines en compagnie de Mr Collins ? Nul n'ignorait qu'avant d'être accepté par Miss Lucas, il avait jeté son dévolu sur Miss Lizzie. Au-delà de toute autre considération, la délicatesse aurait dû inciter cette dernière à se tenir à l'écart de Hunsford. Mais elle ne pouvait ignorer que Lady Catherine de Bourgh était la voisine et la protectrice de Mr Collins et que son neveu, Mr Darcy, serait certainement de passage à Rosings pendant leur séjour au presbytère. Charlotte, qui ne dissimulait à sa mère aucun détail de sa vie conjugale, santé de ses vaches, de ses volailles et de son mari comprise, lui avait écrit par la suite que Mr Darcy et son cousin, le colonel Fitzwilliam, lui aussi en visite à Rosings, étaient fréquemment venus au presbytère pendant qu'Elizabeth s'y trouvait ; il était même arrivé un jour à Mr Darcy de venir sans son cousin, alors qu'Elizabeth était seule. Cette marque d'estime, Mrs Collins en était certaine, confirmait que Mr Darcy était en train de tomber amoureux et elle ajoutait qu'à son avis, son amie aurait accepté avec empressement l'un ou l'autre de ces gentlemen s'ils lui avaient fait leur demande. Néanmoins, Miss Lizzie était rentrée chez elle sans que rien n'eût été réglé.

Tout s'était arrangé cependant. Mrs Gardiner et son mari, le frère de Mrs Bennet, avaient invité Elizabeth à les accompagner lors d'un voyage d'agrément estival. Ils avaient initialement prévu de se rendre dans la région des lacs, mais les responsabilités professionnelles de Mr Gardiner les avaient, semble-t-il, conduits à se rabattre sur un projet plus modeste et ils avaient décidé de ne pas dépasser le Derbyshire. C'était Kitty, la quatrième fille Bennet, qui avait transmis cette information, mais personne à Meryton n'avait été dupe. Une famille assez aisée pour se permettre de quitter Londres et de se rendre dans le Derbyshire aurait pu, de toute évidence, prolonger son voyage jusqu'aux lacs si elle l'avait souhaité. Mrs Gardiner, complice des intrigues matrimoniales de sa nièce préférée, avait bien évidemment choisi le Derbyshire en sachant que Mr Darcy se trouverait à Pemberley. Les Gardiner et Elizabeth, en effet, avaient sans nul doute demandé à l'auberge quand le maître de Pemberley serait chez lui, et ils visitaient le château au moment précis où Mr Darcy était rentré chez lui. La courtoisie exigeait naturellement que les Gardiner lui soient présentés et que le petit groupe soit invité à rester à Pemberley pour le dîner. Si Miss Elizabeth avait encore nourri quelques doutes sur la sagesse de ses manœuvres de séduction à l'endroit de Mr Darcy, il lui avait suffi de poser les yeux sur Pemberley pour confirmer sa décision de tomber amoureuse de lui dès que l'occasion s'en présenterait. Plus tard, Mr Darcy et son ami Mr Bingley avaient regagné Netherfield Park et n'avaient pas perdu un instant avant de se présenter à Longbourn, où le bonheur de Miss Jane et de Miss Elizabeth Bennet avait enfin été assuré avec le plus grand succès. Les fiançailles d'Elizabeth, malgré leur éclat, avaient été accueillies avec moins de plaisir que celles de Jane. Elizabeth n'avait jamais été populaire ; en fait, il arrivait aux plus perspicaces des dames de Meryton de soupçonner que Miss Lizzie se moquait d'elles derrière leur dos. Elles lui reprochaient aussi d'être sardonique, et sans être tout à fait certaines de la signification de ce mot, elles savaient que ce n'était pas une qualité souhaitable pour une femme, car elle faisait particulièrement horreur aux messieurs. Les voisines à qui la perspective de cette glorieuse union inspirait plus de jalousie que de satisfaction pouvaient se consoler en faisant savoir à qui voulait l'entendre que l'orgueil et l'arrogance de Mr Darcy conjugués à l'esprit caustique de son épouse feraient de leur vie conjugale un tel enfer que le domaine de Pemberley lui-même et dix mille livres de rente par an ne constitueraient pas un dédommagement suffisant.

Si l'on songe à toutes les formalités en l'absence desquelles de grandioses noces ne sauraient être tenues pour telles – les portraits à faire réaliser, l'intervention des hommes de loi, l'achat de nouveaux équipages et de tenues de noces –, le mariage de Miss Bennet avec Mr Bingley et celui de Miss Elizabeth avec Mr Darcy, célébrés le même jour à l'église de Longbourn, souffrirent d'étonnamment peu d'atermoiements. C'eût été le jour le plus heureux de la vie de Mrs Bennet si elle n'avait été prise pendant l'office de palpitations dues à la crainte que la redoutable tante de Mr Darcy, Lady Catherine de Bourgh, ne surgisse à la porte de l'église pour interdire cette union, et ce ne fut qu'après l'ultime bénédiction qu'elle put savourer son triomphe en toute sécurité.

Il est peu probable que Mrs Bennet ait regretté le départ de sa cadette, mais ce fut assurément le cas de son mari. Elizabeth avait toujours été sa préférée. Il lui avait transmis son intelligence, sa vivacité d'esprit et le plaisir que lui inspirait l'observation des petites manies et des contradictions de leurs voisins, et il trouvait que Longbourn House était devenue infiniment plus solitaire et moins rationnelle depuis qu'elle n'y était plus. Mr Bennet était un homme doté d'entendement, grand amateur de lecture, qui trouvait dans sa bibliothèque à la fois un refuge et la source des moments les plus heureux de son existence. Darcy et lui en vinrent rapidement à la conclusion qu'ils s'appréciaient fort et par la suite, comme il est courant entre amis, ils acceptèrent leurs excentricités respectives, y voyant la preuve de l'intelligence supérieure de l'autre. Lors de ses visites à Pemberley, qui survenaient souvent alors qu'on l'attendait le moins, Mr Bennet passait le plus clair de son temps dans la bibliothèque, qui abritait l'une des plus somptueuses collections d'ouvrages privées d'Angleterre et d'où il était fort difficile de l'extraire, même pour les repas.

Il se rendait moins fréquemment chez les Bingley à Highmarten car, outre le souci excessif de Jane pour le confort et
le bien-être de son mari et de ses enfants qui lassait parfois
Mr Bennet, la maison contenait peu de revues et de livres
nouveaux susceptibles de l'y attirer. La fortune de Mr Bingley trouvait son origine dans le commerce. Il n'avait hérité
d'aucune bibliothèque familiale et n'avait songé à en
constituer une qu'après avoir acheté Highmarten House.
Mr Darcy et Mr Bennet s'étaient montrés tout disposés à
l'aider dans cette entreprise, car il n'est guère d'activité
plus plaisante que de dépenser l'argent d'un ami pour votre
propre satisfaction et pour son profit, et si les acheteurs
étaient parfois tentés de se laisser aller à quelque extravagance, ils se réconfortaient en songeant que Bingley en
avait les moyens. Bien que les rayonnages de la bibliothèque, conçue selon les indications de Darcy et dûment
approuvée par Mr Bennet, fussent encore loin d'être remplis, Bingley pouvait contempler avec orgueil l'élégante
disposition des volumes et des reliures en cuir luisant. Il
lui arrivait même à l'occasion d'ouvrir un livre et on pouvait le voir plongé dans la lecture, quand la saison ou le
temps ne se prêtaient pas à la chasse, à la pêche ou au tir.

Mrs Bennet n'avait accompagné son mari à Pemberley
que deux fois. Mr Darcy l'avait reçue avec amabilité et
tolérance, mais son gendre l'impressionnait trop pour
qu'elle fût tentée de renouveler l'expérience. En fait, Elizabeth soupçonnait sa mère d'éprouver plus d'agrément à
régaler ses voisines des merveilles de Pemberley, des dimensions et de la beauté du parc, de la magnificence du château, du nombre de domestiques et de la splendeur de la
table qu'à les savourer personnellement. Ni Mr Bennet ni
sa femme n'étaient très assidus auprès de leurs petits-
enfants. La naissance rapprochée de cinq filles leur avait
laissé des souvenirs encore très présents de nuits interrom-

pues, de nouveau-nés en pleurs, d'une nurse en chef qui ne cessait de se plaindre et de jeunes bonnes d'enfants récalcitrantes. Une inspection préalable juste après chaque naissance confirmait le jugement des parents selon lequel l'enfant était particulièrement bien de sa personne et présentait déjà tous les signes d'une remarquable intelligence, à la suite de quoi ils se satisfaisaient de rapports réguliers sur ses progrès.

Au grand embarras de ses deux aînées, Mrs Bennet avait proclamé haut et fort au bal de Netherfield qu'elle espérait de tout cœur que le mariage de Jane avec Mr Bingley permettrait à ses petites sœurs de trouver, elles aussi, des hommes riches. À la surprise générale, ce fut Mary qui accomplit consciencieusement cette ambition maternelle bien naturelle. Personne n'avait pensé que Mary se marierait. C'était une lectrice acharnée qui dévorait les livres sans discrimination ni compréhension, une pianiste assidue mais dénuée de talent, et une grande débiteuse de platitudes sans sagesse ni esprit. En tout état de cause, elle n'avait jamais manifesté le moindre intérêt pour la gent masculine. À ses yeux, un bal était une pénitence qu'elle ne supportait que parce qu'il lui offrait la possibilité d'occuper le devant de la scène en s'asseyant au piano et, grâce un usage judicieux de la pédale *forte*, d'assommer et de réduire son auditoire à la soumission. Mais voilà que, moins de deux ans après le mariage de Jane, Mary était devenue l'épouse du révérend Theodor Hopkins, pasteur de la paroisse contiguë à Highmarten.

Le pasteur de Highmarten ayant été souffrant, Mr Hopkins avait assuré les offices trois dimanches d'affilée. C'était un célibataire de trente-cinq ans, mince, mélancolique, enclin à prononcer des sermons d'une longueur démesurée et d'un contenu théologique complexe qui lui avait valu une réputation d'intelligence supérieure, et s'il ne pouvait guère passer pour riche, il jouissait d'un revenu personnel plus que suffisant, lequel venait s'ajouter à son traitement. Invitée à Highmarten un des dimanches où il avait prêché, Mary lui fut présentée par Jane à la porte de l'église, après la messe. Elle lui fit immédiatement forte impression en le complimentant sur son homélie, en approuvant sans réserve l'interprétation qu'il avait donnée du texte et en multipliant les références aux sermons si pertinents de Fordyce, tant et si bien que Jane, impatiente d'aller s'attabler avec son mari devant leur déjeuner dominical de viandes froides et de salade, avait proposé au pasteur de venir dîner le lendemain. D'autres invitations avaient suivi et trois mois plus tard, Mary devenait Mrs Theodore Hopkins, un mariage célébré avec aussi peu de faste que d'intérêt public.

La paroisse y gagna une amélioration sensible des repas servis au presbytère. Mrs Bennet avait appris à ses filles qu'une bonne table était essentielle pour assurer durablement l'harmonie domestique et attirer des invités du sexe fort. Les fidèles espéraient que le désir du pasteur de regagner promptement la félicité conjugale abrégerait la durée des offices, mais bien que son tour de taille eût augmenté, la longueur de ses prêches demeura identique. Les deux nouveaux mariés s'adaptèrent sans difficulté à leur nouvelle existence, si ce n'est que Mary exigea d'emblée de disposer d'une pièce où elle pût ranger ses livres et lire en paix. Son vœu fut satisfait par la transformation de la seule chambre correcte disponible qui fut ainsi réservée à son usage, une organisation présentant le double avantage de préserver l'entente conjugale des Hopkins et de leur éviter d'avoir à inviter leurs proches à passer la nuit chez eux.

À l'automne 1803, année où Mrs Bingley et Mrs Darcy fêtaient leurs six années de vie commune et de bonheur, il ne restait à Mrs Bennet qu'une fille, Kitty, qui ne fût point encore pourvue de mari. Cet échec matrimonial ne préoccupait outre mesure ni Mrs Bennet ni Kitty. Cette dernière bénéficiait du prestige et de l'indulgence réservés à la seule fille de la maison, et grâce à ses séjours réguliers chez Jane, dont les enfants l'adoraient, elle menait une vie plus plaisante que jamais. Les visites de Wickham et Lydia ne faisaient guère de réclame pour le mariage. Ils arrivaient débordants de bonne humeur et d'exubérance et étaient accueillis avec effusion par Mrs Bennet, toujours ravie de revoir sa fille préférée. Mais cette gaieté initiale dégénérait rapidement en querelles, en récriminations et en doléances grincheuses des visiteurs à propos de leur gêne financière et de l'insuffisance du soutien que leur accordaient Elizabeth et Jane, de sorte que Mrs Bennet était aussi heureuse de les voir repartir que de les accueillir à bras ouverts la fois suivante. Mais il lui fallait une fille à la maison et Kitty, dont la gentillesse et la serviabilité s'étaient considérablement améliorées depuis le départ de Lydia, convenait parfaitement. En 1803, on pouvait donc considérer Mrs Bennet comme une femme heureuse, dans la mesure où sa nature le lui permettait, et l'on avait même pu la voir endurer un dîner de quatre plats en présence de Sir William et de Lady Lucas sans faire la moindre allusion à l'iniquité du régime de succession qui les priverait, ses filles et elles, de leur dû.

LIVRE UN

La veille du bal

I

À onze heures du matin le vendredi 14 octobre 1803, Elizabeth Darcy était assise à la table de son boudoir au premier étage de Pemberley House. La pièce n'était pas grande, mais ses proportions étaient particulièrement agréables et ses deux fenêtres donnaient sur la rivière. C'était l'endroit de la maison qu'Elizabeth s'était réservé et elle l'avait aménagé entièrement à son goût, avec des meubles, des rideaux, des tapis et des tableaux choisis à son gré parmi les trésors de Pemberley et disposés comme elle le souhaitait. Darcy avait personnellement surveillé les travaux, et le plaisir qui s'était reflété sur les traits de son mari quand Elizabeth avait pris possession de ce petit salon, ainsi que l'empressement avec lequel tous avaient cherché à satisfaire le moindre de ses désirs, lui avaient fait comprendre, davantage encore que les splendeurs plus ostentatoires de la demeure, les privilèges dont jouissait Mrs Darcy de Pemberley.

L'autre pièce du château qui lui procurait un enchantement presque égal à son boudoir était la superbe bibliothèque de Pemberley. C'était le fruit du travail de plusieurs générations, et son mari se faisait une joie, et même une passion, d'ajouter encore à ses richesses. La bibliothèque de Longbourn était le domaine réservé de Mr Bennet, et Elizabeth elle-même, qui était pourtant la préférée de son père, n'y entrait qu'à son invitation. Celle de Pemberley, en revanche, lui était aussi librement ouverte qu'à Darcy, et avec les encouragements délicats et tendres de son mari, elle avait lu plus d'ouvrages, avec plus de contentement et de compréhension, au cours de ces six dernières années que durant les quinze précédentes, complétant ainsi une éducation qui, elle en prenait conscience à présent, n'avait jamais été que rudimentaire. Les dîners que l'on donnait à Pemberley n'auraient pu être plus différents de ceux auxquels il lui était arrivé d'assister à Meryton, où le même groupe de personnes colportait les mêmes cancans et échangeait les mêmes idées, l'unique semblant d'animation étant apporté par les nouveaux détails que Sir William Lucas ajoutait à la description de sa réception à la Cour de St James. Désormais, c'était toujours à regret qu'elle cherchait le regard des autres dames pour laisser les messieurs à leurs affaires masculines. Découvrir qu'il existait des hommes qui appréciaient l'intelligence féminine avait été une révélation pour Elizabeth.

C'était la veille du bal de Lady Anne. Elizabeth avait passé la dernière heure en compagnie de Mrs Reynolds, l'intendante, à vérifier que les préparatifs suivaient leur train et que tout se passait pour le mieux, et elle était seule à présent. Le premier bal s'était tenu quand Darcy avait un an. Il avait été organisé en l'honneur de l'anniversaire de sa mère et, à l'exception de la période de deuil qui avait suivi le décès de son mari, il avait eu lieu chaque année jusqu'à la mort de Lady Anne. Il était fixé au premier samedi suivant la pleine lune d'octobre, une date qui coïncidait généralement à quelques jours près avec l'anniversaire de mariage de Darcy et Elizabeth. Mais ils s'arrangeaient toujours pour célébrer celui-ci paisiblement avec les Bingley, lesquels s'étaient mariés le même jour, estimant que c'était un événement trop intime et trop précieux pour s'accompagner de divertissements mondains. Pour répondre au vœu d'Elizabeth, le bal d'automne avait conservé le nom de bal de Lady Anne. Il était considéré à travers tout le comté comme la plus grande réception de l'année. Mr Darcy s'était pourtant demandé s'il était bien judicieux de respecter cette tradition en un temps où l'on avait déclaré la guerre à la France et où l'inquiétude montait dans tout le sud du pays, qui s'attendait à une invasion de Bonaparte d'un jour à l'autre. De plus, les moissons avaient été médiocres, avec toutes les conséquences que cela pouvait entraîner pour la vie rurale. Levant des yeux soucieux de leurs livres de comptes, certains messieurs avaient eu tendance à lui donner raison et à estimer qu'effectivement, il serait préférable de renoncer au bal cette année, mais l'indignation de leurs épouses à cette suggestion avait été telle qu'elle leur laissait présager deux mois de contrariétés conjugales, au bas mot. Aussi avaient-ils fini par admettre que rien n'était plus propice à stimuler la confiance qu'un petit divertissement inoffensif et que Paris se ragaillardirait et se réjouirait à l'excès si cette ville plongée dans les ténèbres de l'ignorance apprenait que le bal de Pemberley avait été annulé.

Les occasions de s'amuser et les distractions saisonnières de la vie à la campagne ne sont ni suffisamment nombreuses ni suffisamment attrayantes pour que les obligations mondaines incombant à une grande demeure soient indifférentes aux voisins susceptibles d'en bénéficier, et une fois surmonté l'étonnement dû à l'objet de son choix, le mariage de Mr Darcy permettait d'espérer qu'il séjournerait plus fréquemment sur ses terres et que sa nouvelle épouse saurait prendre la mesure de ses responsabilités. Lorsque Elizabeth et Darcy étaient rentrés de leur voyage de noces en Italie, il leur avait fallu se plier aux visites de rigueur et endurer les félicitations et menus propos d'usage avec toute la grâce qu'ils pouvaient déployer. Ayant appris dès son enfance que Pemberley accorderait toujours davantage de bienfaits qu'il n'en pourrait recevoir, Darcy supportait ces réunions avec une sérénité tout à son honneur. Quant à Elizabeth, elle y trouvait une source secrète de divertissement, prenant plaisir à voir ses voisins employer tous les artifices propres à satisfaire leur curiosité sans porter préjudice à leur réputation de bonne éducation. Les visiteurs, pour leur part, pouvaient savourer un double plaisir : profiter de l'élégance et du confort du grand salon de Mrs Darcy pendant la demi-heure prescrite, avant de se livrer à une discussion animée avec leurs voisins sur la robe, le charme et les vertus de la jeune épouse et les chances de félicité domestique du couple. Il leur avait fallu moins d'un mois pour parvenir à un consensus : les messieurs étaient impressionnés par la beauté et l'esprit d'Elizabeth, leurs épouses par son élégance, son amabilité et la qualité des collations qu'elle faisait servir. On admettait que, malgré les regrettables antécédents de sa nouvelle maîtresse, Pemberley allait retrouver la place qui lui incombait dans la vie mondaine du comté, celle qu'il avait occupée du temps de Lady Anne Darcy.

Elizabeth était trop réaliste pour ignorer que nul n'avait oublié ces antécédents et qu'aucune famille ne pouvait s'installer dans la région sans être dûment informée de la stupeur provoquée par le choix de Mr Darcy. Il était connu comme un homme fier, qui accordait une valeur suprême à la tradition et au prestige familial. Son propre père avait encore rehaussé la position de sa lignée en épousant la fille d'un comte. Il avait semblé qu'aucune femme ne posséderait les qualités requises pour devenir Mrs Fitzwilliam Darcy, et voilà qu'il avait jeté son dévolu sur la cadette d'un gentleman dont la propriété, grevée d'une clause de succession qui empêchait ses propres enfants d'en jouir à sa mort, était à peine plus vaste que le parc d'agrément de Pemberley. À en croire la rumeur, la fortune personnelle de cette jeune personne ne dépassait pas cinq cents livres ; et elle était affligée de deux sœurs célibataires et d'une mère d'une vulgarité telle qu'elle ne pouvait être reçue dans la bonne société. Qui pis est, une de ses jeunes sœurs avait épousé George Wickham, le fils déshonoré du régisseur du vieux Mr Darcy, dans des circonstances que la pudeur commandait d'évoquer à voix basse. Mr Darcy et sa famille se trouvaient ainsi encombrés d'un homme pour lequel il éprouvait un tel mépris que personne à Pemberley ne prononçait jamais le nom de Wickham et que le couple ne franchissait jamais la porte du château. Force était de reconnaître qu'Elizabeth était parfaitement respectable et les esprits les plus critiques eux-mêmes avaient fini par admettre qu'elle était plutôt jolie et qu'elle avait de beaux yeux, mais cette union continuait à susciter l'étonnement, voire l'indignation, de plusieurs jeunes demoiselles qui, sur le conseil de leurs mères, avaient refusé plusieurs partis avantageux pour ne pas risquer de laisser échapper le gros lot, et approchaient désormais de l'âge fatidique de trente ans sans la moindre perspective en vue. Elizabeth pouvait se consoler en se rappelant la réponse qu'elle avait faite à Lady Catherine de Bourgh le jour où la sœur de Lady Anne était venue, outragée, lui énumérer tous les désagréments qui l'attendaient si elle avait l'impudence de devenir Mrs Darcy. « Ce sont là de bien grands malheurs ! avait-elle rétorqué. Mais la femme de Mr Darcy jouira de telles sources de bonheur nécessairement associées à sa situation que, somme toute, elle n'aura aucune raison de se lamenter. »

Le premier bal où Elizabeth avait dû se tenir au côté de son mari en qualité de maîtresse de maison, sur les plus hautes marches de l'escalier, pour accueillir leurs invités avait été pour elle une perspective pour le moins intimidante, mais elle en avait magnifiquement triomphé. Elle adorait danser et n'hésitait plus à reconnaître que ce bal lui offrait autant de plaisir qu'à ses invités. Lady Anne avait méticuleusement noté de son écriture soignée toutes les dispositions qu'elle prenait pour préparer cet événement et son carnet, dont la superbe reliure de cuir était ornée des armoiries estampées des Darcy, servait encore. Elizabeth et Mrs Reynolds l'avaient consulté le matin même. La liste des invités n'avait guère changé, elle avait seulement été complétée par les noms des amis de Darcy et d'Elizabeth, parmi lesquels son oncle et sa tante Gardiner. Bingley et Jane étaient évidemment de la partie eux aussi et cette année, ils devaient enfin venir en compagnie de leur propre invité, Henry Alveston, un jeune avocat séduisant, intelligent et plein d'entrain, qui était le bienvenu à Pemberley tout autant qu'à Highmarten.

Elizabeth savait que le bal serait réussi. Rien n'avait été négligé à cette fin. On avait coupé suffisamment de bois pour alimenter toutes les cheminées, et plus particulièrement celle de la salle de bal. Le pâtissier attendrait le matin même pour confectionner les tartes et les tourtes délicates que les dames appréciaient tant, tandis que des volailles et d'autres bêtes avaient été égorgées et parées pour fournir la nourriture plus substantielle prisée des hommes. On avait déjà monté du vin des caves et râpé des amandes pour préparer une quantité suffisante de la soupe blanche très en vogue en ces années-là. Le vin chaud, qui en relèverait plaisamment le goût et la force et contribuerait largement à l'entrain de la soirée, serait ajouté au dernier moment. Les fleurs et les plantes vertes avaient été choisies dans les serres, prêtes à être disposées dans des seaux, dans le jardin d'hiver, afin qu'Elizabeth et Georgiana, la sœur de Darcy, en vérifient l'arrangement le lendemain après-midi ; et

Thomas Bidwell, qui logeait dans un cottage en plein bois, devait déjà être à l'office en train de frotter les dizaines de chandeliers nécessaires pour la salle de bal, le jardin d'hiver et le petit salon réservé aux dames. Bidwell avait été le cocher de feu Mr Darcy, comme son propre père celui des précédents Darcy. Des rhumatismes dans les genoux et dans le dos l'empêchaient désormais de s'occuper des chevaux, mais ses mains étaient encore solides et il avait consacré toutes les soirées de la semaine précédant le bal à faire l'argenterie, à épousseter les chaises supplémentaires sur lesquelles trôneraient les chaperons et à se rendre indispensable de multiples façons. Demain, les équipages des propriétaires terriens et les voitures de louage des invités de condition plus modeste remonteraient l'allée pour déverser leur contenu de passagères caquetantes, aux robes de mousseline et aux somptueux chapeaux recouverts d'une cape pour les abriter des frimas de l'automne, toutes frémissantes à l'idée de retrouver les réjouissances du bal de Lady Anne.

Dans l'ensemble de ces préparatifs, Mrs Reynolds avait été la précieuse auxiliaire d'Elizabeth. Les deux femmes avaient fait connaissance le jour où Elizabeth était venue à Pemberley en compagnie de son oncle et de sa tante. L'intendante, qui connaissait Mr Darcy depuis sa plus tendre enfance, l'avait reçue et lui avait fait visiter le château. Elle s'était montrée si prodigue d'éloges envers Darcy, tant comme maître que comme homme, qu'Elizabeth s'était demandé pour la première fois si les préjugés qu'elle nourrissait à son endroit n'étaient pas injustifiés. Elle n'avait jamais évoqué le passé avec Mrs Reynolds mais elles étaient devenues très proches, et par son soutien plein de délicatesse, l'intendante avait été d'un très grand secours pour Elizabeth, laquelle avait pris conscience, avant même d'arriver à Pemberley comme jeune épouse, qu'être la maîtresse d'une telle demeure, responsable du bien-être d'une domesticité aussi nombreuse, n'aurait pas grand-chose à voir avec la tenue du ménage de Longbourn. Mais sa gentillesse et son intérêt sincère pour la vie de ses serviteurs avaient rapidement convaincu ces derniers que leur nouvelle maîtresse se souciait de leur bonheur. Tout avait été plus aisé qu'elle ne l'avait imaginé, moins pénible même que l'administration de Longbourn car les domestiques de Pemberley, dont la majorité étaient en place depuis de longues années, avaient été formés par Mrs Reynolds et par Stoughton, le majordome, dans la tradition voulant que la famille du maître ne dût jamais être incommodée et fût en droit de s'attendre à un service irréprochable.

Elizabeth ne regrettait pas grand-chose de sa vie d'autrefois, mais c'était vers le personnel de Longbourn que ses pensées se portaient le plus fréquemment : Hill, la femme de charge, qui n'ignorait aucun de leurs secrets, pas même la fameuse fugue de Lydia, Wright, la cuisinière, qui ne se plaignait jamais des exigences pour le moins déraisonnables de Mrs Bennet, et les deux bonnes qui, en plus de leurs tâches domestiques, leur servaient de femmes de chambre, à Jane et elle, et les coiffaient avant les bals. Elles faisaient partie intégrante de la famille, d'une manière que ne connaîtraient jamais les serviteurs de Pemberley, mais elle savait que c'était Pemberley – la demeure elle-même et les Darcy – qui réunissait famille, personnel et tenanciers dans une loyauté commune. Nombre d'entre eux étaient les enfants et les petits-enfants d'anciens serviteurs ; le château et son histoire coulaient dans leurs veines. Et elle avait parfaitement conscience que la naissance des deux petits garçons, charmants et en bonne santé, qui occupaient la nursery à l'étage – Fitzwilliam, qui avait presque cinq ans, et Charles, qui venait d'en avoir deux – avait scellé définitivement sa victoire auprès des gens de Pemberley, désormais assurés que la famille et sa lignée se prolongeraient, qu'ils auraient toujours du travail, ainsi que leurs enfants et leurs petits-enfants, et que des Darcy continueraient d'habiter à Pemberley.

Voilà presque six ans, un matin qu'elles examinaient la liste des invités, le menu et les fleurs du premier dîner que donnait Elizabeth, Mrs Reynolds lui avait dit : « Cela a été un jour de bonheur pour nous tous, Madame, que celui où Mr Darcy a conduit son épouse chez lui. Le vœu le plus cher de ma maîtresse aurait été de vivre assez longtemps pour voir son fils marié. Hélas, le destin en a décidé autrement. Mais je sais combien elle souhaitait ardemment, tant pour lui-même que pour Pemberley, qu'il fût heureusement établi. »

La curiosité d'Elizabeth avait eu raison de sa discrétion. Elle avait feint de ranger des papiers sur son bureau pour ne pas avoir à relever les yeux et avait commenté, d'un ton dégagé : « Mais peut-être pas avec cette femme-là. Lady Anne Darcy et sa sœur n'avaient-elles pas jugé qu'une union entre Mr Darcy et Miss de Bourgh serait opportune ?

— Je ne dis pas, Madame, que Lady Catherine n'ait pu caresser pareil dessein. Elle venait bien souvent à Pemberley avec Miss de Bourgh quand elle savait que Mr Darcy s'y trouvait. Mais ce projet était voué à l'échec. Miss de Bourgh, cette pauvre demoiselle, a toujours été de constitution fragile et Lady Anne faisait grand cas de la santé chez une épouse. Nous avons entendu dire que Lady Catherine espérait que le deuxième cousin de Miss de Bourgh, le colonel Fitzwilliam, lui ferait sa demande, mais il n'en a rien été. »

Revenant au présent, Elizabeth glissa le carnet de Lady Anne dans un tiroir puis, peu pressée de renoncer à la paix et à la solitude dont elle ne pouvait plus espérer jouir qu'au lendemain du bal, elle s'approcha de l'une des deux fenêtres donnant sur la longue allée incurvée qui conduisait au château et à la rivière, bordée par le célèbre petit bois de Pemberley. Il avait été planté sous la direction d'un éminent jardinier paysagiste plusieurs générations auparavant. Chaque arbre de la lisière, d'une forme parfaite et pavoisé des ors chauds de l'automne, se dressait, un peu détaché des autres, comme pour souligner sa beauté singulière ; la plantation se faisait ensuite plus dense tandis que le regard était habilement attiré vers la riche solitude de l'intérieur de la futaie, fleurant le terreau. Une deuxième forêt, plus vaste, occupait la partie nord-ouest du domaine. Là, on avait laissé les arbres et les buissons pousser naturellement et Darcy, quand il était petit garçon, avait fait de ce bois son terrain de jeux et son refuge secret loin de la nursery. Son arrière-grand-père qui, lorsqu'il avait hérité du domaine, s'était coupé du monde, y avait fait construire un cottage où il avait vécu en reclus avant de se donner la mort d'un coup de fusil. Depuis ce jour, cette forêt – qu'on appelait « le bois » pour le distinguer de la plantation d'arbres d'ornement – inspirait une peur superstitieuse aux domestiques et aux tenanciers de Pemberley. Aussi s'y rendait-on rarement. Un étroit chemin la traversait, rejoignant une deuxième entrée du domaine, mais cet accès était essentiellement emprunté par les fournisseurs ; les invités remonteraient la grande allée, leurs voitures seraient remisées dans les écuries avec les chevaux, tandis que les cochers seraient accueillis dans les cuisines pendant la durée du bal.

S'attardant à la fenêtre et chassant de son esprit les soucis du jour, Elizabeth savoura la beauté de ce paysage familier, apaisant, mais constamment changeant. Le soleil brillait dans un ciel d'un bleu translucide où quelques rares nuages délicats se dissolvaient ainsi que des volutes de fumée. La petite promenade qu'elle faisait quotidiennement avec son mari avait appris à Elizabeth que ce soleil d'arrière-saison était trompeur. Ce matin-là, une brise gla-

ciale les avait promptement reconduits à l'intérieur du château. Elle constata que le vent s'était renforcé. La surface de
la rivière se ridait de vaguelettes qui venaient se perdre
parmi les herbes et les arbrisseaux bordant le cours d'eau,
et leurs ombres brisées tremblotaient sur les flots agités.

Elle aperçut deux silhouettes bravant le froid matinal ;
Georgiana et le colonel Fitzwilliam étaient allés se promener le long de la rivière et traversaient la pelouse pour
rejoindre les marches de pierre menant au château. Le colonel Fitzwilliam était en uniforme, sa tunique rouge écla-
boussant de sa couleur vive le bleu tendre de la pelisse de
Georgiana. Ils marchaient à quelque distance l'un de
l'autre, mais, songea-t-elle, en bonne intelligence, faisant
halte de temps en temps, tandis que Georgiana agrippait
son chapeau que le vent menaçait d'emporter. Les voyant
approcher, Elizabeth s'écarta de la croisée, ne voulant pas
qu'ils se sentent espionnés, et regagna son secrétaire. Elle
avait des lettres à écrire, des invitations qui réclamaient
une réponse, des décisions à prendre au sujet d'occupants
des chaumières dont certains étaient dans la misère ou l'affliction, et qui seraient heureux qu'elle vienne leur témoigner sa compassion ou leur offrir une aide plus concrète.

Elle venait de prendre sa plume quand elle entendit
frapper discrètement à la porte. Mrs Reynolds réapparut.
« Pardonnez-moi de vous déranger, Madame, mais le colonel Fitzwilliam vient de rentrer de promenade et m'a
demandé si vous auriez quelques minutes à lui accorder. Il
ne voudrait cependant pas vous importuner.

– Je suis disponible, répondit Elizabeth, faites-le monter
s'il le souhaite. »

Elizabeth croyait savoir ce qu'il avait à lui dire et c'était
un souci qu'elle aurait préféré s'épargner. Darcy avait peu
d'amis proches et, depuis leur enfance, son cousin, le colonel Fitzwilliam, avait été un visiteur assidu de Pemberley.

Dans les débuts de sa carrière militaire, il avait été moins présent; depuis dix-huit mois pourtant, ses visites s'étaient faites plus courtes mais plus fréquentes, et Elizabeth avait relevé une différence, subtile mais évidente, dans son attitude à l'égard de Georgiana – il lui souriait davantage et manifestait plus d'empressement à s'asseoir à côté de la jeune fille lorsqu'il le pouvait et à engager la conversation avec elle. Depuis sa visite l'année dernière à l'occasion du bal de Lady Anne, son existence avait connu un changement matériel. Son frère aîné, l'héritier du domaine familial, était mort à l'étranger. Le titre de vicomte Hartlep était ainsi revenu au colonel, devenu l'héritier officiel. Il préférait ne pas faire usage de cette nouvelle dignité, surtout parmi ses amis, choisissant d'attendre d'avoir reçu la succession pour assumer cet honneur en même temps que les nombreuses responsabilités qui l'accompagneraient. Aussi continuait-on généralement à l'appeler colonel Fitzwilliam.

Il devait certainement songer à se marier, surtout à présent que l'Angleterre était en guerre avec la France et qu'il risquait de mourir au combat sans laisser d'héritier. Bien qu'Elizabeth ne se fût jamais intéressée de très près à son arbre généalogique, elle savait qu'il n'avait pas de proche parent de sexe masculin et que si le colonel mourait sans enfant mâle, le titre se perdrait. Elle se demanda, comme cela lui était déjà arrivé bien souvent, s'il venait chercher une épouse à Pemberley et, si tel était le cas, comment Darcy réagirait. L'idée que sa sœur devînt un jour comtesse et eût un mari membre de la Chambre des Lords, siégeant parmi les législateurs de son pays, lui serait certainement agréable. Tout cela ne pouvait que lui inspirer un orgueil familial fort compréhensible, mais Georgiana partagerait-elle ce sentiment? Elle était adulte, désormais, et n'était plus soumise à tutelle; Elizabeth savait pourtant qu'elle serait profondément peinée d'envisager une union que son frère n'approuverait pas. La présence d'Henry Alveston compliquait encore la situation. Elizabeth était suffisamment fine pour avoir compris qu'il était amoureux, ou sur le point de l'être, mais qu'en était-il de Georgiana ? S'il était une chose dont Elizabeth était sûre, c'était que Georgiana ne se marierait jamais sans amour, ou du moins sans éprouver cette attirance, cette affection et ce respect solides dont une femme peut se convaincre qu'ils se mueront en amour. Cela n'aurait-il pas suffi à Elizabeth elle-même si le colonel Fitzwilliam lui avait fait sa déclaration pendant qu'il séjournait chez sa tante, Lady Catherine de Bourgh, à Rosings ? L'idée qu'elle aurait pu, à son insu, renoncer à Darcy et à son bonheur actuel en acceptant avec empressement la demande de son cousin était encore plus humiliante que le souvenir de son inclination pour l'infâme George Wickham, et elle l'écarta résolument.

Le colonel était arrivé à Pemberley la veille au soir, à l'heure du dîner, mais ils n'avaient guère eu l'occasion de se voir depuis qu'elle l'avait accueilli. À présent, alors qu'il frappait discrètement et entrait dans son boudoir avant de prendre, sur son invitation, le siège disposé en face d'elle à côté du feu, il lui sembla le voir distinctement pour la première fois. Il était l'aîné de Darcy de cinq ans, mais lorsqu'ils avaient fait connaissance dans le salon de Rosings, sa bonne humeur joviale et sa vivacité séduisante avaient encore accentué la taciturnité de son cousin, donnant l'impression que c'était lui le plus jeune. Toutefois, cette illusion appartenait au passé. Il avait acquis une maturité et une gravité qui le faisaient paraître plus âgé qu'il n'était. Sans doute était-ce dû en partie, songea-t-elle, à sa charge militaire et aux immenses responsabilités qui accompagnent le commandement d'hommes ; d'autre part, son nouveau titre lui prêtait non seulement plus de dignité, mais aussi, trouva-t-elle, un orgueil aristocratique plus manifeste et même un soupçon de morgue, moins séduisants.

Il ne prit pas immédiatement la parole et elle laissa le silence s'installer : puisqu'il avait réclamé cette entrevue, c'était à lui de s'exprimer le premier. Il semblait ne pas savoir comment procéder, sans paraître pour autant embarrassé ni mal à l'aise. Finalement, s'inclinant vers elle, il lui dit : « Je suis certain, ma chère cousine, qu'avec votre regard perspicace et votre intérêt pour la vie et les soucis d'autrui, vous n'êtes sans doute pas dans l'entière ignorance de ce dont je suis venu vous entretenir. Comme vous le savez, j'ai eu le privilège, depuis la mort de ma tante Lady Anne Darcy, de partager avec mon cousin la tutelle de sa sœur et je pense pouvoir affirmer que j'ai accompli mon devoir avec un profond sens de mes responsabilités et avec pour ma pupille une affection toute fraternelle qui n'a jamais fléchi. Cette affection a grandi pour donner naissance à l'amour que tout homme devrait éprouver pour celle à laquelle il espère lier son destin et mon plus cher désir serait que Georgiana consente à être mon épouse. Je n'ai fait aucune demande officielle à Darcy, mais il ne manque pas de finesse et je pense être en droit d'espérer que ma proposition obtiendra son approbation et son consentement. »

Elizabeth jugea plus sage de ne pas lui rappeler que, Georgiana étant désormais majeure, elle n'avait besoin du consentement de personne. « Et Georgiana ? » demanda-t-elle.

« Je n'estime pas être autorisé à lui parler tant que je n'ai pas l'assentiment de Darcy. J'admets que pour le moment, Georgiana n'a tenu aucun propos qui puisse me donner de vrai motif d'espérance. Son attitude envers moi a toujours été marquée par l'amitié, la confiance et, je le crois, l'affection. Je me plais à penser que si je fais preuve de patience, la confiance et l'affection pourront évoluer en amour. Je suis persuadé que chez les femmes, l'amour survient plus souvent après le mariage qu'avant et, de fait, il me paraît à la fois naturel et bon qu'il en soit ainsi. Après tout, je connais Georgiana depuis sa naissance. J'admets que notre différence d'âge pourrait être un désavantage, mais je ne suis l'aîné de Darcy que de cinq ans et ne saurais y voir un motif d'empêchement. »

Elizabeth avait conscience de s'engager en terrain glissant. « L'âge n'est sans doute pas un obstacle, reconnut-elle, mais une inclination déjà existante pourrait l'être.

– Vous songez à Henry Alveston ? Je sais que Georgiana l'apprécie, mais je n'ai rien observé qui suggère un attachement plus profond. C'est un jeune homme plaisant, intelligent et irréprochable à tous égards. Je n'en entends dire que du bien. Il est effectivement en droit de nourrir quelques espoirs. Il doit chercher, ce qui est fort naturel, à faire un riche mariage. »

Elizabeth se détourna. Il ajouta promptement : « Loin de moi l'intention de l'accuser de cupidité ou d'insincérité, mais avec les responsabilités qui sont les siennes, son admirable résolution à rétablir la fortune familiale et ses efforts louables pour restaurer le domaine et l'une des plus belles demeures d'Angleterre, il ne peut se permettre d'épouser une femme sans fortune. Cela les condamnerait l'un comme l'autre au malheur, sinon à l'indigence. »

Elizabeth resta silencieuse. Elle repensa à leur première rencontre à Rosings, à leur entretien familier d'après dîner, à la musique, aux rires et aux fréquentes visites du colonel au presbytère, aux attentions qu'il lui avait témoignées et qui avaient été trop manifestes pour passer inaperçues. Le soir de ce dîner, Lady Catherine en avait de toute évidence vu suffisamment pour nourrir quelque inquiétude. Rien n'échappait à son regard inquisiteur et perçant. Elizabeth se rappelait qu'elle les avait interpellés : « Que dites-vous, Fitzwilliam ? Je veux savoir de quoi il s'agit ! » Elizabeth savait qu'elle-même s'était interrogée, se demandant si elle pourrait être heureuse avec cet homme, mais l'espoir, en admettant que ce sentiment eût été suffisamment puissant pour mériter ce nom, s'était évanoui lorsqu'ils s'étaient croisés peu après, peut-être par hasard, peut-être à dessein de la part du colonel, alors qu'elle se promenait seule dans le parc de Rosings et qu'il avait surgi, lui proposant de la raccompagner jusqu'au presbytère. Il avait déploré sa gêne pécuniaire et elle l'avait taquiné, lui demandant quels désavantages cette dépendance occasionnait au fils cadet d'un comte. Il avait répondu que les cadets « ne peuvent se marier selon leur inclination ». Sur le moment, elle s'était demandé si cette remarque contenait un avertissement, et ce soupçon lui avait inspiré un léger malaise qu'elle avait cherché à dissimuler en donnant à leur conversation un tour badin. Mais le souvenir de cet incident était loin d'être agréable. Elle n'avait pas eu besoin de la réflexion du colonel Fitzwilliam pour savoir ce qu'une fille pourvue de quatre sœurs célibataires et dénuée de toute fortune pouvait attendre du mariage. Cherchait-il à lui faire comprendre qu'un jeune homme aisé pouvait sans risque jouir de la compagnie d'une telle jeune fille, et même la courtiser avec discrétion, mais que la prudence lui imposait de ne pas lui laisser espérer davantage ? Pour être sans doute indispensable, l'avertissement n'en avait pas moins manqué d'élégance. Si le colonel n'avait jamais nourri la moindre intention à son endroit, il eût été plus obligeant de se montrer moins assidu dans ses attentions.

Son silence n'échappa pas au colonel Fitzwilliam. « Puis-je compter sur votre appui ? » demanda-t-il.

Se tournant vers lui, elle répondit fermement : « Colonel, je n'ai pas à intervenir dans cette affaire. C'est à Georgiana de décider où se trouve son bonheur. Tout ce que je puis dire, c'est que si elle accepte de vous prendre pour époux, je partagerai pleinement la joie que pareille union inspirera à mon mari. Mais je ne saurais exercer la moindre influence. C'est à Georgiana d'en décider.

— Je pensais qu'elle vous aurait peut-être parlé ?

— Elle ne s'est livrée à aucune confidence et il ne serait pas bienséant que j'évoque le sujet avec elle avant qu'elle ne choisisse elle-même de le faire, si elle le souhaite. »

L'argument parut le satisfaire un instant mais ensuite, comme à son corps défendant, il en revint à celui dont il soupçonnait qu'il pouvait être son rival. « Alveston est un jeune homme aimable et bien de sa personne, beau parleur de surcroît. Les années et la maturité viendront indéniablement tempérer un soupçon de présomption et une certaine tendance à manifester à ses aînés moins de respect qu'il ne conviendrait pour un homme de son âge, une attitude que l'on ne peut que regretter chez quelqu'un d'aussi remarquablement doué. Je ne doute pas qu'il soit le bienvenu à Highmarten, mais je m'étonne de la fréquence de ses visites chez Mr et Mrs Bingley. Les avocats dont les affaires prospèrent ne sont d'ordinaire pas aussi prodigues de leur temps. »

Devant le silence d'Elizabeth, il parut considérer que sa critique, formulée aussi bien que tacite, avait peut-être été peu judicieuse. Il ajouta : « Mais il est vrai qu'il vient habituellement dans le Derbyshire le samedi ou le dimanche, jours où les tribunaux ne siègent pas. Et je suppose qu'il profite de ses instants de loisir pour préparer ses dossiers.

— Ma sœur dit n'avoir jamais eu d'invité qui passe autant de temps dans la bibliothèque à travailler. »

Leur conversation s'interrompit un instant, mais il reprit alors, à la surprise et à l'embarras d'Elizabeth : « Je suppose que George Wickham n'est toujours pas reçu à Pemberley ?

– Non, en effet. Ni Mr Darcy ni moi-même ne l'avons vu ou n'avons eu la moindre relation avec lui depuis son séjour à Longbourn après son mariage avec Lydia. »

Un nouveau silence se fit, et se prolongea un instant, avant que le colonel Fitzwilliam ne remarque : « Il est fort regrettable que l'on ait fait aussi grand cas de Wickham autrefois. Il a été élevé avec Darcy comme s'ils étaient frères. Dans leur enfance, cela a probablement été bénéfique à l'un comme à l'autre ; de fait, eu égard à l'affection que le regretté Mr Darcy portait à son régisseur, assumer la responsabilité du jeune Wickham à la mort de son père était un geste des plus naturels. Mais il était dangereux de laisser un garçon doté d'un tel tempérament – intéressé, ambitieux, enclin à l'envie –, jouir de privilèges auxquels il ne pourrait plus avoir droit au sortir de l'enfance. À l'Université, ils ont fréquenté des établissements différents et il n'a, évidemment, pas pris part au voyage de Darcy en Europe. Peut-être ce changement de position et de perspectives d'avenir a-t-il été trop radical et trop soudain. J'ai quelques raisons de penser que Lady Anne avait perçu ce danger.

– Wickham ne pouvait raisonnablement espérer accompagner Darcy dans son grand voyage, intervint Elizabeth.

– J'ignore tout de ses espérances, si ce n'est qu'elles ont toujours été supérieures à ses mérites.

– Les faveurs qui lui ont été témoignées dans son jeune âge ont peut-être été inconsidérées, dans une certaine mesure, convint Elizabeth, mais il est toujours aisé de contester le jugement d'autrui dans des affaires dont nous sommes, c'est à craindre, imparfaitement informés. »

Mal à l'aise, le colonel changea de position dans son fauteuil. « Il ne saurait cependant y avoir la moindre excuse à la trahison dont Wickham s'est rendu coupable envers ceux qui avaient toute confiance en lui, dit-il. Sa tentative de séduction de Miss Darcy est une infamie dont aucune différence de naissance ni d'éducation ne saurait le disculper. Ma position de tuteur de Miss Darcy m'a valu d'être informé de cette affaire déshonorante par Darcy lui-même, mais c'est un sujet que j'ai banni de mon esprit. Je n'en parle jamais à mon cousin et vous demande pardon de l'avoir abordé ici. Wickham s'est fort bien conduit dans la campagne d'Irlande et est devenu un héros national, ou peu s'en faut, mais cela ne saurait effacer le passé. Nous ne pouvons qu'espérer que ses faits d'armes lui offriront des possibilités de mener dorénavant une existence plus respectable et plus prospère. Je n'aurais pas dû évoquer son nom en votre présence. »

Elizabeth ne répondit pas et après une brève pause, il se leva, s'inclina et se retira. Cet entretien, elle le sentait, n'avait donné satisfaction ni à l'un ni à l'autre. Le colonel Fitzwilliam n'avait pas obtenu l'approbation pleine et sincère ni l'assurance de soutien qu'il espérait, et Elizabeth craignait que s'il n'obtenait pas la main de Georgiana, l'humiliation et l'embarras ne sonnent le glas d'une amitié d'enfance dont elle savait combien elle était chère à son mari. Elle ne doutait pas que Darcy approuverait une union entre le colonel Fitzwilliam et Georgiana. Son plus cher désir était d'assurer la sécurité de sa sœur, et ce mariage la lui apporterait ; la différence d'âge elle-même passerait probablement pour un avantage. Le jour venu, Georgiana serait comtesse et l'argent ne serait jamais un sujet de préoccupation pour l'heureux homme qui l'épouserait. Elizabeth souhaitait que la question pût être réglée, d'une manière ou d'une autre. Peut-être le bal du lendemain précipiterait-il un dénouement — un bal offrait tant d'occasions de s'asseoir à l'écart, en tête-à-tête, de se chuchoter des confidences tandis que les danseurs évoluaient, et l'on savait que, pour le meilleur ou pour le pire, il conduisait souvent certaines démarches à leur conclusion. Elle ne pouvait qu'espérer que toutes les personnes concernées trouveraient satisfaction, puis sourit en songeant qu'il était bien présomptueux de croire que cela fût possible.

Elizabeth se réjouissait de la transformation qu'elle avait observée chez Georgiana depuis que Darcy et elle s'étaient mariés. Tout d'abord, Georgiana avait été surprise, presque choquée, de voir son frère se faire taquiner par son épouse et de constater que bien souvent, il lui rendait ses taquineries et riait avec elle. On n'avait guère ri à Pemberley avant l'arrivée d'Elizabeth et, avec les encouragements pleins de délicatesse et de douceur de sa nouvelle belle-sœur, Georgiana avait perdu un peu de la réserve propre aux Darcy. Elle avait désormais suffisamment d'assurance pour prendre sa place quand ils recevaient et hésitait moins à exprimer son opinion au dîner. Commençant à mieux connaître la jeune femme, Elizabeth soupçonnait que sous sa timidité et sa retenue, Georgiana possédait un autre trait de caractère des Darcy : une forte volonté personnelle. Mais Darcy en était-il conscient ? N'avait-il pas toujours tendance à considérer Georgiana comme une vulnérable jeune fille de quinze ans, une enfant qui avait besoin de son amour vigilant et sûr pour éviter un désastre ? Non qu'il se méfiât du sens de l'honneur de sa sœur ou de sa vertu – pareille pensée eût pour lui frôlé le blasphème –, mais dans quelle mesure se fiait-il au jugement de la jeune fille ? Quant à cette dernière, depuis la mort de leur père, Darcy incarnait à ses yeux le chef de famille, le frère aîné sage et digne de confiance exerçant une autorité quasi paternelle, un frère très aimé, qui ne lui inspirait pas la moindre crainte, car l'amour ne saurait vivre avec la peur, mais un profond respect. Georgiana ne se marierait pas sans amour; toutefois, elle ne se marierait pas non plus sans l'approbation de son frère. Qu'adviendrait-il si elle devait choisir entre le colonel Fitzwilliam, son cousin et ami d'enfance, héritier du titre de comte, vaillant soldat qui la connaissait depuis toujours, et ce séduisant et charmant jeune avocat qui, certes, était en train de se faire un nom, mais dont ils ne savaient pas grand-chose ? Il devait hériter d'une baronnie, fort ancienne au demeurant, et si elle l'épousait, Georgiana posséderait une demeure qui, une fois qu'Alveston aurait amassé suffisamment d'argent pour la restaurer, serait l'une des plus belles d'Angleterre. Mais la fierté familiale n'était pas un vain mot pour Darcy, et nul doute n'était permis sur l'identité du prétendant qui offrait la plus grande sécurité et l'avenir le plus brillant.

La visite du colonel avait emporté la paix de son esprit, la laissant préoccupée et vaguement chagrine. Il avait eu raison de remarquer qu'il n'aurait pas dû prononcer le nom de Wickham. Darcy lui-même n'avait eu aucune relation avec lui depuis qu'ils s'étaient croisés à l'église où Lydia s'était mariée, une union qui n'aurait jamais pu se faire sans les importants débours qu'il avait consentis. Elle était certaine que ce secret n'avait jamais été révélé au colonel Fitzwilliam, mais celui-ci avait évidemment été informé du mariage et avait dû soupçonner la vérité. Cherchait-il, se demanda-t-elle, à s'assurer que Wickham était sorti de la vie de Pemberley et que Darcy l'avait réduit au silence, afin que jamais le monde ne pût prétendre que la réputation de Miss Darcy de Pemberley n'était pas sans tache ? Son entretien avec le colonel l'avait rendue nerveuse et elle se mit à faire les cent pas, cherchant à apaiser des craintes qu'elle espérait irrationnelles et à retrouver un peu de sa quiétude passée.

Le déjeuner à quatre fut bref. Darcy avait rendez-vous avec son régisseur et avait regagné son bureau pour l'attendre. Elizabeth devait retrouver Georgiana dans le jardin d'hiver où elles passeraient en revue les fleurs et les branches de verdure que le premier jardinier avait rapportées des serres. Lady Anne aimait les arrangements multicolores et complexes, mais Elizabeth préférait s'en tenir à deux couleurs, en plus du vert, et disposer des bouquets dans de nombreux vases de formes et de dimensions différentes, afin que chaque pièce contînt sa part de fleurs délicieusement odorantes. Elle avait choisi le rose et le blanc pour le bal du lendemain et travailla avec Georgiana tout en devisant au milieu du parfum entêtant des roses à longue tige et des géraniums. L'atmosphère chaude et humide du jardin d'hiver était oppressante et elle éprouva le désir soudain de respirer un peu d'air frais et de sentir la brise sur ses joues. Était-ce la gêne que lui inspirait la présence de Georgiana après les confidences du colonel qui pesait sur cette journée comme un fardeau ?

Mrs Reynolds surgit soudain à leurs côtés. « Chère Madame, annonça-t-elle, la voiture de Mr et Mrs Bingley remonte l'allée. Si vous vous hâtez, vous serez à la porte à temps pour les accueillir. »

Elizabeth poussa un cri de joie et, suivie de Georgiana, courut jusqu'à la porte d'entrée. Stoughton était déjà là, prêt à ouvrir le battant à l'instant précis où la voiture ralentissait et s'arrêta. Elizabeth se précipita dans la fraîcheur du vent qui se renforçait. Sa chère Jane était là et, l'espace d'un instant, toute son oppression se dissipa dans le bonheur de leurs retrouvailles.

II

Les Bingley n'étaient pas restés longtemps à Netherfield après leur mariage. Bingley était le plus tolérant et le plus accommodant des hommes, mais Jane avait rapidement compris que le voisinage de sa mère ne contribuerait pas au confort de son mari, ni à sa propre sérénité. Elle avait un caractère naturellement affectueux et vouait à sa famille une loyauté et un amour sans borne, mais le bonheur de Bingley passait avant tout. Ils avaient souhaité, l'un comme l'autre, s'installer à proximité de Pemberley et, à l'expiration du bail de Netherfield, avaient séjourné quelque temps à Londres chez Mrs Hurst, la sœur de Bingley, avant d'aller s'installer provisoirement, non sans quelque soulagement, à Pemberley, un lieu fort commode pour se mettre en quête d'un domicile permanent. Darcy avait activement pris part à ces recherches. Darcy et Bingley avaient fréquenté la même école, mais en raison de leur différence d'âge, qui n'était pourtant que de deux ans, ils ne s'étaient guère côtoyés durant leur enfance. C'était à Oxford qu'ils étaient devenus amis. Darcy – fier, réservé et déjà mal à l'aise en société – trouvait quelque réconfort dans le naturel cordial de Bingley, dans sa sociabilité aisée et dans l'optimisme qui le portait à croire que la vie ne lui réservait que du bonheur. Bingley, pour sa part, avait une telle confiance dans la sagesse et l'intelligence supérieures de Darcy qu'il hésitait à prendre la moindre décision sur des sujets importants sans l'approbation de son ami.

Darcy avait conseillé à Bingley d'acheter plutôt que de faire construire, et comme Jane attendait déjà leur premier enfant, il semblait souhaitable de trouver rapidement une demeure dans laquelle ils pourraient, de surcroît, s'installer avec le minimum de tracas. Darcy n'avait pas ménagé sa peine pour aider son ami, et c'était lui qui avait trouvé Highmarten. Jane comme son mari en furent enchantés au premier regard. C'était une élégante maison moderne construite sur une butte, dont toutes les fenêtres donnaient sur une vaste perspective des plus plaisantes, suffisamment spacieuse pour accueillir une grande famille, avec un parc joliment aménagé et un domaine assez vaste pour que Bingley pût organiser des parties de chasse sans susciter de comparaisons désobligeantes avec Pemberley. Le docteur McFee, qui soignait la famille Darcy et toute la maisonnée de Pemberley depuis des années, avait visité les lieux et déclaré que l'emplacement était salubre et l'eau pure. Les formalités avaient été promptement réglées. Il n'y avait guère de travaux à entreprendre hormis des tapisseries à changer, quelques peintures à refaire et des meubles à acheter, et Jane, avec l'aide d'Elizabeth, avait pris un immense plaisir à passer de pièce en pièce, choisissant la couleur du papier peint, de la peinture et des rideaux. Deux mois après avoir trouvé cette propriété, les Bingley y étaient installés et le bonheur conjugal des deux sœurs était sans nuage.

Les deux familles se voyaient fréquemment et il ne s'écoulait guère de semaine sans qu'un équipage fît le trajet entre Highmarten et Pemberley. Jane acceptait rarement de quitter ses enfants plus d'une nuit – des jumelles de quatre ans, Elizabeth et Maria, et le petit Charles Edward, qui allait sur ses deux ans –, mais elle savait qu'elle pouvait les laisser en toute confiance entre les mains expérimentées et qualifiées de Mrs Metcalf, la nounou qui s'était occupée de son mari dans sa petite enfance. Elle se réjouissait à l'idée de passer deux nuits à Pemberley pour le bal sans avoir à régler les inévitables problèmes du déménagement de trois enfants et de leur nourrice pour un aussi bref séjour. Elle était, comme de coutume, venue sans sa femme de chambre, mais la jeune domestique fort compétente d'Elizabeth, Belton, était toute prête à se mettre au service des deux sœurs. La voiture et le cocher des Bingley furent confiés à Wilkinson, le cocher de Darcy, et après l'effervescence coutumière de l'arrivée, Elizabeth et Jane, bras dessus, bras dessous, gravirent l'escalier pour rejoindre la chambre qui était toujours attribuée aux Bingley lors de leurs visites. Belton s'était déjà chargée de la malle de Jane et était en train de suspendre sa robe du soir ainsi que celle qu'elle porterait pour le bal. Elle reviendrait dans une heure pour les aider à se changer et à se coiffer. Les sœurs, qui avaient partagé la même chambre à Longbourn, étaient particulièrement proches depuis l'enfance et il n'était point de sujet dont Elizabeth ne pût parler à Jane, sachant que jamais elle ne trahirait une confidence et que tous les conseils qu'elle pourrait lui donner lui étaient dictés par sa bonté et par la tendresse de son cœur.

Dès qu'elles eurent donné leurs instructions à Belton, elles se rendirent comme de coutume à la nursery pour embrasser Charles et lui offrir les sucreries qu'il attendait, jouer avec Fitzwilliam et l'écouter lire – il allait bientôt quitter la nursery pour la salle de classe et sa nourrice pour un précepteur – et s'installer pour échanger quelques menus propos avec Mrs Donovan. Mrs Metcalf et elle additionnaient cinquante années d'expérience à elles deux, et ces deux despotes bienveillants avaient noué une alliance étroite, défensive et offensive. Elles régnaient en maîtresses incontestées dans leurs nurserys, jouissant de l'adoration des enfants et de la confiance des parents, bien qu'Elizabeth soupçonnât Mrs Donovan de penser que l'unique fonction d'une mère était de produire un nouveau nourrisson pour la nursery dès que les premiers bonnets du plus jeune étaient devenus trop petits. Jane fit un compte rendu des progrès de Charles Edward et des jumelles, et leur régime à Highmarten fut discuté et approuvé par Mrs Donovan, sans surprise car il était identique au sien. Il ne leur restait qu'une heure avant de s'habiller pour le dîner, aussi gagnèrent-elles la chambre d'Elizabeth pour y échanger agréablement les nouvelles sans grande importance dont dépendait si largement le bonheur domestique.

Elizabeth aurait été soulagée de pouvoir confier à Jane le souci qui la préoccupait, l'intention du colonel de faire sa demande à Georgiana. Mais bien qu'il ne lui eût pas expressément demandé le secret, il s'attendait certainement à ce qu'elle évoquât d'abord le sujet avec son mari, et Elizabeth était certaine que le sens de l'honneur très aiguisé de Jane serait offensé, comme le sien l'eût été, si elle l'informait de cet événement avant d'avoir eu l'occasion de parler à Darcy. Mais elle avait grande envie d'évoquer Henry Alveston et fut heureuse que Jane elle-même prononce son nom : « Cela a été très aimable de votre part, dit-elle, d'inclure une nouvelle fois Mr Alveston dans votre invitation. Je sais toute l'importance qu'il attache à ses séjours à Pemberley.

– C'est un invité délicieux, répondit Elizabeth, et nous sommes tous deux ravis de le recevoir. Il a beaucoup de savoir-vivre, il est intelligent, plein d'entrain et bel homme de surcroît. Un jeune homme modèle, en un mot. Mais rappelle-moi comment vous avez fait sa connaissance. Mr Bingley l'a rencontré dans l'étude de votre homme de loi londonien, c'est bien cela ?

– Oui. Cela remonte à dix-huit mois. Charles était allé voir maître Peck pour discuter de certains investissements et Mr Alveston avait été appelé dans son étude, car il était question qu'il représente en justice un des clients de maître Peck. Les deux visiteurs étant un peu en avance, ils se sont trouvés en même temps dans la salle d'attente et maître Peck a fait les présentations. Le jeune homme a produit une forte impression sur Charles et ils ont dîné ensemble. À cette occasion, Mr Alveston lui a confié son projet de rétablir la fortune familiale et de restaurer le domaine du Surrey dont sa famille est propriétaire depuis le début du dix-septième siècle. En tant que fils unique, il y est profondément attaché et estime de son devoir de le préserver. Ils se sont revus en une autre occasion au cercle de Charles et c'est à ce moment-là que, frappé par l'épuisement manifeste de ce jeune homme, il l'a invité en notre nom à tous les deux à passer quelques jours à Highmarten ; Mr Alveston a été depuis un visiteur régulier et bienvenu chaque fois qu'il arrive à s'évader de la cour. Si nous avons bien compris, le père de Mr Alveston, Lord Alveston, a quatre-vingts ans et sa santé laisse à désirer. Cela fait plusieurs années qu'il n'est plus en mesure de déployer toute l'énergie et l'autorité indispensables à la gestion du domaine, mais cette baronnie est l'une des plus anciennes du pays et leur famille est très respectée. Charles a appris par maître Peck, et d'autres le lui ont confirmé, combien Mr Alveston est admiré au Palais et nous l'apprécions infiniment tous les deux. C'est un héros aux yeux de Charles Edward et les jumelles l'adorent. Elles l'accueillent toujours par des sauts de joie. »

Faire preuve de gentillesse à l'égard de ses enfants était le moyen le plus sûr de gagner le cœur de Jane, et Elizabeth comprenait parfaitement la sympathie qu'Alveston inspirait à Highmarten. La vie londonienne d'un célibataire surchargé de travail n'offrait certainement guère de réconfort et, de toute évidence, Alveston trouvait dans le charme de Mrs Bingley, dans son amabilité et la douceur de sa voix, ainsi que dans l'intimité pleine de gaieté de son foyer, un contraste des plus plaisants avec l'âpre rivalité et les exigences mondaines de la capitale. Alveston, comme Darcy, avait dû assumer à un âge précoce le fardeau de lourdes responsabilités et des espérances, non moins pesantes, qui reposaient sur lui. Sa décision de rétablir la fortune familiale était admirable, et la cour d'assises, ses défis et ses succès, était probablement le modèle d'une lutte plus personnelle.

Un silence se fit, puis Jane reprit : « J'espère que sa présence ici ne vous met pas mal à l'aise, Mr Darcy et toi, ma chère sœur. Je dois avouer qu'en voyant le plaisir manifeste que Georgiana et Mr Alveston trouvent dans leur compagnie réciproque, je me suis demandé s'il n'était pas en train de tomber amoureux de ta belle-sœur. Si cela devait contrarier Mr Darcy ou Georgiana, il va de soi que nous veillerions à ce que ces visites cessent. C'est pourtant un jeune homme estimable. Si mes soupçons sont justifiés et si Georgiana répond à ses sentiments, je suis absolument certaine qu'ils pourraient être heureux ensemble. Il est vrai que Mr Darcy a peut-être d'autres projets pour sa sœur et, s'il devait en être ainsi, il serait à la fois raisonnable et préférable que Mr Alveston s'abstienne de venir à Pemberley. J'ai remarqué au cours de nos récentes visites un changement dans l'attitude du colonel Fitzwilliam à l'égard de sa cousine, une tendance plus marquée à bavarder avec elle et à se tenir à son côté. Ce serait une union brillante dont elle serait le fleuron, mais je ne peux m'empêcher de me demander si elle serait heureuse dans ce grand château du nord. J'en ai vu une représentation la semaine dernière dans un livre de notre bibliothèque. On dirait une forteresse de granite, avec la mer du Nord qui vient presque se briser contre ses murs. Et c'est si loin de Pemberley. Georgiana serait certainement désolée d'être à ce point éloignée de son frère et de la demeure qu'elle aime tant.

— Il me semble, répondit Elizabeth, que pour Mr Darcy comme pour Georgiana, Pemberley compte plus que tout. Je me rappelle que, lorsque je suis venue en visite avec ma tante et mon oncle et que Mr Darcy m'a demandé ce que je pensais du château, mon ravissement manifeste l'a comblé. Je doute qu'il m'eût épousée si mon enthousiasme avait été moins sincère. »

Jane éclata de rire. « Bien sûr que si, ma chérie. Mais peut-être vaut-il mieux ne pas poursuivre sur ce sujet. Les bavardages sur les sentiments d'autrui, que nous ne pouvons comprendre qu'imparfaitement et que, peut-être, ils ne comprennent pas mieux eux-mêmes, peuvent être une cause inconsciente d'affliction. Je n'aurais sans doute pas dû évoquer le nom du colonel. Je sais, ma chère Elizabeth, toute l'affection que tu portes à Georgiana et je dois dire que, depuis qu'elle t'a pour sœur, elle s'est incroyablement transformée et est devenue une très séduisante jeune femme, bien plus sûre d'elle que par le passé. Si elle a effectivement deux prétendants, c'est évidemment à elle de choisir, mais je ne puis imaginer qu'elle consente à se marier contre les souhaits de son frère.

— Les choses pourraient se précipiter après le bal, mais je t'avoue que c'est pour moi une source d'inquiétude. Je me suis prise d'une profonde affection pour Georgiana. Laissons cependant cela pour le moment. Nous devons nous préparer pour le dîner. Il ne faudrait pas le gâcher pour nos invités, ou pour nous, par des préoccupations qui peuvent être sans fondement. »

Elles n'en dirent pas davantage, mais Elizabeth savait qu'aux yeux de Jane, il ne pouvait y avoir le moindre problème. Elle était persuadée que deux jeunes gens séduisants qui s'appréciaient visiblement avaient toutes les chances de tomber amoureux et que l'amour ne pouvait avoir pour issue qu'un mariage heureux. Quant à l'argent, il ne saurait être un obstacle : Georgiana était riche, et la carrière de Mr Alveston en pleine ascension. Du reste, l'argent ne comptait guère pour Jane ; pourvu qu'il y en eût en suffisance pour assurer une vie confortable à toute la famille, peu importait à ses yeux de savoir qui, dans le couple, détenait la fortune. Quant au titre de vicomte du cousin de Darcy et à la perspective d'être un jour comtesse que pouvait envisager son épouse, un atout capital sans doute pour d'autres et qui assurait au colonel un avantage évident sur Mr Alveston, lequel ne serait jamais que baron, c'étaient des éléments qui ne pesaient pas bien lourd aux yeux de Jane. Elizabeth décida de ne pas s'appesantir sur les difficultés éventuelles mais de profiter de la première occasion qui se présenterait après le bal pour parler à son mari. Ils avaient été tellement occupés l'un comme l'autre qu'elle ne l'avait guère vu depuis le matin. Elle n'aurait aucun motif de lui faire part de ses soupçons touchant les sentiments de Mr Alveston tant que ce dernier ou Georgiana n'auraient pas évoqué le sujet, mais il convenait de l'informer le plus rapidement possible que le colonel avait l'intention de lui faire connaître ses espérances matrimoniales touchant Georgiana. Elle se demanda pourquoi l'idée d'une telle alliance, aussi brillante fût-elle, lui inspirait une gêne qu'elle était impuissante à dissiper et elle s'efforça d'écarter ce sentiment déplaisant. Belton était là. Il était grand temps que les deux sœurs s'apprêtent pour le dîner.

III

La veille du bal, le dîner fut servi à dix-huit heures trente, comme il était de mise dans la haute société, mais lorsque les convives étaient peu nombreux, on dressait généralement le couvert dans la petite pièce contiguë à la grande salle à manger, où huit personnes pouvaient prendre confortablement place autour de la table ronde. Au cours des dernières années, on avait utilisé la grande salle à manger parce que les Gardiner, et parfois les sœurs de Bingley, étaient invités à Pemberley pour le bal, mais Mr Gardiner avait toujours du mal à quitter ses affaires et sa femme redoutait la mauvaise saison. Ils préféraient l'un comme l'autre venir en été. Mr Gardiner pouvait alors s'adonner à la pêche et son épouse n'appréciait rien tant qu'explorer le parc en compagnie d'Elizabeth dans un phaéton tiré par un seul cheval. L'étroite amitié entre les deux femmes remontait à de longues années, et Elizabeth avait toujours fait grand cas des conseils de sa tante. Elle regrettait fort de ne pas pouvoir en bénéficier à présent.

Malgré le caractère informel du dîner, c'est tout naturellement par couples que le petit groupe gagna la salle à manger. Le colonel offrit immédiatement son bras à Elizabeth. Darcy se dirigea vers Jane, et Bingley, avec un petit étalage de galanterie, se proposa pour être le cavalier de Georgiana. Voyant Alveston fermer seul la marche, Elizabeth se fit le reproche de n'avoir pas mieux organisé les choses, mais il était toujours difficile de trouver à bref délai une dame convenable et non accompagnée. Du reste, lors des précédents dîners de la veille du bal, personne ne s'était attaché aux conventions. La chaise restée libre se trouvait à côté de Georgiana, et quand Alveston s'en approcha, Elizabeth décela sur son visage un fugace sourire de plaisir.

Alors qu'ils s'asseyaient, le colonel prit la parole : « Je constate que Mrs Hopkins n'est pas des nôtres cette année non plus. N'est-ce pas la seconde fois qu'elle manque le bal ? Votre sœur n'aime-t-elle pas danser ou le révérend Theodore voit-il des objections théologiques à ce qu'elle assiste à un bal ?

– Mary n'a jamais beaucoup aimé danser, expliqua Elizabeth, et elle vous prie de l'excuser, mais son mari ne verrait certainement rien à redire à sa présence parmi nous. La dernière fois qu'ils ont dîné ici, il m'a assuré qu'à ses yeux, aucun bal organisé à Pemberley en compagnie d'amis et de connaissances de la famille ne saurait avoir de conséquence néfaste sur la moralité ou sur la bienséance. »

Bingley chuchota à Georgiana : « Ce qui prouve qu'il n'a jamais éprouvé les effets de la soupe blanche de Pemberley. »

La remarque, surprise par les autres dîneurs, provoqua des sourires et quelques rires. Mais cet entrain ne dura pas. La conversation, si animée généralement, languissait ce soir-là et tous semblaient en proie à un abattement dont la volubilité joviale de Bingley elle-même semblait incapable de les tirer. Elizabeth s'efforçait de ne pas regarder trop fréquemment le colonel, mais lorsque cela lui arrivait, force lui était de remarquer qu'il avait peine à quitter des yeux le couple assis en face de lui. Dans sa robe toute simple de mousseline blanche, avec ses cheveux bruns ornés d'une couronne de perles, Georgiana n'avait jamais paru aussi charmante à Elizabeth, mais elle lisait dans le regard du colonel plus d'interrogation que d'admiration. Le jeune couple se conduisait irréprochablement, cela était indéniable, Alveston ne témoignant à Georgiana pas plus d'attentions qu'il n'était naturel et Georgiana se tournant équitablement pour s'adresser tour à tour à Alveston et Bingley, comme une jeune fille respectant à la lettre les conventions sociales à son premier dîner mondain. Il se produisit tout de même un incident dont Elizabeth espéra qu'il avait échappé au colonel. Alors qu'Alveston coupait d'eau le vin de Georgiana, leurs mains se frôlèrent l'espace d'une seconde et Elizabeth remarqua qu'une légère rougeur envahissait les joues de la jeune fille avant de se dissiper aussitôt.

Voyant Alveston en tenue de soirée, Elizabeth fut frappée une fois de plus par sa remarquable beauté. Il n'ignorait certainement pas qu'il ne pouvait pénétrer dans une pièce sans attirer les regards de toutes les femmes. Son abondante chevelure châtain était sobrement retenue sur la nuque. Ses yeux d'une nuance de brun plus soutenue étaient surmontés de sourcils rectilignes et son visage donnait une impression d'ouverture et de force qui le sauvait de tout excès de séduction. Sa démarche était à la fois assurée et gracieuse. C'était généralement, Elizabeth ne l'ignorait pas, un invité distrayant et plein d'entrain, mais ce soir-là, il semblait lui aussi étrangement accablé. Peut-être, songea-t-elle, tout le monde était-il fatigué. Bingley et Jane n'avaient pas parcouru plus de huit lieues, mais ils avaient été retardés par la violence du vent. Quant à Darcy et elle, ils avaient toujours fort à faire la veille du bal.

La tempête qui faisait rage au-dehors ne contribuait guère à détendre l'atmosphère. Le vent s'engouffrait de temps en temps dans la cheminée, le feu sifflait et crachotait comme un être vivant et il arrivait qu'une bûche embrasée se brise dans un spectaculaire jaillissement de flammes, projetant sur les visages des convives un bref éclat rouge qui leur prêtait un aspect fiévreux. Les domestiques entraient et se déplaçaient en silence, mais Elizabeth éprouva un réel soulagement quand le repas s'acheva et qu'elle put chercher le regard de Jane et traverser le vestibule avec Georgiana et elle pour rejoindre le salon de musique.

IV

Pendant que l'on servait le dîner dans la petite salle à manger, Thomas Bidwell était à l'office où il nettoyait l'argenterie. Cela faisait quatre ans qu'on lui avait confié cette tâche, depuis que ses douleurs dans le dos et les genoux lui interdisaient de s'occuper des chevaux, et c'était une charge dont il était fier, surtout la veille du bal de Lady Anne. Il avait déjà frotté cinq des sept grands candélabres que l'on disposerait sur toute la longueur de la table du souper, et il comptait bien terminer les deux derniers avant la fin de la soirée. C'était un travail rebutant, interminable et étonnamment fatiguant et il savait qu'avant d'avoir fini, il aurait mal au dos, aux bras et aux mains. Mais ce n'était pas une besogne que l'on pouvait confier aux domestiques ordinaires. Stoughton, le majordome, en était officiellement responsable, mais il était occupé à choisir les vins et à surveiller les préparatifs dans la salle de bal et estimait qu'il lui incombait de vérifier si l'argenterie avait été correctement nettoyée, et non de la nettoyer personnellement, même lorsqu'il s'agissait des pièces les plus précieuses. Durant la semaine précédant le bal, Bidwell passait donc l'essentiel de ses journées, souvent jusqu'à une heure avancée de la nuit, assis à la table de l'office, un grand tablier noué autour de ses reins, devant l'argenterie des Darcy – couteaux, fourchettes, cuillers, candélabres, plats de service, compotiers. Tout en frottant, il imaginait les torchères et leurs hautes bougies illuminant les chevelures parées de bijoux, les visages échauffés et les fleurs frémissantes dans les vases.

Il ne s'inquiétait jamais à l'idée de laisser sa famille seule dans le cottage du bois. D'ailleurs, elle n'avait pas peur non plus. Ce logement était resté vide et à l'abandon pendant des années, jusqu'à ce que le père de Darcy le restaure et le rende habitable, le destinant à un membre du personnel. Mais bien que cette maison fût plus vaste qu'un domestique ne pût l'espérer et assurât une paix et une intimité sans égales, peu étaient disposés à y vivre. Ce cottage avait été construit par l'arrière-grand-père de Mr Darcy, un misanthrope qui avait passé l'essentiel de sa vie dans la solitude, avec pour toute compagnie son chien, Soldat. Il préparait lui-même ses repas, lisait et restait assis à contempler les troncs puissants et les broussailles du bois qui étaient son rempart contre le monde. Quand George Darcy eut soixante ans, Soldat tomba malade. Il souffrait beaucoup et son mal était incurable. C'était le grand-père de Bidwell, alors un jeune garçon qui aidait aux écuries, qui avait trouvé son maître mort un matin qu'il était allé porter du lait frais au cottage. Le vieux monsieur Darcy avait abattu Soldat avant de retourner son arme contre lui.

Les parents de Bidwell avaient vécu dans cette maison avant lui. Son passé les laissait indifférents, un sentiment que lui-même partageait. Certains disaient aussi que le bois était hanté, à la suite d'une tragédie plus récente, qui s'était produite peu après que le grand-père de l'actuel Mr Darcy eut hérité du domaine. Un jeune homme, un fils unique qui travaillait comme aide-jardinier à Pemberley, avait été arrêté pour avoir braconné sur les terres d'un magistrat local, Sir Selwyn Hardcastle. Le braconnage n'était pas ordinairement un crime capital, et la plupart des magistrats faisaient preuve d'indulgence quand les temps étaient durs et que la faim sévissait. Néanmoins, chasser sans autorisation dans un parc à daims était passible de la peine de mort et Sir Selwyn s'était montré inflexible, exigeant que la peine fût appliquée. Mr Darcy était intervenu énergiquement, le suppliant de se montrer clément, mais Sir Selwyn avait refusé de l'entendre. Moins d'une semaine après l'exécution du jeune garçon, sa mère s'était pendue. Mr Darcy avait fait tout ce qui était en son pouvoir, mais l'on s'accordait à penser que la malheureuse l'avait tenu pour responsable. Elle avait maudit la famille Darcy et la superstition avait fait le reste : on racontait que son fantôme, gémissant de douleur, errait parmi les arbres et que les imprudents qui se promenaient dans les bois à la nuit tombée pouvaient l'apercevoir. Cette apparition vengeresse présageait toujours une mort dans le domaine.

Bidwell ne tolérait pas ces sornettes, mais la semaine précédente il avait appris que deux petites bonnes, Betsy et Joan, avaient été surprises à chuchoter dans la salle commune des domestiques. Elles prétendaient avoir vu le spectre alors qu'elles s'étaient aventurées dans le bois à la suite d'un pari. Il les avait mises en garde, leur conseillant d'éviter de colporter pareilles sottises. Si cette affaire était arrivée aux oreilles de Mrs Reynolds, cela aurait pu avoir de graves conséquences pour les petites. Bien que sa propre fille, Louisa, ne travaillât plus à Pemberley car on avait besoin d'elle à la maison pour soigner son frère malade, il se demanda si elle avait entendu parler de cette histoire. Il avait bien remarqué que sa mère et elle mettaient plus de soin à fermer la porte de la maison la nuit et, quand il rentrait tard de Pemberley, elles lui avaient demandé de signaler sa présence en frappant trois fois fort et trois fois plus doucement avant d'enfoncer sa clé dans la serrure.

Le cottage avait la réputation de porter malheur, mais ce

n'était que ces dernières années que la malchance avait frappé les Bidwell. Il se rappelait encore, comme si c'était hier, l'accablement qui s'était emparé de lui lorsqu'il avait retiré pour la dernière fois l'imposante livrée de cocher chef de Mr Darcy de Pemberley et dit adieu à ses chers chevaux. Et voilà que depuis un an, son fils unique, sur lequel se portaient tous ses espoirs d'avenir, se mourait d'un mal lent et douloureux.

Pour ajouter encore à leur détresse, sa fille aînée, l'enfant dont ni sa femme ni lui n'auraient jamais imaginé qu'elle pût leur causer du souci, était devenue une source d'inquiétude. Sarah n'avait jamais posé aucun problème. Elle avait épousé le fils du tenancier de l'auberge de King's Arms à Lambton, un jeune homme ambitieux qui était parti pour Birmingham ouvrir une épicerie-droguerie grâce à un legs de son grand-père. Son affaire prospérait, mais Sarah était surmenée et déprimée. C'était la quatrième fois qu'elle était grosse en un peu plus de quatre ans de mariage à peine et les fatigues de la maternité s'ajoutant à celles de la boutique lui avaient dicté une lettre désespérée, dans laquelle elle suppliait sa sœur Louisa de venir l'aider. La femme de Bidwell lui avait tendu le message de Sarah sans un mot, mais il savait qu'elle était tout aussi soucieuse que lui d'apprendre que leur Sarah si raisonnable, si pleine d'entrain et de santé était abattue à ce point. Il lui avait rendu la lettre après l'avoir lue, disant simplement : « Louisa manquera beaucoup à Will. Ils ont toujours été proches. Et toi, pourras-tu te passer d'elle ?

— Il le faudra bien. Sarah n'aurait pas écrit si elle n'était pas à bout. Cela ne lui ressemble pas. »

Louisa était donc allée passer les cinq derniers mois de grossesse de sa sœur à Birmingham. Elle l'avait aidée à s'occuper de ses trois autres enfants et était restée trois mois de plus, le temps que Sarah se remette. Elle venait de rentrer à la maison, emmenant le nourrisson, Georgie, à la fois pour soulager sa sœur et afin que sa mère et son frère puissent le voir avant la mort de Will. Cette décision n'avait pas plu à Bidwell. Il était presque aussi impatient que sa femme de faire la connaissance de ce nouveau petit-fils, mais une maison où l'on soignait un mourant n'était pas un endroit convenable pour un nourrisson. Will était trop malade pour manifester au petit davantage qu'un intérêt superficiel et ses pleurs le tourmentaient et le dérangeaient la nuit. Bidwell voyait bien que Louisa n'était pas heureuse non plus. Elle était nerveuse et malgré la fraîcheur de l'automne, semblait préférer aller se promener dans le bois, le petit dans les bras, plutôt que de rester à la maison avec sa mère et Will. Elle avait même été absente, comme à dessein, le jour où le révérend Percival Oliphant, un vieil érudit, était venu rendre une de ses fréquentes visites à Will. C'était quelque peu étrange, car elle avait toujours apprécié le pasteur, qui lui manifestait un vif intérêt depuis qu'elle était petite. Il lui prêtait des livres et avait même proposé qu'elle rejoigne le petit groupe d'élèves de son cours privé de latin. Bidwell avait décliné l'invitation – cela n'aurait fait qu'inspirer à Louisa des idées au-dessus de sa condition –, mais cela ne retirait rien à la générosité du geste. Bien sûr, une jeune fille était souvent inquiète et nerveuse à l'approche de son mariage. D'ailleurs, maintenant que Louisa était rentrée, pourquoi Joseph Billings ne venait-il pas régulièrement au cottage comme il le faisait auparavant ? C'est à peine s'ils le voyaient. Il se demanda si les soins à donner au petit avaient fait toucher du doigt à Louisa et à Joseph les responsabilités et les risques de la condition matrimoniale, les incitant à reconsidérer leur projet. Il espérait se tromper. Joseph était un homme ambitieux et sérieux, et si certains jugeaient qu'à trente-quatre ans, il était trop vieux pour Louisa, celle-ci lui semblait profondément attachée. Ils s'installeraient à Highmarten, à moins de huit lieues du cottage, et feraient partie de la domesticité d'une demeure confortable avec une patronne indulgente, un patron généreux, un avenir assuré, une vie toute tracée, prévisible, sûre, respectable. Face à toutes ces perspectives, quel usage une jeune femme pourrait-elle bien avoir du latin ?

Peut-être tout s'arrangerait-il quand Georgie aurait retrouvé sa mère. Louisa devait le raccompagner le lendemain et il avait été décidé qu'elle se rendrait en cabriolet avec son neveu jusqu'au King's Arms de Lambton, d'où ils prendraient la malle-poste de Birmingham. Là, le mari de Sarah, Michael Simpkins, viendrait les chercher pour les conduire chez lui avec sa charrette, et Louisa regagnerait Pemberley par la malle-poste le jour même. La vie serait plus facile pour sa femme et pour Will quand le petit aurait retrouvé sa famille, mais en regagnant le cottage dimanche après avoir aidé à tout remettre en ordre après le bal, il regretterait de ne pas voir les menottes potelées de Georgie se tendre vers lui pour l'accueillir.

Ces sombres réflexions ne l'avaient pas empêché de poursuivre sa tâche mais, presque imperceptiblement, ses gestes s'étaient ralentis et pour la première fois, il s'était laissé aller à se demander si le nettoyage de l'argenterie n'était pas devenu trop fatigant pour qu'il s'en charge seul. C'eût été un aveu de défaite trop humiliant. Tirant énergiquement le dernier candélabre vers lui, il prit un chiffon propre et, calant ses membres douloureux sur sa chaise, il se remit au travail.

V

Les messieurs ne les firent pas attendre longtemps dans le salon de musique et l'atmosphère s'allégea lorsque la compagnie s'installa confortablement sur l'ottomane et dans les fauteuils. Darcy ouvrit le piano et l'on alluma les bougies posées sur l'instrument. Dès que tous furent assis, Darcy se tourna vers Georgiana et, d'un ton presque aussi formel que s'il s'adressait à une invitée, lui déclara que ce serait un plaisir pour tous qu'elle acceptât de jouer et de chanter. Elle se leva avec un coup d'œil en direction de Henry Alveston, qui la suivit. Se tournant vers le petit groupe, elle annonça : « Puisque nous avons la chance d'avoir un ténor parmi nous, je me suis dit que vous seriez peut-être heureux d'entendre quelques duos.

— Oui ! s'écria Bingley avec enthousiasme. Quelle excellente idée ! Nous serons ravis de vous entendre tous les deux. Jane et moi avons essayé la semaine dernière de chanter des duos, n'est-ce pas, ma chère ? Mais rassurez-vous, je ne vous proposerai pas que nous renouvelions cette expérience ce soir. J'ai été exécrable, Jane pourra vous le confirmer. »

Sa femme éclata de rire. « Mais non, tu as été parfait. Mais je n'ai pas beaucoup travaillé depuis la naissance de Charles Edward, et cela se ressent. Nous n'imposerons certainement pas nos efforts musicaux à nos amis alors que nous avons en la personne de Miss Georgiana une musicienne bien plus talentueuse que nous ne saurions, toi et moi, jamais espérer le devenir. »

Elizabeth s'efforça de s'abandonner à la musique, mais ses yeux ainsi que ses pensées ne quittaient pas le couple qui se trouvait au piano. Après les deux premiers airs, on leur en réclama un troisième puis il y eut une interruption, pendant que Georgiana prenait une nouvelle partition et la montrait à Alveston. Il tourna les pages et sembla lui désigner des passages dont il craignait qu'ils ne fussent trop difficiles ; ou peut-être hésitait-il sur la prononciation de l'italien. Elle leva les yeux vers lui, puis joua quelques mesures de la main droite et il lui adressa un sourire d'approbation. Ils semblaient ne pas avoir conscience de la présence des auditeurs qui attendaient. En cet instant d'intimité qui les enfermait dans un monde auquel les autres n'avaient pas accès, ils parurent s'oublier dans leur amour commun de la musique. Observant les reflets de la bougie sur leurs deux visages captivés, leurs sourires lorsque le problème fut résolu et que Georgiana s'apprêta à jouer, Elizabeth sentit qu'il ne s'agissait pas d'une attraction éphémère née de la proximité physique, ni même d'une simple passion partagée pour la musique. Indéniablement, ils étaient amoureux, ou peut-être sur le seuil de l'amour, cette période enchanteresse de découverte mutuelle, d'attente et d'espoir.

C'était un enchantement qu'elle n'avait pas connu. Il lui arrivait encore de songer avec un étonnement intact qu'entre la première demande en mariage outrageante de Darcy et son second plaidoyer repentant et fructueux, ils avaient passé moins d'une demi-heure en tête-à-tête : les quelques instants où, alors qu'elle visitait Pemberley avec les Gardiner, il était rentré inopinément chez lui et où ils s'étaient promenés ensemble dans le parc et le lendemain, quand il était passé à l'auberge de Lambton où elle était descendue et l'avait découverte en larmes, tenant entre les mains la lettre de Jane lui annonçant la fugue de Lydia. Il était reparti promptement, au bout de quelques minutes seulement, et elle avait pensé qu'elle ne le reverrait plus jamais. S'il s'agissait d'un roman, le plus brillant écrivain lui-même pourrait-il réussir à faire croire à ses lecteurs qu'aussi peu de temps avait suffi à soumettre l'orgueil et à surmonter les préjugés ? Plus tard, quand Darcy et Bingley étaient revenus à Netherfield, Darcy étant désormais son prétendant attitré, la période de cour, loin d'être un moment de joie, avait été l'une des plus angoissées et des plus contraintes de sa vie, alors qu'elle cherchait à détourner l'attention de Darcy des compliments bruyants et exubérants de sa mère, laquelle n'avait pas été loin de le remercier d'avoir fait preuve d'une immense grandeur d'âme en demandant la main de sa fille. Ni Jane ni Bingley n'avaient subi pareille épreuve. Bingley, toujours accommodant et aveuglé par l'amour, ne remarquait pas – ou peut-être la tolérait-il – la vulgarité de sa future belle-mère. Quant à elle, aurait-elle épousé Darcy s'il avait été un vicaire sans le sou, ou un avoué tirant le diable par la queue ? Il était difficile d'imaginer Mr Fitzwilliam Darcy de Pemberley dans l'un ou l'autre de ces rôles, mais l'honnêteté exigeait une réponse. Elizabeth savait qu'elle n'était pas faite pour les tristes subterfuges de la pauvreté.

Le vent s'était encore renforcé, et les deux voix qui s'élevaient étaient soutenues par les gémissements et les hurlements du conduit de cheminée et par le crépitement du feu, le tumulte extérieur semblant accompagner en déchant la beauté des deux timbres qui se fondaient l'un dans l'autre et offrant un contrepoint approprié au tumulte de son propre esprit. Jamais encore les bourrasques ne l'avaient inquiétée, et elle savourait au contraire la quiétude et le confort du château quand elles se déchaînaient vainement dans le bois de Pemberley. Mais ce soir-là, le vent lui faisait l'effet d'une force maléfique, à la recherche de la moindre cheminée, du moindre interstice pour s'insinuer à l'intérieur. Elle n'avait pas l'habitude de se laisser emporter par son imagination et chercha à repousser ces idées morbides, sans parvenir pourtant à se défaire d'un sentiment qu'elle n'avait encore jamais éprouvé. Elle songea : *Nous voici à l'aube d'un nouveau siècle, citoyens du pays le plus civilisé d'Europe, entourés des merveilles de son artisanat, de son art et des livres qui contiennent sa littérature alors que s'étend au-dehors un autre monde que la richesse, l'éducation et les privilèges contribuent à maintenir loin de nous, un monde où les hommes sont aussi violents et aussi destructeurs que les représentants du règne animal. Peut-être les plus heureux d'entre nous eux-mêmes ne pourront-ils pas toujours l'ignorer et le tenir définitivement à distance.*

Elle chercha à retrouver la paix de l'esprit dans l'union des deux voix, mais fut soulagée que l'intermède musical prît fin et qu'il fût temps de tirer le cordon pour réclamer le thé.

Le plateau fut apporté par Billings, un des valets de pied. Elle savait qu'il devait quitter Pemberley au printemps afin, si tout se passait comme prévu, de succéder au maître d'hôtel actuel de Bingley, un vieil homme qui pourrait alors prendre sa retraite. Billings gagnerait ainsi en importance et en rang, une ascension d'autant plus bienvenue qu'il s'était fiancé à la fille de Thomas Bidwell, Louisa, à Pâques de l'année précédente. Celle-ci l'accompagnerait à Highmarten pour prendre les fonctions de principale domestique affectée au service de table. Au cours des premiers mois qu'elle avait passés à Pemberley, Elizabeth s'était étonnée de l'intérêt de la famille Darcy pour la vie de ses domestiques. Lors de leurs rares séjours à Londres, Darcy et elle logeaient dans leur maison de ville ou chez la sœur de Bingley, Mrs Hurst, et son mari, qui vivaient dans une certaine splendeur. Dans ce monde-là, les domestiques menaient une existence tellement coupée de celle de la famille que, de toute évidence, Mrs Hurst ignorait dans bien des cas jusqu'aux noms de ceux qui la servaient. Mais bien que Mr et Mrs Darcy fussent soigneusement tenus à l'abri des problèmes domestiques, certains événements – mariages, fiançailles, changements d'emploi, maladie ou retraite – sortaient de la routine assurant le fonctionnement sans heurt de la maisonnée, et Darcy comme Elizabeth tenaient à ce que ces rites de passage, éléments de cette existence fondamentalement secrète dont leur confort dépendait tant, fussent remarqués et célébrés.

Billings posa le plateau devant Elizabeth avec une sorte de grâce étudiée, comme pour prouver à Jane qu'il était parfaitement digne de l'honneur qu'on lui réservait. Ce serait, songea Elizabeth, une situation confortable pour sa jeune épouse et lui. Comme l'avait prédit le père de Louisa, les Bingley étaient des employeurs généreux, accommodants, peu exigeants et qui ne risquaient de se montrer sourcilleux que lorsqu'il s'agissait de leur sollicitude réciproque et de leurs enfants.

Billings venait à peine de se retirer quand le colonel Fitzwilliam quitta son fauteuil et s'approcha d'Elizabeth. « Me pardonnerez-vous, Mrs Darcy, si je vous quitte pour aller prendre un peu d'exercice ? Je voudrais faire galoper Talbot le long de la rivière. Je suis navré, croyez-moi, de quitter une aussi plaisante réunion familiale, mais mon sommeil est perturbé quand je ne prends pas l'air avant de me coucher. »

Elizabeth lui assura qu'aucune excuse n'était nécessaire. Il approcha brièvement sa main de ses lèvres, un geste qui ne lui était pas habituel, et se dirigea vers la porte.

Henry Alveston était assis à côté de Georgiana sur l'ottomane. Levant les yeux, il remarqua : « Le clair de lune sur la rivière est magique, colonel, même si c'est peut-être un spectacle que l'on apprécie mieux en compagnie. Mais Talbot et vous risquez de faire une promenade peu plaisante. Je ne vous envie pas d'avoir à batailler contre ce vent. »

Arrivé à la porte, le colonel se retourna et le regarda. Sa voix était glaciale : « Dans ce cas, il est fort heureux qu'il ne vous ait pas été demandé de m'accompagner. » S'inclinant pour prendre congé, il s'éloigna.

Personne ne dit un mot. Les dernières paroles du colonel et l'étrangeté de cette promenade nocturne occupaient tous les esprits, mais l'embarras empêchait tout commentaire. Seul Henry Alveston avait l'air insouciant bien qu'en le dévisageant, Elisabeth ne doutât pas qu'il eût parfaitement saisi la critique implicite.

Ce fut Bingley qui rompit le silence. « Nous serions heureux d'avoir encore un peu de musique, Miss Georgiana, si vous n'êtes pas trop fatiguée. Mais je vous en prie, terminez d'abord votre thé. Nous ne devons pas abuser de votre complaisance. Que diriez-vous de ces chansons populaires irlandaises que vous nous avez jouées lorsque nous avons dîné ici l'été dernier ? Inutile de chanter, la musique suffira, il faut épargner votre voix. Je me rappelle que nous avions même dansé, n'est-ce pas ? Il est vrai que les Gardiner étaient là, ainsi que Mr et Mrs Hurst. Nous étions donc cinq couples, et Mary était là pour s'asseoir au piano. »

Georgiana regagna le clavier, accompagnée par Alveston qui lui tournait les pages et, pendant un moment, ces mélodies entraînantes firent leur effet. La musique achevée, ils causèrent de tout et de rien, échangeant des idées qu'ils avaient déjà exprimées maintes fois et des nouvelles familiales, dont aucune n'était nouvelle. Une demi-heure plus tard, Georgiana prit les devants et dit bonsoir à tous. Quand elle eut tiré le cordon pour appeler sa femme de chambre, Alveston alluma une chandelle qu'il lui tendit avant de l'escorter jusqu'à la porte. Après le départ de Georgiana, il sembla à Elizabeth que tout le monde était fort las, mais n'avait plus l'énergie de se lever ni de prendre congé. Jane fut la deuxième à se décider et, avec un regard à son mari, murmura qu'il était temps d'aller se coucher. Elizabeth, reconnaissante, ne tarda pas à suivre son exemple. Un valet de pied fut appelé pour apporter et allumer des bougies, celles qui se trouvaient sur le piano furent éteintes, et ils se dirigeaient vers la porte quand Darcy, debout près de la fenêtre, poussa un cri.

« Mon Dieu ! Mais que fait ce cocher ? Il a perdu l'esprit ! Il va renverser ce cabriolet ! C'est de la folie. Et qui diantre cela peut-il être ? Elizabeth, attendons-nous encore quelqu'un ce soir ?

– Non, personne. »

Elizabeth et les autres s'approchèrent de la fenêtre et aperçurent un cabriolet au loin, sur la route du bois. Il se dirigeait vers le château avec force embardées, ses deux lanternes étincelant comme de petites flammes. L'imagination suppléait à ce que la distance empêchait de distinguer – les crinières des chevaux agitées par le vent, leurs yeux affolés et leurs épaules tendues sous l'effort, le postillon tirant énergiquement sur les rênes. Il était impossible d'entendre les roues d'aussi loin, et Elizabeth eut l'impression de voir la diligence spectrale de quelque légende voler silencieusement à travers la nuit éclairée par la lune, présage redouté de mort.

« Bingley, dit Darcy, restez ici avec les dames, je vais voir de quoi il retourne. »

Mais ses paroles furent emportées par un nouveau mugissement du vent dans la cheminée et tout le monde sortit à sa suite du salon de musique, descendant le grand escalier pour rejoindre le vestibule où Stoughton et Mrs Reynolds se trouvaient déjà. Sur un geste de Darcy, Stoughton ouvrit la porte. Le vent s'engouffra immédiatement à l'intérieur, une force glacée et irrésistible qui sembla prendre possession de l'ensemble de la demeure, éteignant d'un coup toutes les bougies, sauf celles du grand lustre.

L'équipage s'avançait toujours à vive allure et, au débouché de la route du bois, dévia en tanguant violemment pour s'approcher de la maison. Elizabeth songea qu'il allait certainement dépasser le perron sans pouvoir s'arrêter. Mais elle entendit alors les cris du cocher et le vit se débattre avec les rênes. Les chevaux s'immobilisèrent, nerveux et hennissants. Immédiatement, sans laisser au cocher le temps de descendre, la portière de la voiture s'ouvrit et dans le rayon de lumière que projetait le vestibule, ils virent une femme qui en sortait en trébuchant, hurlant dans le vent. Son chapeau retenu autour de son cou par ses rubans, ses cheveux détachés lui fouettant le visage, on aurait dit quelque sauvage créature nocturne, ou une folle échappée de l'asile. Pendant un moment, Elizabeth resta paralysée, incapable d'agir comme de penser. Elle reconnut alors Lydia dans cette apparition hurlante et farouche et se précipita vers elle pour l'aider. Mais Lydia la repoussa et, sans que ses cris s'interrompent, se jeta dans les bras de Jane, la renversant presque. Bingley se porta au secours de sa femme et ensemble, ils soutinrent Lydia, la portant à demi, jusqu'à la porte. Elle hurlait toujours, se débattant sans paraître reconnaître ceux qui la retenaient, mais une fois à l'intérieur du château, à l'abri du vent, ils purent entendre ses paroles rauques et heurtées.

« Wickham est mort ! Denny l'a tué ! Allez donc le chercher, voyons ! Mais que faites-vous ? Ils sont là-bas, dans le bois ! Faites donc quelque chose ! Oh, mon Dieu, il est mort, j'en suis certaine ! »

Ses sanglots se transformèrent alors en gémissements et elle s'effondra dans les bras de Jane et de Bingley qui l'entraînèrent doucement vers le siège le plus proche.

LIVRE DEUX

Un corps dans le bois

I

Elizabeth s'était instinctivement portée au secours de sa sœur, mais Lydia l'écarta avec une force surprenante en criant : « Non, pas toi, pas toi ! » Jane s'interposa alors, s'agenouillant près du fauteuil et, prenant les deux mains de Lydia entre les siennes, lui murmura de douces paroles de réconfort et de compassion, tandis que Bingley, bouleversé, se tenait à ses côtés, impuissant. Les larmes de Lydia cédèrent alors la place à d'inquiétantes quintes de toux. Haletante, elle était secouée de hoquets troublants qui paraissaient à peine humains.

Stoughton avait laissé la porte d'entrée entrouverte. Comme le postillon, debout près de ses chevaux, semblait trop bouleversé pour bouger, Alveston et Stoughton sortirent la malle de Lydia du cabriolet et la déposèrent dans le vestibule. Stoughton se tourna vers Darcy : « Que devons-nous faire des autres bagages, Monsieur ?

– Laissez-les dans la voiture. Mr Wickham et le capitaine Denny poursuivront probablement leur route quand nous les aurons retrouvés ; il n'y a donc aucune raison que leurs bagages restent ici. Allez chercher Wilkinson, voulez-vous, Stoughton. Réveillez-le s'il est déjà couché. Demandez-lui d'amener le docteur McFee jusqu'ici. Qu'il prenne le cabriolet ; je préfère ne pas savoir le docteur à cheval par un vent pareil. Dites-lui de transmettre mes

81

hommages au docteur McFee et de lui faire savoir que Mrs Wickham se trouve ici, à Pemberley, et a besoin de ses soins. »

Laissant Lydia aux mains de ses sœurs et de Mrs Reynolds, Darcy se dirigea à grands pas vers le cocher, toujours debout près des têtes de ses chevaux. L'homme avait jeté des regards inquiets vers la porte mais, voyant Darcy approcher, il se redressa et se raidit dans une posture toute militaire. Le soulagement que lui inspirait la présence du maître de maison était presque palpable. Il avait dû faire face à une situation d'urgence mais désormais, la vie reprenait son cours et il faisait son travail : se tenir à côté de ses chevaux et attendre les instructions.

« Qui êtes-vous ? demanda Darcy. Est-ce que je vous connais ?

— Je suis George Pratt, Monsieur, du Green Man.

— Bien sûr. Le cocher de Mr Piggott. Racontez-moi ce qui s'est passé dans le bois. Avec clarté et concision, mais je tiens à connaître toute l'histoire, et vite. »

Pratt ne demandait manifestement qu'à parler et les mots se précipitèrent hors de sa bouche. « Mr Wickham et sa dame, et puis aussi le capitaine Denny, ils sont venus à l'auberge cet après-midi, mais je n'étais pas là quand ils sont arrivés. Voilà que vers huit heures, par là, ce soir, Mr Piggott, il me dit de conduire Mr et Mrs Wickham et le capitaine à Pemberley dès que la dame serait prête, en passant par la route de derrière, à travers le bois. Je devais laisser Mrs Wickham au château pour le bal, enfin, c'est ce qu'elle avait dit à Mrs Piggott. Ensuite, j'avais ordre de conduire les deux messieurs au King's Arms de Lambton, puis de revenir à l'auberge. J'ai entendu Mrs Wickham dire à Mrs Piggott que les messieurs repartiraient pour Londres le jour d'après et que Mr Wickham avait bon espoir d'y trouver un emploi.

— Où sont Mr Wickham et le capitaine Denny ?

— Je ne saurais pas vous dire, Monsieur. Quand c'est que j'étais à mi-chemin du bois, le capitaine Denny a frappé pour que j'arrête la voiture et il est sorti. Il a crié : "J'en ai assez de tout ça et j'en ai assez de vous. Je ne veux pas être mêlé à ça", ou quelque chose de ce genre et puis il est parti dans le bois en courant. Alors Mr Wickham l'a suivi, en lui criant de revenir et de ne pas faire l'idiot, et puis Mrs Wickham, elle s'est mise à hurler qu'il ne devait pas la laisser et elle a voulu le suivre mais après qu'elle est descendue de la voiture, elle a changé d'avis et elle est remontée. Elle braillait quelque chose d'horrible et ça rendait les chevaux tellement nerveux que j'arrivais à peine à les retenir, et c'est à ce moment-là que j'ai entendu les coups de feu.

— Combien ?

— Je ne sais pas trop, Monsieur, parce que tout allait de travers avec le capitaine qu'avait filé dans le bois, et puis Mr Wickham qui lui courait après et en plus, la dame qui hurlait, mais j'ai entendu un coup de feu pour sûr, et peut-être encore un ou deux de plus.

— Combien de temps après le départ des messieurs avez-vous entendu ces coups de feu ?

— Ça devait faire à peu près un quart d'heure, Monsieur, peut-être plus. J'ai trouvé que ça durait bien longtemps, à attendre comme ça que les messieurs reviennent. Mais j'ai entendu les coups de feu, pour sûr. Et puis Mrs Wickham, elle s'est mise à crier qu'on allait tous se faire assassiner et que je devais filer jusqu'à Pemberley le plus vite possible. Ça paraissait la meilleure chose à faire, Monsieur, puisque les messieurs n'étaient pas là pour me donner leurs ordres. J'ai pensé qu'ils s'étaient perdus dans le bois mais je ne pouvais pas aller les chercher, Monsieur, avec Mrs Wickham qui hurlait au meurtre et les chevaux dans tous leurs états.

– Non, bien sûr que non. Les coups de feu étaient-ils proches ?

– Assez proches, oui, Monsieur. J'aurais dit que quelqu'un tirait à une centaine de mètres, peut-être.

– Très bien. Je vais vous demander de bien vouloir nous conduire à l'endroit où ces messieurs se sont engagés dans le bois. Nous nous mettrons à leur recherche. »

De toute évidence, ce projet déplaisait si profondément à Pratt qu'il se risqua à formuler une objection : « C'est que je devais aller au King's Arms à Lambton, Monsieur, et puis revenir ensuite au Green Man. C'étaient mes ordres, Monsieur, et ils étaient tout à fait clairs. Et puis les chevaux, Monsieur, ils vont avoir bigrement peur de revenir dans le bois.

– Il serait parfaitement inutile de vous rendre à Lambton sans Mr Wickham et le capitaine Denny, voyons. À partir de maintenant, c'est de moi que vous recevrez vos ordres. Et ils seront parfaitement clairs, soyez tranquille. Votre tâche est de maîtriser les chevaux. Attendez ici, et calmez-les. Je m'arrangerai plus tard avec Mr Piggott. Vous n'aurez aucun ennui si vous faites ce que je vous dis. »

À l'intérieur du château, Elizabeth se tourna vers Mrs Reynolds et lui dit tout bas : « Il faut que nous couchions Mrs Wickham. Le lit de la chambre d'amis du sud, au deuxième étage, est-il fait ?

– Oui, Madame, et un feu a déjà été allumé. Nous préparons toujours trois chambres, dont celle-ci, lors du bal de Lady Anne, dans l'éventualité où nous connaîtrions une autre nuit d'octobre comme celle de 97, où il est tombé dix centimètres de neige et où certains invités qui avaient un long trajet à faire n'ont pas pu rentrer chez eux. Souhaitez-vous que nous y menions Mrs Wickham ?

– Oui, acquiesça Elizabeth. Ce serait la meilleure solution, mais dans l'état où elle est, il n'est pas envisageable de la laisser seule. Il faudra que quelqu'un dorme dans sa chambre.

— Il y a un sofa tout à fait confortable ainsi qu'un lit d'une personne dans le cabinet de toilette contigu, Madame. Je peux faire transporter le sofa dans la chambre avec des couvertures et des oreillers. Je suppose que Belton est encore debout à vous attendre. Elle a dû remarquer qu'il se passait quelque chose et elle est d'une parfaite discrétion. Je propose que, pour le moment, nous nous relayions elle et moi pour dormir sur le sofa dans la chambre de Mrs Wickham.

— Je tiens à ce que vous ayez votre content de sommeil, Belton et vous, cette nuit, protesta Elisabeth. Nous devrions pouvoir nous arranger, Mrs Bingley et moi. »

Regagnant le vestibule, Darcy vit Bingley et Jane, conduits par Mrs Reynolds, aider Lydia à gravir l'escalier. Ses quintes s'étaient transformées en sanglots plus apaisés, mais elle s'arracha violemment des bras secourables de Jane et, se retournant, darda sur Darcy un regard furieux. « Pourquoi êtes-vous encore ici ? Pourquoi n'êtes-vous pas allés le chercher ? J'ai entendu les coups de feu, croyez-moi ! Oh mon Dieu... il doit être blessé, ou mort ! Wickham est peut-être mourant et vous, vous restez là ! Pour l'amour du ciel, partez ! »

Darcy répondit calmement : « Nous sommes en train de nous préparer. Je vous donnerai des nouvelles dès que nous en aurons. Inutile de vous attendre au pire. Mr Wickham et le capitaine Denny sont peut-être en train de se diriger à pied vers le château. Essayez de vous reposer à présent. »

Sans cesser de murmurer des paroles rassurantes à Lydia, Jane et Bingley avaient enfin atteint la dernière marche et, suivant toujours Mrs Reynolds, disparurent dans le couloir.

« J'ai bien peur que Lydia ne se rende malade, observa Elizabeth. Il faudrait faire venir le docteur McFee afin qu'il lui administre un calmant.

— J'ai déjà demandé qu'on passe le prendre chez lui avec le cabriolet. Nous allons maintenant devoir explorer le bois à la recherche de Wickham et Denny. Lydia a-t-elle été en mesure de vous dire ce qui s'est passé ?

— Elle a pu maîtriser ses sanglots le temps de nous exposer l'essentiel de l'histoire et de demander que sa malle soit montée dans sa chambre et ouverte. Je ne suis pas loin de penser qu'elle s'attend encore à assister au bal. »

Le grand vestibule de Pemberley, avec son élégant mobilier, sa remarquable cage d'escalier incurvée en direction de la galerie et ses portraits de famille, parut soudain à Darcy aussi étranger que s'il le découvrait pour la première fois. L'ordre naturel qui le soutenait depuis l'enfance avait été bouleversé et un instant, il se sentit aussi impuissant que s'il n'était plus le maître de sa demeure, une réaction absurde qui trouva un exutoire dans l'agacement que lui inspirèrent des détails insignifiants. Ce n'était pas à Stoughton de porter les bagages, et encore moins à Alveston, et Wilkinson, en vertu d'une longue tradition, était le seul membre de la domesticité, à part Stoughton, à prendre directement ses ordres auprès de son maître. Mais après tout, quelque chose, au moins, avait été fait. Les bagages de Lydia avaient été montés et le cabriolet de Pemberley s'apprêtait à aller chercher le docteur McFee. Instinctivement, Darcy s'approcha de sa femme et lui prit doucement la main. Elle était froide comme la mort, mais il sentit sa pression rassurante en réponse à la sienne, et en fut réconforté.

Bingley était redescendu et fut rejoint par Alveston et Stoughton. Darcy leur relata brièvement ce que Pratt lui avait appris, mais de toute évidence, malgré son désarroi,

Lydia était effectivement parvenue à leur souffler l'essentiel de son histoire.

« Nous avons besoin de Pratt, reprit Darcy, pour qu'il nous montre l'endroit où Denny et Wickham ont quitté la voiture. Nous prendrons donc le cabriolet de Piggott. Vous feriez mieux de rester ici avec les dames, Charles, et vous Stoughton, il serait bon que vous ne vous éloigniez pas de la porte d'entrée. Si vous voulez bien participer à cette expédition, Alveston, nous devrions pouvoir en venir à bout, vous et moi.

— Très certainement, Monsieur, s'écria Alveston, je suis évidemment à votre entière disposition si je puis vous être d'une quelconque utilité. »

Darcy se tourna vers Stoughton : « Il nous faudra peut-être une civière. N'y en a-t-il pas une dans la pièce derrière l'armurerie ?

— Si, Monsieur, en effet, celle que nous avons utilisée le jour où Lord Instone s'est cassé la jambe à la chasse.

— Dans ce cas, allez la chercher, voulez-vous ? Nous aurons aussi besoin de couvertures, d'un peu de brandy, d'eau et de lanternes.

— Je peux m'en occuper », intervint Alveston, et les deux hommes s'éloignèrent sur-le-champ.

Darcy avait l'impression d'avoir perdu un temps précieux en discussions et en préparatifs, mais en regardant sa montre, il constata qu'il ne s'était écoulé qu'un quart d'heure depuis l'arrivée théâtrale de Lydia. Il entendit alors un bruit de sabots et, se retournant, aperçut un cavalier qui arrivait au galop sur la pelouse, longeant la rivière. Le colonel Fitzwilliam était de retour. Avant qu'il n'ait eu le temps de mettre pied à terre, Stoughton surgit à l'angle du château, une civière sur l'épaule, suivi d'Alveston et d'un valet de chambre, les bras chargés de deux couvertures pliées, de bouteilles de brandy et d'eau et de trois lanternes. Darcy s'approcha du colonel et lui fit en quelques mots le récit des événements de la soirée ainsi que de leurs intentions.

Fitzwilliam écouta en silence avant d'observer : « Vous montez une expédition impressionnante pour satisfaire le caprice d'une femme hystérique. Sans doute ces deux sots se seront-ils perdus dans le bois, ou bien l'un d'eux aura trébuché sur une racine et se sera foulé une cheville. Ils doivent être en train de rejoindre Pemberley ou le King's Arms en boitillant, mais puisque le cocher a lui aussi entendu des coups de feu, nous ferions mieux de nous armer. Je vais aller chercher mon pistolet et je vous rejoins au cabriolet. Si la civière est nécessaire, un homme supplémentaire ne vous sera sans doute pas inutile, alors qu'un cheval ne ferait que nous embarrasser si nous devons nous enfoncer au plus profond de la forêt, ce qui paraît probable. Je vais prendre ma boussole de poche. Il est déjà assez stupide que deux hommes mûrs se perdent comme des enfants, mais qu'ils soient cinq serait le comble du ridicule. »

Il remonta en selle et se dirigea vers les écuries d'un trot rapide. Le colonel n'avait donné aucune explication de son absence et Darcy, dans le feu des événements, ne lui avait pas consacré une pensée de la soirée. Il songea alors que, quelle qu'ait été la destination de Fitzwilliam, son retour était importun s'il devait retarder l'expédition ou réclamer des informations et des explications que nul ne pouvait encore lui donner ; il avait cependant raison sur un point : un homme de plus ne serait pas inutile. Bingley resterait au château pour veiller sur les femmes, et il pouvait, comme toujours, compter sur Stoughton et sur Mrs Reynolds pour s'assurer que toutes les portes et les fenêtres étaient soigneusement fermées et répondre, au besoin, à toute manifestation de curiosité des domestiques. Mais son cousin ne leur fit pas perdre de temps. Il était de retour quelques minutes plus tard et aida Alveston à attacher la civière sur le cabriolet. Les trois hommes y montèrent et Pratt enfourcha le cheval de tête.

À cet instant, Elizabeth apparut sur le perron et les rejoignit en courant. « Nous avons oublié Bidwell. S'il se passe quelque chose dans le bois, il faut absolument qu'il soit auprès de sa famille. Peut-être y est-il déjà. À votre connaissance, Stoughton, est-il rentré chez lui ?

– Non, Madame. Il est en train de faire l'argenterie. Il n'était pas censé rentrer chez lui avant dimanche. Une partie du personnel de maison n'a pas encore fini son ouvrage à cette heure-ci, Madame. »

Sans laisser à Elizabeth le temps de réagir, le colonel bondit hors de la voiture. « Je vais aller le chercher, dit-il. Je sais où le trouver… à l'office », et il s'éloigna.

Tournant les yeux vers son mari, Elizabeth le vit froncer les sourcils ; il partageait manifestement son étonnement. Depuis que le colonel était arrivé, il avait donné d'innombrables preuves de sa détermination à prendre les choses en main, mais elle songea que ce n'était peut-être pas surprenant : après tout, il était habitué à assumer le commandement dans les moments de crise.

Il revint rapidement, sans Bidwell. « Il était si bouleversé à l'idée de quitter son travail sans l'avoir achevé que je n'ai pas insisté, expliqua-t-il. Comme de coutume la veille du bal, Stoughton a pris les dispositions nécessaires pour qu'il passe la nuit au château. Il est censé travailler ici demain toute la journée, et sa femme ne l'attend pas avant dimanche. Je lui ai promis que nous ferions un saut au cottage pour vérifier que tout est en ordre. J'espère n'avoir pas outrepassé mon autorité. »

Dans la mesure où le colonel ne disposait sur les domestiques de Pemberley d'aucune autorité qu'il fût susceptible d'outrepasser, Elizabeth préféra ne rien dire.

Ils s'éloignèrent enfin, suivis du regard depuis le seuil

par Elizabeth, Jane, Bingley et les deux domestiques. Personne ne prononça un seul mot, et quelques minutes plus tard, quand Darcy se retourna, la grande porte de Pemberley s'était refermée et la demeure paraissait déserte, sereine et belle sous le clair de lune.

II

Aucune partie du domaine de Pemberley n'était à l'abandon, mais, contrairement au parc d'agrément, le bois du nord-ouest ne recevait ni ne réclamait grande attention. De temps en temps, on abattait un arbre pour en faire du bois de chauffage, des poutres ou des planches destinées aux travaux de réparation des cottages, les buissons trop proches du sentier étaient ébranchés ou un arbre mort coupé, et son tronc débardé. Un étroit chemin aux ornières creusées par les charrettes venant livrer les provisions à l'entrée de service conduisait de la loge de garde à la vaste cour située à l'arrière de Pemberley, au-delà de laquelle se trouvaient les écuries. Depuis la cour, une porte ouvrant sur l'arrière du château donnait sur un corridor qui menait à l'armurerie et au bureau du régisseur.

Alourdi par ses trois passagers, la civière et les deux bagages de Wickham et du capitaine Denny, le cabriolet progressait lentement, et les trois hommes étaient plongés dans un silence qui, s'agissant de Darcy, avoisinait une étrange léthargie. Soudain, le cabriolet s'arrêta dans un soubresaut. Se redressant, Darcy regarda au-dehors et sentit les premières gouttes de pluie lui cingler le visage. Il avait l'impression qu'un immense escarpement rocheux fissuré se dressait devant eux, triste et impénétrable. Il le vit trembler sous ses yeux comme sur le point de s'écrouler. Il reprit

alors ses esprits, les failles du rocher s'élargirent pour devenir une brèche entre des arbres touffus, et il entendit Pratt
exhorter ses chevaux récalcitrants à s'engager sur le sentier
du bois.

Lentement, ils s'avancèrent dans les ténèbres qu'envahissait une odeur de terreau. Ils progressaient sous la
lumière mystérieuse de la pleine lune qui semblait planer
devant eux comme une compagne spectrale, disparaissant
un instant avant de réapparaître. Au bout de quelques
mètres, Fitzwilliam se tourna vers Darcy : « Nous ferions
mieux de poursuivre à pied maintenant. Les souvenirs de
Pratt ne sont peut-être pas parfaitement précis et nous
devrons être très vigilants pour ne pas manquer l'endroit
où Wickham et Denny ont pénétré dans le bois, et celui
d'où, peut-être, ils en sont ressortis. Nous verrons et entendrons mieux si nous quittons le cabriolet. »

Ils sortirent, munis des lanternes et, comme Darcy s'y
attendait, le colonel prit la tête de leur petite colonne. Le
sol ameubli par les feuilles mortes assourdissait leurs pas,
et Darcy n'entendait guère que le grincement de l'attelage,
le souffle rauque des chevaux et le cliquetis des rênes. Par
endroits, les branches formaient au-dessus de leurs têtes un
épais tunnel voûté qui s'écartait parfois pour laisser entre-
voir la lune, et dans cette obscurité cloîtrée, le vent n'était
plus qu'un faible murmure agitant les frêles ramures
comme si elles servaient encore d'habitat aux oiseaux
gazouillants du printemps.

Comme chaque fois qu'il entrait dans ce bois, les pensées de Darcy se portèrent vers son arrière-grand-père. Le
charme que ce George Darcy depuis longtemps disparu
trouvait à ce lieu résidait sans doute en partie dans sa diver-
sité, ses sentes secrètes, ses vues inattendues. Ici, dans son
refuge retiré gardé par les arbres, où les oiseaux et les
petites bêtes pouvaient s'approcher de sa maison sans

crainte, il lui était permis de croire que la nature et lui ne faisaient qu'un, respirant le même air, guidés par le même esprit. Dans son enfance, quand il venait jouer dans le bois, Darcy s'était toujours senti singulièrement proche de son arrière-grand-père et il avait compris très tôt que ce Darcy dont on ne parlait guère, qui avait renoncé à ses responsabilités à l'égard du domaine et du château, était un sujet d'embarras pour sa famille. Avant d'abattre son chien, Soldat, et de se donner la mort, il avait rédigé un bref message dans lequel il demandait à être enterré avec son fidèle compagnon, mais la famille avait ignoré cette requête impie et George Darcy reposait en compagnie de ses aïeux dans la section familiale ceinte de murs du cimetière villageois, alors que Soldat avait sa propre tombe dans le bois, une pierre de granite sur laquelle on avait simplement gravé son nom et la date de sa mort. Darcy était encore petit garçon quand il avait pris conscience que son père redoutait qu'il n'y eût quelque faiblesse héréditaire au sein de la famille et avait pris soin de lui inculquer de bonne heure la notion des obligations qui lui incomberaient lorsqu'il lui succéderait, des responsabilités à l'endroit du domaine comme de ceux qui le servaient et en dépendaient, en lui faisant comprendre qu'il s'agissait d'une charge à laquelle aucun fils aîné ne saurait se dérober.

Le colonel Fitzwilliam donnait l'allure, progressant lentement en faisant osciller sa lanterne d'un côté à l'autre, s'arrêtant occasionnellement pour observer de plus près la barrière de feuillage, en quête de signes trahissant un éventuel passage. Tout en se reprochant la mesquinerie de cette réflexion, Darcy se dit que le colonel savourait sans doute cette situation qui lui permettait d'exercer sa prérogative de commandement. Lui-même cheminait péniblement devant Alveston, empli d'une amertume qui laissait place de temps à autre à une bouffée de colère, semblable à la ruée de la marée montante. Ne serait-il donc jamais débarrassé de George Wickham ? C'était la forêt dans laquelle ils venaient jouer tous deux quand ils étaient petits. Cette époque lui avait paru remplie de bonheur et d'insouciance, mais il se demandait à présent si cette amitié d'enfance avait jamais été sincère. Le jeune Wickham nourrissait-il déjà des sentiments d'envie, de ressentiment, d'aversion ? Ces jeux brutaux de garçons, ces bagarres pour rire qui le laissaient parfois couvert de bleus : Wickham ne l'avait-il pas rudoyé délibérément ? Certaines réflexions mesquines, blessantes, surgissaient à présent à sa conscience, après être restées enfouies au fond de sa mémoire des années durant. Pendant combien de temps Wickham avait-il ourdi sa vengeance ? Savoir que sa sœur n'avait évité le déshonneur et l'opprobre que parce qu'il était suffisamment riche pour acheter le silence de son séducteur lui inspirait une telle rancœur qu'il réprima un gémissement. Il avait espéré que son bonheur conjugal chasserait définitivement cette humiliation de son esprit, mais elle revenait de plus belle, rendue plus vivace encore par toutes ces années de refoulement, fardeau intolérable de honte et de dégoût de soi d'autant plus amer que Darcy savait que c'était une fois de plus son argent, et lui seul, qui avait persuadé Wickham d'épouser Lydia Bennet. Ce geste de générosité lui avait été inspiré par son amour pour Elizabeth, mais c'était son mariage avec celle-ci qui avait introduit Wickham dans sa famille, lui avait donné le droit de l'appeler frère et avait fait de lui l'oncle de Fitzwilliam et de Charles. S'il avait réussi à tenir Wickham à l'écart de Pemberley, il ne pourrait jamais l'effacer de son esprit.

Cinq minutes plus tard, ils atteignaient le sentier menant de la route au cottage du bois. Régulièrement emprunté depuis de longues années, il était étroit mais parfaitement visible. Sans laisser à Darcy le temps de dire un mot, le colonel s'avança, lanterne à la main. Tendant son arme à son cousin, il lui dit : « Prenez ceci, c'est préférable. Je ne m'attends à rencontrer aucun ennui et ce pistolet ne ferait qu'effrayer Mrs Bidwell et sa fille. Je vais m'assurer que tout est en ordre et conseiller à Mrs Bidwell de garder sa porte verrouillée et de ne laisser entrer personne, sous aucun prétexte. Le mieux sera que je l'avertisse que les deux messieurs se sont peut-être égarés dans le bois et que nous les recherchons. Inutile de lui donner davantage de précisions. »

Il s'éloigna et disparut immédiatement aux regards, tandis que les arbres touffus étouffaient le bruit de ses pas. Darcy et Alveston restèrent immobiles et silencieux. Les minutes s'égrenèrent et, regardant sa montre, Darcy constata que cela faisait presque vingt minutes déjà que le colonel était absent. Enfin, ils entendirent le frémissement de branches qu'on écarte et il réapparut.

Reprenant son pistolet des mains de Darcy, il annonça d'un ton péremptoire : « Tout va bien. Mrs Bidwell et sa fille ont effectivement entendu des coups de feu, assez près selon elles, mais pas à proximité immédiate du cottage. Elles ont verrouillé la porte sur-le-champ et n'ont plus rien entendu depuis. La fille... elle s'appelle bien Louisa ?... était au bord de la crise de nerfs, mais sa mère a réussi à la calmer. Il est regrettable que cet incident survienne précisément la nuit où Bidwell n'est pas chez lui. » Il se tourna vers le cocher : « Soyez attentif et arrêtez-vous dès que nous aurons rejoint l'endroit où le capitaine Denny et Mr Wickham sont descendus du cabriolet. »

Il reprit la tête de la petite procession et ils poursuivirent lentement leur progression. De temps en temps, Darcy et Alveston soulevaient leurs lanternes le plus haut possible, l'oreille aux aguets, à l'affût d'une trace dans le sous-bois. Le cabriolet fit brusquement halte au bout de cinq minutes environ.

« C'est par ici, Monsieur, je crois bien. J'avais remarqué ce chêne à gauche, et puis ces baies rouges. »

Devançant Fitzwilliam qui s'apprêtait à parler, Darcy demanda : « Dans quelle direction le capitaine Denny est-il parti ?

— Vers la gauche, Monsieur. Je n'ai pas vu de chemin, mais il s'est enfoncé dans le bois tout de go, comme s'il n'y avait pas de broussailles.

— Combien de temps s'est-il écoulé avant que Mr Wickham ne le suive ?

— Pas plus d'une seconde ou deux, ma foi, Monsieur. Comme je vous l'ai dit, la dame s'est accrochée à lui, elle ne voulait pas qu'il y aille, et puis elle n'arrêtait pas de brailler après lui. Ensuite, quand elle a vu qu'il ne revenait pas et qu'elle a entendu les coups de feu, elle m'a dit de me mettre en route et de rejoindre Pemberley aussi vite que possible. Elle a hurlé tout du long, Monsieur, comme quoi nous serions assassinés, tous autant que nous étions.

— Attendez-nous ici, et ne quittez pas le cabriolet », ordonna Darcy. Il se tourna vers Alveston : « Nous ferions mieux de prendre la civière. Nous aurons l'air idiots s'ils se sont simplement perdus et sont indemnes, mais ces coups de feu sont tout de même inquiétants. »

Alveston détacha la civière et la descendit du cabriolet. « Et encore plus idiots si nous nous perdons nous-mêmes, dit-il à Darcy. Mais j'imagine que vous connaissez bien ce bois, Monsieur.

— Suffisamment bien, sans doute, pour que nous soyons assurés d'en ressortir. »

Le transport de la civière au milieu des fourrés risquait d'être difficile, et après délibération, Alveston chargea la toile roulée sur son épaule et ils se mirent en route.

Pratt n'avait pas répondu à Darcy quand celui-ci lui avait donné instruction de ne pas s'éloigner du cabriolet, mais, de toute évidence, il était inquiet à l'idée de rester seul et sa crainte se communiqua aux chevaux, dont les ébrouements et les hennissements composaient aux oreilles de Darcy un accompagnement sonore des plus pertinents pour une entreprise qu'il commençait à juger fort peu judicieuse. Se frayant un passage à travers des broussailles presque impénétrables, ils marchaient à la queue leu leu, le colonel en tête, balançant lentement leurs lanternes d'un côté à l'autre et s'arrêtant au moindre signe susceptible de révéler un passage récent, tandis qu'Alveston manœuvrait avec difficulté les bras de la civière sous les branches basses des arbres. Ils s'arrêtaient tous les quelques pas, criaient puis écoutaient sans mot dire, mais aucune réponse ne parvenait à leurs oreilles. Le vent, à peine audible, tomba alors et dans ce calme soudain, on aurait cru que la vie secrète du bois était réduite au silence par leur présence insolite.

Se fiant aux brindilles arrachées et pendantes de certains buissons et à quelques traînées dans la terre qui auraient pu être des empreintes de pas, ils espérèrent d'abord être sur la bonne piste mais cinq minutes plus tard, les arbres et les buissons se firent moins drus, leurs appels demeuraient toujours sans réponse et ils s'arrêtèrent pour réfléchir à la meilleure façon de procéder. Craignant d'être séparés si l'un ou l'autre s'égarait, ils étaient restés à quelques mètres de distance les uns des autres, se dirigeant vers l'ouest. Ils décidèrent alors de rejoindre le cabriolet en obliquant vers l'est, en direction de Pemberley. Il était impossible à trois hommes de couvrir l'intégralité de cette vaste forêt : si ce changement d'orientation ne produisait aucun résultat, ils devraient regagner le château et, pour peu que Wickham et Denny ne soient pas rentrés avant l'aube, convoquer les ouvriers du domaine et peut-être la police pour organiser une battue plus méticuleuse.

Ils poursuivaient leur chemin tant bien que mal quand

soudain la barrière de branches enchevêtrées se fit moins dense et au clair de lune, ils aperçurent une clairière entourée des troncs élancés d'un cercle de bouleaux argentés. Ils pressèrent le pas avec un regain d'énergie, piétinant les broussailles, heureux de se libérer de la prison de fourrés et d'arbres épais et oppressants pour retrouver un peu d'espace et de lumière. Ici, la voûte du feuillage s'était écartée et le clair de lune qui irisait les fûts graciles composait un spectacle de toute beauté, plus proche du songe que de la réalité.

Ils arrivèrent à la clairière. Passant lentement, presque avec respect, entre deux arbres élancés, ils se figèrent, comme enracinés, muets d'horreur. Devant eux, ses couleurs violentes contrastant brutalement avec la lumière voilée, se dressait un tableau de mort. Ils ne prononcèrent pas un mot. Ils s'avancèrent lentement, comme un seul homme, brandissant leurs lanternes ; leurs puissants faisceaux, dont l'éclat éclipsait la douce lueur de la lune, intensifièrent le rouge vif d'une vareuse d'officier et le visage effrayant, maculé de sang, ainsi que les yeux fous qui se tournaient vers eux.

Le capitaine Denny était allongé sur le dos, l'œil droit fermé par du sang coagulé, le gauche, vitreux et aveugle, fixé sur la lune lointaine. Wickham était agenouillé au-dessus de lui, les mains couvertes de sang, son propre visage transformé en un masque d'éclaboussures. Sa voix était rauque et gutturale, mais ses paroles étaient parfaitement distinctes : « Il est mort ! Oh, mon Dieu, Denny est mort ! C'était mon ami, mon seul ami, et je l'ai tué ! Je l'ai tué ! C'est ma faute. »

Sans leur laisser le temps de réagir, il se laissa tomber en avant, la gorge déchirée de sanglots irrépressibles, avant de s'effondrer sur le corps de Denny, leurs deux visages ensanglantés se touchant presque.

Le colonel se pencha sur Wickham, puis se redressa. « Il est ivre, remarqua-t-il.

— Et Denny ? demanda Darcy.

— Mort. Non, il vaut mieux ne pas le toucher. Croyez-moi, je sais reconnaître la mort quand je la vois. Chargeons le corps sur la civière, je vous aiderai à le porter. Alveston, vous êtes sans doute le plus robuste d'entre nous, pouvez-vous soutenir Wickham jusqu'au cabriolet ?

— Je pense que oui, Monsieur. Il n'est pas très lourd. »

En silence, Darcy et le colonel soulevèrent la dépouille de Denny et la déposèrent sur la civière de toile. Le colonel se dirigea alors vers Wickham pour aider Alveston à le relever. Il tituba, mais n'opposa pas de résistance. Le souffle qui sortait de ses poumons en hoquets mêlés de sanglots infesta l'air de la clairière d'une puanteur de whisky. Alveston était plus grand que lui, et une fois qu'il eut réussi à soulever le bras droit de Wickham et à le faire passer au-dessus de son épaule, il lui fut possible de soutenir son poids inerte et de lui faire ainsi franchir quelques pas.

Le colonel, qui s'était à nouveau penché vers le sol, se redressa. Il tenait un pistolet. Approchant le canon de ses narines, il déclara : « C'est probablement l'arme qui a tiré les coups de feu. » Imité par Darcy, il attrapa alors les bras de la civière et la souleva, non sans effort. Le triste cortège se remit en route en direction du cabriolet, la civière en tête, Alveston, encombré de Wickham, quelques mètres derrière. Les traces de leur précédent passage étaient parfaitement visibles et ils n'eurent aucun mal à retrouver leurs empreintes, mais le trajet fut lent et pénible. Darcy se traînait derrière le colonel, plongé dans un désarroi insondable, dix objets de crainte et d'angoisse se bousculant dans son esprit et empêchant toute réflexion rationnelle. Il ne s'était jamais autorisé à se demander de quelle nature exacte avait été l'amitié entre Elizabeth et Wickham à Longbourn, mais à présent, des soupçons jaloux, qu'il savait injustifiés et indignes, envahissaient ses pensées. Pendant un moment d'horreur, il regretta que ce ne fût pas le poids du corps de Wickham qui lui fatiguât ainsi les épaules, et la conscience qu'il était capable, fût-ce l'espace d'une seconde seulement, de souhaiter que son ennemi fût mort le consterna.

Pratt fut manifestement ravi de les voir réapparaître, mais en apercevant la civière, il se mit à trembler de peur et il fallut un ordre brutal du colonel pour qu'il se décide à maîtriser ses chevaux, affolés par l'odeur du sang. Darcy et le colonel posèrent la civière au sol et, prenant une couverture à l'intérieur du cabriolet, Darcy en recouvrit le corps de Denny. Wickham, qui s'était tenu tranquille pendant la traversée du bois, commençait à devenir rétif et ce fut avec soulagement qu'Alveston, aidé du colonel, réussit à le faire monter dans le cabriolet et s'assit en face de lui. Le colonel et Darcy reprirent les bras de la civière et, les épaules douloureuses, soulevèrent à nouveau leur fardeau. Pratt avait enfin réussi à calmer ses chevaux et ce fut en silence et dans une immense lassitude de corps et d'esprit que Darcy et le colonel, suivant le cabriolet, reprirent le long chemin qui menait à Pemberley.

III

Dès que Lydia, enfin calmée, se fut laissé persuader de se mettre au lit, Jane la confia à Belton et rejoignit Elizabeth. Elles se précipitèrent toutes deux vers la porte d'entrée pour assister au départ de l'équipe de recherche. Bingley, Mrs Reynolds et Stoughton y étaient déjà, et ils continuèrent tous les cinq à fixer l'obscurité du regard jusqu'à ce que le cabriolet ne fût plus que deux lumières lointaines et vacillantes et que Stoughton se fût retourné pour fermer la porte et pousser le verrou.

Mrs Reynolds s'adressa alors à Elizabeth : « Je vais rester auprès de Mrs Wickham jusqu'à l'arrivée du docteur McFee, Madame. Il va probablement lui administrer un calmant pour l'aider à dormir. Je vous suggère de regagner le salon de musique avec Mrs Bingley et d'y attendre le retour des messieurs ; vous pourrez vous installer confortablement et l'on a remis des bûches dans le feu. Stoughton restera à la porte pour monter la garde. Dès que le cabriolet sera en vue, il vous le fera savoir, à vous et Mrs Bingley. Et dans l'éventualité où les messieurs retrouveraient Mr Wickham et le capitaine Denny sur la route, il y a assez de place pour tous dans le cabriolet, bien qu'un voyage dans pareilles conditions ne soit sans doute pas des plus agréables. Ces messieurs voudront probablement manger quelque chose de chaud à leur retour, mais je doute, Madame, que

Mr Wickham et le capitaine Denny souhaitent entrer se restaurer. Dès que Mr Wickham se sera assuré que sa femme est saine et sauve, son ami et lui tiendront certainement à se remettre en route. Pratt disait, me semble-t-il, qu'il devait les conduire au King's Arms de Lambton. »

C'était exactement ce qu'Elizabeth avait envie d'entendre et elle se demanda si Mrs Reynolds se montrait délibérément aussi rassurante. L'idée que Wickham ou le capitaine Denny aient pu se casser ou se fouler une cheville en errant dans le bois et qu'il faille les faire entrer, voire les héberger pour la nuit, était une éventualité des plus déplaisantes. Son mari ne refuserait jamais l'hospitalité à un homme blessé, mais l'idée de recevoir Wickham sous son toit lui répugnerait et pouvait avoir des conséquences qu'elle préférait ne même pas envisager.

« Je vérifierai, Madame, que tout le personnel occupé aux préparatifs du bal est allé se coucher, reprit Mrs Reynolds. Belton, j'en suis sûre, ne demandera qu'à rester debout si l'on a besoin d'elle, et Bidwell travaille encore, mais il est d'une entière discrétion. Inutile de parler à qui que ce soit de l'aventure de cette nuit avant demain matin, et nous nous limiterons alors au strict nécessaire. »

Elles s'apprêtaient à gravir l'escalier quand Stoughton annonça le retour de l'équipage qui était parti chercher le docteur McFee. Elizabeth attendit pour saluer ce dernier et lui expliquer en deux mots ce qui s'était passé. Le docteur McFee n'entrait jamais dans la demeure sans y recevoir un accueil chaleureux. C'était un veuf d'âge moyen dont l'épouse, morte prématurément, lui avait laissé une fortune considérable, et bien qu'il pût se permettre d'utiliser sa voiture, il préférait faire ses tournées à cheval. Avec sa sacoche de cuir carrée sanglée sur sa selle, c'était une figure familière des routes et des chemins de Lambton et de Pemberley. Des années de chevauchée par tous les temps avaient prêté quelque rudesse à ses traits mais, bien qu'il ne passât pas pour un bel homme, il avait un visage franc et intelligent dans lequel l'autorité et la bienveillance se mariaient si bien qu'il semblait que la nature l'eût destiné à devenir médecin de campagne. Sa philosophie médicale était que le corps humain possède une tendance naturelle à guérir tout seul à condition que les patients et les médecins ne conspirent pas pour interférer avec ses processus bénins. Toutefois, n'ignorant pas que la nature humaine exigeait des pilules et des potions, il se fiait à des breuvages qu'il confectionnait lui-même et dans lesquels ses malades avaient une confiance sans borne. Il avait appris précocement que les proches d'un patient causent moins d'ennuis si l'on fait en sorte qu'ils soient occupés dans l'intérêt du malade et avait donc inventé des mixtures dont l'efficacité était proportionnelle au temps qu'il fallait pour les préparer. Il était déjà connu de Mrs Wickham, car Mrs Bingley le faisait appeler dès que son mari, un enfant, des amis en visite ou des domestiques manifestaient le moindre signe d'indisposition, et il était devenu un ami de la famille. Ce fut avec un immense soulagement qu'on le fit monter auprès de Lydia, qui l'accueillit avec une nouvelle explosion de récriminations et d'affliction, mais s'apaisa presque aussitôt qu'il s'approcha de son lit.

Elizabeth et Jane étaient désormais libres d'aller veiller dans le salon de musique, des fenêtres duquel on avait une excellente vue sur la route du bois. Elles eurent beau essayer de se détendre en s'allongeant sur l'ottomane, elles ne pouvaient, ni l'une ni l'autre, résister à l'impulsion de s'approcher à tout moment de la fenêtre ou de faire les cent pas dans la pièce. Elizabeth savait qu'elles avaient l'esprit occupé par les mêmes supputations, et Jane finit par les exprimer verbalement.

« Ma chère Elizabeth, il ne faut pas nous attendre à ce

qu'ils reviennent très rapidement. Admettons qu'il leur faille un quart d'heure avant que Pratt ne reconnaisse l'endroit où le capitaine Denny et Mr Wickham ont disparu dans le bois. Ils pourraient avoir à les chercher pendant un quart d'heure encore, voire plus longtemps, si les deux messieurs se sont effectivement perdus, et il nous faut compter encore un peu de temps pour qu'ils rejoignent le cabriolet et reviennent jusqu'ici. N'oublions pas que l'un d'eux devra passer au cottage du bois vérifier que Mrs Bidwell et Louisa ne risquent rien. Il y a tant d'événements imprévisibles qui pourraient les retarder. Efforçons-nous d'être patientes ; selon moi, nous avons peu de chances de voir le cabriolet revenir avant une bonne heure. Et bien sûr, il n'est pas impossible que Mr Wickham et le capitaine Denny aient fini par retrouver leur chemin et aient décidé de regagner l'auberge à pied.

– J'en serais surprise, objecta Elizabeth. Ce serait une bien longue marche et ils ont déclaré à Pratt qu'après avoir déposé Lydia à Pemberley, ils poursuivraient leur route jusqu'au King's Arms de Lambton. De plus, ils auront besoin de leurs bagages. Et certainement, Wickham tiendra à s'assurer que Lydia est arrivée ici sans incident. Quoi qu'il en soit, nous ne saurons rien avant le retour du cabriolet. Tout permet d'espérer qu'on les retrouvera sur la route et qu'ils arriveront tous bientôt. En attendant, le mieux que nous puissions faire est de prendre un peu de repos. »

Tout répit leur était cependant impossible et elles continuèrent à passer leur temps à s'approcher des fenêtres puis à se rasseoir. Une demi-heure plus tard, elles avaient perdu tout espoir de voir l'équipe de recherche revenir promptement, mais restèrent tout de même debout, dévorées par une angoisse muette. Songeant aux coups de feu, elles redoutaient par-dessus tout de voir le cabriolet revenir avec la lenteur d'un corbillard, suivi de Darcy et du colonel à pied, portant la civière alourdie. Dans le meilleur des cas, celle-ci transporterait Wickham ou Denny, légèrement blessé mais incapable de supporter les cahots de la voiture. Elles cherchèrent l'une comme l'autre à chasser de leur esprit l'image d'un corps recouvert d'un linceul et la perspective effrayante de devoir expliquer à une Lydia éplorée que ses pires craintes s'étaient réalisées et que son époux était mort.

Cela faisait une heure et vingt minutes qu'elles attendaient et, lasses de rester debout, elles s'étaient éloignées de la fenêtre quand Bingley apparut avec le docteur McFee.

Le médecin prit la parole : « Mrs Wickham était épuisée aussi bien par l'angoisse que par ses pleurs prolongés et je lui ai administré un sédatif. Elle devrait bientôt dormir paisiblement, et son sommeil, je l'espère, pourrait durer huit ou neuf heures. Votre domestique, Belton, et Mrs Reynolds sont à son chevet. Je vais m'installer dans la bibliothèque et j'irai vérifier son état tout à l'heure. Inutile de vous occuper de moi. »

Elizabeth le remercia chaleureusement et déclara qu'effectivement, elle ne pouvait souhaiter meilleure solution. Et quand le médecin, accompagné de Jane, eut quitté la pièce, elle regagna la fenêtre avec Bingley.

« Il ne faut pas désespérer, il n'est pas impossible que tout aille pour le mieux, fit Bingley. Ces coups de feu sont préoccupants, sans doute, mais il s'agissait peut-être d'un braconnier qui tirait des lapins ou d'un simple avertissement de Denny qui aurait croisé un rôdeur dans le bois. Ne laissons pas notre imagination nous suggérer des drames dont la raison ne peut que nous confirmer l'extravagance. Je ne vois pas ce qui aurait pu attirer dans ce bois un individu animé de mauvaises intentions à l'égard de Wickham ou de Denny. »

Elizabeth ne répondit pas. Elle reconnaissait à peine la vue familière qu'elle aimait tant ; la rivière serpentait comme de l'argent fondu sous la lune, prenant soudain une vie frissonnante sous l'effet d'une bourrasque de vent. La route s'étirait dans ce qui semblait un vide éternel au milieu d'un paysage spectral, mystérieux et surnaturel, où nul être ne saurait vivre ou se déplacer. Et ce fut précisément à l'instant où Jane revenait qu'on aperçut enfin le cabriolet, qui ne dessina d'abord qu'une vague forme mouvante définie par le faible vacillement des lanternes lointaines. Résistant à la tentation de se précipiter à la porte, ils continuèrent d'attendre, tous leurs sens aux aguets.

« Ils se déplacent bien lentement, fit remarquer Elizabeth sans réussir à chasser le désespoir de sa voix. Si tout allait bien, ils auraient pressé l'allure. »

À cette idée, elle ne put demeurer plus longtemps à la fenêtre et dévala l'escalier, suivie de Jane et de Bingley. Stoughton avait dû voir le cabriolet depuis la fenêtre du rez-de-chaussée, car la porte d'entrée était déjà entrouverte. « Ne serait-il pas préférable, Madame, suggéra-t-il, de regagner le salon de musique ? Mr Darcy vous donnera des nouvelles dès leur arrivée. Il fait trop froid pour attendre dehors et aucun de nous ne peut faire quoi que ce soit tant que le cabriolet n'est pas là.

— Nous tenons à les accueillir ici, Mrs Bingley et moi, Stoughton, répondit Elizabeth.

— Comme vous voudrez, Madame. »

Accompagnées de Bingley, elles sortirent dans la nuit et restèrent dehors à attendre. Personne ne souffla mot jusqu'à ce que le cabriolet fût à quelques mètres de la porte. Ils aperçurent alors ce qu'ils avaient tant redouté, une forme couverte d'un linceul allongée sur la civière. Une bourrasque soudaine fit voler les cheveux d'Elizabeth autour de son visage. Elle se sentit défaillir mais réussit à se retenir à Bingley, qui posa un bras protecteur autour de ses épaules.

À cet instant, le vent souleva le coin de la couverture et ils reconnurent l'écarlate d'une veste d'officier.

Le colonel Fitzwilliam s'adressa directement à Bingley : « Vous pouvez annoncer à Mrs Wickham que son époux est en vie. Mais il n'est pas en état d'être vu. Le capitaine Denny est mort.

– Par balle ? » demanda Bingley.

Ce fut Darcy qui répondit. « Non, non, il n'a pas été tué par balle. » Il se tourna vers Stoughton. « Allez chercher les clés extérieure et intérieure de l'armurerie. Nous transporterons le corps par la cour nord, le colonel Fitzwilliam et moi, et le déposerons sur la table de l'armurerie. » Puis, se tournant à nouveau vers Bingley : « Je vous en prie, faites rentrer Elizabeth et Mrs Bingley. Elles ne peuvent nous être d'aucun secours ici, et il faut que nous fassions sortir Wickham du cabriolet. Le voir dans l'état où il se trouve serait une épreuve trop pénible pour elles. Il faut lui trouver un lit. »

Elizabeth se demanda pourquoi son mari et le colonel ne posaient pas la civière à terre, mais ils restèrent comme pétrifiés jusqu'à ce que Stoughton revienne, quelques minutes plus tard, et leur tende les clés. Puis, d'une démarche presque cérémonieuse, Stoughton les précédant tel un croque-mort, ils traversèrent la cour et se dirigèrent vers l'arrière de la maison, où se trouvait l'armurerie.

Entre les bourrasques de vent, Elizabeth perçut, venus du cabriolet violemment ébranlé, les cris farouches et incohérents de Wickham, vitupérant ses sauveteurs et reprochant leur lâcheté à Darcy et au colonel. Pourquoi n'avaient-ils pas arrêté l'assassin ? Ils avaient une arme. Ils savaient s'en servir. Par Dieu, il avait essayé de tirer un ou deux coups de feu, et il serait encore là-bas s'ils ne l'avaient pas obligé à les suivre. Vint ensuite une avalanche de jurons, dont les pires furent emportés par le vent, suivie d'un nouveau déferlement de sanglots.

Elizabeth et Jane rentrèrent dans le château. Wickham était tombé du cabriolet et Bingley et Alveston durent se mettre à deux pour le hisser sur ses pieds. Ils entreprirent alors de le traîner jusqu'au vestibule. Elizabeth posa les yeux une fraction de seconde sur le visage souillé de sang, aux yeux déments, puis s'écarta discrètement, pendant que Wickham se débattait, cherchant à échapper à l'étreinte d'Alveston.

« Il nous faut une chambre avec une porte solide et qui ferme à clé, remarqua Bingley. Que nous proposez-vous ? »

Mrs Reynolds, qui venait de revenir, se tourna vers Elizabeth. « La chambre bleue, Madame, à l'extrémité du corridor nord serait la plus sûre. Elle n'a que deux petites fenêtres et c'est la plus éloignée de la nursery. »

Bingley, qui aidait toujours Alveston à maîtriser Wickham, s'adressa à Mrs Reynolds : « Le docteur McFee s'est installé dans la bibliothèque. Dites-lui que nous avons besoin de lui. Il nous est impossible de venir à bout de Mr Wickham dans l'état où il est. Nous serons dans la chambre bleue, s'il veut bien nous rejoindre. »

Bingley et Alveston attrapèrent Wickham chacun par un bras et entreprirent de lui faire gravir l'escalier tant bien que mal. Il était un peu plus calme, mais sanglotait toujours ; lorsqu'ils eurent atteint la dernière marche, il réussit à se dégager et, baissant les yeux, lança ses dernières imprécations.

Jane se tourna vers Elizabeth. « Je ferais mieux de retourner auprès de Lydia, dit-elle. Voici longtemps que Belton s'y trouve et elle sera sans doute heureuse d'être relayée. Lydia devrait dormir à poings fermés maintenant, je l'espère en tout cas, mais dès qu'elle aura repris conscience, il faudra lui annoncer que son mari est vivant. Voilà au moins un motif de nous réjouir. Chère Lizzie, si seulement j'avais pu t'épargner cette épreuve ! »

Les deux sœurs restèrent enlacées un instant, puis Jane s'éloigna. Le silence retomba sur le vestibule. Elizabeth tremblait et, soudain prise de faiblesse, se laissa tomber sur le siège le plus proche. Elle était désemparée et regrettait que Darcy ne fût pas à ses côtés. Mais il la rejoignit bientôt, arrivant de l'armurerie par l'arrière de la maison. S'approchant d'elle immédiatement, il l'aida à se relever et l'attira doucement contre lui.

« Ma chérie, éloignons-nous d'ici. Je veux vous expliquer ce qui s'est passé. Avez-vous vu Wickham ?

– Oui, quand on l'a conduit dans la maison. Il avait un aspect effrayant. Dieu merci, c'est une image qui aura été épargnée à Lydia.

– Comment va-t-elle ?

– J'espère qu'elle dort. Le docteur McFee lui a donné un calmant. Et il vient d'accompagner Mrs Reynolds pour s'occuper de Wickham, que Mr Alveston et Charles ont conduit dans la chambre bleue, au fond du corridor nord. Nous avons pensé que c'était l'endroit le plus approprié.

– Et Jane ?

– Elle est avec Lydia et Belton. Elle va passer la nuit dans la chambre de Lydia et Mr Bingley s'installera dans le cabinet de toilette, à côté. Lydia ne supporterait pas ma présence. Elle ne tolérera que Jane auprès d'elle.

– Dans ce cas, allons dans le salon de musique. J'ai envie de passer quelques instants seul avec vous. C'est à peine si nous nous sommes vus aujourd'hui. Je vous dirai tout ce que je sais, mais je dois vous prévenir que ce ne sont pas de bonnes nouvelles. Il faudra ensuite que j'aille, cette nuit encore, annoncer à Sir Selwyn Hardcastle le décès du capitaine Denny. C'est le magistrat le plus proche d'ici. Je ne peux pas me mêler de cette affaire ; il va falloir que Hardcastle s'en charge à partir de maintenant.

– Cela ne peut-il vraiment pas souffrir quelque délai,

Fitzwilliam ? Vous devez être épuisé. Et si Sir Selwyn revient avec la police, il sera minuit passé. Il ne peut espérer entreprendre quoi que ce soit avant demain matin.

— Il convient néanmoins de le prévenir immédiatement. Sir Selwyn n'en attendra pas moins de ma part, et il aura raison. Il voudra faire emporter le corps de Denny et probablement voir Wickham, à condition qu'il soit suffisamment sobre pour être interrogé. En tout état de cause, ma chérie, il faut que le corps du capitaine Denny quitte le château le plus rapidement possible. Je ne veux pas paraître insensible ni inconvenant, mais il serait préférable qu'il ne soit plus ici au moment où les domestiques se réveilleront. Il faudra évidemment les informer de ce qui s'est passé, mais cela sera plus facile pour tous, et plus particulièrement pour eux, si le corps a déjà été emporté.

— Mais vous pourriez au moins prendre le temps de manger et de boire quelque chose avant de repartir. Votre dîner est bien loin déjà.

— Je resterai cinq minutes pour boire un peu de café et exposer mes projets à Bingley. Ensuite, il faudra que je m'en aille.

— Mais le capitaine Denny, dites-moi, que s'est-il passé ? Cette incertitude me ronge. Charles a parlé d'un accident. Était-ce vraiment un accident ? »

Darcy répondit doucement : « Mon amie, il faut attendre que les médecins aient examiné le corps pour que nous sachions comment le capitaine Denny est mort. Pour le moment, nous en sommes réduits à de simples suppositions.

— Il pourrait donc s'agir d'un accident ?

— Il serait réconfortant de l'espérer, mais je continue à penser ce que j'ai pensé en découvrant son corps... pour moi, le capitaine Denny a été assassiné. »

IV

Cinq minutes plus tard, Elizabeth attendait à la porte d'entrée avec Darcy qu'on lui amène son cheval, et elle ne rentra pas avant de l'avoir vu se mettre au galop et se fondre dans l'obscurité que dissipait à peine le clair de lune. Cette expédition promettait d'être fort peu plaisante. Le vent, qui avait épuisé le plus gros de sa fureur, avait laissé place à une violente pluie oblique, mais elle savait que ce déplacement était indispensable. Darcy était l'un des trois magistrats en activité sur le territoire de Pemberley et de Lambton; toutefois, il ne pouvait naturellement pas participer à cette enquête et il était naturel qu'il informe sans retard un de ses collègues de la mort de Denny. Elizabeth espérait, elle aussi, que le corps aurait quitté Pemberley avant le matin; à ce moment-là, il faudrait exposer à l'ensemble des domestiques une partie au moins des événements de la nuit. La présence de Mrs Wickham au château devrait leur être expliquée et il ne fallait pas compter sur Lydia pour faire preuve de discrétion. Darcy était un excellent cavalier et, même par mauvais temps, une chevauchée nocturne n'avait rien pour l'effrayer. Cependant, scrutant les ténèbres pour essayer de distinguer la dernière ombre fugace du cheval au galop, elle dut lutter contre une peur irrationnelle que quelque drame terrible ne survînt avant qu'il n'eût trouvé Hardcastle, et qu'elle ne fût destinée à ne plus jamais le revoir.

Pour Darcy, cette course nocturne fut une délivrance, une bouffée de liberté. Bien qu'il eût encore les épaules endolories par le poids de la civière et qu'il eût conscience d'être épuisé, mentalement et physiquement, les gifles du vent et la pluie glacée qui lui cinglaient le visage étaient un vrai soulagement. Sir Selwyn Hardcastle était le seul magistrat en mesure de se charger de cette affaire dont on sût qu'il était toujours chez lui et qui habitât à trois lieues seulement de Pemberley. Il assumerait même cette responsabilité avec plaisir, mais ce n'était pas le collègue que Darcy aurait choisi. Malheureusement, Josiah Clitheroe, le troisième des magistrats locaux, était immobilisé par la goutte, un mal aussi douloureux qu'immérité car, tout en appréciant un bon dîner, Clitheroe ne buvait jamais ne fût-ce qu'une larme de porto, un vin dont la consommation était communément tenue pour la principale cause de cette affection. Clitheroe était un éminent juriste respecté au-delà des frontières de son Derbyshire natal, ce qui lui valait d'être considéré comme un atout pour la magistrature, malgré une verbosité nourrie par la conviction que la validité d'un jugement était proportionnelle au temps passé pour y parvenir. La moindre nuance d'une affaire qui passait entre ses mains était examinée avec un soin méticuleux des détails, les arrêts antérieurs analysés et discutés, et la loi pertinente dûment exposée. Et s'il pouvait paraître que les préceptes de quelque philosophe antique – Platon et Socrate, si possible – étaient propres à ajouter du poids à son argumentation, ils étaient immanquablement appelés en renfort. Néanmoins, malgré les sinuosités du parcours, sa décision finale était invariablement raisonnable et il n'était guère de prévenus qui ne se seraient estimés victimes d'une discrimination des plus injustes si le juge Clitheroe ne leur avait fait l'honneur d'une heure au moins de dissertation inintelligible lorsqu'ils étaient déférés devant lui.

Darcy regrettait tout particulièrement l'impotence du juge Clitheroe. Tout en se respectant mutuellement comme magistrats, Sir Selwyn Hardcastle et lui n'entretenaient pas des relations très aisées, et avant que le père de Darcy ne prenne possession du domaine de Pemberley, leurs deux familles avaient été en guerre ouverte. Le désaccord remontait à l'époque du grand-père de Darcy et à l'affaire d'un jeune domestique de Pemberley, Patrick Reilly, jugé coupable d'avoir braconné dans ce qui était alors le parc à daims de Sir Selwyn, ce qui lui avait valu d'être pendu.

Cette exécution avait provoqué l'indignation des villageois de Pemberley, mais tout le monde avait reconnu que Mr Darcy avait fait son possible pour sauver le jeune garçon ; c'est ainsi que Sir Selwyn et lui s'étaient vu attribuer respectivement les rôles imposés du magistrat compatissant et du défenseur inflexible de la loi. Il avait fallu attendre que le père de Darcy eût pris la succession du domaine de Pemberley pour qu'une première tentative de réconciliation soit faite. Encore fallut-il que le vieux Darcy fût sur son lit de mort. Il demanda alors à son fils d'essayer de mettre fin à cette brouille, soulignant qu'il n'était dans l'intérêt ni de la loi ni des bonnes relations entre les deux domaines que l'hostilité actuelle perdure. Entravé par sa réserve innée et par la conviction qu'évoquer ouvertement une querelle ne faisait qu'en confirmer l'existence, Darcy emprunta une voie plus subtile. Des invitations à des parties de chasse, et occasionnellement à un dîner familial, furent lancées, et acceptées. Peut-être Hardcastle avait-il, lui aussi, pris conscience des dangers de cette animosité durable, mais leur rapprochement n'était jamais allé jusqu'à l'intimité. Darcy savait que dans ses ennuis présents, il trouverait en Hardcastle un magistrat consciencieux et honnête, mais ne devait pas espérer s'appuyer sur un ami.

Le cheval semblait apprécier l'air frais et l'exercice tout autant que son cavalier, et Darcy mit pied à terre à Hardcastle House moins d'une heure après son départ. L'ancêtre de Sir Selwyn avait été élevé au rang de baronnet du temps du roi Jacques Ier, période où la demeure familiale avait été construite. C'était un vaste édifice compliqué, plein de coins et de recoins, dont les sept hautes cheminées se dressaient, servant de point de repère dans le paysage, au-dessus des grands ormes qui entouraient la maison comme une barricade. À l'intérieur, les petites fenêtres et les plafonds bas dispensaient peu de jour. Le père de l'actuel baronnet, impressionné par les aménagements qu'avaient entrepris certains de ses voisins, avait fait construire une nouvelle aile plus élégante mais discordante, qui ne servait plus guère désormais, sinon pour loger les domestiques, Sir Selwyn préférant l'ancien bâtiment malgré ses nombreux désagréments.

Lorsque Darcy tira le cordon de la sonnette, il provoqua un tintamarre suffisant pour réveiller toute la maisonnée, et la porte fut ouverte en quelques secondes par le vieux majordome de Sir Selwyn, Buckle, qui, à l'image de son maître, pouvait semblait-il se passer de sommeil, car il était connu pour être à son service à toute heure du jour et de la nuit. Sir Selwyn et Buckle étaient inséparables et la position de maître d'hôtel de la famille Hardcastle était généralement considérée comme héréditaire, dans la mesure où le père et le grand-père de Buckle l'avaient exercée avant lui. La ressemblance familiale entre les générations était remarquable : tous les Buckle étaient courtauds, lourdement charpentés avec des bras démesurément longs et une physionomie de bouledogues bienveillants. Buckle débarrassa Darcy de son chapeau et de sa veste d'équitation et, bien que l'identité du visiteur lui fût parfaitement connue, il lui demanda son nom et, selon son habitude invariable, le pria d'attendre pendant qu'il l'annonçait à son maître. Le délai parut interminable, mais Darcy finit par entendre son pas lourd qui revenait et Buckle déclara : « Sir Selwyn se trouve dans son fumoir, Monsieur, si vous voulez bien me suivre. »

Ils traversèrent le grand vestibule avec son haut plafond voûté, sa fenêtre à petits carreaux, son impressionnante collection d'armures et sa tête de cerf empaillée, légèrement moisie par l'âge. Cette vaste entrée abritait également les portraits de famille et au fil des générations, les Hardcastle s'étaient fait une réputation dans tout le voisinage pour le nombre et les dimensions de ces tableaux, réputation qui devait plus à leur quantité qu'à leur qualité. Tous les baronnets avaient transmis à leurs descendants ne fût-ce qu'un préjugé ou une opinion inflexible susceptible de les instruire ou de les incommoder, parmi lesquels la conviction, professée initialement par un Sir Selwyn du dix-septième siècle, que c'était gaspiller son argent que d'employer un artiste onéreux pour peindre les femmes de la famille. La seule qualité nécessaire pour satisfaire les prétentions des maris et la vanité des épouses était que le peintre rende un visage ingrat joli, un joli visage beau, et consacre davantage de temps et de peinture aux vêtements du modèle qu'à ses traits. Dans la mesure où les hommes de la famille Hardcastle partageaient une propension à admirer le même type de beauté féminine, le candélabre à trois branches que Buckle brandissait bien haut illuminait une rangée de moues pincées et désapprobatrices et d'yeux protubérants et hostiles fort médiocrement peints, tandis que le satin et les dentelles succédaient au velours, que la soie remplaçait le satin, et la mousseline la soie. Les Hardcastle du sexe fort avaient été mieux traités. Une série de visages au nez légèrement busqué, aux sourcils broussailleux nettement plus foncés que les cheveux et à la large bouche aux lèvres presque exsangues contemplaient Darcy avec une assurance pleine de morgue. On pouvait imaginer avoir sous les yeux l'actuel Sir Selwyn, immortalisé au fil des siècles par d'éminents peintres dans ses différents rôles : propriétaire foncier et maître de maison responsable, pater familias, bienfaiteur des pauvres, capitaine des Volontaires du Derbyshire en somptueux uniforme avec son écharpe de fonction, et enfin, magistrat, sévère, sage mais juste. Rares étaient les visiteurs modestes de Sir Selwyn à n'être pas profondément impressionnés et dûment intimidés au moment d'être introduits en sa présence.

Darcy suivit Buckle dans un étroit corridor qui menait à l'arrière de la maison et à l'extrémité duquel le majordome ouvrit sans frapper une lourde porte de chêne, annonçant d'une voix de stentor : « Mr Darcy de Pemberley souhaite vous voir, Sir Selwyn. »

Selwyn Hardcastle ne se leva pas. Il était assis dans un fauteuil à haut dossier près de la cheminée, coiffé d'une calotte, sa perruque posée à côté de lui sur une table ronde, sur laquelle se trouvaient également une bouteille de porto et un verre à demi plein. Il lisait un lourd volume ouvert sur ses genoux, qu'il referma alors manifestement à regret, après avoir soigneusement placé un signet à la page ouverte. La scène n'était pas loin de composer une vivante reproduction de son portrait en magistrat, et Darcy put imaginer apercevoir la silhouette du peintre s'esquivant discrètement par la porte, la séance de pose terminée. Le feu avait été récemment attisé et brûlait avec fureur ; sur le fond sonore de ses petites explosions et du crépitement des bûches, Darcy pria son hôte de bien vouloir excuser l'heure tardive de sa visite.

« Cela n'a pas d'importance, le rassura Sir Selwyn. Il est fort rare que j'achève ma lecture quotidienne avant une heure du matin. Mais vous semblez troublé. Sans doute s'agit-il de quelque situation pressante. Quel fléau s'est donc abattu sur la paroisse… braconnage, sédition, insurrection de masse ? Bonaparte a-t-il fini par débarquer, ou le poulailler de Mrs Phillimore a-t-il été pillé une fois de plus ? Je vous en prie, asseyez-vous. Ce fauteuil au dossier incurvé passe pour être confortable et il devrait supporter votre poids. »

Comme il s'agissait du siège qu'occupait Darcy à chacune de ses visites, il avait toute confiance en sa solidité. Il s'assit et raconta son histoire de façon complète mais succincte, exposant les faits marquants sans commentaires. Sir Selwyn écouta en silence avant de prendre la parole à son tour : « Voyons si je vous ai bien compris. Mr et Mrs George Wickham, accompagnés du capitaine Denny, se dirigeaient dans un cabriolet de louage vers Pemberley où Mrs Wickham devait passer la nuit avant d'assister au bal de Lady Anne. Alors qu'ils traversaient le bois de Pemberley, le capitaine Denny a quitté le cabriolet, à la suite, semble-t-il, d'un différend et Wickham l'a suivi en lui criant de revenir. L'absence durable de ces messieurs a suscité une certaine inquiétude. Mrs Wickham et Pratt, le cocher, affirment avoir entendu des coups de feu une quinzaine de minutes plus tard et, craignant naturellement quelque drame, Mrs Wickham, à bout de nerfs, a donné ordre que le cabriolet rejoigne Pemberley à vive allure. Après son arrivée dans un état de grande détresse, vous avez entrepris de fouiller les bois avec le colonel vicomte Hartlep et l'Honorable Henry Alveston. Vous avez découvert ensemble le corps du capitaine Denny ainsi que Wickham, agenouillé à ses côtés, en larmes et manifestement soûl, le visage et les mains couverts de sang. » Il s'interrompit après ce fructueux effort de mémoire et prit quelques petites gorgées de porto avant de demander : « Mrs Wickham avait-elle été invitée au bal ? »

Ce changement de sujet était inattendu, mais Darcy répondit calmement : « Non. Mais il allait de soi qu'elle aurait été reçue à Pemberley si elle était arrivée inopinément, à toute heure du jour ou de la nuit.

— Pas invitée, mais reçue, contrairement à son mari. Il est de notoriété publique que George Wickham n'est jamais reçu à Pemberley.

— Nos relations ne sont pas de cette nature », confirma Darcy.

Sir Selwyn posa son livre sur la table avec un geste légèrement cérémonieux « C'est un personnage bien connu localement, remarqua-t-il. Un bon début dans l'existence, mais ensuite un déclin qui l'a conduit à des égarements de conduite et à un comportement dissolu. Cela n'a rien que de bien naturel quand on expose un jeune homme à un style de vie auquel il ne pourra jamais accéder par ses propres efforts et qu'on lui donne des compagnons d'une classe à laquelle il ne pourra jamais espérer appartenir. Certaines rumeurs donnent à penser qu'il pourrait y avoir une autre raison à votre antagonisme, une raison qui aurait trait à son mariage avec la sœur de votre épouse ?

— Les rumeurs sont inévitables, observa Darcy. Son ingratitude et son irrespect envers la mémoire de mon père, auxquels s'ajoutent nos divergences de caractère et d'intérêts suffisent à expliquer notre absence d'intimité. Mais n'oublions pas l'objet de ma visite. Il ne saurait y avoir de lien entre ma relation avec George Wickham et la mort du capitaine Denny.

— Pardonnez-moi, Darcy, de ne pas partager votre point de vue. Ces liens existent. L'assassinat du capitaine Denny, s'il s'agit d'un assassinat, a eu lieu sur vos terres et l'individu responsable de cet acte pourrait être un homme qui, par la loi, est votre frère et avec lequel vous êtes notoirement en désaccord. Quand des questions importantes me viennent à l'esprit, j'ai tendance à les exprimer sans détour. Votre position est assez délicate. Vous comprenez bien que vous ne pouvez pas participer à cette enquête, n'est-ce pas ?

— C'est la raison même de ma présence ici.

— Il faudra évidemment informer le High Constable. Je suppose que vous ne l'avez pas encore fait.

— Il m'a paru plus important de vous avertir sans délai.

— Vous avez eu raison. Je préviendrai moi-même Sir Miles Culpepper et lui ferai, bien sûr, un compte rendu complet de l'enquête au fur et à mesure de sa progression. Je doute cependant que cette affaire lui inspire un vif intérêt personnel. Depuis qu'il s'est remarié avec une très jeune femme, il semble consacrer plus de temps à profiter des divertissements londoniens qu'à s'occuper des affaires locales. N'y voyez pas une critique. La position de High Constable est, en un sens, fort ingrate. Il est chargé, vous ne l'ignorez pas, de faire appliquer les lois et de veiller à l'exécution des décisions des magistrats, ainsi que de surveiller et de diriger les agents de police ordinaires de sa juridiction. Dans la mesure où il ne possède sur eux aucune autorité officielle, on a quelque peine à comprendre comment il pourrait s'acquitter efficacement de cette tâche, mais, comme tant d'autres choses dans notre pays, le système fonctionne de façon satisfaisante aussi longtemps qu'il est entre les mains de personnalités locales. Vous vous souvenez de Sir Miles, bien entendu. Nous étions, vous et moi, deux des magistrats chargés de lui faire prêter serment aux assises trimestrielles il y a deux ans. Peut-être ne pourra-t-il pas participer activement à l'enquête, mais il est généralement très compétent sur tous les points de droit et j'hésite à assumer l'entière responsabilité de cette affaire. Oui, je pense qu'à nous deux, nous devrions en venir à bout. Je vais vous raccompagner à Pemberley dans ma voiture. Il faudra faire appeler le docteur Belcher avant d'emporter le corps et je ferai venir le fourgon funéraire ainsi que deux agents. Vous les connaissez – Thomas Brownrigg, qui tient à ce qu'on l'appelle agent chef pour marquer son ancienneté, et le jeune William Mason. »

Sans attendre de commentaire de Darcy, il se leva et, s'approchant du cordon, le tira vigoureusement.

Buckle arriva avec une promptitude qui fit penser à Darcy qu'il attendait devant la porte. « Mon habit de cheval et mon chapeau, Buckle, ordonna son maître, et réveillez Postgate s'il est couché, ce dont je doute. Je veux que ma voiture soit prête. Il faudra me conduire à Pemberley, mais nous nous arrêterons en chemin pour prendre deux agents et le docteur Belcher. Mr Darcy nous accompagnera à cheval. »

Buckle disparut dans les ténèbres du couloir, claquant derrière lui la lourde porte avec une force qui paraissait superflue.

« J'ai bien peur que ma femme ne soit pas en mesure de vous accueillir, dit alors Darcy. J'espère que Mrs Bingley et elle se seront retirées pour la nuit, mais mon majordome et mon intendante seront encore debout et le docteur McFee est dans la maison. Mrs Wickham se trouvait dans un état d'anxiété considérable quand elle est arrivée à Pemberley et nous avons jugé préférable, Mrs Darcy et moi-même, qu'elle reçoive immédiatement les soins qui s'imposaient.

– Quant à moi, rétorqua Sir Selwyn, je tiens à ce que le docteur Belcher, le médecin chargé de conseiller la police pour toutes les affaires médicales, s'occupe dès à présent de cette affaire. Il est sans doute habitué à ce que ses nuits soient écourtées. Le docteur McFee examine-t-il aussi votre prisonnier ? J'imagine que George Wickham est enfermé.

– Pas enfermé, mais constamment gardé. Quand je suis parti, mon maître d'hôtel, Stoughton, et Mr Alveston étaient en sa compagnie. Le docteur McFee s'est également occupé de lui, en effet, et Wickham risque fort d'être endormi à présent et peu susceptible de se réveiller avant plusieurs heures. Peut-être serait-il plus commode que vous ne veniez qu'après le lever du jour.

– Commode pour qui ? demanda Sir Selwyn. Si incommodité il y a, c'est principalement moi qui en pâtirai, mais cela ne peut être pris en compte lorsqu'il s'agit de devoir. Le docteur McFee a-t-il eu le loisir d'approcher le corps du capitaine Denny ? Vous avez certainement veillé à ce qu'il demeure hors d'atteinte de tous jusqu'à mon arrivée.

– Le corps du capitaine Denny repose sur une table, dans l'armurerie fermée à clef. Il m'a semblé qu'il convenait de ne rien faire pour chercher à établir la cause du décès avant que vous ne soyez là.

– Vous avez eu raison. Il serait regrettable qu'on pût suggérer que le corps n'est pas dans son état initial. Bien sûr, dans l'idéal, il aurait fallu le laisser dans le bois, là où il se trouvait, en attendant que la police puisse le voir. Mais je comprends que sur le moment, cela ait pu vous sembler peu judicieux. »

Darcy eut grande envie de répliquer qu'il n'avait jamais envisagé de laisser le corps sur place, mais jugea plus prudent d'en dire aussi peu que possible.

Buckle était revenu. Sir Selwyn se coiffa de sa perruque, dont il ne se passait jamais dans l'exercice officiel de ses fonctions de juge de paix, son majordome l'aida à enfiler son pardessus et lui tendit son chapeau. Ainsi vêtu et ostensiblement doté des pleins pouvoirs nécessaires à toute activité que l'on pourrait attendre de lui, il semblait à la fois plus grand et plus redoutable, la personnification même de la loi.

Buckle les accompagna jusqu'à la porte d'entrée et Darcy entendit le bruit de trois lourds verrous que l'on poussait derrière eux tandis qu'ils attendaient la voiture dans le noir. Sir Selwyn ne manifesta aucune impatience devant ce retard. « George Wickham vous a-t-il dit quelque chose, demanda-t-il, lorsque vous l'avez rejoint, agenouillé, comme vous l'avez décrit, à côté du corps ? »

Darcy savait que cette question serait posée tôt ou tard, et à d'autres que lui également. « Il était extrêmement agité, répondit-il, il sanglotait même, et n'était pas très cohérent. De toute évidence, il avait bu, copieusement sans doute. Il semblait penser qu'il était, d'une manière ou d'une autre, responsable de cette tragédie, probablement parce qu'il n'avait pas su dissuader son ami de quitter la voiture. Le bois est assez dense pour offrir un abri à tout fugitif aux abois, et aucun homme prudent ne s'y aventurerait la nuit tombée.

— Je préférerais, Darcy, que vous me relatiez ses propos exacts. Ils se seront imprimés dans votre esprit, à n'en pas douter. »

C'était effectivement le cas et Darcy répéta ce dont il se souvenait. « Voici ce qu'il a dit : "J'ai tué mon meilleur ami, mon seul ami. C'est ma faute." Peut-être n'a-t-il pas prononcé ces paroles dans cet ordre précis, mais tel est en tout cas le sens de ce que j'ai entendu.

— Ainsi, nous avons des aveux, observa Hardcastle.

— Je ne dirais pas cela. Il est difficile d'affirmer avec certitude ce qu'il reconnaissait exactement, comme de juger de l'état dans lequel il se trouvait sur le moment. »

La vieille voiture, lourde mais imposante, arriva dans un bruit de ferraille à l'angle de la maison. Se retournant pour dire un dernier mot avant d'y monter, Sir Selwyn remarqua : « Je ne cherche pas les complications. Cela fait maintenant plusieurs années que nous travaillons ensemble en tant que magistrats et il me semble que nous nous comprenons. Je ne doute pas un instant que vous sachiez quel est votre devoir, de même que je sais quel est le mien. Je suis un homme simple, Darcy. Quand un homme fait des aveux alors que rien ne l'y contraint, j'ai tendance à le croire. Mais nous verrons, nous verrons, je ne voudrais pas élaborer de théorie prématurée. »

Quelques minutes plus tard, le cheval de Darcy lui avait été amené. Il monta en selle et la voiture se mit en branle avec force grincements. Ils étaient en route.

V

Il était maintenant onze heures passées. Elizabeth ne doutait pas que Sir Selwyn prendrait le chemin de Pemberley dès qu'il aurait été informé du meurtre et songea qu'elle ferait bien de vérifier dans quel état se trouvait Wickham. Il était fort improbable qu'il fût éveillé, mais elle tenait à s'assurer que tout allait bien.

Arrivée à la porte, elle hésita pourtant, arrêtée par un éclair de perspicacité dont l'honnêteté l'obligeait à admettre la justesse. La raison de sa présence était à la fois plus complexe et plus impérieuse que ses devoirs de maîtresse de maison, plus difficilement justifiable, peut-être. Elle était convaincue que Sir Selwyn Hardcastle procéderait à l'arrestation de Wickham et n'avait aucune intention de le voir conduit sous escorte policière, enchaîné peut-être. Cette humiliation du moins pouvait lui être épargnée. Il était peu probable qu'ils se revoient jamais après son départ ; et ce qu'elle ne pouvait tolérer en cet instant était la perspective que cette dernière image de lui fût imprimée à jamais dans son esprit : le séduisant, l'aimable, le vaillant George Wickham réduit à la figure ignominieuse d'un homme ivre, éclaboussé de sang, hurlant des jurons en se laissant traîner sur le seuil de Pemberley.

Elle s'avança d'un pas ferme et frappa à la porte. Bingley lui ouvrit et elle constata avec étonnement que Jane et

Mrs Reynolds étaient dans la chambre, près du lit. Une cuvette avait été posée sur une chaise, contenant de l'eau rougie de sang et, sous ses yeux, Mrs Reynolds termina de s'essuyer les mains à un linge qu'elle reposa sur le bord de la cuvette.

« Lydia dort encore, dit Jane, mais je suis sûre qu'elle exigera qu'on la mène à Mr Wickham dès son réveil et je n'ai pas voulu qu'elle le voie dans l'état où on l'a conduit ici. Lydia doit être autorisée à voir son mari même s'il est inconscient, mais il serait affreux que son visage fût encore souillé du sang du capitaine Denny. Ou peut-être en partie du sien, au demeurant. Il porte deux égratignures au front et d'autres sur les mains, mais elles sont légères. Il a dû se griffer en cherchant un passage à travers les broussailles. »

Elizabeth se demanda s'il avait été bien avisé de faire la toilette de Wickham. N'était-il pas possible qu'à son arrivée, Sir Selwyn s'attendît à le voir dans l'état où il se trouvait lorsqu'on l'avait découvert, penché sur le corps ? L'initiative de Jane ne la surprenait cependant pas davantage que la présence réconfortante de Bingley à ses côtés. Malgré toute sa gentillesse et sa douceur, sa sœur pouvait manifester une détermination farouche, et lorsqu'elle avait décidé qu'une action était juste, aucun argument n'aurait pu la détourner de son but.

« Le docteur McFee l'a-t-il vu ? demanda Elizabeth.

— Il est venu l'examiner il y a une demi-heure environ et il reviendra si Mr Wickham se réveille. Nous espérons qu'il aura alors retrouvé tout son calme et pourra manger quelque chose avant l'arrivée de Sir Selwyn, mais le docteur McFee juge cela fort improbable. Il n'a réussi à faire avaler à Mr Wickham que quelques cuillerées de sa potion, mais celle-ci est si forte que le docteur McFee estime qu'elle devrait lui assurer plusieurs heures de sommeil réparateur. »

Elizabeth s'approcha du lit et se pencha sur Wickham. Le remède du docteur McFee avait certainement été efficace. Il n'y avait plus trace en effet de ronflements ni de relents d'alcool et le jeune homme dormait comme un enfant, le souffle si faible qu'on aurait pu le croire mort. Avec son visage propre, ses cheveux sombres répandus sur l'oreiller, sa chemise ouverte découvrant la ligne délicate de sa gorge, il ressemblait à un chevalier blessé, épuisé après la bataille. Les yeux fixés sur lui, Elizabeth fut assaillie par un tumulte d'émotions. Son esprit fut envahi de souvenirs si douloureux qu'elle ne pouvait les évoquer sans un sentiment de honte. Elle avait été si près de tomber amoureuse de cet homme. L'aurait-elle épousé s'il avait été riche au lieu d'être sans le sou ? Certainement pas, et elle savait à présent que ce qu'elle avait ressenti alors n'avait jamais été de l'amour. Ce bel homme, le chéri de tout Meryton, le nouveau venu séduisant dont toutes les filles raffolaient, lui avait témoigné de nombreuses marques de préférence. Tout cela n'avait été que vanité, un jeu dangereux auquel ils avaient joué tous les deux. Elle avait supposé vraies et – pire encore – confié à Jane les allégations de Wickham sur la perfidie de Mr Darcy, lequel avait, soutenait-il, gâché toutes ses chances dans la vie, sur la trahison de leur amitié dont Mr Darcy s'était prétendument rendu coupable et sur son indifférence cruelle aux responsabilités envers Wickham que lui avait confiées son père. Ce n'était que bien plus tard qu'elle avait compris à quel point ces révélations, faites à une personne qui n'était après tout qu'une étrangère, avaient été déplacées.

L'observant à présent, elle fut accablée par un regain de honte et d'humiliation à l'idée d'avoir pu manquer à ce point de bon sens et de jugement, ainsi que du discernement du caractère d'autrui qu'elle s'était toujours flattée de posséder. Elle ne pouvait se défendre cependant d'une émotion proche de la pitié lorsqu'elle considérait avec effroi la fin qui l'attendait peut-être, et même alors, n'ignorant rien pourtant de ce dont il était capable, elle ne pouvait croire qu'il fût un assassin. Quelle que fût l'issue de ce drame, Wickham faisait désormais partie de sa famille, de sa vie, par son mariage avec Lydia, comme son propre mariage avait fait d'elle une partie de celle de Darcy. Et désormais, chaque pensée qu'elle lui accordait était ternie par un flot d'images terrifiantes : la foule hurlante soudain réduite au silence par l'apparition de la haute silhouette menottée sortant de prison, le gibet qui se dressait, le nœud coulant. Elle avait souhaité qu'il sortît de leurs vies, mais pas ainsi – grands dieux, pas ainsi.

LIVRE TROIS

La police à Pemberley

I

La voiture de Sir Selwyn et le fourgon mortuaire s'étaient à peine arrêtés devant l'entrée principale de Pemberley que Stoughton ouvrait déjà la porte. Ils attendirent un instant qu'un des palefreniers arrive pour s'occuper du cheval de Darcy, et après une brève délibération, Stoughton et lui reconnurent que la voiture de Sir Selwyn et le corbillard seraient moins visibles de tous ceux qui risquaient de regarder par la fenêtre si on les éloignait de la façade pour les ranger au-delà des écuries, dans la cour arrière, d'où il serait possible d'emporter promptement et, espérait-on, discrètement le corps de Denny. Elizabeth avait estimé que les convenances exigeaient qu'elle accueillît cet invité tardif et plutôt importun, mais Sir Selwyn fit comprendre qu'il était impatient de se mettre au travail et ne s'arrêta que le temps d'exécuter sa courbette coutumière suivie d'une révérence d'Elizabeth et de présenter des excuses laconiques pour l'heure tardive et le désagrément de sa visite. Il annonça ensuite qu'il commencerait par voir Wickham en compagnie du docteur Belcher et des deux policiers, l'agent chef Thomas Brownrigg et l'agent Mason.

Wickham était sous la garde de Bingley et d'Alveston, qui ouvrirent la porte dès que Darcy frappa. La chambre aurait pu avoir été conçue pour servir de salle de police. Elle ne contenait que quelques meubles fort simples, un lit d'une personne disposé sous l'une des hautes fenêtres, une cuvette de toilette, une petite armoire et deux chaises de bois à dossier droit. On avait apporté deux fauteuils supplémentaires, plus confortables, que l'on avait placés de part et d'autre de la porte afin de dispenser un minimum de commodité à ceux qui seraient chargés de surveiller Wickham pendant la nuit. Le docteur McFee, assis à la droite du lit, se leva à l'arrivée de Hardcastle. Sir Selwyn avait rencontré Alveston à l'un des dîners de Highmarten, et il connaissait, bien sûr, le docteur McFee. Il salua brièvement les deux hommes d'une inclinaison du buste et d'un hochement de tête, puis s'approcha du lit. Échangeant un regard, Alveston et Bingley décidèrent d'un commun accord de quitter la pièce, ce qu'ils firent silencieusement tandis que Darcy restait debout, légèrement à l'écart. Brownrigg et Mason prirent position de chaque côté de la porte et gardèrent les yeux obstinément fixés droit devant eux comme pour démontrer que, s'il n'était pas encore opportun qu'ils prissent une part plus active à l'enquête, la chambre et la surveillance de son occupant relevaient désormais de leur responsabilité.

Le docteur Obadiah Belcher était le conseiller médical auquel faisaient appel le High Constable ou le magistrat en charge d'une enquête, et, chose guère surprenante pour un homme plus habitué à disséquer les morts qu'à soigner les vivants, il s'était fait une sinistre réputation que son aspect disgracieux ne faisait rien pour améliorer. Ses cheveux, presque aussi fins que ceux d'un enfant et si clairs qu'ils en paraissaient blancs, étaient tirés en arrière sur une peau jaunâtre et il observait le monde avec de petits yeux soupçonneux que surmontait une fine ligne de sourcils. Il avait les doigts longs et soigneusement manucurés, et la réaction qu'il inspirait avait été fort bien résumée par la cuisinière de Highmarten : « Je ne laisserai jamais ce docteur Belcher poser la main sur moi. Qui peut savoir ce qu'elles ont touché en dernier ? »

Il avait encore confirmé son image d'inquiétant excentrique en aménageant à l'étage de sa maison une petite pièce qui lui servait de laboratoire et où il menait, prétendait la rumeur, des expériences sur le temps que mettait le sang à coaguler dans différentes conditions et sur la rapidité avec laquelle on pouvait relever certaines altérations sur un corps après la mort. Bien qu'il exerçât en principe la médecine générale, il n'avait que deux patients, le High Constable et Sir Selwyn Hardcastle, et comme ni l'un ni l'autre n'avaient jamais, que l'on sût, été souffrants, leur prestige ne faisait rien pour rehausser sa renommée médicale. Belcher était fort estimé par Sir Selwyn et par d'autres messieurs chargés de l'application de la loi car, lorsqu'il était appelé au tribunal, il donnait son opinion de médecin avec une grande autorité. On le savait en communication avec la Royal Society et en correspondance avec d'autres messieurs qui se livraient à des expériences scientifiques et, en général, les plus cultivés de ses voisins étaient plus fiers de sa notoriété qu'alarmés par la petite explosion qui ébranlait occasionnellement son laboratoire. Il parlait rarement avant d'avoir pris le temps de la réflexion et s'approcha alors du lit, observant sans un mot l'homme endormi.

Le souffle de Wickham était si doux qu'il en était presque imperceptible. Les lèvres légèrement écartées, il était allongé sur le dos, le bras gauche étendu, le droit replié sur l'oreiller.

Hardcastle se tourna vers Darcy. « Il n'est visiblement pas dans l'état où il était, m'avez-vous dit, quand il a été conduit ici. Quelqu'un lui a nettoyé le visage. »

Il y eut quelques secondes de silence, puis Darcy regarda Hardcastle dans les yeux et déclara : « J'assume l'entière responsabilité de tout ce qui s'est passé depuis que Mr Wick-ham a été conduit sous mon toit. »

La réaction de Hardcastle fut surprenante. Ses longues lèvres se contractèrent fugitivement dans ce qui aurait pu, chez un autre, passer pour un sourire indulgent. « Très che-valeresque de votre part, Darcy, remarqua-t-il, mais je pense que nous pouvons imputer cette initiative aux dames. N'est-ce pas ce qu'elles considèrent comme leur fonction : ranger le désordre que nous mettons dans nos chambres et parfois dans notre vie ? Peu importe, vos domestiques pour-ront certainement nous donner suffisamment de témoi-gnages sur l'état de Wickham à son arrivée dans cette demeure. Son corps ne porte pas, me semble-t-il, de traces apparentes de blessures, sinon quelques légères écorchures au front et aux mains. La plus grande partie du sang qui lui maculait son visage et ses mains doit donc avoir été celui du capitaine Denny. »

Il se tourna vers Belcher. « Je suppose, Belcher, que vos intelligents et savants collègues n'ont pas encore trouvé de méthode permettant de distinguer le sang d'une personne de celui d'autrui ? Pareille assistance nous serait pourtant fort précieuse. Encore qu'évidemment, elle me priverait de mes fonctions et Brownrigg et Mason de leur emploi.

— Malheureusement non, Sir Selwyn. Nous ne préten-dons pas être des dieux.

— Ah non, vraiment ? Je suis heureux de vous l'entendre dire. J'aurais cru le contraire. » Comme s'il avait conscience que la conversation avait pris une tournure d'une légèreté inappropriée, Hardcastle s'adressa au docteur McFee d'un ton magistral et brutal : « Que lui avez-vous administré ? Il ne paraît pas assoupi, mais inconscient. Ne saviez-vous pas que cet homme était peut-être le principal suspect d'une affaire d'homicide et que je voudrais l'interroger ? »

McFee répondit paisiblement : « Pour moi, Monsieur, il

s'agit de mon patient. Quand je l'ai vu, il était en état d'ivresse, violent et presque incontrôlable. Plus tard, avant que la potion que je lui ai administrée ne fasse tout son effet, il a été pris d'un accès de terreur, tenant des propos incohérents et terrifiés, qui n'avaient aucun sens. Il était envahi par la vision de corps pendus à des gibets, le cou étiré. C'était un homme hanté par des cauchemars avant même d'être endormi.

— Des gibets ? releva Hardcastle. Voilà qui n'a rien d'étonnant dans sa situation. Quel était ce remède ? Un genre de sédatif, j'imagine.

— Un remède de ma confection dont j'ai fait usage dans un certain nombre de cas. Je l'ai persuadé de le prendre pour soulager sa détresse. Il ne fallait pas espérer obtenir quoi que ce fût de lui dans l'état où il se trouvait.

— Pas plus que dans son état actuel. Dans combien de temps estimez-vous qu'il sera réveillé et suffisamment dégrisé pour pouvoir être interrogé ?

— Voilà qui est difficile à pronostiquer. Il arrive qu'après un choc, l'esprit se réfugie dans l'inconscience et que le sommeil soit profond et prolongé. À en juger par la dose que je lui ai administrée, il devrait avoir repris connaissance demain matin vers neuf heures, peut-être avant, mais je ne saurais être affirmatif, car j'ai eu du mal à le persuader d'en avaler plus de quelques gorgées. Avec la permission de Mr Darcy, je suis prêt à rester ici jusqu'à ce que mon patient soit conscient. Je dois également veiller sur Mrs Wickham.

— Qui est, elle aussi, je n'en doute pas, sous sédatif et hors d'état d'être interrogée ?

— Le bouleversement et l'angoisse avaient plongé Mrs Wickham dans un terrible état de nervosité. Elle s'était mis en tête que son mari était mort. J'ai dispensé mes soins à une femme gravement dérangée qui avait grand besoin d'un sommeil réparateur. Vous n'auriez rien tiré d'elle avant qu'elle ne se soit calmée.

— J'aurais pu en tirer la vérité. Je pense que nous nous comprenons, docteur. Vous avez vos responsabilités, j'ai les miennes. Je ne suis pas un homme insensé. Je n'ai aucune intention de déranger Mrs Wickham avant demain matin. » Il se tourna vers le docteur Belcher. « Avez-vous une observation à faire, Belcher ?

— Aucune, Sir Selwyn, sinon que j'approuve la décision du docteur McFee d'administrer un sédatif à Wickham. Il n'aurait pu être interrogé utilement dans l'état qui nous a été décrit, et s'il devait être mis ultérieurement en accusation, tous les propos qu'il aurait tenus auraient pu être récusés au tribunal. »

Hardcastle s'adressa alors à Darcy : « Dans ce cas, je reviendrai demain matin à neuf heures. Jusque-là, l'agent chef Brownrigg et l'agent Mason resteront de faction et prendront possession de la clé. Si l'état de Wickham nécessite la présence du docteur McFee, ils l'appelleront, mais personne d'autre que lui ne sera admis dans cette chambre avant mon retour. Les agents auront besoin de couvertures et d'une collation… viandes froides, pain, ce que vous voudrez.

— Le nécessaire sera fait », acquiesça Darcy laconiquement.

À cet instant, Hardcastle sembla apercevoir pour la première fois le pardessus de Wickham, accroché au dossier d'une des chaises, et le sac de cuir posé par terre à côté. « Est-ce le seul bagage que contenait le cabriolet ?

— À part une malle, un carton à chapeau et un sac appartenant à Mrs Wickham, répondit Darcy, il y avait deux autres sacs, l'un orné des initiales GW et l'autre portant le nom du capitaine Denny. Pratt m'ayant dit que le cabriolet avait été loué pour conduire ces messieurs au King's Arms de Lambton, leurs bagages sont restés dans la voiture jusqu'à notre retour avec le corps du capitaine Denny. Nous les avons alors rentrés.

— Il faudra évidemment me les remettre, observa Hardcastle. Je confisquerai tous les bagages à l'exception de ceux de Mrs Wickham. En attendant, voyons ce qu'il avait sur lui. »

Il souleva le lourd pardessus et le secoua vigoureusement. Trois feuilles mortes prisonnières d'un des rabats voletèrent jusqu'au sol et Darcy vit que plusieurs autres étaient restées collées aux manches. Hardcastle tendit le manteau à Mason et plongea lui-même les mains dans les poches. Il sortit de celle de gauche les quelques menues possessions qu'un voyageur porte d'ordinaire sur lui : un crayon, un petit carnet aux pages vierges, deux mouchoirs ainsi qu'une flasque dont Hardcastle établit, après avoir dévissé le bouchon, qu'elle contenait du whisky. La poche de droite livra un objet plus intéressant, un petit étui de cuir. L'ayant ouvert, Hardcastle en sortit une liasse de billets, soigneusement pliés, qu'il compta.

« Trente livres très exactement. En billets neufs manifestement, ou du moins imprimés très récemment. Je vous en donnerai un reçu, Darcy, en attendant que nous ayons établi l'identité de leur légitime propriétaire. Je rangerai cet argent dans mon coffre cette nuit même. Demain matin, j'obtiendrai peut-être une explication sur la manière dont Wickham est entré en possession de pareille somme. Il n'est pas exclu qu'il l'ait prise sur le corps de Denny. Dans ce cas, nous pourrions avoir un motif. »

Darcy ouvrit la bouche pour protester mais, songeant que cela ne ferait qu'aggraver les choses, il préféra se taire.

« Je propose à présent que nous examinions le corps, poursuivit Hardcastle. Je suppose que le cadavre est sous bonne garde ?

– Pas précisément, répliqua Darcy. La dépouille du capitaine Denny est dans l'armurerie, dont la porte est fermée à clé. La table qui s'y trouve m'a paru commode. J'ai en ma possession les clés de cette pièce ainsi que de l'armoire contenant les armes et les munitions ; il ne m'a pas paru nécessaire de prendre d'autres précautions. Nous pouvons nous y rendre. Si vous n'y voyez pas d'objection, je serais heureux que le docteur McFee nous accompagne. Un deuxième avis sur l'état du corps ne sera peut-être pas inutile. »

Après un instant d'hésitation, Hardcastle répondit : « Je n'y vois pas d'objection. Vous souhaiterez certainement être là, vous aussi, et j'aurai besoin du docteur Belcher et de l'agent chef Brownrigg. Toute autre présence serait superflue. Inutile de donner le mort en spectacle. En revanche, il nous faudra des chandeliers en abondance.

– J'y ai pensé, acquiesça Darcy. Des chandeliers supplémentaires ont été apportés dans l'armurerie, prêts à être allumés. La pièce devrait être aussi bien éclairée, ce me semble, qu'elle peut l'être de nuit.

– Je souhaite quelqu'un pour monter la garde ici avec Mason pendant l'absence de Brownrigg. Stoughton me paraît fort bien convenir. Pouvez-vous le faire revenir, Darcy ? »

Stoughton se trouvait déjà près de la porte, comme s'il n'attendait que cette convocation. Il entra et prit silencieusement position près de Mason. Brandissant leurs chandeliers, Hardcastle et le petit groupe s'éloignèrent, tandis que Darcy entendait la clé tourner dans la serrure derrière lui.

Le château était si paisible qu'il aurait pu être désert. Mrs Reynolds avait libéré, depuis un moment, les domestiques qui préparaient encore les plats du lendemain et, de tout le personnel, seuls Stoughton et Belton étaient encore de service. Mrs Reynolds attendait dans le vestibule à côté d'une table sur laquelle était posée une série de bougies neuves dans de hauts chandeliers d'argent. Quatre avaient été allumées et les flammes, qui brûlaient régulièrement, semblaient souligner plus qu'éclairer les ténèbres environnantes de la grande entrée.

« Il y en a peut-être plus que nécessaire, remarqua Mrs Reynolds, mais je me suis dit que vous auriez sans doute besoin de lumières supplémentaires. »

Chacun des hommes prit un chandelier et en alluma la bougie. « Laissons les autres ici pour le moment, suggéra Hardcastle. L'agent viendra les chercher si nous en avons besoin. » Il se tourna vers Darcy. « Vous disiez que la clé de l'armurerie était en votre possession et que vous y aviez déjà fait porter des chandeliers en quantité suffisante ?

— Il y en a quatorze, Sir Selwyn. Je les ai préparés moi-même avec Stoughton. À part cette visite, personne n'est entré dans l'armurerie depuis que le corps du capitaine Denny y a été déposé.

— Dans ce cas, ne tardons plus à aller examiner le corps. Le plus tôt sera le mieux. »

Darcy était soulagé que Hardcastle eût admis la légitimité de sa présence. Denny avait été conduit à Pemberley et il convenait que le maître de maison assistât à l'examen du corps, bien qu'il ne vît pas en quoi il pouvait être utile. Il prit la tête de la procession et ils se dirigèrent vers l'arrière de la demeure à la lueur des chandelles. Sortant de sa poche un anneau de clés, Darcy utilisa la plus grande pour déverrouiller la porte de l'armurerie. C'était une pièce étonnamment spacieuse aux murs ornés de toiles représentant des parties de chasse du temps jadis ainsi que le gibier abattu, meublée d'une étagère où s'alignaient les dos de cuir brillant de registres vieux d'un siècle au moins, d'un bureau d'acajou et d'un fauteuil, et d'une armoire fermée à clé contenant les fusils et les munitions. La table étroite avait manifestement été écartée du mur et se trouvait désormais au milieu de la pièce, portant le corps couvert d'un drap immaculé.

Avant de partir annoncer à Sir Selwyn la mort de Denny, Darcy avait donné instruction à Stoughton d'apporter à l'armurerie des chandeliers de hauteur égale ainsi que les meilleures grandes bougies de cire de la maison, une folle dépense qui, il s'en doutait, serait cause de quelques échanges de chuchotements entre Stoughton et Mrs Reynolds. C'étaient les bougies que l'on destinait d'ordinaire à la salle à manger. Avec l'aide de Stoughton, il avait disposé les chandeliers en deux rangées sur le dessus du bureau. Au fur et à mesure qu'il alluma les bougies, la pièce s'illumina, baignant les visages attentifs d'une lueur chaude et adoucissant jusqu'aux traits osseux et puissants de Hardcastle, tandis que les traînées de fumée s'élevaient comme de l'encens, leur suavité éphémère se perdant dans l'odeur de la cire d'abeille. Darcy eut l'impression que le bureau chargé de ces alignements de lumières scintillantes était devenu un autel au décor surchargé, l'armurerie fonctionnelle et chichement meublée une chapelle, et que les cinq hommes qui s'y trouvaient se livraient secrètement aux rites funèbres de quelque religion étrangère mais exigeante.

Alors qu'ils se tenaient autour du corps comme des acolytes ayant oublié de revêtir leurs habits sacerdotaux, Hardcastle souleva le drap. L'œil droit était noirci de sang, lequel avait souillé une grande partie du visage, mais l'œil gauche était grand ouvert, la pupille dirigée vers le haut de sorte que Darcy, debout derrière la tête de Denny, eut l'impression qu'il était rivé sur lui, non pas avec l'inexpressivité de la mort, mais contenant dans ce regard chassieux toute une vie de reproches.

Le docteur Belcher posa les mains sur le visage de Denny, puis sur ses bras et sur ses jambes avant de constater : « La rigidité cadavérique est déjà présente au niveau de la face. Je dirais, mais ce n'est qu'une estimation préliminaire, qu'il est mort depuis cinq heures environ. »

Hardcastle procéda à un bref calcul et dit : « Cela confirme notre hypothèse, à savoir qu'il est mort peu après avoir quitté le cabriolet et approximativement au moment où les coups de feu ont été entendus. C'est-à-dire vers vingt et une heures. Qu'en est-il de la blessure ? »

Le docteur Belcher et le docteur McFee se rapprochè-rent, tendant leurs chandelles à Brownrigg qui, posant la sienne sur le bureau, les leva à bout de bras, tandis que les deux médecins examinaient attentivement la sombre tache de sang.

« Il faudra laver la plaie avant de pouvoir estimer la pro-fondeur du coup, déclara le docteur Belcher, mais au préa-lable, il convient de noter la présence d'un fragment de feuille morte et d'une petite salissure, situées toutes deux au-dessus de l'épanchement sanguin. Il a dû tomber face contre terre à un moment ou à un autre après avoir été blessé. Avez-vous de l'eau ? » Il regarda autour de lui comme s'il s'attendait à ce qu'elle apparaisse par enchante-ment.

Darcy passa la tête par la porte et demanda à Mrs Rey-nolds d'apporter une cuvette d'eau et plusieurs petites ser-viettes. Cette requête fut satisfaite avec une telle promptitude que Darcy songea que Mrs Reynolds avait dû la prévoir et se poster près du robinet des cabinets adja-cents. Elle tendit la cuvette et les linges à Darcy depuis le seuil et le docteur Belcher se dirigea vers sa sacoche, en sortit de petits tampons de laine blanche et nettoya la peau en quelques gestes précis, avant de jeter la laine rougie dans l'eau. L'un après l'autre, le docteur McFee et lui exa-minèrent attentivement la blessure et palpèrent à nouveau la peau environnante.

Le docteur Belcher prit enfin la parole. « Il a été touché par un objet dur, sans doute de forme arrondie, mais dans la mesure où la peau a éclaté, je ne peux pas m'avancer avec certitude sur la forme et la dimension de l'arme. Une chose dont je suis sûr en revanche, c'est que ce coup ne l'a pas tué. Il a provoqué une abondante effusion de sang, comme c'est souvent le cas des plaies à la tête, mais le coup n'a pas pu être fatal. J'ignore si mon collègue sera de mon avis. »

Le docteur McFee prit son temps pour palper la peau contiguë à la blessure, avant de déclarer : « Je vous approuve entièrement. La plaie est superficielle. »

La voix sèche de Hardcastle rompit le silence. « Dans ce cas, retournez-le. »

Denny était un homme robuste, mais Brownrigg, avec l'aide du docteur McFee, le retourna d'un seul mouvement. « Plus de lumière, je vous prie », ordonna Hardcastle, et Darcy et Brownrigg se dirigèrent vers le bureau pour prendre des chandeliers. En tenant un dans chaque main, ils s'approchèrent du corps. Le silence se fit, comme si personne ne voulait énoncer l'évidence. Hardcastle parla enfin : « Voilà, messieurs, vous avez la cause de la mort. »

Ils aperçurent une entaille d'une dizaine de centimètres de long à la base du crâne ; son étendue complète était néanmoins masquée par les cheveux emmêlés dont certains s'étaient enfoncés dans la plaie. Le docteur Belcher retourna à sa sacoche et, revenant avec ce qui ressemblait à un petit couteau d'argent, écarta soigneusement les cheveux du crâne, révélant une balafre d'un peu plus de cinq millimètres de large. La chevelure sous la plaie était raide et poisseuse, mais il était difficile de déterminer si c'était du sang ou quelque autre substance qui avait suinté de la coupure. Darcy s'obligea à regarder attentivement, alors qu'un mélange d'horreur et de pitié lui faisait monter une nausée à la gorge. Il entendit une sorte de gémissement grave et involontaire, et se demanda si c'était lui qui l'avait émis.

Les deux médecins se penchèrent de nouveau sur le corps. Le docteur Belcher prit son temps, une nouvelle fois, avant de déclarer : « Il a reçu un coup violent, c'est indéniable. Pourtant, je ne relève pas de lacération déchiquetée, ce qui donne à penser que l'arme était lourde mais que ses bords étaient lisses. La plaie est caractéristique de graves blessures à la tête avec des mèches de cheveux, des tissus et des vaisseaux sanguins enfoncés dans l'os. Même si le crâne était demeuré intact, l'hémorragie des vaisseaux sanguins sous la masse osseuse aurait entraîné des saignements internes entre le crâne et la membrane entourant le cerveau. Le coup a été porté avec une force peu commune, par un agresseur plus grand que la victime ou au moins de taille égale. Je dirais que l'agresseur était droitier et qu'il s'est servi d'un objet lourd, mais émoussé, la partie postérieure d'une hache, par exemple. S'il avait frappé avec la lame d'une hache ou d'une épée, la plaie aurait été plus profonde, et le corps presque décapité. »

— L'assassin aura donc attaqué d'abord de face, intervint Hardcastle, mettant sa victime hors d'état de se défendre, puis, alors que le capitaine Denny s'éloignait en titubant, aveuglé par le sang qu'il cherchait instinctivement à essuyer de ses yeux, le tueur aura frappé une nouvelle fois, par-derrière. L'arme aurait-elle pu être une grosse pierre à arête vive ?

— Pas à arête vive, non, objecta Belcher, les bords de la plaie ne sont pas irréguliers. Il a pu s'agir d'une pierre, en effet, lourde mais lisse. On en trouve certainement par terre dans le bois. Les matériaux destinés aux travaux de réparation de la propriété ne sont-ils pas acheminés par ce sentier ? Des pierres auraient pu tomber d'une charrette puis être repoussées dans les broussailles et y rester plus ou moins dissimulées pendant des années. Mais s'il s'est agi d'une pierre, seul un homme d'une vigueur peu commune aurait pu porter un coup pareil. J'aurais plutôt tendance à penser que la victime est tombée face contre terre et que son assassin a profité de ce qu'elle était allongée et impuissante pour abattre la pierre de toutes ses forces.

– Combien de temps peut-on survivre avec une telle blessure ? demanda Hardcastle.

– C'est difficile à dire. La mort a pu intervenir en quelques secondes, mais en tout état de cause, elle n'a pu être différée très longtemps. »

Il se tourna vers le docteur McFee qui observa : « J'ai connu des cas où une chute sur la tête n'a provoqué que fort peu de symptômes hormis une céphalée et où le patient a continué à vaquer à ses occupations avant de succomber quelques heures plus tard. Mais cela ne saurait être envisagé ici. Cette blessure est trop grave pour que la victime ait pu y survivre plus d'un très bref moment, si tant est que la mort n'ait pas été instantanée. »

Le docteur Belcher inclina encore la tête plus près de la plaie. « Je serai en mesure de préciser les dégâts cérébraux quand j'aurai effectué mon autopsie. »

Darcy n'ignorait pas que Hardcastle était très hostile aux autopsies et, bien que le docteur Belcher l'emportât invariablement chaque fois qu'ils en débattaient, Sir Selwyn intervint : « Pensez-vous que cela soit vraiment nécessaire, Belcher ? La cause de la mort n'est-elle pas évidente pour chacun d'entre nous ? Il semble qu'un agresseur ait porté le premier coup au front de sa victime alors qu'il se trouvait en face d'elle. Le capitaine Denny, aveuglé par le sang, aura cherché à fuir avant d'être atteint par-derrière par le deuxième coup, fatal celui-là. Nous savons par les débris qui sont restés collés à son front qu'il est tombé face contre terre. Il me semble vous avoir entendu dire, Darcy, quand vous m'avez fait votre compte rendu, que vous l'aviez trouvé allongé sur le dos.

— En effet, Sir Selwyn, et c'est dans cette position que nous l'avons hissé sur la civière. C'est la première fois que je vois cette plaie. »

Le silence retomba, puis Hardcastle s'adressa à Belcher : « Merci, docteur. Vous entreprendrez, cela va de soi, tous les examens complémentaires qui vous paraissent indispensables. Loin de moi l'intention d'entraver les progrès de la science. Nous avons fait ici tout ce que nous pouvions faire. Nous allons maintenant procéder à l'enlèvement du corps. » Il se tourna vers Darcy. « Je reviendrai demain matin à neuf heures. J'espère pouvoir alors m'entretenir avec George Wickham et les membres de la famille et de la domesticité, afin que nous puissions vérifier les alibis de chacun pour l'heure probable de la mort. Je suis certain que vous en comprenez la nécessité. Comme j'en ai donné l'ordre, l'agent chef Brownrigg et l'agent Mason resteront de garde et seront responsables de la surveillance de Wickham. La pièce restera fermée à clé de l'intérieur et ne sera ouverte qu'en cas de besoin absolu. Les deux gardiens seront constamment présents. J'aimerais que vous me donniez l'assurance que ces instructions seront respectées.

— Elles le seront, bien sûr, répondit Darcy. Puis-je vous offrir quelque chose, à vous ou au docteur Belcher, avant que vous ne partiez ?

— Non merci. » Il ajouta, comme s'il était conscient d'avoir été un peu sec : « Je suis désolé que cette tragédie ait eu lieu sur vos terres. Elle sera inévitablement cause d'embarras, notamment pour les dames de la famille. Les relations tendues que vous entreteniez avec Wickham risquent encore d'aggraver les choses. En tant que collègue magistrat, vous n'ignorez rien de mes responsabilités dans cette affaire. J'adresserai un message au coroner et j'espère que l'enquête judiciaire pourra se tenir à Lambton dans les prochains jours. Un jury local sera constitué. Votre présence, ainsi que celle des autres témoins de la découverte du corps, seront évidemment requises.

– Je serai là, Sir Selwyn.

– Je vais avoir besoin d'aide pour transporter la civière jusqu'au fourgon mortuaire. » Hardcastle se tourna vers Brownrigg. « Pouvez-vous vous charger de surveiller Wickham et demander à Stoughton de redescendre ? Et vous, docteur McFee, puisque vous êtes ici et que vous souhaitez certainement vous rendre utile, accepteriez-vous de participer au transport du corps ? »

Cinq minutes plus tard, la dépouille de Denny avait été sortie de l'armurerie et déposée dans le fourgon mortuaire, non sans avoir été cause d'un léger essoufflement du docteur McFee. Le cocher fut réveillé, Sir Selwyn et le docteur Belcher remontèrent en voiture tandis que Darcy et Stoughton attendaient sur le seuil que les véhicules se soient éloignés.

Au moment où Stoughton faisait demi-tour pour regagner l'intérieur de la maison, Darcy lui dit : « Donnez-moi les clés, Stoughton. Je m'occuperai de verrouiller la porte. J'ai besoin d'un peu d'air. »

Le vent s'était apaisé, mais de lourdes gouttes de pluie tombaient, grêlant la surface de la rivière éclairée par la lune. Combien de fois déjà s'était-il tenu là, s'évadant de la musique et des bavardages de la salle de bal pour jouir de quelques minutes de solitude ? À présent, derrière lui, le château était plongé dans le silence et l'obscurité, et la beauté qui avait toujours su le réconforter ne parvenait pas à toucher son âme. Elizabeth était probablement couchée, mais il doutait qu'elle fût endormie. Il aspirait à la rejoindre, tout en sachant qu'elle était probablement épuisée et malgré la consolation que ne manqueraient pas de lui apporter sa voix, ses paroles rassurantes et son amour, il ne voulait pas troubler son repos. Il entra dans le vestibule et tourna la clé dans la serrure. Avant de tendre le bras pour repousser les lourds verrous, il aperçut une lueur derrière lui et, faisant volte-face, il vit Elizabeth qui descendait l'escalier, une chandelle à la main, pour venir se blottir entre ses bras.

Au bout de quelques minutes d'un silence béni, elle se dégagea doucement : « Mon ami, dit-elle, vous n'avez rien mangé depuis le dîner et vous semblez à bout de force. Il faut vous restaurer avant d'affronter les dernières heures de la nuit. Mrs Reynolds a fait porter de la soupe chaude dans la petite salle à manger. Le colonel et Charles y sont déjà. »

Mais la douceur d'un lit partagé et des bras aimants d'Elizabeth lui fut refusée. Arrivant dans la petite salle à manger, tous deux découvrirent que Bingley et le colonel avaient terminé leur repas et que le colonel était décidé, une fois de plus, à prendre les choses en main.

Il déclara : « J'ai l'intention, Darcy, de passer la nuit dans la bibliothèque, qui est suffisamment proche de la porte d'entrée, pour assurer la sécurité du château. J'ai pris la liberté de donner instruction à Mrs Reynolds d'y apporter des oreillers et des couvertures. Si vous souhaitez vous joindre à moi, vous êtes le bienvenu. Mais je comprendrais que vous préfériez le plus grand confort de votre lit. »

Darcy jugeait parfaitement superflu de passer le reste de la nuit à proximité de la porte d'entrée fermée à clé et dûment verrouillée, mais il ne pouvait être question de laisser un de ses invités dans l'inconfort pendant que lui-même se prélassait dans son lit. Agacé de se voir ainsi forcer la main, il rétorqua : « J'imagine mal que l'individu qui a tué Denny, quel qu'il soit, ait l'audace de venir attaquer Pemberley, mais je me joindrai à vous, cela va de soi.

— Mrs Bingley dort sur un divan dans la chambre de

Mrs Wickham, précisa Elizabeth, et Belton restera, comme moi, disponible à tout moment. Je vérifierai que tout est en ordre avant de me retirer. Je ne puis que vous souhaiter, messieurs, une fin de nuit sans interruption et, je l'espère, quelques heures de sommeil. Puisque Sir Selwyn Hardcastle a prévu de revenir à neuf heures, je demanderai que le petit déjeuner soit servi de bonne heure. En attendant, je vous souhaite une bonne nuit. »

II

En entrant dans la bibliothèque, Darcy constata que Stoughton et Mrs Reynolds avaient fait de leur mieux pour assurer son confort et celui du colonel. Le feu avait été alimenté, des boulets de charbon avaient été enveloppés de papier pour assurer leur quiétude et des bûches disposées dans l'âtre. Les oreillers et les couvertures étaient en nombre suffisant. Une tourte coiffée d'un couvercle, des carafes de vin et d'eau ainsi que des assiettes, des verres et des serviettes étaient disposés sur une table ronde à quelque distance du feu.

En son for intérieur, Darcy jugeait cette garde parfaitement inutile. La grande porte de Pemberley était munie de doubles serrures et de verrous qui la rendaient parfaitement sûre et même si Denny avait été assassiné par un rôdeur, un déserteur, peut-être, qu'il aurait interpellé et qui aurait réagi avec une violence meurtrière, cet homme ne pouvait guère représenter une menace physique pour Pemberley House ou ses occupants. Il était tout à la fois épuisé et agité, un état d'inquiétude qui se prêtait mal à un sommeil profond, lequel, en admettant qu'il pût le trouver, aurait pu donner l'impression qu'il abdiquait ses responsabilités. Il était troublé par la prémonition d'un danger qui pesait sur Pemberley, sans qu'il fût en mesure d'en concevoir la nature avec la moindre logique. Somnoler dans un des fauteuils de la bibliothèque en compagnie du colonel lui offrirait probablement le meilleur repos qu'il pût espérer pendant les quelques heures de nuit qui restaient.

Alors qu'ils prenaient place dans deux fauteuils à haut dossier confortablement capitonnés, Fitzwilliam choisissant le plus proche du feu et lui-même un autre, un peu plus éloigné, Darcy songea que son cousin lui avait peut-être suggéré cette veille parce qu'il avait une confidence à lui faire. Personne ne l'avait interrogé sur sa sortie à cheval juste avant neuf heures et il savait que, comme lui, Elizabeth, Bingley et Jane attendaient une explication. Celle-ci n'ayant pas encore été donnée, une certaine délicatesse interdisait toute question, mais ce sentiment n'embarrasserait certainement pas Hardcastle lorsqu'il reviendrait ; Fitzwilliam ne pouvait que savoir qu'il était le seul membre de la famille et des invités à n'avoir pas encore fourni d'alibi. Darcy n'avait pas imaginé un instant que le colonel pût être mêlé d'une manière ou d'une autre à la mort de Denny, mais le silence de son cousin était préoccupant et, chose plus surprenante chez un homme aux manières aussi irréprochables, il frôlait la discourtoisie.

À sa grande surprise, il se sentit sombrer dans le sommeil bien plus rapidement qu'il ne l'aurait pensé et il lui fallut faire un effort pour répondre aux quelques banalités qui lui parvenaient de loin. Pendant de brefs instants de demi-lucidité fugace, il s'agitait sur son siège et son esprit reprenait conscience du lieu où il se trouvait. Au cours de l'un de ces moments de conscience, il jeta un bref coup d'œil au colonel étendu dans son fauteuil, le visage rougi par le feu, le souffle profond et régulier, et observa quelques instants les flammes mourantes qui léchaient une bûche noircie. Il obligea ses membres raidis à se détendre et, avec d'infinies précautions, ajouta quelques bûches et quelques morceaux de charbon et attendit qu'ils s'embrasent. Puis il regagna son fauteuil, tira une couverture sur lui et s'endormit.

Il se réveilla un peu plus tard avec une étrange impression. Ce fut un retour à la conscience soudain et complet, tous ses sens en alerte et d'une telle acuité qu'on aurait pu croire qu'il avait, à son insu, attendu cet instant. Il était couché sur le côté, les genoux ramenés contre lui, et eut à peine besoin de soulever les paupières pour voir le colonel s'avancer vers la cheminée, masquant momentanément l'éclat des flammes qui assuraient la seule source lumineuse de la pièce. Darcy se demanda si c'était ce changement qui l'avait tiré de son assoupissement. Il n'eut pas de mal à feindre le sommeil, observant la scène, les yeux mi-clos. La veste du colonel était suspendue au dossier de son fauteuil, et il fouilla alors dans une poche dont il sortit une enveloppe. Toujours debout, il en retira un document et consacra quelques instants à le parcourir. Darcy ne vit plus ensuite que le dos du colonel, un brusque geste de son bras et un jaillissement de flammes : le papier se calcinait. Darcy émit un léger grognement et détourna son visage du feu. En temps normal, il aurait fait savoir à son cousin qu'il était éveillé et lui aurait demandé s'il avait réussi à dormir un peu. Cette petite fourberie lui parut indigne. Mais le bouleversement et l'horreur de la découverte du corps de Denny sous ce clair de lune troublant l'avaient frappé comme un tremblement de terre mental ; le sol s'était ouvert sous ses pieds, toutes les conventions, toutes les hypothèses confortables qui régissaient sa vie depuis son enfance gisaient en lambeaux devant lui. Par rapport à ce violent ébranlement, l'étrange comportement du colonel, sa chevauchée nocturne toujours inexpliquée auxquels venait s'ajouter à présent la destruction furtive de quelque document n'étaient que de faibles contrecoups ; mais ils n'en étaient pas moins déconcertants.

Il connaissait son cousin depuis toujours et il lui avait toujours fait l'effet de l'être le moins compliqué du monde, le moins enclin aux faux-fuyants ou à la duperie. Pourtant, Fitzwilliam avait indéniablement changé depuis qu'il était devenu l'aîné, et l'héritier du titre de comte. Qu'était devenu le jeune colonel vaillant et enjoué, d'une civilité naturelle et aisée, si différente de la timidité qui paralysait parfois Darcy ? Il avait paru le plus affable et le plus populaire des hommes. Mais cela ne l'avait pas empêché, dès cette époque, d'être très conscient de ses responsabilités familiales et de ce qu'on attendait d'un fils cadet. Il n'aurait jamais épousé une Elizabeth Bennet, et il arrivait à Darcy de se demander s'il n'avait quelque peu perdu l'estime de son cousin parce qu'il avait fait passer l'amour qu'il éprouvait pour une femme avant ses devoirs à l'égard de sa famille et de sa classe. Elizabeth était indéniablement sensible à ce changement, bien qu'elle n'eût rien dit du colonel à Darcy, sinon que celui-ci souhaitait avoir un entretien avec lui pour lui demander la main de Georgiana. Elizabeth avait jugé bon de le préparer à cette rencontre qui, naturellement, n'avait pas eu lieu et n'aurait plus lieu désormais ; dès l'instant où Wickham ivre avait franchi en titubant le seuil de Pemberley, Darcy avait su que le vicomte Hartlep chercherait ailleurs sa future comtesse. Ce qui le surprenait le plus à présent n'était pas l'idée de devoir tirer un trait sur cette demande en mariage, mais le soulagement que lui inspirait, à lui qui avait nourri de si hautes ambitions pour sa sœur, la pensée qu'au moins, celle-ci ne serait jamais tentée d'accepter cette offre.

Que son cousin fût oppressé par le poids de ses responsabilités à venir n'avait rien d'étonnant. Darcy songea au grand château ancestral, à l'étendue des installations qui surmontaient l'or noir de ses gisements de houille, au manoir du Warwickshire avec ses nombreux hectares de terres fertiles, à l'éventualité que le colonel, quand il hériterait de tout cela, pût estimer devoir renoncer à la carrière qu'il aimait tant pour occuper le siège qui lui revenait à la Chambre des Lords. Il donnait l'impression de se livrer à des efforts méthodiques pour transformer jusqu'au cœur de sa personnalité et Darcy se demanda si cela était sage, voire possible. Affrontait-il quelque obligation, quelque difficulté d'ordre privé, au-delà des responsabilités de son héritage ? Il songea à nouveau qu'il était fort étrange que son cousin eût tant insisté pour passer la nuit dans la bibliothèque. S'il voulait détruire une lettre, il y avait suffisamment de feux allumés dans la demeure pour qu'il pût profiter d'un moment de solitude pour la brûler. Et pourquoi y procéder maintenant, et dans un tel secret ? Quelque événement était-il survenu qui rendît la disparition de ce document impérative ? Cherchant à retrouver une position propice au sommeil, Darcy se dit qu'il y avait déjà suffisamment de mystères pour ne pas en ajouter et finit par glisser à nouveau dans l'inconscience.

Il fut réveillé par le bruit des rideaux que tirait le colonel. Celui-ci, après avoir jeté un coup d'œil au-dehors, les remit en place en disant : « Le jour se lève à peine. Vous avez bien dormi, me semble-t-il.

— Pas bien, mais suffisamment. » Darcy prit sa montre.

« Quelle heure est-il ? demanda le colonel.

— Sept heures exactement.

— Je ferais bien d'aller voir si Wickham est réveillé. Si tel est le cas, il faudra lui apporter à manger et à boire et ses gardiens auront peut-être besoin de se restaurer, eux aussi. Nous ne pouvons pas prendre la relève, les instructions de Hardcastle ont été très claires, mais je crois qu'il convient d'aller voir ce qui se passe là-haut. Si Wickham est réveillé et se trouve toujours dans l'état qu'a décrit le docteur McFee à son arrivée au château, Brownrigg et Mason risquent d'avoir du mal à le maîtriser. »

Darcy se leva. « J'y vais. Sonnez pour demander qu'on vous apporte le petit déjeuner. Il ne sera pas servi dans la salle à manger avant huit heures. »

Mais le colonel était déjà sur le seuil. Se retournant, il dit : « Il vaut mieux que vous me laissiez cela. Il est préférable que vous ayez le moins de relations possibles avec Wickham. Hardcastle tient à éviter toute immixtion de votre part. C'est lui qui est chargé de cette affaire. Vous ne pouvez pas vous permettre de l'indisposer. »

Intérieurement, Darcy reconnut que le colonel avait raison. Il était toujours résolu à traiter Wickham en invité, mais il eût été insensé d'ignorer la réalité. Wickham était le principal suspect dans une affaire d'homicide et Hardcastle était en droit de s'attendre à ce que Darcy se tienne à l'écart, aussi longtemps du moins que Wickham n'aurait pas été interrogé.

Le colonel venait de sortir quand Stoughton arriva avec du café, suivi d'une domestique venue s'occuper du feu et accompagné de Mrs Reynolds qui demanda s'ils souhaitaient que le petit déjeuner fût servi. Une bûche qui couvait dans la cendre âcre reprit vie en crépitant dès qu'on ajouta du combustible, les hautes flammes éclairant les angles de la bibliothèque mais accentuant l'obscurité de ce matin automnal. La journée, dont Darcy n'attendait que malheur, avait commencé.

Le colonel fut de retour en moins de dix minutes, réapparaissant au moment précis où Mrs Reynolds sortait, et s'approcha immédiatement de la table pour se servir de café. Reprenant place dans son fauteuil, il dit : « Wickham est agité et marmonne dans son sommeil, mais il est encore endormi et risque de le rester un certain temps. Je remonterai le voir avant neuf heures et le préparerai à la visite de

Hardcastle. Brownrigg et Mason n'ont manqué ni de nourriture ni de boisson pendant la nuit. Brownrigg somnolait dans son fauteuil et Mason s'est plaint d'avoir les jambes raides et a affirmé avoir grand besoin d'exercice. Sans doute éprouvait-il en réalité le besoin de s'esquiver un instant aux cabinets, cet équipement que vous avez fait installer ici et qui, ai-je cru comprendre, a suscité un certain intérêt grivois dans le voisinage. Je lui ai donc donné les instructions nécessaires pour s'y rendre et ai monté la garde en attendant son retour. Pour autant que je puisse en juger, Wickham sera suffisamment lucide pour être interrogé par Hardcastle à neuf heures. Avez-vous l'intention d'être présent ?

— Wickham est sous mon toit et Denny a été assassiné sur mes terres. Il convient, j'en suis conscient, que je reste à l'écart de l'enquête, qui se fera, bien sûr, sous la direction du High Constable lorsque Hardcastle lui aura fait son rapport ; il n'y jouera lui-même probablement aucun rôle actif. Hardcastle voudra que l'enquête judiciaire ait lieu sans tarder. Par bonheur, le coroner se trouve à Lambton, et le choix des vingt-trois jurés devrait donc pouvoir se faire assez rapidement. Ce seront des hommes d'ici, mais je ne suis pas certain que cela soit un avantage. Chacun sait que Wickham n'est pas reçu à Pemberley et je suis certain que les langues sont allées bon train pour expliquer cette exclusion. Il va de soi que nous serons appelés à témoigner, vous comme moi, une obligation qui, je le crains, prendra le pas sur votre rappel sous les drapeaux. J'ai bien peur que toute cette affaire ne soit bien gênante pour vous, Fitzwilliam.

— Rien ne saurait prendre le pas sur mes devoirs militaires, répliqua le colonel Fitzwilliam, mais si l'enquête se tient rapidement, cela ne devrait pas créer de difficulté. La situation du jeune Alveston est plus commode ; il semble n'avoir aucun mal à quitter une carrière londonienne que l'on dit pourtant fort active pour jouir de l'hospitalité de Highmarten et de Pemberley. »

Darcy ne répondit pas. Après un bref silence, le colonel Fitzwilliam reprit : « Quel est votre programme pour la journée ? Je suppose qu'il va falloir rassembler le personnel et le préparer à l'interrogatoire de Hardcastle.

– Je vais aller m'assurer qu'Elizabeth est réveillée. Elle l'est probablement, et nous nous adresserons ensemble au personnel. Si Wickham est conscient, Lydia voudra le voir, ce qui est son droit le plus strict ; et puis, bien sûr, nous devons nous aussi nous préparer à être interrogés. Nous pouvons nous féliciter d'avoir des alibis, car cela évitera à Hardcastle de perdre son temps avec tous ceux qui se trouvaient à Pemberley hier soir. Il voudra sans nul doute savoir quand vous êtes parti et quand vous êtes rentré. »

Le colonel répondit sèchement : « J'espère pouvoir lui donner satisfaction.

– Quand Mrs Reynolds reviendra, auriez-vous l'obligeance de l'informer que je suis avec Mrs Darcy et que je prendrai le petit déjeuner comme d'habitude dans la petite salle à manger ? » Darcy s'éloigna. La nuit avait été inconfortable à maints égards, et il était heureux qu'elle fût achevée.

III

Jane qui, depuis son mariage, n'avait jamais dormi une seule nuit sans son mari auprès d'elle, passa des heures agitées sur le divan disposé près du lit de Lydia, ses brèves périodes d'assoupissement interrompues par la nécessité de vérifier que sa sœur ne s'était pas réveillée. Le sédatif du docteur McFee avait été efficace et Lydia dormit à poings fermés, reprenant conscience à cinq heures et demie pour réclamer d'être immédiatement conduite au chevet de son mari. Jane y voyait une requête parfaitement naturelle et raisonnable, mais jugea préférable d'avertir sa jeune sœur avec douceur que Wickham ne serait certainement pas encore réveillé. Lydia n'avait pas l'intention d'attendre et Jane l'aida donc à s'habiller – un processus interminable, car Lydia tenait à être à son avantage et mit un temps fou à fouiller dans sa malle et à tendre à Jane différentes robes pour lui demander son avis, les jetant en tas par terre l'une après l'autre et faisant toutes sortes d'embarras à propos de sa coiffure. Jane envisagea de réveiller Bingley, mais, sortant sur le palier, elle n'entendit pas le moindre bruit dans la pièce voisine et renonça à troubler son sommeil. Accompagner Lydia lorsqu'elle reverrait son mari pour la première fois après l'épreuve qu'il avait subie était certainement une affaire de femmes, et elle ne devait pas abuser du bon caractère immuable de Bingley pour préser-

157

ver son propre confort. Lydia fut enfin satisfaite de son apparence et, munies de chandelles, elles se dirigèrent, longeant des corridors obscurs, vers la chambre où Wickham était retenu.

Ce fut Brownrigg qui les fit entrer, et à leur arrivée, Mason, qui dormait dans son fauteuil, se réveilla en sursaut. La scène qui suivit fut d'une grande confusion. Lydia se précipita vers le lit où Wickham était toujours assoupi, elle se jeta sur lui comme s'il était mort et se mit à sangloter, visiblement au supplice. Il fallut à Jane plusieurs minutes pour parvenir à l'écarter doucement du lit et lui murmurer qu'elle ferait mieux de revenir plus tard, quand son mari aurait repris conscience et pourrait lui parler. Après une nouvelle crise de larmes, Lydia se laissa reconduire dans sa chambre, où Jane fut enfin capable de la calmer et de sonner pour demander un petit déjeuner matinal pour elles deux. Celui-ci leur fut promptement apporté par Mrs Reynolds et non par la domestique habituelle, et considérant avec un contentement manifeste les mets soigneusement choisis, Lydia découvrit que le chagrin lui avait ouvert l'appétit et mangea avec avidité. Jane fut surprise qu'elle ne s'inquiétât pas davantage du sort de Denny, qui avait pourtant été son favori parmi les officiers en garnison à Meryton avec Wickham, et la nouvelle de sa mort brutale, que Jane lui avait annoncée avec toute la douceur requise, sembla à peine lui pénétrer l'esprit.

Une fois le petit déjeuner terminé, l'humeur de Lydia alterna entre crises de larmes, lamentations sur son propre sort, angoisse à la perspective de ce qui les attendait, elle et son Wickham chéri, et ressentiment à l'égard d'Elizabeth. Si Lydia et son mari avaient été invités au bal, comme ils l'auraient dû, ils seraient arrivés le lendemain matin, par la route normale. Ils n'avaient traversé le bois que parce qu'elle tenait à arriver par surprise, faute de quoi Elizabeth ne l'aurait probablement jamais laissée entrer. C'était la faute d'Elizabeth s'ils avaient dû prendre une chaise de louage et descendre au Green Man, qui n'était pas du tout le genre d'auberge qu'ils appréciaient, son cher Wickham et elle. Si Elizabeth leur avait accordé une aide plus généreuse, ils auraient pu se permettre de passer la nuit de vendredi au King's Arms de Lambton, et on leur aurait envoyé le lendemain une des voitures de Pemberley pour les conduire au bal, Denny n'aurait eu aucune raison de les accompagner et rien de tout cela ne serait arrivé. Jane fut obligée, non sans chagrin, d'entendre toutes ces récriminations ; comme d'ordinaire, elle essaya d'apaiser les rancœurs, de conseiller la patience et d'encourager l'espoir, mais Lydia prenait un trop grand plaisir à dresser la liste de ses griefs pour entendre raison ou recevoir le moindre conseil.

Cela n'avait rien d'étonnant. L'aversion de Lydia pour Elizabeth remontait à leur enfance, et aucune compassion, aucune affection véritable n'aurait jamais pu lier deux sœurs au caractère aussi dissemblable. Lydia, turbulente et exubérante, vulgaire de propos et de comportement, rétive à toute tentative pour la brider, n'avait cessé d'être une source d'embarras pour les deux aînées de la famille. Elle était la préférée de sa mère, à laquelle, de fait, elle ressemblait beaucoup, mais ce n'étaient pas les seules causes de l'inimitié entre Elizabeth et sa benjamine. Lydia soupçonnait, non sans raison, qu'Elizabeth avait cherché à persuader leur père de lui interdire de se rendre à Brighton. Kitty avait rapporté à sa sœur qu'elle avait vu Elizabeth frapper à la porte de la bibliothèque et avoir été admise dans le saint des saints, un privilège rare car la bibliothèque était la seule pièce dans laquelle Mr Bennet pouvait espérer trouver la solitude et la paix auxquelles il aspirait. Chercher à priver Lydia d'un plaisir auquel elle tenait figurait en bonne place sur la liste des offenses dont ses sœurs pouvaient se rendre coupables et Lydia se faisait un principe de ne jamais pardonner ni oublier un affront.

Un autre motif venait encore aggraver une animosité proche de la guerre ouverte : Lydia savait que Wickham n'avait pas été insensible au charme de sa sœur aînée. Du reste, il ne l'avait pas caché. Lors d'une visite de Lydia à Highmarten, Jane avait surpris les confidences qu'elle faisait à la femme de charge. C'était Lydia dans toute sa splendeur, avec son indiscrétion et son égoïsme coutumiers. « Évidemment, nous ne serons jamais invités à Pemberley, Mr Wickham et moi. Mrs Darcy est jalouse de moi et à Meryton, tout le monde sait pourquoi. Figurez-vous qu'elle s'était amourachée de Wickham quand il était en garnison à Meryton et qu'elle aurait bien voulu l'avoir. Mais son choix s'est porté ailleurs… et j'en suis fort aise ! De toute manière, Elizabeth n'en aurait pas voulu, sans argent, vous pensez, mais s'il avait été fortuné, elle n'aurait certainement pas refusé d'être Mrs Wickham. Elle n'a épousé Darcy – un homme affreux, vaniteux, tout à fait désagréable – qu'à cause de Pemberley et de tout son argent. À Meryton, tout le monde le sait également. »

Cette façon de mêler son intendante à des affaires familiales privées ainsi que le mélange de mensonges et de vulgarité avec lequel Lydia épiçait ses commérages indiscrets avaient conduit Jane à se demander s'il était bien raisonnable d'accepter avec autant de générosité les visites généralement impromptues de sa sœur, et elle avait pris la décision de les décourager à l'avenir, dans son propre intérêt, comme dans celui de Bingley et de leurs enfants. Mais elle n'échapperait pas à une nouvelle visite de sa sœur. Elle avait promis de conduire Lydia à Highmarten lorsque, comme convenu, Bingley et elle quitteraient Pemberley le dimanche après-midi, et elle n'ignorait pas le soulagement qu'elle apporterait à Elizabeth en la mettant à l'abri des exigences constantes de compassion et d'attention de leur jeune sœur, sans parler de ses accès inopinés et bruyants de chagrin et de ses explosions de jérémiades maussades. Jane s'était sentie impuissante devant la tragédie qui avait jeté son ombre sur Pemberley et ce petit service était le moins qu'elle pût faire pour son Elizabeth adorée.

IV

Elizabeth avait dormi par intermittence, de brèves périodes d'inconscience bienfaisante entrecoupées de cauchemars dont elle se réveillait brutalement, envahie par la réalité de l'horreur qui pesait sur Pemberley comme un linceul. Instinctivement, elle tendait le bras vers son mari, avant de se rappeler qu'il passait la nuit dans la bibliothèque avec le colonel Fitzwilliam. L'envie de se lever pour faire les cent pas dans sa chambre était presque irrépressible, mais elle essayait pourtant de se rendormir. Les draps de lin, généralement si frais et si réconfortants, s'étaient enroulés en une corde qui la ligotait, les oreillers, remplis du duvet le plus douillet, lui paraissaient durs et chauds, ce qui l'obligeait à les secouer sans cesse et à les retourner pour leur redonner un peu de moelleux.

Ses pensées se tournèrent vers Darcy et Fitzwilliam. Il était insensé qu'ils dorment, ou cherchent à dormir, dans un tel inconfort, surtout après une journée aussi éprouvante. À quoi songeait donc le colonel Fitzwilliam en proposant pareil arrangement ? Elle savait que cette idée était la sienne. Avait-il quelque information importante à transmettre à Darcy et avait-il besoin de passer quelques heures en sa compagnie sans être dérangé ? Souhaitait-il lui expliquer le motif de sa mystérieuse excursion nocturne, ou cette confidence avait-elle trait à Georgiana ? Il lui vint alors à l'esprit qu'il cherchait peut-être à les empêcher, Darcy et elle, de s'entretenir en tête-à-tête ; depuis que l'équipe de recherche était revenue avec le corps de Denny, son mari et elle n'avaient guère joui que de quelques instants d'intimité. Elle écarta ce soupçon, le jugeant ridicule, et chercha, une fois de plus, à retrouver le sommeil.

Bien qu'elle ressentît un grand épuisement physique, son esprit n'avait jamais été aussi actif. Elle songea à tout ce qu'elle aurait à faire avant l'arrivée de Sir Selwyn Hardcastle. Il faudrait annoncer que le bal était annulé à cinquante maisonnées ; bien sûr, il aurait été inutile d'aller porter les lettres dès la veille au soir, alors que la plupart de leurs amis étaient certainement couchés ; mais peut-être aurait-elle dû veiller plus tard et entreprendre au moins de les rédiger. Il y avait pourtant une responsabilité plus urgente dont elle devrait s'acquitter en priorité. Georgiana s'était retirée de bonne heure et ignorait probablement tout de la tragédie nocturne. Depuis que Wickham avait cherché à la séduire onze années auparavant, il n'avait plus été reçu à Pemberley et son nom n'y avait plus jamais été prononcé. Tout le monde avait fait comme s'il ne s'était rien passé. Elle savait que la mort de Denny aggraverait la douleur présente tout en ravivant le malheur passé. Georgiana conservait-elle quelque vestige d'affection pour Wickham ? Comment surmonterait-elle l'épreuve de le revoir, dans pareilles circonstances de soupçon et d'horreur, avec, qui plus est, la présence de deux prétendants au château ? Elizabeth et Darcy avaient l'intention de rassembler tous les membres de la maisonnée dès que le petit déjeuner des domestiques serait terminé pour leur exposer les événements, mais il serait impossible de dissimuler l'arrivée de Lydia et de Wickham aux femmes de chambre qui s'affairaient depuis cinq heures du matin à nettoyer et ranger les pièces et à allumer les feux. Elle savait que Georgiana était matinale et que sa femme de chambre ouvrait ses rideaux et lui apportait son thé ponctuellement à sept heures. Il fallait qu'elle parle à sa belle-sœur avant que quelqu'un d'autre ne commette une indiscrétion sans le vouloir.

Elle tourna les yeux vers la petite pendule dorée posée sur sa table de chevet et constata qu'il était six heures et quart. Elle sentit que maintenant, alors qu'il importait de ne pas s'endormir, le sommeil aurait enfin pu la gagner, mais il fallait qu'elle eût parfaitement repris ses esprits avant sept heures. Avec dix minutes d'avance, elle alluma donc sa bougie et longea silencieusement le couloir menant à la chambre de Georgiana. Elizabeth s'était toujours levée de bonne heure, attentive aux sons familiers de la maison qui s'éveillait, saluant chaque nouvelle journée dans l'attente optimiste d'un surcroît de bonheur, consacrant toutes ses heures aux devoirs et aux plaisirs d'une société en paix avec elle-même. Elle perçut alors des bruits lointains, discrets, semblables à des trottinements de souris : les femmes de chambre étaient déjà à l'ouvrage. Elle ne risquait guère de les croiser à cet étage mais, si cela advenait, elles se colleraient contre le mur avec un sourire pour la laisser passer.

Elle frappa doucement à la porte de Georgiana et, entrant, la découvrit déjà en robe de chambre, debout près de la fenêtre, les yeux rivés sur le vide obscur. Sa femme de chambre arriva presque au même moment : Elizabeth lui prit le plateau des mains et le posa sur la table de chevet. Georgiana sembla comprendre qu'il s'était passé quelque chose. Dès que la domestique fut sortie, elle se dirigea vers Elizabeth et lui dit d'un ton inquiet : « Vous avez l'air fatiguée, chère Elizabeth. Êtes-vous souffrante ?

— Non, je ne suis pas souffrante, mais soucieuse. Asseyons-nous, Georgiana, il faut que je vous parle.

— Il n'est rien arrivé à Mr Alveston ?

— Non. Pas à Mr Alveston. »

Elisabeth lui fit alors un bref récit des événements de la nuit. Elle lui raconta comment, lorsqu'on avait retrouvé le capitaine Denny, Wickham se trouvait à genoux à côté du corps, profondément affligé, mais elle ne lui rapporta pas les paroles qu'il avait prononcées et que Darcy lui avait confiées. Georgiana l'écouta parler, les mains croisées sur ses genoux. La regardant, Elizabeth vit deux larmes briller dans ses yeux puis rouler sur ses joues. Elle tendit la main et prit celle de Georgiana.

Après un instant de silence, Georgiana sécha ses yeux et dit calmement : « Vous devez trouver fort étrange, ma chère Elizabeth, que je pleure la mort d'un jeune homme que je n'ai jamais rencontré, mais je ne puis m'empêcher de me rappeler combien nous étions heureux hier soir dans le salon de musique. Alors même que je jouais et chantais avec Mr Alveston, le capitaine Denny était brutalement mis à mort à moins d'une lieue de nous. Comment ses parents supporteront-ils cette affreuse nouvelle ? Quelle perte, quel chagrin pour ses amis ! » Puis, décelant peut-être quelque étonnement sur les traits d'Elizabeth, elle reprit : « Ma chère sœur, avez-vous cru que c'était Mr Wickham qui faisait ainsi couler mes larmes ? Mais il est en vie, et Lydia et lui seront bientôt réunis. J'en suis heureuse pour eux. Je ne m'étonne pas que Mr Wickham ait été aussi affligé par la mort de son ami et par son impuissance à lui porter secours, mais, ma très chère Elizabeth, je vous en prie, n'allez pas croire que je me désole de sa réapparition dans nos vies. Le temps où j'ai cru être amoureuse de lui est révolu depuis longtemps et je sais aujourd'hui que ce n'était que le souvenir de la bonté qu'il m'avait témoignée enfant, et la gratitude que m'inspirait son affection, auxquels s'ajoutait peut-être le poids de la solitude. Mais cela n'a jamais été de l'amour. Et je sais également que jamais je ne me serais enfuie avec lui. Sur le moment déjà, j'y voyais davantage une aventure d'enfants qu'une réalité.

— Georgiana, il avait sincèrement l'intention de vous épouser. Il ne l'a jamais contesté.

— Oui, oui, il était parfaitement sérieux sur ce point. » Elle ajouta en rougissant : « Mais il m'avait promis que nous vivrions en frère et sœur jusqu'à ce que le mariage ait lieu.

— Et vous l'avez cru ? »

Une ombre de tristesse voila la voix de Georgiana. « Oh! oui, je l'ai cru. Voyez-vous, il n'a jamais été amoureux de moi, c'était mon argent qui l'intéressait. Mon argent, et rien d'autre. Je ne lui en veux pas, sinon du chagrin et des soucis qu'il a causés à mon frère, mais je préférerais ne pas le voir.

— Cela vaudra mieux, indéniablement, acquiesça Elizabeth, et rien ne vous y oblige. »

Elle n'ajouta pas qu'il eût fallu beaucoup de chance à George Wickham pour ne pas quitter Pemberley dans la matinée sous escorte policière.

Elles burent leur thé ensemble presque en silence. Mais au moment où Elizabeth se levait pour s'éloigner, Georgiana reprit la parole : « Mon frère se refuse à prononcer le nom de Mr Wickham aussi bien qu'à évoquer ce qui est arrivé, il y a tant d'années maintenant. Les choses seraient plus faciles s'il acceptait de le faire. N'est-il pas important que des gens qui s'aiment puissent parler ouvertement et sincèrement de questions qui les touchent ?

— Je ne peux que vous donner raison, approuva Elizabeth. Mais cela peut être difficile. Il faut trouver le bon moment.

— Nous ne le trouverons jamais. S'il me reste un regret, c'est la honte d'avoir déçu un frère que j'aime tendrement, et la certitude qu'il ne se fiera plus jamais à mon jugement.

Pourtant, Elizabeth, croyez-moi, Mr Wickham n'est pas un mauvais homme.

– Non, sans doute. Mais c'est un homme dangereux et fort inconsidéré.

– J'ai confié à Mr Alveston ce qui est arrivé et il est d'avis que Mr Wickham était peut-être amoureux, bien que le besoin pécuniaire ait toujours dicté ses actions. Si je puis parler librement à Mr Alveston, pourquoi ne puis-je le faire avec mon propre frère ?

– Ainsi, vous avez mis Mr Alveston dans la confidence.

– Bien sûr, nous sommes d'excellents amis. Mais Mr Alveston comprendra aussi bien que moi que nous ne pourrons être davantage, aussi longtemps que ce terrible mystère pèse sur Pemberley. Il ne s'est pas déclaré et il n'y a pas de fiançailles secrètes. Je ne vous tairais jamais une chose pareille, ma chère Elizabeth, pas plus qu'à mon frère, mais nous connaissons l'un comme l'autre le fond de notre cœur et nous nous accommoderons de cette attente. »

Il y avait donc un autre secret dans la famille. Elizabeth pensait savoir pourquoi Henry Alveston ne faisait pas encore sa demande en mariage à Georgiana ou n'exprimait pas clairement ses intentions. De toute évidence, il cherchait à tirer profit de toute l'aide qu'il pourrait apporter à Darcy, et Alveston comme Georgiana étaient assez raisonnables pour savoir que l'immense joie d'un amour partagé ne pouvait se célébrer à l'ombre d'un gibet. Elle ne put qu'embrasser Georgiana, lui murmurer qu'elle appréciait beaucoup Mr Alveston et lui dire qu'elle leur souhaitait tout le bonheur du monde.

Il était temps de s'habiller et de commencer la journée. Elizabeth était oppressée à l'idée de tout ce qu'il y avait à faire avant l'arrivée de Sir Selwyn Hardcastle à neuf heures. Avant tout, il convenait d'envoyer les lettres aux invités en leur expliquant, sans entrer dans les détails, pourquoi il avait fallu annuler le bal. Georgiana lui avait dit qu'elle avait commandé son petit déjeuner dans sa chambre mais qu'elle rejoindrait tout le monde dans la petite salle à manger pour le café et souhaitait se rendre utile. Lydia avait, elle aussi, pris son petit déjeuner dans sa chambre, en compagnie de Jane. Lorsque les deux dames seraient habillées et la chambre remise en ordre, Bingley, impatient comme toujours de retrouver sa femme, les rejoindrait.

Dès qu'Elizabeth fut prête et eut libéré Belton qui alla proposer ses services à Jane, elle alla chercher Darcy et ils se rendirent ensemble à la nursery. D'ordinaire, ils repoussaient cette visite quotidienne après le petit déjeuner, mais ils étaient étreints l'un et l'autre par une crainte quasi superstitieuse que le mal qui pesait sur Pemberley n'eût contaminé jusqu'à la nursery, et éprouvaient le besoin de se rassurer et de vérifier que tout allait bien. Rien n'avait changé dans ce petit monde clos et sûr. Les garçons furent enchantés de voir leurs parents à une heure aussi matinale, et après leurs embrassades, Mrs Donovan attira Elizabeth à l'écart et lui dit tout bas : « Mrs Reynolds a eu la gentillesse de venir me voir à l'aube pour m'avertir de la mort du capitaine Denny. Cela m'a porté un coup, mais vous pouvez être certaine que rien ne sera dit à monsieur Fitzwilliam avant que Mr Darcy ne juge bon de lui parler et de lui confier ce qu'un enfant doit savoir. Ne craignez rien, Madame ; aucun domestique ne viendra répandre de commérages à la nursery. »

En repartant, Darcy confia à Elizabeth combien il était soulagé et reconnaissant qu'elle eût informé Georgiana et que sa sœur eût appris la nouvelle sans plus d'affliction qu'il n'était naturel, mais Elizabeth sentit que ses doutes et ses inquiétudes d'autrefois avaient refait surface et qu'il aurait été plus heureux s'il avait été possible d'épargner à Georgiana tout ce qui risquait de lui rappeler le passé.

Un peu avant huit heures, Elizabeth et Darcy entrèrent dans la petite salle à manger et constatèrent que le petit déjeuner n'avait guère eu de succès. Seul Henry Alveston était à table. Une grande quantité de café avait déjà été bue, mais on n'avait presque pas touché aux œufs, au bacon fumé sur la propriété, aux saucisses et aux rognons, qui étaient restés intacts sous leurs dômes d'argent, sur la desserte.

Le repas fut tendu, et l'atmosphère contrainte, si inhabituelle quand ils se trouvaient ensemble, ne fut pas allégée par l'arrivée du colonel, suivi, quelques instants plus tard, par Georgiana. Elle prit place entre Alveston et le colonel, et, alors que le premier lui servait du café, elle proposa à Elizabeth : « Peut-être devrions-nous nous mettre aux lettres après le petit déjeuner. Si vous choisissez la formule, mon frère et vous, je pourrais commencer à les écrire. Tous les invités peuvent certainement recevoir le même message et rien n'empêche qu'il soit bref. »

Sa suggestion fut accueillie par un silence qui plongea chacun dans l'embarras, puis le colonel s'adressa à Darcy : « Il serait certainement opportun que Miss Darcy quitte Pemberley au plus vite. Il ne convient pas qu'elle joue le moindre rôle dans cette affaire ni qu'elle soit soumise, d'une manière ou d'une autre, aux questions éventuelles de Sir Selwyn ou des agents. »

Georgiana avait pâli, mais sa voix était ferme. « Je désire me rendre utile. » Elle se tourna vers Elizabeth. « Vous serez tellement sollicitée ailleurs dans la matinée que si vous vouliez bien m'indiquer le texte que vous souhaitez voir formuler sur vos lettres, je pourrais les rédiger à votre place. Vous n'aurez qu'à les signer.

– Cela me paraît une excellente idée, intervint Alveston. Un message très bref sera amplement suffisant. » Il s'adressa alors à Darcy : « Permettez-moi de vous rendre service,

Monsieur. Si vous pouviez mettre à ma disposition un cheval rapide et une monture de rechange, je me chargerais de distribuer les lettres. Puisque la plupart de vos invités ne me connaissent pas, je devrais pouvoir me dérober aisément aux demandes d'explications qui ne manqueraient pas de retarder un membre de la famille. S'il nous était possible, à Miss Darcy et moi, de consulter ensemble une carte des environs, nous pourrions arrêter l'itinéraire le plus rapide et le plus rationnel. Certains invités, dont les proches voisins étaient également attendus au bal, accepteront sans doute de leur transmettre la nouvelle. »

Elizabeth songea que nombre d'entre eux ne rechigneraient certainement pas à s'acquitter de pareille tâche. Le drame qui se jouait à Pemberley atténuerait certainement la déception provoquée par l'annulation du bal. Certains de leurs amis seraient sans doute attristés par l'inquiétude qui ne pouvait que ronger tous les occupants de Pemberley et se hâteraient d'adresser des lettres de condoléances et des témoignages de soutien, dont la plupart, se dit-elle fermement, seraient dictés par une affection et une sollicitude sincères. Elle ne devait pas laisser le cynisme déprécier les élans de compassion et d'amitié.

Mais Darcy avait pris la parole d'une voix glaciale : « Ma sœur n'a pas à participer à cela. Cette affaire ne la regarde pas et il serait parfaitement malséant qu'elle y fût mêlée. »

La voix de Georgiana était douce, mais tout aussi ferme. « Voyons, Fitzwilliam, cette affaire me regarde. Elle nous regarde tous. »

Sans laisser à Darcy le temps de répondre, le colonel insista : « Il importe, Miss Georgiana, que vous ne restiez pas à Pemberley tant que cette affaire n'aura pas été entièrement élucidée. Je vais envoyer un message à Lady Catherine dès ce soir et je suis certain qu'elle vous invitera promptement à Rosings. Je sais que vous n'appréciez pas particulièrement cette demeure et que cette invitation vous déplaira à maints égards, mais votre frère désire que vous soyez en un lieu où vous serez en sûreté et où ni Mr ni Mrs Darcy n'auront de souci à se faire pour votre sécurité et votre bien-être. Je suis certain que votre bon sens vous fera reconnaître la sagesse – et même la bienséance – de cette proposition. »

L'ignorant, Georgiana se tourna vers Darcy : « Vous n'avez aucune inquiétude à vous faire. Je vous en prie, ne me demandez pas de partir. Tout ce que je souhaite, c'est pouvoir être utile à Elizabeth et je pense être en mesure de l'aider. Je ne vois pas en quoi cela pourrait être déplacé. »

À cet instant, Alveston s'interposa : « Pardonnez-moi, Monsieur, si je me permets d'intervenir. Vous discutez de ce qu'il convient que Miss Darcy fasse comme si elle était une enfant. Nous sommes au dix-neuvième siècle, que diable ! et point n'est besoin d'être un disciple de Mrs Wollstonecraft pour juger qu'il ne convient pas de refuser aux femmes d'avoir voix au chapitre sur les sujets qui les concernent. Cela fait plusieurs siècles déjà que nous avons admis que les femmes ont une âme. N'est-il pas grand temps d'admettre qu'elles ont également un cerveau ? »

Le colonel eut le plus grand mal à se maîtriser. « Je suggère, Monsieur, lança-t-il, que vous réserviez vos diatribes à la cour d'assises. »

Darcy se tourna vers Georgiana : « Je ne songeais qu'à votre bien-être et à votre bonheur. Bien sûr, si vous le souhaitez, vous pouvez rester ; Elizabeth sera ravie, j'en suis sûr, de bénéficier de votre aide. »

Elizabeth était restée assise, silencieuse, hésitant à s'exprimer de crainte d'envenimer encore la discussion. « Tout à fait ravie, en effet, renchérit-elle alors. Il faut que je sois à la disposition de Sir Selwyn Hardcastle quand il arrivera et je vois mal comment les messages dont nous ne pouvons nous dispenser pourront être remis à temps si je n'ai personne pour m'aider. Et si nous nous mettions à l'ouvrage immédiatement ? »

Repoussant sa chaise avec une certaine violence, le colonel s'inclina avec raideur devant Elizabeth et Georgiana, et sortit.

Se levant, Alveston s'adressa à Darcy : « Je vous prie de m'excuser, Monsieur, d'être intervenu dans une affaire familiale qui ne me regarde pas. Je me suis exprimé inconsidérément et avec plus de vigueur que ne l'autorisaient la courtoisie et la sagesse.

— C'est au colonel plus qu'à moi que devraient s'adresser vos excuses, remarqua Darcy. Vos commentaires ont peut-être été déplacés et outrecuidants, mais cela ne signifie pas qu'ils ne contenaient aucune part de vérité. » Il se tourna vers Elizabeth. « Si vous pouviez régler cette question de lettres tout de suite, mon amie, il me semble qu'il est temps que nous nous adressions au personnel, tant aux gens de maison qu'à ceux qui peuvent être venus travailler au château. Mrs Reynolds et Stoughton leur auront seulement dit qu'un accident nous contraint à annuler le bal. L'inquiétude et l'agitation seront grandes, c'est certain. Je vais sonner Mrs Reynolds et lui annoncer que nous descendrons leur parler dans la salle commune des domestiques dès que vous aurez rédigé la lettre que Georgiana se chargera de recopier. »

V

Une demi-heure plus tard, Darcy et Elizabeth firent leur entrée dans la salle des domestiques, accueillis par le raclement de seize chaises et par un « Bonjour Monsieur » assourdi en réponse aux salutations de Darcy, murmuré à l'unisson mais si bas qu'il en était à peine audible. Elizabeth fut frappée par tous ces tabliers d'après-midi amidonnés de frais et d'une blancheur immaculée et par les bonnets parfaitement tuyautés avant de se rappeler que, sur instruction de Mrs Reynolds, tout le personnel se mettait en grande tenue le matin du bal de Lady Anne. De délicieuses odeurs de cuisine imprégnaient l'atmosphère ; en l'absence de contrordres, on avait certainement déjà mis au four un certain nombre de tartes et de tourtes. Passant devant une porte ouverte qui donnait sur le jardin d'hiver, Elizabeth avait été presque submergée par le parfum douceâtre des fleurs coupées ; superflues à présent, songea-t-elle, combien seraient encore fraîches lundi ? Elle se surprit à réfléchir à la façon de tirer le meilleur parti des nombreuses volailles déjà plumées et prêtes à être rôties, des énormes pièces de viande, des fruits rentrés des serres, de la soupe blanche et des sabayons. La plupart des plats n'avaient pas encore été préparés, mais faute de consignes précises, il fallait s'attendre à un excédent de nourriture qu'il conviendrait, d'une manière ou d'une autre, de ne pas laisser perdre. Cette inquiétude pouvait sembler saugrenue en pareilles circonstances, mais elle ne faisait que s'ajouter à une multitude d'autres soucis. Pourquoi le colonel Fitzwilliam n'avait-il pas mentionné sa sortie à cheval nocturne, et où s'était-il rendu ? Il était impensable qu'il soit simplement allé se promener le long de la rivière par un vent aussi violent. Et si la police arrêtait et emmenait Wickham, une éventualité que nul n'avait évoquée mais dont chacun savait qu'elle était presque certaine, que deviendrait Lydia ? Elle ne voudrait certainement pas rester à Pemberley. Or il était indispensable de lui offrir l'hospitalité dans une demeure point trop éloignée du lieu de détention de son mari. Peut-être la meilleure solution, la plus commode en tout cas, serait-elle que Jane et Bingley l'emmènent à Highmarten ; mais ne serait-ce pas trop demander à Jane ?

Toutes ces préoccupations se bousculaient dans son esprit au point qu'elle entendit à peine les paroles de son mari, écoutées par tous les domestiques dans un silence religieux. Seules les dernières phrases parvinrent réellement à sa conscience. Sir Selwyn Hardcastle avait été appelé pendant la nuit et le corps de Mr Denny transporté à Lambton. Sir Selwyn devait revenir à neuf heures ce matin et il interrogerait tous ceux qui s'étaient trouvés à Pemberley la nuit précédente, à l'exception de Lydia qui, étant l'épouse du suspect, pouvait se voir épargner cette épreuve et était bien décidée à faire valoir ce droit. Mrs Darcy et lui-même seraient présents. Aucun membre du personnel n'était soupçonné à quelque égard que ce fût, mais il était essentiel qu'ils répondent honnêtement aux questions de Sir Selwyn. En attendant, qu'ils continuent à vaquer à leurs occupations en s'abstenant de tous bavardages ou commérages à propos de cette tragédie. L'accès au bois était interdit à tous, exception faite de Mr et Mrs Bidwell et de leur famille.

Cette déclaration fut accueillie par un silence qu'Elizabeth crut bon de rompre. Se levant, elle sentit sur elle seize paires d'yeux, le regard d'êtres inquiets et déconcertés qui attendaient d'être rassurés, qu'on leur promette que tout se terminerait bien, que personnellement, ils n'avaient rien à craindre et que Pemberley resterait ce qu'il avait toujours été : leur foyer et le garant de leur sécurité. Elle prit la parole : « Bien évidemment, le bal ne peut avoir lieu dans ces conditions et nous sommes en train de préparer des lettres destinées aux invités afin de leur expliquer succinctement ce qui s'est passé. Une grande tragédie s'est abattue sur Pemberley, mais je sais que vous poursuivrez vos tâches, que vous conserverez votre calme et coopérerez avec Sir Selwyn Hardcastle et son enquête, comme nous devons tous le faire. Si vous avez un motif particulier d'inquiétude, ou une information à communiquer, adressez-vous d'abord à Mr Stoughton et Mrs Reynolds. Je tiens à vous remercier tous pour les longues heures que vous avez passées, ainsi que vous le faites toujours, à préparer le bal de Lady Anne. Nous regrettons profondément, Mr Darcy et moi-même, que tout ce travail ait été vain, et pour une raison aussi tragique. Nous comptons, comme toujours dans les périodes de bonheur ou de malheur, sur la loyauté et le dévouement réciproques qui sont au cœur de notre vie à Pemberley. Ne craignez rien pour votre sécurité ni pour votre avenir. Pemberley a surmonté bien des tempêtes au cours de sa longue histoire et saura également résister à celle-ci. »

Ses paroles furent suivies de brefs applaudissements, promptement étouffés par Stoughton. Lui-même et Mrs Reynolds prononcèrent ensuite quelques mots exprimant leur sympathie et leur volonté de coopérer avec les instructions de Mr Darcy avant que l'auditoire ne reçoive l'ordre de reprendre ses activités quotidiennes ; tout le

177

monde serait convoqué dès l'arrivée de Sir Selwyn Hard-castle. Alors qu'ils rejoignaient leur partie du château, Darcy dit à Elizabeth : « Peut-être ai-je été trop laconique, mon amie, et vous, un tout petit peu trop diserte, mais à nous deux, comme d'habitude, je pense que nous avons dit ce qu'il fallait. Il va falloir à présent nous armer de courage pour accueillir la majesté de la loi en la personne de Sir Selwyn Hardcastle. »

VI

La visite de Sir Selwyn fut à la fois moins éprouvante et plus brève que les Darcy ne l'avaient redouté. Le High Constable, Sir Miles Culpepper, avait écrit à son major-dome le jeudi précédent pour lui annoncer qu'il regagne-rait le Derbyshire à temps pour le dîner du lundi et le majordome avait jugé bon de transmettre cette informa-tion à Sir Selwyn. Son maître n'avait pas pris la peine d'ex-pliquer ce changement de programme, mais Sir Selwyn n'avait guère eu de mal à deviner la vérité. Le séjour de Sir Miles et de Lady Culpepper à Londres avec ses somptueuses boutiques et ses divertissements plus alléchants les uns que les autres avait exacerbé un désaccord courant dans les couples formés d'un mari plus âgé qui estime que l'argent a pour seule fonction d'en produire davantage, et d'une jeune et jolie épouse fermement convaincue qu'il n'existe que pour être dépensé ; comment les autres pourraient-ils savoir autrement que vous en avez, faisait-elle souvent remarquer. Ayant reçu les premières factures des dépenses extravagantes de sa femme dans la capitale, le High Constable avait senti frémir en lui un regain d'intérêt pour les responsabilités de la vie publique et avait fait savoir à son épouse qu'il lui fallait impérativement rentrer chez eux. Tout en jugeant improbable que sa lettre exprès lui annonçant le meurtre fût déjà parvenue à Sir Miles, Hardcastle n'ignorait pas que dès que le High Constable aurait été informé de la tragédie, il réclamerait un rapport complet sur les progrès de l'enquête. Il était ridicule d'envisager que le colonel vicomte Hartlep ou tout autre membre de la maisonnée de Pemberley ait pu jouer le moindre rôle dans la mort de Denny. Aussi Sir Selwyn n'avait-il pas l'intention de passer à Pemberley plus de temps que nécessaire. À son arrivée, l'agent chef Brownrigg s'était déjà assuré qu'aucun cheval et aucune voiture n'avaient quitté les écuries de Pemberley après que le colonel Fitzwilliam fut sorti. Le suspect qu'il avait hâte d'interroger, et de toute urgence, était Wickham, et il arriva avec le fourgon cellulaire et deux policiers dans l'intention de le transférer dans le logement plus approprié de la prison de Lambton, où il pourrait obtenir de lui toutes les informations nécessaires pour présenter au High Constable un compte rendu détaillé et impressionnant des activités accomplies par ses agents et lui-même.

Les Darcy reçurent ainsi un Sir Selwyn inhabituellement affable qui condescendit à prendre une légère collation avant de poser quelques questions à la famille, laquelle, complétée de Henry Alveston et du colonel, fut interrogée collectivement, dans la bibliothèque. Seul le récit que fit le colonel de son excursion nocturne éveilla un quelconque intérêt. Il commença par demander à Darcy de bien vouloir excuser le silence qu'il avait conservé à ce sujet. Il s'était rendu au King's Arms de Lambton à la requête d'une dame qui souhaitait obtenir ses conseils et son concours à propos d'une affaire délicate concernant son frère, un ancien officier qu'il avait eu sous son commandement. Elle rendait justement visite à une parente en ville et il lui avait fait valoir qu'un entretien à l'auberge serait plus discret qu'une entrevue dans son bureau londonien. S'il n'avait pas évoqué ce rendez-vous plus tôt, c'est parce qu'il tenait à s'assurer que la dame en question aurait eu le temps de quitter Lambton avant que son séjour à l'auberge ne s'ébruite et qu'elle ne risque de devenir un objet de curiosité pour la population locale. Il pouvait communiquer son nom et son adresse londonienne à des fins de vérification ; mais il était convaincu que le témoignage de l'aubergiste et des clients qui buvaient à l'auberge lors de son arrivée et de son départ confirmerait son alibi.

Hardcastle déclara non sans un soupçon de suffisance : « Cela ne sera guère nécessaire, Lord Hartlep. Il m'a paru opportun de m'arrêter au King's Arms ce matin en venant ici afin de vérifier qu'aucun étranger n'y était descendu vendredi, et l'on m'a parlé de cette dame. Votre amie a fait quelque impression à l'auberge ; une très jolie voiture, m'a-t-on dit, sa propre femme de chambre et un valet. J'imagine qu'elle n'a pas regardé à la dépense et que l'aubergiste l'a vue partir à regret. »

Hardcastle demanda alors à interroger le personnel, rassemblé comme précédemment dans la salle commune des domestiques, la seule absente étant Mrs Donovan, qui n'avait pas l'intention de laisser la nursery sans surveillance. Les sentiments de culpabilité s'observant plus fréquemment chez les innocents que chez les coupables, l'atmosphère était empreinte de moins de curiosité que d'émoi. Hardcastle avait décidé de prononcer un discours aussi rassurant et aussi bref que possible, une intention louable dont les effets furent partiellement annulés par ses sévères avertissements habituels quant aux terribles conséquences auxquelles s'exposaient ceux qui refuseraient de coopérer avec la police ou dissimuleraient des informations. Il poursuivit sur un ton plus aimable : « Je ne doute pas un instant que la nuit précédant le bal de Lady Anne, vous ayez tous eu mieux à faire qu'à vous promener en pleine nuit et par un vent violent dans le dessein d'assassiner un parfait étran-

181

ger au fond des bois. Je vais à présent demander à tous ceux d'entre vous qui ont des faits à nous communiquer, ou à ceux qui auraient quitté Pemberley dans le courant de la nuit dernière entre sept heures du soir et sept heures ce matin, de bien vouloir lever la main. »

Une seule main se leva. Mrs Reynolds chuchota : « Betsy Collard, Monsieur, une des femmes de chambre. »

Hardcastle lui demanda de se lever, ce que Betsy fit immédiatement et sans réticence apparente. C'était une fille robuste et sûre d'elle, qui parla distinctement : « J'étais avec Joan Miller, Monsieur, dans le bois, mercredi dernier, et on a vu le fantôme de la vieille Mrs Reilly, aussi bien que je vous vois. Elle se cachait au milieu des arbres, avec une cape noire à capuchon, mais sa figure était parfaitement visible au clair de lune. On a eu peur, Joan et moi, et on est parties en courant. Elle ne nous a pas poursuivies. Mais on l'a vue, Monsieur, et ce que je dis est la vérité de Dieu. »

Joan Miller reçut l'ordre de se lever et, manifestement terrifiée, confirma le récit de Betsy en balbutiant de timidité. Hardcastle sentit qu'il s'engageait là en terrain féminin et incertain. Il se tourna vers Mrs Reynolds, qui prit alors la parole : « Vous savez fort bien, Betsy et Joan, que vous n'êtes pas autorisées à sortir seules de Pemberley après la tombée de la nuit. De surcroît, il est impie et stupide de croire que les morts puissent se promener sur terre. J'ai honte que vous ayez pu concevoir des sornettes aussi grotesques. Je vous verrai toutes les deux dans mon salon dès la fin de l'interrogatoire de Sir Selwyn Hardcastle. »

Sir Selwyn ne douta pas que cette perspective fût plus intimidante que toutes les menaces qu'il aurait pu brandir. Les deux filles marmonnèrent : « Oui, Mrs Reynolds », et s'assirent promptement.

Impressionné par l'effet immédiat de l'intervention de l'intendante, Hardcastle jugea bon de faire valoir sa position par une dernière admonestation. «Je suis surpris, remarqua-t-il, qu'une jeune fille qui a le privilège de travailler à Pemberley puisse céder à des superstitions révélant une telle ignorance. N'avez-vous pas appris votre catéchisme ? » Un « si, Monsieur » murmuré fut la seule réponse qu'il obtint.

Hardcastle rejoignit ensuite le corps principal du château où il retrouva Darcy et Elizabeth. Il ne lui restait, à son grand soulagement, que la partie la plus aisée de sa mission : procéder à l'arrestation de Wickham. Le prisonnier, désormais entravé, se vit épargner l'humiliation d'avoir à défiler devant un groupe de spectateurs, et seul Darcy estima de son devoir d'être présent pour lui manifester son soutien et assister à sa montée dans le fourgon cellulaire sous la garde de l'agent chef Brownrigg et de l'agent Mason. Hardcastle s'apprêta alors à prendre place dans sa propre voiture mais, avant que le cocher n'eût fait claquer les rênes, il passa la tête par la fenêtre et héla Darcy : «Le catéchisme ne contient-il pas une injonction contre les croyances idolâtres et superstitieuses ? »

Darcy se rappelait que sa mère le lui avait enseigné, mais une seule règle lui était demeurée à l'esprit, à savoir qu'il devait empêcher ses mains de cueillir et de voler, un commandement qui lui était revenu à la mémoire avec une fréquence embarrassante quand, enfant, il prenait son poney avec George Wickham pour se rendre à Lambton et que les branches du pommier du Sir Selwyn de l'époque pendaient, couvertes de fruits mûrs alléchants, au-dessus du mur du jardin. Il répondit gravement : «Je pense, Sir Selwyn, que nous pouvons supposer que le catéchisme ne contient rien qui soit contraire aux prescriptions et aux pratiques de l'Église d'Angleterre.

— En effet, en effet. C'est bien ce que je pensais. Petites sottes. »

Satisfait du succès de sa visite, Sir Selwyn donna alors un ordre, et la voiture, suivie du fourgon cellulaire, descendit la large allée, suivie des yeux par Darcy. Celui-ci songea que le spectacle de l'arrivée et du départ de visiteurs devenait une sorte d'habitude, mais la disparition du fourgon emmenant Wickham délivrerait Pemberley de sinistres images d'horreur et de désarroi. Il espérait également n'avoir pas à revoir Sir Selwyn Hardcastle avant l'enquête judiciaire.

LIVRE QUATRE

L'enquête

I

Tout le monde tenait pour établi que Mr et Mrs Darcy assisteraient à l'office accompagnés de leur domesticité à l'église paroissiale Sainte-Marie le dimanche matin à onze heures. La nouvelle de l'assassinat du capitaine Denny s'était répandue avec une extraordinaire rapidité, et l'absence de la famille n'aurait pas manqué d'être interprétée comme l'aveu de son implication dans ce meurtre ou de sa conviction de la culpabilité de Mr Wickham. On admet généralement que le service divin offre à l'assemblée des fidèles une occasion légitime de jauger l'apparence, la tenue, l'élégance et l'éventuelle fortune des nouveaux arrivants dans la paroisse, mais également d'observer le comportement de tous les voisins dont on sait qu'ils se trouvent dans une situation intéressante, qu'il s'agisse d'une grossesse aussi bien que d'une faillite. Un assassinat brutal commis sur les terres d'un paroissien par le beau-frère de celui-ci, avec lequel il est, notoirement, en très mauvais termes attirera inévitablement une foule à l'église, et même quelques valétudinaires bien connus à qui une indisposition prolongée interdit toute assiduité rigoureuse à l'office depuis de longues années. Personne, bien sûr, n'avait la grossièreté de manifester sa curiosité, mais on peut apprendre bien des choses en écartant opportunément ses doigts levés pour la prière ou en jetant un rapide coup

d'œil à l'abri d'un chapeau pendant un cantique. Le révérend Percival Oliphant, qui avait rendu une visite privée à
Pemberley avant l'office pour exprimer à ses occupants ses
condoléances et sa sympathie, fit tout son possible pour
adoucir l'épreuve de la famille, d'abord en prononçant un
sermon d'une longueur inhabituelle et presque incompré-
hensible sur la conversion de saint Paul, puis en retenant
Mr et Mrs Darcy à la sortie de l'église pour les entraîner
dans une conversation tellement interminable que, commençant à s'inquiéter de leur déjeuner de viandes froides,
les autres paroissiens finirent par se contenter d'une révérence ou d'une inclinaison du buste avant de rejoindre voitures ou calèches.

Lydia ne se montra pas, et les Bingley restèrent à Pemberley pour veiller sur elle et préparer leur départ prévu
pour l'après-midi. En raison du désordre que Lydia avait
mis dans ses effets depuis son arrivée, il fallut beaucoup
plus de temps pour ranger ses robes dans sa malle selon ses
désirs que pour faire les bagages des Bingley. Tout était
cependant achevé lorsque Darcy et Elizabeth rentrèrent
déjeuner et vingt minutes après deux heures, les Bingley
étaient en voiture. On échangea de derniers adieux et le
cocher fit claquer les rênes. Le véhicule se mit en branle,
oscilla quelques instants sur le large chemin qui longeait la
rivière, descendit la pente conduisant à la longue allée et
disparut. Elizabeth resta le regard fixé sur la voiture comme
si elle pouvait la faire réapparaître, puis le petit groupe fit
demi-tour et regagna le château.

S'arrêtant dans le vestibule, Darcy s'adressa à Fitzwilliam
et à Alveston : « Je vous serais reconnaissant de me rejoindre
dans la bibliothèque dans une demi-heure. Nous étions
ensemble lorsque le corps de Denny a été retrouvé et nous
risquons fort d'être appelés tous les trois à témoigner à
l'enquête. Sir Selwyn m'a envoyé un messager après le petit

déjeuner ce matin pour m'annoncer que le coroner, le Dr Jonah Makepeace, a décidé de réunir le jury mercredi à onze heures. Je voudrais m'assurer que nos souvenirs concordent, s'agissant notamment des paroles prononcées lors de la découverte du corps du capitaine Denny. Peut-être ne serait-il pas inutile non plus de nous entretenir plus généralement de la conduite à tenir. Les souvenirs de ce que nous avons vu et entendu sont si déconcertants, le clair de lune était si trompeur qu'il m'arrive de devoir faire un effort pour me rappeler que tout cela s'est réellement passé. »

Un murmure d'assentiment lui répondit et avec une ponctualité presque parfaite, le colonel Fitzwilliam et Alveston se dirigèrent vers la bibliothèque où ils trouvèrent Darcy déjà sur place. Trois chaises à dossier droit étaient disposées devant la table de jeu rectangulaire et deux hauts fauteuils capitonnés trônaient de part et d'autre de l'âtre. Après un instant d'hésitation, Darcy fit signe aux nouveaux arrivants de prendre ces sièges, il approcha une des chaises et s'installa entre eux. Il lui sembla qu'Alveston, assis tout au bord de son fauteuil, était mal à l'aise, presque embarrassé, une attitude qui contrastait tant avec son assurance coutumière que Darcy s'étonna de le voir prendre l'initiative d'engager la conversation.

« Vous ferez naturellement appel à votre propre avocat, Monsieur, dit-il, mais s'il devait résider à quelque distance d'ici, je suis à votre service si je puis vous être d'un quelconque secours en attendant que vous ayez le loisir de vous adresser à lui. En qualité de témoin, je ne saurais évidemment représenter ni Mr Wickham ni le domaine de Pemberley, mais s'il vous semble que je puis être utile, je pense pouvoir abuser de l'hospitalité de Mrs Bingley un peu plus longtemps. Mr Bingley et elle ont eu l'amabilité de me le proposer. »

Il parlait d'un ton hésitant, le juriste intelligent et apprécié, légèrement arrogant peut-être, ayant laissé place l'espace d'un instant à un jeune garçon indécis et maladroit. Darcy savait pourquoi. Alveston craignait que son offre ne fût interprétée, notamment par le colonel Fitzwilliam, comme un stratagème destiné à seconder ses desseins auprès de Georgiana. Darcy n'hésita que quelques secondes, mais elles permirent à Alveston de poursuivre hâtivement :

« Le colonel Fitzwilliam aura bien sûr fait l'expérience de conseils de guerre à l'armée et peut-être estimerez-vous que tous les conseils que je suis susceptible de vous donner seraient superflus, d'autant plus que le colonel est familier des lieux, ce qui n'est pas mon cas. »

Darcy se tourna vers son cousin : « Je pense que vous serez de mon avis, Fitzwilliam, pour penser que toute aide juridique disponible ne peut que nous être précieuse. »

Le colonel répondit d'une voix égale : « Je ne suis pas magistrat et ne l'ai jamais été, et j'aurais peine à prétendre que mon expérience fort occasionnelle des conseils de guerre me donne la moindre compétence en droit pénal. N'ayant aucun lien de parenté avec George Wickham, contrairement à vous, Darcy, je ne peux être appelé à comparaître qu'en qualité de témoin. C'est à vous de décider des conseils qui vous semblent précieux. Néanmoins, comme Mr Alveston le reconnaît lui-même, il est difficile de voir en quoi il pourrait se montrer utile dans l'affaire qui nous occupe.

– Il me semble que le trajet quotidien entre Highmarten et Pemberley vous imposerait une perte de temps superflue, intervint Darcy en s'adressant à Alveston. Mrs Darcy en a parlé à sa sœur et nous espérons tous que vous accepterez notre invitation à rester à Pemberley. Sir Selwyn Hardcastle peut exiger que vous retardiez votre départ jusqu'à la fin de l'enquête policière, encore qu'à mon sens, il n'aurait guère de motif de le faire après que vous aurez témoigné devant le coroner. Mais votre cabinet n'en pâtira-t-il pas ? Vous avez la réputation d'être un homme extrêmement occupé. Nous nous en voudrions d'accepter votre concours à votre préjudice.

– Je n'ai pas d'affaires en cours, répondit Alveston, qui exigent une action personnelle de ma part avant une huitaine de jours et mon associé est suffisamment expérimenté pour régler les questions courantes dans l'intervalle.

– Dans ce cas, je serais heureux de bénéficier de vos conseils lorsque vous jugerez approprié de les dispenser. Les hommes de loi qui s'occupent du domaine de Pemberley traitent essentiellement d'affaires de famille, de successions surtout, d'achat et de vente de terres, de querelles de voisinage et n'ont, à ma connaissance, guère, voire aucune expérience en matière d'homicide, en tout cas sur les terres de Pemberley. Je leur ai déjà écrit pour les informer de la situation et vais leur adresser sur-le-champ un nouveau courrier exprès pour leur annoncer votre participation. Je dois vous prévenir que Sir Selwyn Hardcastle ne se montrera certainement pas coopératif. C'est un magistrat expérimenté et juste, qui ne néglige aucun détail des enquêtes policières généralement confiées aux agents du village, et qui se montre toujours fort jaloux de ses prérogatives. »

Le colonel s'abstint de tout commentaire.

« Il serait utile, remarqua Alveston, à mes yeux en tout cas, d'évoquer d'abord notre réaction immédiate au crime, et plus particulièrement aux aveux apparents de l'accusé. Ajoutons-nous foi à l'explication de Wickham selon laquelle il voulait simplement dire que s'il ne s'était pas querellé avec son ami, Denny ne serait jamais descendu du cabriolet pour marcher à la mort ? Ou bien a-t-il suivi

Denny dans une intention meurtrière ? La réponse à ces questions dépend en grande partie de ce que nous pouvons savoir de son caractère. Je ne connais pas Mr Wickham, mais si j'ai bien compris, il est le fils du régisseur de votre défunt père et vous avez été très proches pendant votre enfance. Le pensez-vous, Monsieur, et vous, colonel, capable d'un tel acte ? »

Il regarda Darcy, qui répondit après un instant d'hésitation : « Avant qu'il n'épouse la plus jeune sœur de ma femme, cela faisait plusieurs années que nous ne nous fréquentions plus guère et nous ne nous sommes jamais rencontrés depuis. Par le passé, il s'est révélé ingrat, envieux, malhonnête et fourbe. Il a un visage avenant et des manières plaisantes en société, surtout avec les dames, ce qui lui vaut les faveurs de tous ; que celles-ci résistent à un commerce plus durable, il est permis d'en douter, mais je ne l'ai jamais vu violent et n'ai jamais entendu dire qu'il se soit rendu coupable d'un geste violent. Ses délits sont de nature plus vile et je préfère ne point en discuter ici ; nous avons tous la faculté de changer. Tout ce que je puis dire, c'est que je ne crois pas que le Wickham que j'ai connu, quels que fussent ses travers, soit capable d'assassiner brutalement un ancien camarade et un ami. J'aurais plutôt tendance à dire que la violence lui répugne et qu'il l'évitera lorsque cela est possible. »

Le colonel Fitzwilliam intervint : « Il a affronté les rebelles en Irlande avec un certain succès, et sa bravoure a été reconnue. Nous devons lui concéder un indéniable courage physique.

— Sans doute, suggéra Alveston, s'il a le choix entre tuer ou se faire tuer, peut-il se montrer impitoyable. Loin de moi l'intention de déprécier sa vaillance, mais ne peut-on penser que la guerre et l'expérience personnelle de la réalité du combat puissent corrompre la sensibilité d'un homme tout à fait pacifique de nature, de sorte que la violence lui répugne moins ? Ne devons-nous pas envisager pareille éventualité ? »

Darcy remarqua que le colonel avait peine à maîtriser sa colère. « Aucun homme ne saurait être corrompu, rétorqua celui-ci, lorsqu'il accomplit son devoir envers son roi et son pays. Si vous aviez la moindre expérience de la guerre, jeune homme, il me semble que vous feriez preuve d'une réaction moins désobligeante devant les actes de bravoure exceptionnelle. »

Darcy jugea préférable de s'interposer : « J'ai lu quelques comptes rendus de la rébellion irlandaise de 1798 dans les journaux, mais ils étaient succincts. La plupart m'auront probablement échappé. N'est-ce pas dans cette circonstance que Wickham a été blessé et a obtenu une médaille ? Quel rôle exact a-t-il joué ?

— Il a participé, comme moi, à la bataille du 21 juin à Enniscorthy, où nous avons pris la colline d'assaut et contraint les rebelles à se retirer. Le 8 août, le général Jean Humbert a débarqué avec un millier de soldats français et a marché sur le sud, en direction de Castlebar. Le général français a encouragé ses alliés rebelles à instaurer ce qu'ils ont appelé la République de Connaught et le 27 août, il a mis en déroute le général Lake à Castlebar, une défaite humiliante pour l'armée britannique. C'est alors que Lord Cornwallis a réclamé des renforts. Cornwallis a maintenu ses forces entre les envahisseurs français et Dublin, prenant Humbert au piège entre ses hommes et ceux du général Lake. C'en était fini des Français. Les dragons britanniques ont chargé le flanc irlandais et les lignes françaises, et Humbert s'est rendu. Wickham a pris part à cette charge puis à l'encerclement des rebelles et à la dissolution de la République de Connaught. La poursuite et le châtiment des rebelles ont été une besogne sanglante. »

Darcy ne douta pas un instant que le colonel avait déjà fait ce récit à maintes reprises et y trouvait un certain plaisir.

« George Wickham a donc joué un rôle dans tout cela ? insista Alveston. Nous savons de quoi s'accompagne l'écrasement d'une rébellion. Cela ne suffirait-il pas à donner à un homme, sinon le goût de la violence, du moins une certaine familiarité avec elle ? Après tout, notre objectif est d'arriver à déterminer quel genre d'homme George Wickham est devenu.

— Un bon et brave soldat, voilà ce qu'il est devenu, trancha le colonel Fitzwilliam. Je suis du même avis que Darcy. Je ne l'imagine pas en assassin. Savons-nous comment sa femme et lui ont vécu depuis qu'il a quitté l'armée en 1800 ?

— Il n'a jamais été reçu à Pemberley, répondit Darcy, et nous n'avons entretenu aucune relation avec eux, mais Mrs Wickham fréquente Highmarten. Ils n'ont pas prospéré, cela est certain. Wickham est devenu une sorte de héros national à l'issue de la campagne irlandaise, ce qui lui a permis le plus souvent de trouver un emploi, mais non de le conserver. Il semblerait que le couple soit retourné à Longbourn, où Mr Wickham est resté sans situation et où l'argent s'est fait rare. Mrs Wickham a certainement pris plaisir à aller rendre visite à d'anciennes amies et à se vanter des exploits de son mari, mais leurs séjours ont rarement duré plus de trois semaines. Quelqu'un a dû leur assurer une aide financière régulière, mais Mrs Wickham n'a jamais été très explicite sur ce point et bien entendu, Mrs Bingley ne lui a pas posé de questions. J'ai bien peur de vous avoir dit tout ce que je sais, et tout ce que je désire savoir.

— Dans la mesure où je n'avais jamais rencontré Mr Wickham avant vendredi soir, reprit Alveston, mon opinion sur sa culpabilité ou son innocence ne repose ni sur sa personnalité, ni sur ses états de service, mais uniquement sur l'examen des indices dont nous disposons actuellement. Je pense qu'il a une excellente défense. Ses prétendus aveux pourraient n'être que l'expression de la culpabilité qu'il éprouve à l'idée d'avoir incité son ami à quitter le cabriolet. Il était pris de boisson, et pareille sentimentalité larmoyante après un choc n'est pas rare chez un homme ivre. Examinons cependant les indices matériels. Le mystère central, en l'occurrence, est la raison qui a poussé le capitaine Denny à s'enfoncer dans le bois. Qu'avait-il à craindre de Wickham ? Denny était plus grand et plus robuste que lui, et de surcroît, il était armé. S'il avait l'intention de retourner à l'auberge, pourquoi ne pas suivre la route ? Bien sûr, le cabriolet aurait pu le rattraper, mais comme je l'ai dit, il ne courait guère de danger. Wickham ne l'aurait pas agressé alors que Mrs Wickham se trouvait dans la voiture. On avancera sans doute que Denny a pu se décider à fausser compagnie à Wickham sans délai, car il était rebuté par le projet de son compagnon de laisser Mrs Wickham à Pemberley alors qu'elle n'avait pas été invitée au bal, et sans avoir prévenu Mrs Darcy. Cette intention était certainement inconvenante et irréfléchie, mais elle ne justifiait guère que Denny quitte le cabriolet de façon aussi théâtrale. Le bois était sombre, et il n'avait pas de lanterne ; j'ai peine à comprendre son geste.

« S'y ajoute un autre élément, très important. Où sont les armes ? Il doit y en avoir deux, nécessairement. Le premier coup porté au front n'a provoqué qu'un abondant épanchement de sang qui a aveuglé et étourdi Denny. La blessure qui lui a été faite à l'arrière de la tête a été provoquée par une autre arme, un objet lourd, aux bords émoussés, peut-être une pierre. Et à en croire ceux qui ont vu la plaie, parmi lesquels vous-même, Mr Darcy, elle est si profonde et si longue qu'un homme superstitieux pourrait prétendre qu'elle n'a pas été causée par une main humaine, et en tout cas pas par celle de Wickham. Je doute qu'il ait pu aisément soulever une pierre de ce poids suffisamment haut pour la faire retomber exactement à l'endroit voulu. Faut-il supposer de surcroît qu'une simple coïncidence l'ait mise commodément à portée de sa main ? N'oublions pas non plus les égratignures que portaient le front et les mains de Wickham. Il est difficile de ne pas en conclure qu'il a pu se perdre dans le bois après avoir découvert le corps du capitaine Denny.

— Vous pensez donc, demanda le colonel Fitzwilliam, que si l'affaire est portée devant la cour d'assises, il sera acquitté ?

— Je pense qu'au vu des indices dont nous disposons jusqu'à présent, il devrait l'être, mais dans les affaires où l'on ne dispose que d'un seul suspect, le risque est toujours grand que les jurés se demandent : si ce n'est pas lui, qui est-ce ? Il est difficile pour un juge ou pour un avocat de la défense de mettre un jury en garde contre cette tendance, sans lui souffler en même temps cette interrogation. Wickham aura besoin d'un bon avocat.

— C'est à moi d'y veiller, observa Darcy.

— Je vous suggère de vous adresser à Jeremiah Mickledore. Il est brillant dans ce genre d'affaires et en présence d'un jury citadin, mais il n'accepte que les causes qui l'intéressent et il déteste quitter Londres.

— Y a-t-il une possibilité de renvoyer l'affaire à Londres ? Faute de quoi, elle ne sera pas jugée avant de passer aux assises de Derby au printemps ou à l'été prochain. » Il regarda Alveston. « Rappelez-moi les règles de procédure, voulez-vous ?

— En général, l'État préfère que les accusés soient jugés

par la cour d'assises locale. L'argument étant que la population peut constater par elle-même que justice est rendue. Lorsqu'une affaire est transférée, elle ne l'est généralement que vers la cour d'assises du comté voisin, et il faut avoir pour cela un motif sérieux, une raison assez grave pour que l'on estime impossible d'obtenir un jugement équitable dans la ville locale, des questions d'impartialité, de jurés susceptibles de se laisser acheter, de juges dont on craint qu'ils ne soient corrompus. Mais l'accusé peut également faire l'objet d'une hostilité locale si grande qu'elle pourrait prévenir le jury contre lui. Le ministre de la Justice est seul habilité à réglementer les poursuites pénales et à y mettre fin, ce qui veut dire, dans le cas qui nous intéresse, que c'est lui qui a autorité pour prononcer le renvoi d'un procès dans une autre ville.

— Autrement dit, cette décision sera entre les mains de Spencer Perceval ? demanda Darcy.

— Exactement. On pourrait peut-être faire valoir que le crime ayant été commis sur les terres d'un magistrat local, sa famille et lui risqueraient d'être mêlés trop étroitement à l'affaire ou que l'on redoute que des commérages et des insinuations sur les relations entre Pemberley et l'accusé ne nuisent à la cause de la justice. À mon avis, il ne serait pas facile d'obtenir un transfert, mais la parenté par alliance qui lie Wickham aussi bien à Mr Bingley qu'à vous-même est un facteur de complication propre à convaincre le ministre. Il ne prendra pas sa décision pour répondre à des vœux personnels, mais dans le souci de servir au mieux la cause de la justice. Où que se tienne le procès, je pense qu'il serait certainement utile d'essayer d'obtenir que Jeremiah Mickledore assure la défense. J'ai été son assistant il y a deux ans, et il n'est pas impossible que j'aie une certaine influence sur lui. Je vous suggère de lui envoyer un courrier exprès lui exposant la situation. Je discuterai ensuite de l'affaire avec lui à mon retour à Londres, aussitôt après l'enquête. »

Darcy exprima sa vive reconnaissance et la proposition fut acceptée. Alveston reprit la parole : « Il me semble, Messieurs, que nous devrions chercher à mettre nos idées au clair et décider de ce que nous dirons quand on nous demandera quelles paroles Wickham a prononcées au moment où nous l'avons découvert, agenouillé près du corps. Ce témoignage sera évidemment capital dans cette affaire. Il va de soi que nous devons dire la vérité, mais il serait intéressant de vérifier si nos souvenirs concordent quant à la formulation exacte employée par Wickham. »

Sans laisser aux autres le temps de s'exprimer, le colonel Fitzwilliam fit remarquer : « Ces paroles m'ont fait une vive impression, ce qui est bien naturel, et je crois pouvoir les répéter à la lettre. Wickham a dit : "Il est mort ! Oh, mon Dieu, Denny est mort ! Il était mon ami, mon seul ami, et je l'ai tué ! C'est ma faute." Quant à savoir ce qu'il entendait en se disant responsable de la mort de Denny, on peut bien sûr en débattre.

— Mes souvenirs recouvrent exactement ceux du colonel, confirma Alveston, mais comme lui, je ne saurais proposer d'interprétation de ses paroles. Jusque-là, nous sommes du même avis. »

Ce fut au tour de Darcy. « Je ne peux pas être aussi précis sur la succession des mots, mais je peux affirmer avec assurance que Wickham a déclaré qu'il avait tué son ami, son seul ami, et que c'était sa faute. Je trouve moi aussi ces dernières paroles ambiguës et ne chercherai pas à les expliquer, sauf si l'on insiste, et peut-être même pas dans ce cas.

— Il y a peu de risques que le coroner se montre pressant. Si la question est posée, il pourra faire valoir qu'aucun de nous ne peut être certain de ce qui se passe dans l'esprit d'autrui. Mon avis personnel, mais ce n'est qu'une supposition, est que Wickham entendait par là que Denny ne serait pas entré dans le bois et n'aurait pas croisé son agresseur s'ils ne s'étaient pas disputés, et qu'il se sentait responsable de ce qui avait provoqué la contrariété de Denny. Le procès reposera certainement sur le sens exact que Wickham donnait à ces mots. »

La conférence semblait avoir atteint sa conclusion, mais avant qu'ils ne se lèvent, Darcy ajouta : « Ainsi, le sort de Wickham, sa vie ou sa mort, dépendront de douze hommes, forcément influencés par leurs propres préjugés et par la vigueur de l'exposé de l'accusé et de l'éloquence de l'accusation.

— Comment pourrait-il en être autrement ? demanda le colonel. Il s'en remettra à ses concitoyens et il ne saurait y avoir plus grand gage d'équité que le jugement de douze honnêtes Anglais.

— Sans possibilité d'appel, ajouta Darcy.

— Pourquoi y en aurait-il ? La décision du jury a toujours été sacro-sainte. Que proposez-vous, Darcy ? Un deuxième jury, qui prêterait serment et serait appelé à approuver ou désapprouver le premier, et encore un autre jury après cela ? Ce serait d'une totale ineptie, et en poursuivant ce modèle à l'infini, on aboutirait sans doute à ce qu'une cour étrangère soit appelée à juger les affaires anglaises. Voilà qui sonnerait le glas de notre système judiciaire et de bien davantage encore.

— Ne serait-il pas possible, insista Darcy, d'imaginer une cour d'appel formée de trois juges, ou peut-être cinq, que l'on rassemblerait en cas de dissentiment sur un point de droit délicat ? »

Alveston intervint alors : « Je n'imagine que trop bien la réaction d'un jury anglais si l'on proposait que sa décision puisse être remise en cause par trois juges. C'est au juge en charge du procès de trancher sur les éventuels points de droit et s'il est incapable de le faire, il n'est pas habilité à être juge. De plus, il existe tout de même une forme de cour d'appel. Le juge peut déposer un recours en grâce s'il est mécontent du résultat du procès, et une condamnation que l'opinion publique estime injuste provoquera toujours un tollé, et parfois des protestations violentes. Je peux vous assurer qu'il n'est rien qui dépasse en puissance l'Anglais saisi d'une vertueuse indignation. Mais, comme vous le savez peut-être, je suis membre d'un groupe d'avocats qui s'est donné pour tâche d'examiner l'efficacité de notre système pénal et il y a une réforme que nous souhaiterions imposer : nous sommes d'avis que le droit de l'accusation de faire une dernière déclaration avant le prononcé de la sentence devrait être élargi à la défense. Je ne vois rien qui s'oppose à pareil changement et nous espérons bien le voir aboutir avant la fin de ce siècle.

— Que pourrait-on objecter à pareille mesure ? demanda Darcy.

— Il s'agit principalement d'une question de temps. Les tribunaux londoniens sont déjà surchargés de travail et trop d'affaires sont traitées avec une indécente précipitation. Les Anglais n'apprécient pas les avocats au point d'avoir envie d'assister à des heures supplémentaires de plaidoyers. On estime suffisant que l'accusé plaide lui-même sa cause et l'on pense que le contre-interrogatoire des témoins de l'accusation par son défenseur suffit à assurer que justice sera rendue. Ces arguments ne me convainquent pas pleinement, mais ils sont avancés en toute sincérité.

— Vous me paraissez bien radical, Darcy, observa le colonel. J'étais loin de penser que vous vous intéressiez autant au droit ou étiez aussi dévoué à sa réforme.

— Moi aussi, mais lorsqu'on affronte, comme nous le faisons aujourd'hui, la réalité du sort qui attend George

Wickham et que l'on prend conscience de l'espace ténu qui sépare la vie de la mort, il est peut-être naturel de s'y intéresser et même, de s'en préoccuper. » Il s'interrompit avant de conclure : « S'il n'y a rien d'autre à ajouter, nous pourrions peut-être nous préparer à rejoindre les dames pour le dîner. »

II

La matinée du mardi semblait annoncer une journée plaisante, avec peut-être même l'espoir de quelques rayons de soleil automnal. Wilkinson, le cocher, avait la réputation parfaitement méritée de savoir prédire le temps, et deux jours plus tôt, il avait annoncé que le vent et la pluie laisseraient place à des éclaircies entrecoupées d'averses. C'était le jour où Darcy devait rencontrer son régisseur, John Wooller, qui déjeunerait à Pemberley. Dans l'après-midi, il irait à Lambton pour rendre visite à Wickham, un devoir dont il savait pertinemment qu'il ne serait source d'agrément ni pour l'un ni pour l'autre.

Elizabeth avait l'intention, pendant son absence, de se rendre au cottage du bois avec Georgiana et Mr Alveston, afin de prendre des nouvelles de la santé de Will et de porter du vin et quelques friandises dont Mrs Reynolds et elle espéraient qu'elles stimuleraient l'appétit du jeune malade. Elle voulait également s'assurer que sa mère et sa sœur ne s'inquiétaient pas à l'idée de rester seules quand Bidwell était retenu à Pemberley. Georgiana avait insisté pour l'accompagner, et Henry Alveston avait immédiatement proposé d'offrir l'escorte masculine que Darcy jugeait indispensable et dont il savait qu'elle rassurerait les deux dames. Elizabeth souhaitait se mettre en route aussitôt que possible après le déjeuner ; le soleil d'automne était une bénédiction qui ne durerait évidemment pas, et Darcy avait à cœur que leur petite société ait quitté le bois avant que la lumière de l'après-midi ne décline.

Mais avant cela, il y avait des lettres à écrire, et après un petit déjeuner matinal, Elizabeth s'apprêta à consacrer quelques heures à cette tâche. Elle n'avait pas encore répondu à tous les messages de sympathie et d'interrogations d'amis qui avaient été invités au bal, et elle savait que la famille de Longbourn, qui avait été informée de la situation par un courrier de Darcy, attendrait des nouvelles presque quotidiennement. Les sœurs de Bingley, Mrs Hurst et Miss Bingley, devaient, elles aussi, être tenues au courant des progrès de l'affaire ; c'était toutefois une mission qu'elle pouvait confier à Bingley. Elles rendaient visite à leur frère et à Jane deux fois par an, mais étaient tellement absorbées par les délices londoniennes qu'elles ne supportaient pas de séjourner plus d'un mois à la campagne. Lorsqu'elles étaient de passage à Highmarten, elles condescendaient à être reçues à Pemberley. Pouvoir se vanter de ces visites, de leurs relations avec Mr Darcy ainsi que des splendeurs de sa demeure et de son domaine était un plaisir trop précieux pour être sacrifié aux espoirs déçus ou au ressentiment ; néanmoins, l'image d'Elizabeth en maîtresse de Pemberley demeurait un affront qu'aucune des deux sœurs ne pouvait supporter sans un douloureux exercice de maîtrise de soi et au grand soulagement d'Elizabeth, leur présence était fort rare.

Elle savait que leur frère les aurait dissuadées avec tact de venir à Pemberley pendant la crise qui s'y déroulait et ne doutait pas qu'elles se tiendraient à distance. Un assassinat dans la famille peut assurer un frisson d'excitation lors de dîners mondains, mais il n'est guère d'avantage social à attendre du meurtre brutal d'un capitaine d'infanterie ordinaire, sans argent ni lignage susceptible de lui prêter quelque intérêt. Dans la mesure où les plus délicats d'entre nous eux-mêmes ont bien du mal à fermer l'oreille aux commérages locaux les plus grossiers, autant trouver quelque attrait à ce qu'on ne peut éviter, et personne n'ignorait, tant à Londres que dans le Derbyshire, que Miss Bingley tenait tout particulièrement à ne pas quitter la capitale en ce moment. Ses entreprises de séduction d'un pair veuf immensément riche abordaient une phase on ne peut plus prometteuse. Certes, sans sa pairie et sa fortune, il eût passé pour l'homme le plus ennuyeux de Londres, mais on ne peut espérer être appelée « Madame la Duchesse » sans quelque désagrément, et la lutte pour mettre la main sur ses biens, son titre et tout ce qu'il voudrait bien accorder était, on le comprendra, fort âpre. Un certain nombre de mères cupides, très versées dans les enchères matrimoniales, travaillaient assidûment à la cause de leurs filles, et Miss Bingley n'avait pas l'intention de quitter Londres à une étape aussi délicate de la compétition.

Elizabeth venait d'achever les lettres destinées à sa famille de Longbourn et à sa tante Gardiner quand Darcy entra, brandissant un message arrivé la veille au soir par exprès, mais qu'il venait d'ouvrir.

Le lui tendant, il annonça : « Lady Catherine, comme il était prévisible, a transmis la nouvelle à Mr Collins et à Charlotte et a ajouté leurs lettres à son pli. Elles ne vous apporteront certainement ni plaisir ni surprise. Je serai dans mon bureau avec John Wooller, mais j'espère vous voir au déjeuner, avant de partir pour Lambton. »

Lady Catherine avait écrit :

Mon cher Neveu,

Votre courrier, vous vous en doutez, a été un choc effroyable mais par bonheur, je puis vous assurer, à vous et à Elizabeth, que je n'y ai pas succombé. J'ai néanmoins dû faire appel au docteur Everidge qui m'a complimentée sur ma force d'âme. Soyez certains que je me porte aussi bien que possible. La mort de ce malheureux jeune homme – dont, évidemment, j'ignore tout – provoquera, je le crains, un scandale national que l'éminence de Pemberley ne permettra guère d'éviter. Mr Wickham, que la police a fort opportunément arrêté, semble posséder un authentique talent pour causer des ennuis et des embarras aux gens respectables et je ne puis m'empêcher de penser que l'indulgence coupable de vos parents à son endroit lorsqu'il était enfant, un sujet sur lequel j'ai fréquemment et vigoureusement fait connaître mes vues à Lady Anne, a été responsable d'un grand nombre de ses écarts de conduite ultérieurs. Néanmoins, je préfère penser qu'il est au moins innocent de cette énormité et, dans la mesure où son mariage déshonorant avec la sœur de votre épouse a fait de vous son frère, vous souhaiterez, de toute évidence, vous charger des débours de sa défense. Espérons que cela ne provoquera pas votre ruine et celle de vos fils. Il vous faudra un bon avocat. Ne faites en aucun cas appel à un juriste local ; vous n'obtiendriez qu'un homme insignifiant qui associerait inefficacité et attentes déraisonnables quant à ses émoluments. Je vous proposerais bien maître Pegworthy, mais j'ai besoin de lui ici. La querelle de bornage qui m'oppose de longue date à mon voisin, et dont je vous ai tenu informé, atteint à présent une phase critique et les cas de braconnage se sont regrettablement multipliés ces derniers mois. Je pourrais évidemment venir personnellement vous prodiguer mes conseils – maître Pegworthy prétend que si j'étais un homme et si j'avais étudié le droit, j'eusse été un fleuron du barreau anglais – mais ma présence est indispensable ici. Si j'allais voir tous ceux qui sont susceptibles de tirer profit de mes avis, je ne serais jamais chez moi. Je vous suggère d'engager un avocat du barreau de Londres. On les dit fort convenables. Mentionnez mon nom et l'on s'occupera bien de vous.

Je transmettrai la nouvelle à Mr Collins car elle ne saurait être dissimulée bien longtemps. En tant que prêtre, il aura à cœur de vous adresser ses habituelles et déprimantes paroles de réconfort, *et je joindrai sa lettre à la mienne, non sans avoir imposé des limites précises à sa longueur.*

Je vous assure, Mrs Darcy et vous, de toute ma compassion. N'hésitez pas à m'envoyer chercher si les événements devaient mal tourner dans cette affaire, et je braverai les brumes automnales pour être à vos côtés.

Elizabeth n'attendait rien d'intéressant de la lettre de Mr Collins, sinon le plaisir répréhensible de savourer son singulier mélange de suffisance et de sottise. Le message était plus long qu'elle ne s'y attendait. Malgré ses propos, Lady Catherine avait été indulgente sur sa longueur. Il commençait par affirmer qu'il ne pouvait trouver de mots pour exprimer son bouleversement et son horreur, puis entreprenait d'en trouver un grand nombre, dont fort peu de pertinents et aucun d'utile. Comme lors des fiançailles de Lydia, il attribuait l'intégralité de cette regrettable affaire au manque d'autorité de Mr et Mrs Bennet sur leur fille, et poursuivait en se félicitant d'avoir retiré à temps une proposition de mariage qui, eût-elle été acceptée, l'aurait inéluctablement lié à leur déshonneur. Il prophétisait ensuite tout un catalogue de désastres pour la famille affligée, allant du pire – le déplaisir de Lady Catherine et leur bannissement définitif de Rosings – aux moins graves – opprobre public, faillite et mort. Sa lettre s'achevait par l'annonce que dans quelques mois, sa chère Charlotte aurait la joie de lui offrir leur quatrième enfant. Le presbytère de Hunsford commençait à devenir quelque peu exigu pour sa famille de plus en plus nombreuse, mais il était certain que la Providence lui fournirait, en temps voulu, un bénéfice lucratif et une plus vaste maison. Elizabeth y vit un appel limpide – ce n'était pas le premier du reste – à l'attention de Mr Darcy, et savait qu'il en obtiendrait la même réponse. La Providence n'avait jusqu'à présent manifesté aucune propension à prodiguer son assistance à Mr Collins, et Darcy n'avait nulle intention de se substituer à elle.

La lettre de Charlotte, qui n'était pas cachetée, était conforme à ce qu'Elizabeth en attendait : elle ne contenait que quelques phrases brèves et conventionnelles d'affliction et de condoléances, assorties de l'assurance que toutes ses pensées, comme celles de son mari, allaient à la famille dans la peine. Mr Collins avait évidemment lu cette lettre et il ne fallait pas en espérer de mots plus chaleureux ni plus intimes. Charlotte Lucas avait été l'amie d'Elizabeth lorsqu'elles étaient enfants puis jeunes filles, la seule figure féminine, hormis Jane, avec laquelle une conversation rationnelle fût possible, et Elizabeth regrettait toujours que la complicité qui les unissait jadis ait tiédi pour laisser place à une bienveillance ordinaire et une correspondance régulière, mais distante. Les deux fois où Darcy et elle avaient rendu visite à Lady Catherine depuis leur mariage, il avait impérativement fallu se rendre au presbytère et, ne voulant pas imposer à son mari les amabilités vaniteuses de Mr Collins, Elizabeth avait préféré y aller seule. Elle avait cherché à comprendre ce qui avait bien pu pousser Charlotte à accepter la demande en mariage de Mr Collins, le lendemain même du jour où il lui avait fait la même proposition, à elle, Elizabeth, proposition qu'elle avait repoussée. Mais il était peu probable que Charlotte eût oublié ou pardonné la stupéfaction avec laquelle son amie avait réagi à cette nouvelle.

Elizabeth soupçonnait Charlotte de s'en être vengée en une occasion. Elle s'était souvent demandé comment Lady Catherine avait pu apprendre que Mr Darcy et elle allaient probablement se fiancer. Comme elle n'avait parlé de la funeste première demande en mariage de Darcy qu'à Jane, elle en avait conclu que c'était forcément Charlotte qui l'avait trahie. Elle gardait en mémoire le soir où Darcy, accompagné des Bingley, avait fait sa première apparition dans la salle de bal de Meryton. Charlotte avait alors soupçonné qu'il n'était peut-être pas entièrement indifférent au charme de son amie et avait conseillé à Elizabeth, qui se défendait mal alors d'une certaine inclination pour Wickham, de ne pas négliger le parti infiniment plus intéressant qu'incarnait Darcy. Un peu plus tard, Elizabeth avait accompagné Sir William Lucas et sa fille cadette chez Charlotte. Cette dernière avait fait quelques commentaires sur la fréquence des visites au presbytère de Mr Darcy et du colonel Fitzwilliam durant le séjour de ses invités, imputant cet honneur à la seule présence d'Elizabeth. Vint ensuite la demande elle-même. Après le départ de Darcy, Elizabeth était allée se promener seule pour apaiser son esprit agité et irrité, mais Charlotte, à son retour, avait dû remarquer que quelque événement fâcheux s'était certainement produit en son absence.

Non, nul autre que Charlotte n'avait pu deviner la cause de son désarroi, et en un instant de malice, elle avait dû confier ses soupçons à Mr Collins. Celui-ci s'était naturellement empressé d'aller en avertir Lady Catherine, prenant certainement soin d'exagérer le danger, et transformant une supposition en certitude. Ses motifs étaient étrangement mêlés. Si ce mariage avait lieu, Mr Collins aurait pu espérer tirer quelque profit d'une relation aussi étroite avec le riche Mr Darcy : quel bénéfice n'était-il pas en son pouvoir d'accorder ? Mais la prudence et la rancœur l'avaient sans doute emporté. Il n'avait jamais pardonné à Elizabeth de l'avoir éconduit. Elle aurait dû expier cet affront d'une longue existence de vieille fille indigente, au lieu de ce mariage splendide que n'eût pas méprisé une fille de comte elle-même. Lady Anne n'avait-elle pas épousé le père de Darcy ? Charlotte aurait pu, elle aussi, avoir des raisons, plus justifiées, de nourrir quelque ressentiment à son égard. Elle était convaincue, comme tout Meryton, qu'Elizabeth détestait Darcy ; elle, sa seule amie, qui s'était permis de critiquer Charlotte parce qu'elle avait accepté une union dictée par la prudence et par la nécessité de s'assurer un foyer, ne s'était pas privée d'épouser un homme qui ne lui inspirait, notoirement, qu'aversion, car elle était incapable de résister à la perspective d'être la maîtresse de Pemberley. Il n'est jamais aussi difficile de féliciter une amie pour son bonheur que lorsqu'on le juge immérité.

Le mariage de Charlotte pouvait être considéré comme heureux, à l'image sans doute de tous ceux où chaque conjoint obtient exactement ce que promettait leur union. Mr Collins y avait gagné une épouse et une maîtresse de maison compétente, une mère pour ses enfants et l'approbation de sa protectrice, tandis que Charlotte avait suivi la seule voie permettant à une jeune femme sans beauté ni fortune d'espérer accéder à l'indépendance. Elizabeth se rappelait que Jane, toujours indulgente et tolérante, l'avait dissuadée de reprocher ses fiançailles à Charlotte sans songer d'abord à ce qu'elle quittait. Elizabeth n'avait jamais apprécié les garçons Lucas. Ils avaient toujours été turbulents, désagréables et peu avenants, et elle ne doutait pas que, devenus adultes, ils n'auraient éprouvé que mépris et rancœur à l'endroit d'une sœur célibataire, l'auraient tenue pour une source d'embarras et de dépense et n'auraient pas hésité à lui faire savoir leurs sentiments. D'emblée, Charlotte avait gouverné son mari avec la même habileté que ses domestiques et son poulailler, et Elizabeth, lors de sa première visite à Hunsford en compagnie de Sir William et de sa fille cadette, avait constaté que Charlotte avait su minimiser les désagréments de sa situation. Mr Collins s'était vu attribuer une pièce en façade du presbytère où la perspective de voir les passants, et peut-être même Lady Catherine dans son équipage, le maintenait assis à la fenêtre dans un état de parfait contentement, tandis qu'avec les encouragements de Charlotte, il consacrait l'essentiel de ses heures de loisir au jardinage, activité pour laquelle il manifestait enthousiasme et talent. Travailler la terre est généralement considéré comme une occupation vertueuse et voir un jardinier zélé à l'ouvrage provoque invariablement un élan d'approbation et de sympathie, ne fût-ce qu'à la perspective de pommes de terre nouvelles et de petits pois primeurs. Elizabeth soupçonnait que Mr Collins n'était jamais un mari aussi acceptable que quand Charlotte le voyait, de loin, courbé au-dessus de son potager.

Charlotte n'avait pas été l'aînée d'une famille nombreuse sans acquérir un certain savoir-faire en matière de travers masculins et la méthode dont elle usait avec son mari était ingénieuse. Elle le félicitait constamment pour des qualités qu'il ne possédait pas dans l'espoir que, flatté par ses éloges et son approbation, il finirait pas les acquérir. Elizabeth avait vu ce système à l'œuvre quand, se rendant aux sollicitations pressantes de Charlotte, elle lui avait rendu une brève visite sans Darcy, quelque dix-huit mois après son mariage. Leur petite société regagnait le presbytère dans une des voitures de Lady Catherine quand la conversation s'était portée sur un autre convive, un pasteur récemment installé dans une paroisse voisine et qui était une lointaine relation de Lady Catherine.

« Mr Thompson est indéniablement un excellent jeune homme, avait remarqué Charlotte, mais il est trop bavard à mon goût. Vanter chaque plat était d'une flagornerie inutile et le faisait paraître vorace. Et il m'est arrivé l'une ou l'autre fois, alors qu'il discourait à n'en plus finir, de constater que cela ne plaisait guère à Lady Catherine. Quel dommage qu'il ne vous ait pas pris pour modèle, mon cher! Il en aurait dit moins, et plus à propos. »

Mr Collins n'avait pas l'esprit assez subtil pour déceler l'ironie ni pour soupçonner le stratagème. Sa vanité s'accrocha au compliment et lors du dîner suivant auquel ils furent invités à Rosings, il passa l'essentiel du repas dans un silence si peu naturel qu'Elizabeth craignit que Lady Catherine ne frappe d'un coup sec sur la table avec sa cuiller pour lui demander pourquoi il avait aussi peu à dire.

Elizabeth avait reposé sa plume depuis dix bonnes minutes, laissant son esprit vagabonder vers les jours anciens de Longbourn, vers Charlotte et leur longue amitié. Il était temps de ranger ses papiers et d'aller voir ce que Mrs Reynolds avait préparé pour les Bidwell. Se dirigeant vers l'appartement de l'intendante, elle se rappela que l'année précédente, à l'occasion d'une de ses visites, Lady Catherine l'avait accompagnée au cottage du bois pour apporter des victuailles convenables pour un jeune homme gravement malade. Lady Catherine n'avait pas été invitée à entrer dans la chambre du malheureux Will et n'avait manifesté aucune envie de le faire, se contentant de déclarer pendant qu'elles regagnaient Pemberley : « Le diagnostic du docteur McFee doit être tenu pour hautement suspect. Je n'ai jamais approuvé les agonies qui n'en finissent pas. Dans l'aristocratie, c'est de l'affectation ; dans les classes inférieures, ce n'est que prétexte pour se dérober au travail. Le deuxième fils du forgeron est prétendument mourant depuis quatorze ans, et pourtant, quand je passe devant la forge, je le vois aider son père avec toutes les apparences d'une robuste santé. Les de Bourgh ne sont pas portés sur les agonies prolongées. Les gens devraient prendre la décision de vivre ou de mourir et faire l'un ou l'autre avec le moins de désagrément possible pour autrui. »

Elizabeth avait été trop scandalisée et étonnée pour réagir. Comment Lady Catherine pouvait-elle tenir pareils propos avec aussi peu d'émotion trois ans à peine après avoir perdu son unique enfant qui avait toujours été de santé fragile ? Après les premières manifestations de chagrin, contrôlées mais certainement sincères, Lady Catherine avait retrouvé sa sérénité — et avec elle une grande partie de son intolérance — avec une remarquable rapidité. Miss de Bourgh, une jeune fille délicate, sans beauté et silencieuse, n'avait guère marqué le monde de son vivant, et moins encore en mourant. Elizabeth, qui était elle-même mère lors de son trépas, avait fait tout son possible pour adoucir la peine de Lady Catherine, prodiguant de chaleureuses invitations à se rendre à Pemberley et se rendant elle-même à Rosings pour soutenir la mère affligée dans ses premières semaines de deuil, et les invitations aussi bien que la compassion, auxquelles celle-ci ne s'attendait peut-être pas, avaient fait leur œuvre. Lady Catherine était restée essentiellement la même, mais désormais les ombres de Pemberley paraissaient plus pures à Elizabeth quand elle faisait sa promenade quotidienne sous les arbres, et à en croire la fréquence nouvelle de ses visites, Lady Catherine éprouvait désormais plus de plaisir à se rendre à Pemberley que Darcy ou Elizabeth à l'y recevoir.

III

Chaque jour apportait son lot d'obligations et Elizabeth trouvait dans ses responsabilités à l'égard de Pemberley, de sa famille et de ses domestiques un antidote aux abominations qui hantaient son imagination. Aujourd'hui, son mari et elle devaient se consacrer entièrement à leurs devoirs. Elle savait qu'elle ne pouvait remettre plus longtemps sa visite au cottage du bois. Les coups de feu nocturnes, l'idée qu'un assassinat brutal avait été commis à moins de cent mètres du cottage, pendant que Bidwell se trouvait à Pemberley qui plus est, avaient dû imposer à Mrs Bidwell un fardeau de pitié et d'horreur, aggravant encore le poids déjà fort lourd de son chagrin. Elizabeth savait que Darcy était passé au cottage le jeudi précédent pour proposer de décharger Bidwell de ses tâches la veille du bal afin qu'il pût rester aux côtés de sa famille en cette période difficile. Mais le mari comme la femme avaient refusé opiniâtrement et Darcy avait bien vu que son insistance ne faisait qu'ajouter à leur angoisse. Bidwell s'opposait invariablement à tout ce qui pouvait suggérer qu'il n'était pas indispensable, fût-ce temporairement, à Pemberley et à son maître ; depuis qu'il avait renoncé à ses fonctions de premier cocher, il avait toujours nettoyé l'argenterie la veille du bal de Lady Anne et à ses yeux, personne d'autre à Pemberley ne pouvait assumer cette tâche.

Au cours de l'année écoulée, alors que le jeune Will s'affaiblissait et que tout espoir de rétablissement s'évanouissait peu à peu, Elizabeth s'était régulièrement rendue au cottage du bois, où l'on avait commencé par l'admettre dans la petite chambre à coucher du malade, située sur l'avant de la maisonnette. Elle avait récemment pris conscience que sa présence à son chevet au côté de Mrs Bidwell inspirait au jeune homme plus de gêne que d'agrément et pouvait effectivement être ressentie comme une intrusion. Aussi restait-elle désormais au salon, dispensant à la mère accablée le peu de consolation qu'elle pouvait. Quand les Bingley étaient de passage à Pemberley, Jane accompagnait toujours sa sœur avec Bingley, et Elizabeth songea une fois de plus combien la présence de Jane lui manquerait aujourd'hui et quel soutien cela avait toujours été pour elle d'avoir à ses côtés une compagne chérie à qui elle pût confier toutes ses pensées, même les plus sombres, et dont la bonté et la douceur allégeaient toutes les détresses. En l'absence de Jane, Georgiana et l'une des principales domestiques l'accompagnaient mais, songeant que Mrs Bidwell trouverait un plus grand réconfort à se confier en tête-à-tête à Mrs Darcy, sa jeune belle-sœur préférait généralement saluer brièvement la maîtresse des lieux avant d'aller s'asseoir dehors sur un banc de bois qu'avait fabriqué le jeune Will du temps où il était encore vaillant. Darcy accompagnait rarement Elisabeth lors de ces visites ordinaires, dans la mesure où apporter un panier de provisions préparé par la cuisinière de Pemberley passait pour une tâche essentiellement féminine. Aujourd'hui, outre l'entrevue qu'il avait prévu d'avoir avec Wickham, il ne souhaitait pas quitter Pemberley de crainte que d'autres événements ne réclament son attention. Il avait été décidé lors du petit déjeuner qu'un domestique accompagnerait Elizabeth et Georgiana. Alveston était alors intervenu.

S'adressant à Darcy, il avait dit calmement qu'il tiendrait pour un privilège de pouvoir accompagner Mrs Darcy et Miss Georgiana si cette proposition leur agréait et elle fut effectivement acceptée avec reconnaissance. Jetant un rapide coup d'œil à Georgiana, Elizabeth remarqua l'expression de joie, promptement réprimée, que trahissait son visage et qui présageait la réponse qui serait apportée à cette suggestion.

Elizabeth et Georgiana furent conduites dans le bois en landaulet, Alveston chevauchant Pompée à leurs côtés. La brume matinale s'était dissipée après une nuit sans pluie et il faisait un temps radieux, froid mais ensoleillé ; l'atmosphère était empreinte de l'odeur suave et piquante de l'automne – un parfum de feuilles et d'humus frais relevé d'une légère fragrance de bois brûlé. Les chevaux eux-mêmes semblaient prendre plaisir à cette sortie, remuant la tête avec impatience et tirant sur le mors. Le vent s'était apaisé, mais les séquelles de la tempête gisaient en andains sur le sentier, les feuilles mortes craquant sous les roues, ou retombant et tourbillonnant dans leur sillage. Les arbres n'étaient pas encore dépouillés, et le rouge et l'or somptueux de la saison semblaient intensifiés par le ciel d'azur. Par une aussi belle journée, Elizabeth ne pouvait que reprendre courage et pour la première fois depuis son réveil, elle se sentit animée d'un léger élan d'espoir. Un observateur extérieur, songea-t-elle, aurait pu croire que leur petit groupe partait en pique-nique – les crinières au vent, le cocher en livrée, le panier de victuailles, le séduisant jeune homme les accompagnant à cheval. Quand ils s'engagèrent dans le bois, la voûte de branches brunes qui, au crépuscule, présentait la compacité massive d'un toit de prison, laissait filtrer des rayons de soleil qui se posaient sur le chemin jonché de feuilles et animaient le vert sombre des buissons d'une vivacité printanière.

Le landaulet s'arrêta et le cocher reçut ordre de revenir précisément une heure plus tard. Puis, Alveston tenant Pompée par le licol et portant le panier, ils se dirigèrent tous trois vers le cottage, entre les troncs d'arbres luisants, le long du sentier tracé par les fréquents passages. Les provisions qu'ils apportaient n'étaient pas un geste de charité – tous les membres du personnel de Pemberley étaient assurés d'avoir un toit et de ne manquer ni de nourriture ni de vêtements. Il s'agissait de menus extras que la cuisinière élaborait dans l'espoir de stimuler un peu l'appétit de Will : consommés préparés avec du bœuf de premier choix et assaisonnés de xérès, cuisinés d'après une recette de l'invention du docteur McFee, petites tourtes fondantes, gelées de fruits, pêches et poires mûres venant de la serre. Le malade avait du mal à supporter jusqu'à ces friandises elles-mêmes, mais elles étaient reçues avec reconnaissance et, si Will était incapable de les manger, sa mère et sa sœur ne les laisseraient assurément pas perdre.

Malgré la légèreté de leurs pas, Mrs Bidwell avait dû les entendre car elle était sortie sur le seuil pour les accueillir. C'était une petite femme mince, dont le visage, semblable à une aquarelle fanée, évoquait encore la joliesse fragile et les promesses de la jeunesse ; mais l'angoisse et la tension suscitées par l'attente de la mort de son fils l'avaient prématurément vieillie. Elizabeth lui présenta Alveston, lequel, sans parler directement de Will, sut lui exprimer une compassion sincère, lui dit quel plaisir il avait de faire sa connaissance et proposa d'aller attendre Mrs et Miss Darcy sur le banc de bois, à l'extérieur.

« Il a été fabriqué par mon fils William, Monsieur, précisa Mrs Bidwell. Il l'a terminé la semaine avant de tomber malade. C'était un bon menuisier, comme vous pouvez le voir, Monsieur, et il aimait dessiner et fabriquer des meubles. Mrs Darcy a une petite chaise de nursery... n'est-ce pas, Madame ?... que Will a faite à la Noël qui a suivi la naissance de monsieur Fitzwilliam.

– C'est exact, confirma Elizabeth. Nous l'aimons beaucoup et nous pensons toujours à Will en voyant les enfants grimper dessus. »

Alveston s'inclina, puis s'éloigna pour aller s'asseoir sur le banc qui se trouvait à la lisière du bois, à peine visible du cottage, tandis qu'Elizabeth et Georgiana prenaient place au salon, sur les sièges qu'on leur offrait. La pièce était modestement meublée avec une table centrale allongée et quatre chaises, un siège plus confortable de part et d'autre de l'âtre et un large manteau de cheminée encombré de souvenirs familiaux. La fenêtre en façade était entrouverte, mais il régnait tout de même une chaleur étouffante, et, bien que la chambre de Will Bidwell fût située à l'étage, tout le cottage semblait imprégné de l'odeur rance d'une longue maladie. Près de la fenêtre se trouvait un berceau à bascule avec une chaise de nourrice et, sur l'invitation de Mrs Bidwell, Elizabeth s'approcha pour regarder l'enfant endormi et féliciter sa grand-mère de la santé et de la beauté du petit. Elle ne vit pas trace de Louisa. Georgiana savait que Mrs Bidwell apprécierait de pouvoir parler seule à seule avec Elizabeth, et après s'être informée de l'état de Will et avoir admiré le poupon, elle accepta la proposition d'Elizabeth, dont elles avaient déjà convenu à l'avance, de rejoindre Alveston dehors. Le panier d'osier fut promptement vidé, son contenu dûment vanté et les deux femmes s'assirent dans les fauteuils près du feu.

« Il ne garde plus grand-chose maintenant, Madame, dit Mrs Bidwell, mais il aime bien ce bouillon de bœuf clair et j'essaie de lui faire prendre un peu de flan et puis, bien sûr, du vin. C'est vraiment très aimable à vous de venir nous visiter, Madame, mais je ne vous demanderai pas d'aller le voir. Cela ne fera que vous affliger, et il n'a guère la force de parler.

— Le docteur McFee passe régulièrement, n'est-ce pas ? s'enquit Elizabeth. Est-il en mesure de lui apporter quelque soulagement ?

— Il vient un jour sur deux, Madame, bien qu'il soit fort occupé, et il ne nous demande jamais un sou. Il pense que Will n'en a plus pour bien longtemps. Oh, Madame, vous qui avez connu mon cher garçon quand vous êtes arrivée ici comme jeune épouse… Pourquoi a-t-il fallu qu'un mal pareil s'abatte sur lui, Madame ? S'il y avait une raison ou un dessein à cela, peut-être pourrais-je le supporter. »

Elizabeth lui tendit la main tout en disant doucement : « C'est une question que nous nous posons sans cesse, sans jamais obtenir de réponse. Le révérend Oliphant vous rend-il visite ? Après l'office de dimanche, il a parlé de venir voir Will.

— Oh, oui, il vient, Madame, et c'est un grand réconfort, cela ne fait pas de doute. Mais ces derniers temps, Will m'a demandé de ne plus le laisser venir, alors je trouve des excuses. J'espère qu'il n'en est pas offensé.

— Je suis sûre que non, Mrs Bidwell, la rassura Elizabeth. Mr Oliphant est un homme sensible et compréhensif. Mr Darcy a toute confiance en lui.

— Comme nous tous, Madame. »

Elles restèrent silencieuses quelques instants, puis Mrs Bidwell reprit : « Je n'ai pas parlé de la mort de ce pauvre jeune homme, Madame. Willy a été terriblement affecté qu'une chose pareille ait pu se produire dans le bois, si près de chez nous, alors qu'il n'est pas en état de nous protéger.

— J'espère bien que vous n'étiez pas en danger, Mrs Bidwell. On m'a dit que vous n'aviez rien entendu.

— En effet, Madame, à part les coups de feu, mais cette affaire a fait prendre doublement conscience à Will de son impuissance et du fardeau qu'il impose à son père. C'est évidemment une terrible tragédie pour vous et pour notre maître, je le sais bien, et je ferais mieux de ne pas parler de choses dont je ne sais rien.

— Vous avez connu Mr Wickham enfant, n'est-ce pas ?

— Oui, Madame. Le jeune maître et lui jouaient souvent dans les bois ensemble. Ils étaient turbulents comme tous les jeunes garçons, mais le jeune maître était le plus calme des deux. Je sais que Mr Wickham est devenu très difficile en grandissant et a été une source de chagrin pour notre maître, mais il n'en a jamais été question depuis votre mariage, et c'est certainement préférable. Pourtant, je ne peux pas croire que le garçon que j'ai connu soit devenu un assassin. »

Elles gardèrent le silence un moment. Elizabeth était venue faire à Mrs Bidwell une proposition raisonnable et ne savait comment la présenter. Darcy et elle craignaient que les Bidwell ne se sentent en danger, isolés comme ils l'étaient dans le cottage du bois, surtout avec un jeune homme gravement malade dans la maison alors que Bidwell était obligé de s'absenter si souvent pour travailler à Pemberley. Leur inquiétude serait parfaitement justifiée et Elizabeth et Darcy avaient jugé bon qu'elle suggère à Mrs Bidwell que toute la famille aille s'installer à Pemberley en attendant que le mystère soit éclairci. Cela supposait évidemment que Will fût en mesure de supporter le voyage, mais on pourrait le transporter très précautionneusement sur une civière pour lui éviter les cahots d'une voiture et il bénéficierait de soins attentifs dès qu'on l'aurait installé dans une chambre paisible du château. Mais quand Elizabeth finit par émettre cette proposition, elle fut surprise par la réaction de Mrs Bidwell. Pour la première fois, celle-ci eut l'air sincèrement effrayée et ce fut presque avec une expression d'horreur qu'elle répondit.

« Oh, non, Madame ! Je vous en prie, ne nous demandez pas une chose pareille. Will serait trop malheureux de quitter le cottage. Nous ne craignons rien ici. Malgré l'absence de Bidwell, nous n'avons pas eu peur un seul instant, Louisa et moi. Après que le colonel Fitzwilliam a eu l'amabilité de venir vérifier que tout était en ordre, nous avons suivi ses instructions. J'ai verrouillé la porte et poussé le loquet des fenêtres du rez-de-chaussée, et personne n'est venu jusqu'ici. Ce n'était qu'un braconnier, Madame, qui a été surpris et a agi sur un coup de tête, il n'avait rien contre nous. Et je suis certaine que le docteur McFee vous assurerait que Will est incapable de supporter ce voyage. Je vous en prie, dites à Mr Darcy, avec toute notre reconnaissance et tous nos respects, qu'il ne faut pas l'envisager. »

Ses yeux, ses mains tendues la suppliaient. Elizabeth répondit doucement : « Très bien, si tel est votre désir, mais nous pouvons au moins faire en sorte que votre mari passe davantage de temps auprès de vous. Il nous manquera beaucoup, mais d'autres pourront se charger de son travail aussi longtemps que Will est aussi malade et exige autant de soins.

– Il refusera, Madame. Il serait extrêmement peiné de penser que d'autres peuvent le remplacer. »

Elizabeth eut grande envie de rétorquer que sa peine éventuelle ne devait pas être un obstacle à cette mesure dictée par la raison, mais elle sentit qu'il y avait là quelque chose de plus grave que le désir de Bidwell de se savoir indispensable. Elle n'insisterait pas davantage pour le moment ; certainement, Mrs Bidwell en discuterait avec son mari et peut-être changerait-elle d'avis. Et elle ne pouvait que l'approuver sur un point ; si le docteur McFee était d'avis que Will ne supporterait pas le voyage, ce serait folie de le tenter.

Elles s'étaient dit au revoir et se levaient d'un même mouvement quand deux petits pieds dodus jaillirent au-dessus du bord du berceau. Le nourrisson se mit à vagir. Avec un regard inquiet vers l'étage et la chambre de son fils, Mrs Bidwell se précipita vers le berceau et prit le petit dans ses bras. À cet instant, on entendit des pas dans l'escalier et Louisa Bidwell apparut. Il fallut un instant à Elizabeth pour reconnaître la jeune fille qui, depuis qu'elle se rendait régulièrement au cottage en qualité de châtelaine de Pemberley, avait été à ses yeux l'image même de la santé et du bonheur juvénile, les joues roses, les yeux clairs, fraîche comme un matin de printemps dans sa tenue de travail repassée de frais. Elle était vieillie de dix ans, les traits pâles et tirés, les cheveux emmêlés rassemblés à la diable derrière un visage marqué par la fatigue et les soucis, la blouse tachée de lait. Elle adressa un bref signe de tête à Elizabeth puis, sans un mot, prit vivement l'enfant des bras de sa mère avant de dire : « Je l'emmène à la cuisine pour qu'il ne réveille pas Will. Je vais faire chauffer son lait, mère, et un peu de gruau. Je les lui donnerai. »

Et elle repartit. Désireuse de rompre le silence, Elizabeth dit : « Cela doit être une grande joie d'avoir un nouveau petit-fils sous votre toit, mais aussi une responsabilité. Pour combien de temps est-il ici ? Je suppose que sa mère attend son retour avec impatience.

— En effet, Madame. Will a pris grand plaisir à voir son neveu, mais il ne supporte pas de l'entendre crier. C'est pourtant bien naturel qu'un enfant pleure quand il a faim.

— Quand rentrera-t-il chez lui ?

— La semaine prochaine, Madame. Le mari de ma fille aînée, Michael Simpkins — un brave homme, comme vous le savez, Madame —, ira les chercher à l'arrivée de la chaise de poste à Birmingham pour le reconduire chez lui. Il doit encore nous préciser quel jour lui convient le mieux. C'est un homme très occupé et il n'est pas facile pour lui d'abandonner sa boutique, mais ma fille et lui ont hâte que Georgie rentre à la maison. » Sa voix était chargée d'une tension évidente.

Elizabeth songea qu'il était grand temps de partir. Elle prit congé, écouta une dernière fois les remerciements de Mrs Bidwell et la porte du cottage du bois se referma immédiatement derrière elle. Elle était accablée et déconcertée par le malheur tangible dont elle avait été témoin. Pourquoi la proposition que les Bidwell viennent s'installer à Pemberley avait-elle été reçue avec un tel émoi ? Aurait-elle manqué de délicatesse, avait-elle pu donner l'impression d'être convaincue que le mourant recevrait à Pemberley des soins plus attentionnés que ceux qu'une mère affectionnée pouvait lui prodiguer sous son propre toit ? Rien n'aurait pu être plus éloigné de ses intentions. Mrs Bidwell pensait-elle vraiment que ce voyage pouvait être fatal à son fils, et celui-ci serait-il véritablement en péril s'il était transporté sur une civière, correctement couvert, sous la surveillance constante du docteur McFee ? Il n'avait jamais été question d'autre chose. Mrs Bidwell semblait plus bouleversée à l'idée de ce déménagement temporaire que par l'éventuelle présence d'un assassin rôdant dans les bois. Elizabeth ne pouvait se défendre d'un soupçon, une quasi-certitude, dont il lui était impossible de s'entretenir avec ses compagnons et dont elle doutait même de pouvoir faire confidence à qui que ce fût. Elle regretta amèrement une fois de plus que Jane eût quitté Pemberley ; mais il fallait que les Bingley rentrent chez eux, bien sûr. La place de Jane était auprès de ses enfants et Lydia serait plus près de la prison locale où elle pourrait au moins aller rendre visite à son mari. Les sentiments d'Elizabeth étaient d'autant plus inextricables qu'elle n'ignorait pas que l'existence à Pemberley était infiniment moins pénible sans les brusques changements d'humeur de Lydia, sans ses récriminations et ses lamentations constantes.

L'espace d'un instant, plongée dans cette confusion de réflexions et d'émotions, elle n'avait guère prêté attention à ses deux compagnons. Elle remarqua alors qu'ils s'étaient éloignés jusqu'à la lisière de la clairière et la regardaient comme s'ils s'interrogeaient sur ses intentions. Chassant ses préoccupations de son esprit, elle les rejoignit. Elle consulta sa montre : « Le landaulet ne sera là que dans vingt minutes, constata-t-elle. Puisqu'il y a du soleil, fût-il éphémère, voulez-vous que nous nous asseyions un instant avant de regagner le château ? »

Le banc tournait le dos au cottage et donnait sur une pente située à quelque distance, qui descendait vers la rivière. Elizabeth et Georgiana s'assirent à une extrémité, Alveston à l'autre, les jambes étendues devant lui, les mains croisées derrière sa nuque. À présent que les vents d'automne avaient dénudé de nombreux arbres, on distinguait au loin le mince trait brillant qui marquait la limite entre le cours d'eau et le ciel. Était-ce cette échappée sur la rivière qui avait incité l'arrière-grand-père de Georgiana à choisir cet endroit ? Le banc d'origine avait disparu depuis longtemps, mais le nouveau, fabriqué par Will, était solide et n'avait rien d'inconfortable. À côté de lui, un enchevêtrement de buissons ornés de baies rouges et égayé par un arbuste à feuilles coriaces et à fleurs blanches dont Elizabeth ne retrouvait pas le nom formait une protection à mi-hauteur.

Au bout de quelques instants, Alveston se tourna vers Georgiana : « Votre arrière-grand-père vivait-il ici à demeure, ou n'était-ce qu'une retraite occasionnelle lorsqu'il souhaitait s'éloigner des tracas de la grande maison ?

225

— Il y vivait en permanence. Il a fait construire le cottage, et puis il s'y est installé sans domestiques, sans même quelqu'un pour lui préparer ses repas. On venait du château lui déposer des provisions de temps en temps, mais son chien Soldat et lui se suffisaient à eux-mêmes. Ce mode de vie a fait scandale à l'époque, et sa famille ne lui a manifesté aucune indulgence. Elle considérait que vivre ailleurs qu'à Pemberley était une forme de démission pour un Darcy. Et puis, quand Soldat est devenu vieux et malade, mon arrière-grand-père l'a abattu, avant de retourner son arme contre lui. Il a laissé un message demandant qu'ils soient enterrés ensemble dans la même tombe, dans le bois. Il s'y trouve effectivement une dalle et une tombe, mais elle ne contient que Soldat. La famille a été horrifiée à l'idée qu'un Darcy pût vouloir reposer en terre non consacrée et vous pouvez imaginer ce que le prêtre de la paroisse en a pensé. Mon arrière-grand-père a donc été inhumé dans le caveau de famille et Soldat dans la forêt. Ça m'a toujours fait de la peine pour mon arrière-grand-père et quand j'étais petite, j'allais avec ma gouvernante déposer des fleurs ou des baies sur la tombe de Soldat. Dans mon imagination d'enfant, je me figurais que mon arrière-grand-père était là, avec son chien. Mais quand ma mère l'a appris, ma gouvernante a été renvoyée et je n'ai plus eu le droit d'aller dans le bois.

— Cette interdiction s'appliquait à vous, mais pas à votre frère, remarqua Elizabeth.

— En effet. Il est vrai que Fitzwilliam a dix ans de plus que moi et qu'il était adulte quand je n'étais encore qu'une enfant. Au demeurant, je ne crois pas qu'il ait éprouvé pour notre arrière-grand-père les mêmes sentiments que moi. »

Un silence se fit, avant qu'Alveston ne demande : « La tombe existe-t-elle toujours ? Vous pourriez y porter quelques fleurs, si vous le souhaitez, maintenant que vous n'êtes plus une enfant. »

Elizabeth eut l'impression que ces paroles avaient une portée qui dépassait largement la proposition de se rendre sur la tombe d'un chien.

« Cela me ferait grand plaisir, acquiesça Georgiana. Je n'y suis pas allée depuis mes onze ans. Je me demande si quelque chose a changé, mais j'en serais surprise. Je connais le chemin ; la tombe n'est pas loin du sentier. Nous ne ferons pas attendre le landaulet. »

Ils se mirent en marche, Georgiana montrant le chemin et Alveston, accompagné de Pompée, devançant les dames de quelques pas afin d'écraser les orties et d'écarter les branches gênantes de leur passage. Georgiana portait un bouquet de fleurs des champs qu'Alveston avait cueilli pour elle. Il était surprenant de voir quelle gaieté, quelles réminiscences du printemps pouvaient émaner de ces quelques vestiges d'un octobre ensoleillé. Il avait trouvé une gerbe de fleurs d'automne blanches sur des tiges rigides, quelques baies, d'un rouge profond, mais qui ne s'apprêtaient pas encore à tomber, et une ou deux feuilles veinées d'or. Ils étaient plongés dans le silence. Elizabeth, l'esprit déjà tourmenté par quantité de préoccupations, se demandait si cette petite expédition était raisonnable, sans trop savoir en quoi elle pourrait être jugée imprudente. C'était une journée où tout événement sortant de l'ordinaire semblait entaché d'appréhension et de danger potentiel.

Ce fut alors qu'elle remarqua que quelqu'un avait dû récemment emprunter ce sentier. Par endroits, les branches et les brindilles les plus fines avaient été brisées, et en un lieu où le sol se creusait légèrement et où les feuilles étaient ramollies, il lui sembla qu'elles avaient été écrasées par un pas pesant. Elle se demanda si Alveston avait fait la même observation, mais il resta muet et quelques minutes plus tard, ils sortirent du sous-bois pour déboucher dans une petite clairière entourée de hêtres. Le centre était occupé par une dalle de granite posée sur un tertre d'environ soixante centimètres de haut, au sommet légèrement incurvé. Il n'y avait pas de pierre dressée à la tête de la sépulture et la dalle, luisant sous le faible éclat du soleil, semblait avoir surgi spontanément de terre. Sans un mot, ils déchiffrèrent l'inscription : *Soldat. Fidèle jusqu'au trépas. Mort ici avec son maître, le 3 novembre 1735.*

Toujours silencieuse, Georgiana s'approcha pour déposer son bouquet au pied de la dalle. Comme ils restaient là un moment, les yeux baissés, elle murmura : « Pauvre arrière-grand-père. Je regrette de ne pas l'avoir connu. Personne ne parlait jamais de lui quand j'étais petite, même ceux qui pouvaient s'en souvenir. C'était le mouton noir de la famille, le Darcy qui avait déshonoré son nom en faisant passer son bonheur personnel avant ses responsabilités publiques. Mais je ne reviendrai plus sur cette tombe. Après tout, son corps n'est pas ici ; ce n'était qu'une chimère d'enfant qui me faisait penser que peut-être, il saurait, je ne sais comment, que je l'aimais. J'espère qu'il a été heureux dans sa solitude. Au moins, il aura réussi à s'échapper. »

À s'échapper de quoi ? se demanda Elizabeth. Elle fut soudain impatiente de regagner le landaulet. « Je crois qu'il est temps de rentrer, lança-t-elle. Mr Darcy risque de revenir bientôt de la prison et il s'inquiétera s'il apprend que nous sommes encore dans le bois. »

Ils reprirent l'étroite sente jonchée de feuilles pour rejoindre l'allée où le landaulet devait les attendre. Ils étaient restés dans le bois moins d'une heure, mais l'éclatante promesse de l'après-midi s'était déjà évanouie et Elizabeth, qui n'avait jamais aimé se promener dans des espaces confinés, sentait les arbustes et les arbres peser sur elle comme un fardeau. Elle avait encore l'odeur de la maladie dans les narines, le cœur alourdi par le malheur de Mrs Bidwell et le renoncement à tout espoir de guérison de Will. En atteignant le chemin principal, ils marchèrent de front dès que sa largeur le permettait et lorsqu'il s'étrécissait, Alveston passait devant et prenait la tête de quelques pas, à côté de Pompée, examinant le sol, puis regardant à gauche et à droite comme s'il recherchait des indices. Elizabeth savait qu'il aurait préféré donner le bras à Georgiana, mais il ne pouvait laisser une dame marcher seule. Georgiana restait silencieuse, elle aussi, peut-être oppressée par le même pressentiment, la même sensation de menace.

Soudain, Alveston s'arrêta, puis s'approcha d'un chêne d'un pas vif. Quelque chose avait manifestement attiré son regard. Elles le rejoignirent et aperçurent sur l'écorce l'inscription F. D—Y gravée à environ un mètre vingt du sol.

Regardant autour d'elle, Georgiana s'écria : « N'y a-t-il pas une inscription identique sur ce houx ? »

Un rapide examen confirma la présence des mêmes lettres sur deux autres troncs. « Cela ne ressemble pas au message habituel d'un amoureux, observa Alveston. Les amoureux se contentent de leurs initiales. Celui qui a tracé ces lettres tenait à ne laisser aucun doute et à faire clairement savoir qu'il s'agissait des initiales de Fitzwilliam Darcy.

— Je me demande quand elles ont été gravées, fit Elizabeth. Ces entailles me paraissent assez récentes.

— Elles ne remontent certainement pas à plus d'un mois, confirma Alveston. Le F et le D sont très superficiels et auraient pu être gravés par une femme, mais le tiret qui suit et l'Y sont incisés profondément, par un outil plus tranchant certainement.

— Je ne peux pas croire, reprit Elizabeth, qu'il s'agisse

d'un souvenir sentimental. J'y vois l'œuvre d'un ennemi, d'une personne animée d'intentions malveillantes. Ces lettres n'expriment pas l'amour mais la haine. »

Elle se reprocha immédiatement d'avoir peut-être inquiété Georgiana, mais Alveston ajouta : « Il n'est pas impossible que ces initiales soient celles de Denny. Connaissons-nous son prénom ? »

Elizabeth chercha à se rappeler si elle l'avait jamais entendu à Meryton, et répondit finalement : « Il me semble qu'il s'appelait Martin, ou peut-être Matthew. La police pourra certainement nous le dire. Elle a dû se mettre en relation avec sa famille, s'il en avait une. Mais à ma connaissance, Denny n'a jamais mis les pieds dans ce bois avant vendredi. En tout cas, il n'était jamais venu à Pemberley. »

Alveston fit demi-tour pour s'éloigner. « Nous dirons ce que nous avons remarqué lorsque nous serons de retour au château, conclut-il. Il faudra en informer la police. Si les policiers ont mené la fouille approfondie qu'ils devraient avoir effectuée, il est très possible qu'ils aient déjà relevé ces inscriptions et formulé une conclusion sur leur signification. En attendant, j'espère qu'aucune de vous ne s'en souciera outre mesure. Il s'agit probablement d'une espièglerie sans intention malveillante ; peut-être une fille d'un des cottages tombée éperdument amoureuse ou un domestique qui s'est livré à une bêtise stupide mais inoffensive. »

Elizabeth n'en était pas convaincue. Sans un mot, elle s'écarta de l'arbre. Georgiana et Alveston suivirent son exemple. Et ce fut dans un silence qu'aucun d'eux n'était disposé à rompre qu'Elizabeth et Georgiana suivirent Alveston le long du sentier du bois jusqu'au landaulet qui les attendait. L'humeur sombre d'Elizabeth semblait avoir contaminé ses compagnons et quand Alveston eut fait monter les dames dans la voiture, il referma la portière, enfourcha son cheval et ils reprirent le chemin du château.

IV

À la différence de la prison régionale de Derby, celle de Lambton était plus intimidante de l'extérieur qu'à l'intérieur, ayant probablement été construite dans l'idée que c'était faire meilleur usage de l'argent public de dissuader les malfaiteurs potentiels de commettre des forfaits que de les priver de tout espoir après leur incarcération. Darcy la connaissait déjà, car il lui était arrivé de s'y rendre en qualité de magistrat, notamment lors d'une circonstance tragique, huit ans auparavant, quand un détenu mentalement dérangé s'était pendu dans sa cellule; le gardien chef avait alors appelé le seul magistrat disponible pour examiner le corps. Cette expérience avait été si pénible qu'elle avait inspiré à Darcy une horreur définitive de la pendaison et il ne pénétrait jamais dans cet établissement sans que le souvenir vivace du corps oscillant au bout de ce long cou étiré ne lui envahisse l'esprit. Aujourd'hui, cette image était plus obsédante encore que de coutume. Le gardien et son assistant n'étaient pas inhumains et bien qu'aucune cellule ne pût mériter le qualificatif de spacieuse, les prisonniers n'étaient pas maltraités, et ceux qui étaient en mesure de payer le nécessaire pour se faire livrer à manger et à boire pouvaient recevoir des visiteurs dans un confort relatif et n'avaient guère de motifs de se plaindre.

Hardcastle ayant énergiquement déconseillé toute entrevue entre Darcy et Wickham avant l'enquête du coroner, Bingley, toujours aimable, s'était proposé pour aller le voir. Il lui avait effectivement rendu visite dès le lundi matin, veillant à ce que les besoins immédiats du prisonnier fussent satisfaits et lui remettant suffisamment d'argent pour qu'il pût s'acheter un supplément de nourriture et d'autres éléments matériels susceptibles de lui rendre la détention plus tolérable. Mais après mûre réflexion, Darcy avait décidé qu'il était de son devoir d'aller voir Wickham au moins une fois avant l'enquête judiciaire. S'il ne le faisait pas, tout Lambton et le village de Pemberley seraient convaincus qu'il croyait son beau-frère coupable. Or c'était dans les paroisses de Lambton et de Pemberley que le coroner choisirait les membres du jury. Sans doute ne pourrait-il pas éviter d'être appelé comme témoin de l'accusation, mais au moins, il pouvait faire comprendre discrètement qu'il croyait à l'innocence de Wickham. S'y ajoutait un souci d'ordre plus privé : il tenait par-dessus tout à éviter que l'on ne se répande en hypothèses sur les raisons de cette brouille familiale au risque d'ébruiter le projet de fugue amoureuse de Georgiana. Il était à la fois juste et normal qu'il se rende à la prison.

Bingley avait trouvé, selon ses dires, Wickham maussade, peu coopératif et prompt aux éclats grossiers contre le magistrat et la police, exigeant qu'ils redoublent d'efforts pour découvrir qui avait assassiné son meilleur – et son seul – ami. Pourquoi croupissait-il en prison tandis que personne ne prenait la peine de rechercher le coupable ? Pourquoi la police ne cessait-elle de troubler son repos pour le presser de questions stupides et inutiles ? À quoi bon lui demander pour quelle raison il avait retourné le corps de Denny ? Afin de voir son visage, évidemment, c'était un geste parfaitement naturel. Non, il n'avait pas remarqué la plaie sur la tête de Denny, elle était probablement recouverte par ses cheveux et de toute manière, il était tellement bouleversé qu'il n'était pas en état de relever tous ces détails. On lui avait également demandé à quoi il s'était occupé dans l'intervalle qui avait séparé les coups de feu que l'on avait entendus et la découverte du corps de Denny par l'équipe de recherche. Il avait erré dans le bois en espérant mettre la main sur un meurtrier, ce qui était exactement ce à quoi la police ferait mieux de s'employer au lieu de perdre son temps à tourmenter un innocent.

Ce fut un homme bien différent que Darcy découvrit ce jour-là. Vêtu de linge propre, rasé et coiffé, Wickham l'accueillit comme s'il était chez lui et accordait une faveur à un visiteur vaguement importun. Darcy se rappela qu'il avait toujours été lunatique et reconnut le Wickham d'autrefois, séduisant, plein d'assurance et plus enclin à savourer sa notoriété qu'à regretter son déshonneur. Bingley lui avait apporté ce qu'il avait réclamé : du tabac, plusieurs chemises et cravates, des pantoufles, des tourtes préparées à Highmarten pour améliorer l'ordinaire de la boulangerie locale, de l'encre et du papier car Wickham se proposait d'écrire la chronique de son rôle dans la campagne d'Irlande ainsi que de la profonde injustice de son actuel emprisonnement, des mémoires personnels qui trouveraient aisément un marché. Ils n'évoquèrent le passé ni l'un ni l'autre. Si Darcy ne pouvait se libérer de son emprise, Wickham en revanche vivait dans l'instant, envisageait l'avenir avec optimisme et réinventait le passé en fonction de son public, incitant Darcy à se demander si pour le moment, il n'avait pas entièrement chassé de son esprit ses aspects les plus préoccupants.

Wickham lui apprit que les Bingley lui avaient amené Lydia depuis Highmarten la veille au soir, mais qu'elle s'était répandue en jérémiades et en pleurs tellement irrépressibles qu'il avait trouvé sa présence trop affligeante pour pouvoir être supportée, et avait donné pour instruction qu'à l'avenir, elle ne soit admise qu'à sa propre demande, et pour un quart d'heure seulement. Il espérait toutefois qu'une nouvelle visite serait inutile ; l'enquête du coroner aurait lieu mercredi à onze heures, et il était convaincu qu'il serait immédiatement libéré, après quoi il se voyait déjà regagner Longbourn en triomphe avec Lydia, accueilli par les félicitations de ses anciens amis de Meryton. Il ne mentionna pas Pemberley, peut-être parce que, malgré son humeur euphorique, il ne s'attendait guère à y être reçu et ne le souhaitait pas. Sans nul doute, songea Darcy, dans l'heureuse hypothèse de son élargissement, commencerait-il par rejoindre Lydia à Highmarten avant de poursuivre sa route jusque dans le Hertfordshire. Il pouvait paraître abusif d'infliger à Jane et Bingley le fardeau de la présence de Lydia un jour de plus, mais il serait temps de discuter de tout cela s'il était effectivement remis en liberté. Il aurait bien voulu partager l'optimisme de Wickham.

Darcy ne resta à la prison qu'une demi-heure, se vit remettre une liste d'objets indispensables à lui faire parvenir le lendemain et repartit accompagné de la prière de Wickham de transmettre ses hommages à Mrs et Miss Darcy. En s'éloignant, il se dit que c'était un soulagement de constater que Wickham avait renoncé à ses humeurs noires et à ses accusations ; mais cette visite l'avait mis mal à l'aise et il l'avait trouvée singulièrement déprimante.

Il savait, et cela ajoutait à son amertume, que si le procès connaissait une issue heureuse, il serait contraint de subvenir aux besoins de Wickham et de Lydia, dans un avenir prévisible en tout cas. Leurs dépenses avaient toujours excédé leurs revenus, et il devinait qu'ils avaient dépendu des subsides que leur prodiguaient Elizabeth et Jane pour compléter des ressources insuffisantes. Jane invitait encore de temps en temps Lydia à Highmarten pendant que Wickham, tout en s'en plaignant bruyamment en privé, trouvait quelque distraction dans les auberges locales, et c'était par Jane qu'Elizabeth avait régulièrement des nouvelles du couple. Aucun des emplois temporaires que Wickham avait occupés depuis sa démission de l'armée n'avait été un succès. Sa plus récente tentative pour gagner sa vie l'avait placé au service de Sir Walter Elliot, un baronet que ses prodigalités avaient contraint de louer sa demeure à des étrangers et d'aller s'installer à Bath avec deux de ses filles. La plus jeune, Anne, avait fait depuis un mariage lucratif et heureux avec un capitaine de marine, devenu à présent un éminent amiral, mais l'aînée, Elizabeth, était encore en quête d'un mari. Déçu par Bath, le baronet avait jugé que sa situation s'était suffisamment redressée pour lui permettre de rentrer chez lui. Il avait donné congé à son locataire et engagé Wickham comme secrétaire, afin qu'il l'assiste dans les tâches nécessaires occasionnées par le déménagement. Wickham avait été renvoyé moins de six mois plus tard. Devant d'accablantes nouvelles de dissension publique ou, pire, de désaccords familiaux, Jane avait toujours à cœur de jouer les conciliatrices et de ne trouver de torts graves à aucun camp. Mais quand Elizabeth, d'esprit plus sceptique, avait été informée du dernier échec en date de Wickham, elle avait soupçonné que Miss Elliot avait eu quelques raisons de s'inquiéter de la réaction de son père aux coquetteries sans fard de Lydia. Quant aux tentatives de Wickham pour s'insinuer dans les bonnes grâces de la demoiselle, elles avaient dû être d'abord accueillies par quelques encouragements nés de l'ennui et de la vanité, avant d'être repoussées avec dégoût.

Ayant quitté Lambton, Darcy apprécia l'air frais et embaumé de la campagne qui lui faisait oublier les odeurs de promiscuité corporelle, de cuisine et de savon bon marché de la prison, ainsi que le cliquetis des clés dans les serrures, et ce fut avec une bouffée de soulagement et l'impression d'avoir lui-même échappé à la captivité que Darcy fit prendre à son cheval la direction de Pemberley.

V

Le château était aussi silencieux que s'il avait été inhabité. De toute évidence, Elizabeth et Georgiana n'étaient pas encore revenues. Darcy avait à peine mis pied à terre qu'un des garçons d'écurie apparut à l'angle de la maison pour s'occuper de son cheval. Mais sans doute était-il rentré plus tôt que prévu car personne ne l'attendait à la porte. Il pénétra dans le vestibule où il n'entendit pas un bruit et se dirigea vers la bibliothèque, pensant y trouver peut-être le colonel, qui serait sûrement impatient d'avoir des nouvelles. Mais à son grand étonnement, il y découvrit Mr Bennet seul, confortablement installé près du feu dans un fauteuil à haut dossier, plongé dans la lecture de l'*Edinburgh Review*. Une tasse vide et une assiette sale posées sur une petite table à côté de lui révélaient qu'on lui avait servi une collation à son arrivée. Après un instant de surprise, Darcy prit conscience de la profonde joie que lui causait cette visite inattendue, et lorsque Mr Bennet se leva, il échangea avec lui une chaleureuse poignée de main.

« Ne vous dérangez pas, Monsieur, je vous en prie. C'est un immense plaisir de vous voir. J'espère qu'on s'est occupé de vous ?

— Mais oui, comme vous le voyez. Stoughton a témoigné

de son efficacité habituelle et j'ai croisé le colonel Fitzwilliam. Nous avons bavardé un instant, puis il m'a annoncé qu'il allait profiter de mon arrivée pour faire prendre un peu d'exercice à son cheval ; j'ai eu l'impression qu'il commençait à trouver quelque peu pénible de se trouver ainsi confiné au château. J'ai également été accueilli par l'estimable Mrs Reynolds qui m'a assuré que ma chambre habituelle était prête, comme toujours.

– Quand êtes-vous arrivé, Monsieur ?

– Il y a environ quarante minutes. J'ai loué un cabriolet. Ce n'est pas le mode de transport le plus confortable qui soit, et j'avais projeté de venir en voiture. Mais Mrs Bennet m'a fait valoir qu'elle devait absolument être en mesure de communiquer les nouvelles les plus récentes touchant la malheureuse situation de Wickham à Mrs Philips, aux Lucas et à tous les habitants intéressés de Meryton. L'obliger à utiliser une voiture de louage eût été humiliant, non seulement pour elle mais pour toute la famille. Préméditant déjà de l'abandonner en cette heure d'affliction, je ne pouvais la priver d'un confort plus précieux ; j'ai donc laissé la voiture à Mrs Bennet. J'espère que cette arrivée impromptue ne vous imposera pas un surcroît de travail, mais je me suis dit que vous seriez peut-être heureux d'avoir un autre homme dans la maison lorsque vous aurez affaire à la police ou devrez veiller au bien-être de Wickham. Elizabeth m'a écrit que le colonel risque fort d'être bientôt rappelé à ses devoirs militaires, et que le jeune Alveston devra regagner Londres.

– Ils partiront après l'enquête du coroner, confirma Darcy, qui, d'après ce que j'ai appris dimanche, aura lieu demain. Votre présence ici, Monsieur, sera un réconfort pour les dames et me rassurera infiniment. Le colonel Fitzwilliam vous aura certainement informé des détails de l'arrestation de Wickham.

— Succinctement, mais je n'en doute pas, fidèlement. On aurait pu le croire au rapport. J'ai failli me mettre au garde-à-vous, si c'est bien l'expression qui convient. J'avoue que je n'ai aucune expérience de la chose militaire. Le mari de Lydia semble s'être distingué par ce dernier exploit en réussissant à associer une source de divertissement à destination des masses à une source d'embarras supérieur pour la famille. Le colonel m'a appris que vous êtes allé à Lambton voir le prisonnier. Comment l'avez-vous trouvé ?

— De fort bonne humeur. Le contraste entre son apparence actuelle et celle qu'il présentait lorsque nous l'avons trouvé, après l'agression contre Denny, est pour le moins remarquable, mais évidemment, à ce moment-là, il était ivre et venait de subir un choc violent. Il a retrouvé tout son courage et toute sa prestance. Il fait preuve d'un étonnant optimisme quant au résultat de l'enquête et Alveston lui donne raison. L'absence d'arme joue indéniablement en sa faveur. »

Ils s'assirent. Darcy vit les yeux de Mr Bennet s'égarer vers l'*Edinburgh Review*, mais son beau-père résista à la tentation de reprendre sa lecture. « Si seulement Wickham pouvait se décider sur l'image qu'il souhaite donner au monde, dit-il. À l'époque de son mariage, c'était un lieutenant de milice irresponsable mais charmant, il nous faisait la cour à tous, souriant et minaudant comme s'il apportait dans ce mariage trois mille livres de rente annuelle et une résidence enviable. Par la suite, après avoir pris son brevet d'officier, il s'est métamorphosé en homme d'action et en héros national, un changement appréciable, certainement, et infiniment agréable aux yeux de Mrs Bennet. Et voici que nous sommes censés le considérer comme un scélérat invétéré qui court le risque, un risque que j'espère cependant très faible, de finir ses jours en se donnant publiquement en spectacle. Il a toujours recherché la notoriété, mais je ne pense pas qu'il ait envisagé le rôle que l'on menace désormais de lui attribuer. Je ne puis le croire coupable d'un meurtre. Ses écarts de conduite, aussi embarrassants soient-ils pour ses victimes, n'ont pas, à ma connaissance, inclus d'actes de violence ni contre lui-même ni contre tout autre.

— Nul ne peut lire dans l'esprit d'autrui, remarqua Darcy, mais je le crois, moi aussi, innocent et veillerai à ce qu'il bénéficie des conseils et de la représentation juridiques les plus compétents qui soient.

— C'est fort généreux de votre part et je suppose, sans en avoir la moindre assurance, que ce n'est pas le premier geste de libéralité que ma famille vous doit. » Sans attendre de réponse, il enchaîna promptement : « D'après ce que m'a dit le colonel Fitzwilliam, j'ai cru comprendre qu'Elizabeth et Miss Darcy sont engagées dans quelque entreprise charitable, et sont allées porter un panier de victuailles à une famille dans la peine. Quand doivent-elles rentrer ? »

Darcy sortit sa montre. « Elles ne devraient plus tarder. Si vous avez envie de prendre un peu d'exercice, Monsieur, accepteriez-vous de vous joindre à moi ? Nous pourrions nous diriger à pied vers le bois pour nous porter à leur rencontre. »

De toute évidence, malgré sa réputation de sédentaire, Mr Bennet était disposé à abandonner l'*Edinburgh Review* et le confort de la flambée de la bibliothèque pour le plaisir de faire une surprise à sa fille ; Stoughton surgit alors, exprima tous ses regrets de n'avoir pas été à la porte lors du retour de son maître et s'empressa d'aller chercher les chapeaux et les manteaux des messieurs. Darcy était aussi impatient que son compagnon d'apercevoir le landau. Il aurait empêché cette excursion s'il y avait vu le moindre risque et savait Alveston digne de confiance et plein de ressources ; pourtant, depuis l'assassinat de Denny, il était étreint par une vague angoisse dès qu'il n'avait pas son épouse sous les yeux, et ce fut avec un vif soulagement qu'il vit la voiture ralentir puis s'arrêter à cinquante mètres de Pemberley. Il n'avait pas pris toute la mesure du plaisir que lui procurait la venue de Mr Bennet avant de voir Elizabeth descendre précipitamment du landaulet pour courir vers son père et de l'entendre s'écrier : « Oh Père, quelle joie de vous voir ! » tandis qu'il la serrait contre lui.

VI

L'enquête judiciaire se tint au King's Arms dans une vaste pièce construite quelque huit ans auparavant à l'arrière de l'auberge pour servir de lieu de réunion et, plus précisément, de cadre aux occasionnelles soirées dansantes toujours pompeusement désignées sous le nom de bal. L'enthousiasme initial et l'orgueil local lui avaient assuré tout d'abord un beau succès, mais en ces temps difficiles de guerre et de misère, les frivolités n'étaient plus guère de mise, faute d'argent et d'envie. La salle désormais principalement utilisée pour des assemblées officielles était rarement comble et dégageait l'atmosphère légèrement déprimante et négligée de tout lieu destiné à une activité collective et plus ou moins laissé à l'abandon. Le tenancier, Thomas Simpkins, et son épouse Mary s'étaient chargés des préparatifs habituels pour un événement qui, ils le savaient, ne manquerait pas d'attirer un public nombreux et promettait à leur débit de boissons quelques profits ultérieurs. À droite de la porte, sur une estrade suffisamment vaste pour y loger un petit orchestre de danse, on avait disposé un imposant fauteuil de bois emprunté à la salle privée et flanqué de quatre autres sièges plus modestes, deux de chaque côté, destinés aux juges de paix et aux autres dignitaires locaux qui jugeraient bon d'être présents. Toutes les autres chaises de l'auberge avaient été réquisitionnées et leur assemblage disparate donnait à penser que les voisins avaient également été mis à contribution. Les retardataires seraient contraints de rester debout.

Darcy n'ignorait pas que le coroner se faisait une haute opinion de sa position et de ses responsabilités et aurait été ravi de voir le propriétaire de Pemberley arriver en grand équipage. Personnellement, Darcy aurait préféré venir à cheval, comme le colonel et Alveston se proposaient de le faire, mais il transigea en prenant le cabriolet. Lorsqu'il entra dans la salle, il constata qu'elle était déjà très remplie et retentissait des habituels bavardages, lesquels lui semblèrent cependant exprimer plus de préoccupation que d'impatience. Le silence se fit lorsqu'il apparut et il fut accueilli par de nombreux gestes et murmures de salutation. Personne, même parmi ses tenanciers, ne s'avança vers lui comme ils l'eussent fait en d'autres circonstances, mais il y vit moins un affront que la volonté de lui laisser le privilège de cette initiative.

Il parcourut la salle du regard, cherchant une place libre dans le fond, de préférence à côté d'autres sièges inoccupés qu'il pourrait réserver pour le colonel et Alveston. Il se produisit alors un grand vacarme à la porte tandis qu'on manœuvrait difficilement, pour lui faire franchir le seuil, une grande voiture d'infirme en osier munie d'une petite roue à l'avant et de deux beaucoup plus grandes à l'arrière. Le Dr Josiah Clitheroe y trônait majestueusement, la jambe droite soutenue par une planche qui faisait obstacle à son passage, le pied enturbanné dans un bandage de lin blanc étroitement enroulé. Les spectateurs assis à l'avant de la salle s'écartèrent promptement et l'on poussa le Dr Clitheroe, non sans mal car la petite roue, ondulant furieusement, se montrait récalcitrante. Les chaises disposées de part et d'autre de sa voiture furent immédiatement évacuées par leurs occupants, et il en réquisitionna une pour poser son haut-de-forme, invitant Darcy à occuper la seconde. Le cercle de sièges qui les entourait étant désormais libre, il leur était possible de s'entretenir en privé.

« Je ne pense pas que cela nous occupe toute la journée, déclara le Dr Clitheroe. Jonah Makepeace prendra les choses en main. C'est une affaire bien pénible pour vous, Darcy, ainsi que pour Mrs Darcy bien sûr. J'espère qu'elle se porte bien.

— Fort bien, Monsieur, je vous remercie.

— Il va de soi que vous ne pouvez prendre part à l'enquête relative à ce crime, mais Hardcastle vous aura certainement instruit des événements.

— Il m'en a dit autant qu'il jugeait prudent de révéler. Sa propre position est un peu délicate, remarqua Darcy.

— Rien ne l'oblige à se montrer exagérément prudent. Il est de son devoir de tenir le High Constable informé et il me consultera également en cas de nécessité, mais je doute de pouvoir lui être d'un grand secours. L'agent chef Brown-rigg, l'agent Mason et lui semblent maîtres de la situation. Si j'ai bien compris, ils ont interrogé l'ensemble des occupants de Pemberley et ont constaté que vous aviez tous des alibis satisfaisants ; cela n'a rien de surprenant — la veille du bal de Lady Anne, chacun a certainement trop à faire pour aller traîner dans les bois de Pemberley en nourrissant des projets homicides. Lord Hartlep a lui aussi un alibi, m'a-t-on dit. Voilà au moins un souci de moins pour lui comme pour vous. Puisqu'il n'est pas encore pair, il serait inutile, dans l'hypothèse de sa mise en accusation, qu'il soit jugé à la Chambre des Lords, une procédure pittoresque mais onéreuse. Vous serez également soulagé d'apprendre que Hard-castle a retrouvé la famille du capitaine Denny par l'intermédiaire du colonel de son régiment. Il semblerait qu'il n'ait eu qu'un parent vivant, une vieille tante qui demeure à Kensington et à qui il rendait rarement visite, mais qui lui assurait néanmoins un soutien financier régulier. Elle aura bientôt quatre-vingt-dix ans, et est trop âgée et trop fragile pour prendre un intérêt personnel à cette affaire. Elle a cependant demandé que le corps de Denny, dont le coroner a autorisé l'enlèvement, soit transporté à Kensington pour y être inhumé.

— Si Denny était mort dans le bois par accident ou si l'on connaissait l'identité de la personne responsable de sa mort, il eût été bienséant que nous lui adressions, Mrs Darcy ou moi-même, une lettre de condoléances. Mais dans les circonstances présentes, ce geste pourrait être malavisé, voire malvenu. Il est étrange de constater les répercussions sociales qu'ont les événements les plus terribles et même les plus bizarres, et vous avez été fort aimable de me communiquer cette information qui apportera, j'en suis sûr, un grand réconfort à Mrs Darcy. Et les tenanciers du domaine ? Je préférerais ne pas avoir à poser la question directement à Hardcastle ; ont-ils été totalement mis hors de cause ?

— Oui, il me semble. La plupart étaient chez eux et ceux qui ne peuvent jamais résister à s'aventurer au-dehors même par une nuit de tempête pour aller se revigorer à l'auberge locale ont produit une pléthore de témoins dont certains étaient sobres au moment de leur interrogatoire, et que l'on peut donc considérer comme dignes de foi. Apparemment, personne n'a aperçu d'étranger dans le voisinage. Je ne vous apprendrai pas que, lorsque Hardcastle s'est rendu à Pemberley, deux petites sottes que vous employez comme domestiques ont prétendu avoir vu le fantôme de Mrs Reilly errer dans le bois. Non sans à-propos, le spectre choisit de se manifester la nuit de pleine lune.

— C'est une vieille superstition, expliqua Darcy. Il semblerait, comme nous l'avons appris depuis, que ces filles soient sorties à la suite d'un pari et Hardcastle n'a pas pris leur témoignage au sérieux. Sur le moment, pourtant, j'ai eu tendance à les croire et à penser que peut-être, une femme se trouvait effectivement dans le bois cette nuit-là.

— L'agent chef Brownrigg leur a parlé en présence de Mrs Reynolds, approuva Clitheroe. Elles ont affirmé avec une remarquable obstination avoir aperçu une dame vêtue de sombre dans le bois deux jours avant le meurtre. Celle-ci leur aurait adressé un geste menaçant avant de disparaître parmi les arbres. Elles maintiennent catégoriquement que ce n'était aucune des deux occupantes du cottage du bois, bien qu'on ait peine à comprendre qu'elles puissent manifester pareille assurance dans la mesure où la femme était en noir et a disparu dès qu'une des filles a poussé un cri. Qu'il y ait eu ou non une femme dans le bois, cela n'a du reste guère d'importance. Ce crime n'a pas été commis par une femme.

— Wickham coopère-t-il avec Hardcastle et avec la police ? demanda alors Darcy.

— J'ai cru comprendre qu'il se montre extrêmement versatile ; tantôt il répond aux questions de façon tout à fait sensée, tantôt il se met à protester, prétendant que la police le harcèle alors qu'il est innocent. Vous savez, bien entendu, que l'on a trouvé trente livres en billets dans sa poche de veste ; il fait preuve d'un silence opiniâtre sur la manière dont cette somme est entrée en sa possession ; la seule chose qu'il accepte de dire est qu'il s'agissait d'un prêt qui devait lui permettre de régler une dette d'honneur et qu'il a juré solennellement de ne pas en révéler davantage. Hardcastle, comme on pouvait s'y attendre, a pensé qu'il avait peut-être dérobé cet argent sur le corps du capitaine Denny, mais si tel était le cas, on imagine mal que les billets n'aient pas été tachés de sang, puisque les mains de Wickham en étaient couvertes ; de plus, ils n'auraient pas été aussi soigneusement pliés dans l'étui de Wickham. On m'a montré ces billets : ils sont neufs. Il semblerait par ailleurs que le capitaine Denny ait affirmé à l'aubergiste qu'il n'avait pas d'argent sur lui. »

Ils restèrent silencieux un moment, puis Clitheroe reprit : « Je peux comprendre que Hardcastle éprouve quelques réticences à partager ses informations avec vous, autant pour votre protection que pour la sienne. Toutefois, dans la mesure où il s'est assuré que toute votre famille, vos visiteurs et la domesticité de Pemberley disposent d'alibis satisfaisants, j'estime que vous laisser dans l'ignorance d'évolutions importantes relève d'une discrétion inutile. Il me semble de mon devoir de vous faire savoir qu'il pense que la police a retrouvé l'arme utilisée, un gros bloc de pierre aux bords émoussés que l'on a découvert sous des feuilles, à une cinquantaine de mètres de la clairière où gisait le corps de Denny. »

Darcy réussit à dissimuler sa surprise et, regardant droit devant lui, demanda d'une voix basse : « Quelle preuve a-t-on qu'il s'agit bien de l'arme en question ?

— Rien de décisif, car il n'y avait sur la pierre ni taches de sang ni cheveux, mais cela n'est guère surprenant. Plus tard dans la nuit, rappelez-vous, le vent a laissé place à une violente averse. La terre et les feuilles ont dû être détrempées. Mais j'ai vu cette pierre et par sa taille comme par sa nature, elle pourrait indéniablement être responsable de cette blessure. »

Darcy continua à parler tout bas. « Le bois a été interdit d'accès à tous les occupants du domaine de Pemberley, mais je sais que la police a recherché les armes avec zèle. Savez-vous qui a fait cette découverte ?

— Ce n'est ni Brownrigg ni Mason. Il leur a fallu des renforts et ils ont donc engagé des agents de la paroisse voisine, parmi lesquels Joseph Joseph. Apparemment, ses parents étaient tellement entichés de leur patronyme qu'ils le lui ont également donné pour prénom. Il m'a fait l'effet d'un homme consciencieux et sérieux, sans être, me semble-t-il, particulièrement intelligent. Il aurait dû laisser la pierre en place et appeler ses collègues comme témoins. Au lieu de quoi, il l'a apportée triomphalement à l'agent chef Brownrigg.

— Il ne peut donc y avoir aucune preuve qu'elle se trouvait effectivement là où il prétend l'avoir ramassée ?

— Aucune, probablement. Il y avait, m'a-t-on dit, un certain nombre de pierres de tailles différentes à cet endroit, toutes à demi enfouies dans la terre et sous les feuilles, mais rien ne prouve que cette pierre précise se trouvait parmi elles. Il y a quelques années, quelqu'un a peut-être renversé le contenu d'une brouette, ou l'a fait basculer accidentellement. Cela pourrait fort bien remonter à l'époque où votre arrière-grand-père a fait construire le cottage du bois. Il a bien fallu transporter les matériaux à travers la forêt.

— Hardcastle ou la police présenteront-ils ce bloc de pierre ce matin ?

— Je ne le crois pas. Makepeace est formel : puisqu'on ne peut pas prouver qu'il s'agit bien de l'arme du crime, cette pierre ne peut pas constituer une pièce à conviction. Le jury sera simplement informé qu'on a trouvé une pierre et encore, peut-être ce fait lui-même ne sera-t-il pas mentionné ; Makepeace tient absolument à éviter que l'enquête judiciaire ne dégénère en procès. Il expliquera clairement leurs devoirs aux jurés et leur rappellera qu'il n'est pas question qu'ils usurpent les attributions de la cour d'assises.

— Vous pensez donc qu'ils vont le renvoyer aux assises ?

— Très certainement, sur la foi de ce qu'ils considéreront comme des aveux. Il serait singulier qu'ils ne le fissent pas. Ah ! Mais je vois que Mr Wickham est arrivé. Il a l'air étonnamment à l'aise pour un homme dans une situation aussi déplaisante. »

Darcy avait remarqué la présence, près de l'estrade, de trois chaises libres gardées par des agents. Encadré par deux gardiens de prison, Wickham, les poignets enchaînés, fut escorté jusqu'au siège central, ses deux compagnons occupant les deux autres chaises. Son attitude frôlait la nonchalance et il contempla son public potentiel avec fort peu d'intérêt apparent, sans poser les yeux sur un visage en particulier. Le bagage contenant ses effets avait été apporté à la prison avec l'autorisation de Hardcastle, et il s'était vêtu de ce qui était de toute évidence sa plus belle veste, tandis que ce qu'on pouvait apercevoir de son linge témoignait du soin et du talent de la lingère de Highmarten. Avec un sourire, il se tourna vers un des employés de la prison qui lui répondit d'un signe de tête. Darcy retrouva en le regardant un peu du jeune officier plein de prestance et de charme qui avait su séduire les jeunes dames de Meryton.

Quelqu'un aboya un ordre, le brouhaha des conversations s'apaisa et le coroner, Jonah Makepeace, fit son entrée en compagnie de Sir Selwyn Hardcastle. Après avoir salué le jury, il prit place, invitant Sir Selwyn à s'asseoir sur le siège situé à sa droite. Makepeace était un petit homme au visage cireux qui aurait pu laisser croire qu'il était malade. Il avait soixante ans, cela en faisait vingt qu'il exerçait les fonctions de coroner et il s'enorgueillissait du fait qu'il n'y ait pas eu une enquête, que ce fût à Lambton ou au King's Arms, qu'il n'eût pas présidé. Il avait le nez long et étroit et la bouche curieusement faite, avec une lèvre supérieure très pleine, tandis que ses yeux, sous des sourcils minces comme s'ils avaient été tracés au crayon, n'avaient rien perdu de l'acuité de ses vingt ans. Ses talents de juriste étaient fort bien considérés et il jouissait d'une importante clientèle à Lambton et au-delà. Sa prospérité croissante et le nombre de personnes impatientes de bénéficier de ses conseils ne le disposaient pas à l'indulgence avec les témoins incapables de faire une déposition claire et concise. Le fond de la salle était occupé par une horloge murale vers laquelle il dirigea alors un long regard intimidant.

À son arrivée, toute l'assistance s'était levée et ne se rassit que lorsqu'il eut lui-même pris son siège. Hardcastle était à sa droite et les deux policiers au premier rang, sous l'estrade. Les jurés, qui jusque-là avaient bavardé entre eux, s'assirent puis se relevèrent immédiatement. En tant que magistrat, Darcy avait assisté à bien des enquêtes judiciaires et il constata que le jury était constitué des habituels notables locaux : George Wainwright l'apothicaire, Frank Stirling, qui tenait l'épicerie générale de Lambton, Bill Mullins, le forgeron du village de Pemberley, et John Simpson, l'entrepreneur des pompes funèbres, vêtu comme de coutume du costume d'un noir funèbre dont on disait qu'il l'avait hérité de son père. Tous les autres étaient des cultivateurs et la plupart étaient arrivés au dernier moment, la mine préoccupée, manifestement échauffés. Ce n'était jamais le bon moment pour abandonner leurs champs.

Le coroner s'adressa à l'un des employés de la prison. « Vous pouvez retirer ses chaînes à Mr Wickham. Aucun prisonnier ne s'est jamais enfui dans ma juridiction. »

L'ordre fut exécuté en silence et Wickham, après s'être massé les poignets, resta debout, tranquille, parcourant occasionnellement la salle du regard comme s'il cherchait un visage familier. On fit prêter serment aux jurés, pendant que Makepeace les observait avec l'intensité sceptique d'un homme envisageant l'achat d'un cheval manifestement douteux, avant de prononcer son habituelle déclaration préliminaire : « Nous nous sommes déjà rencontrés, Messieurs, et je pense que vous connaissez votre devoir. Vous êtes ici pour écouter attentivement les témoignages et vous prononcer sur la cause de la mort du capitaine Martin

Denny, dont le corps a été retrouvé dans le bois de Pemberley vers dix heures du soir dans la nuit du vendredi 14 octobre. Vous n'êtes pas ici pour prendre part à un procès criminel ni pour apprendre à la police à mener son enquête. Les options qui se présentent à vous sont les suivantes : vous pourrez considérer qu'il est impossible de retenir l'hypothèse d'un décès par accident ou par imprudence et qu'un homme ne se suicide pas en se portant un coup violent à l'arrière du crâne. Cela pourrait vous conduire logiquement à la conclusion qu'il s'est agi d'un homicide et vous envisagerez alors deux solutions. S'il n'y a pas de preuve révélant qui est responsable de ce crime, vous prononcerez un verdict d'homicide volontaire par un ou des inconnus. Je vous ai présenté les différentes options, mais je tiens à souligner que le verdict concernant la cause de la mort vous appartient entièrement. Si les preuves vous conduisent à conclure que vous connaissez l'identité de l'assassin, vous devrez alors le ou la nommer, et comme dans le cas de tous les meurtres, l'auteur des faits sera incarcéré et renvoyé pour jugement aux prochaines assises de Derby. Si vous avez des questions à poser à un témoin, levez la main je vous prie et exprimez-vous clairement. Nous allons commencer. Je me propose d'appeler tout d'abord Nathaniel Piggott, patron de l'auberge du Green Man, qui nous livrera un témoignage sur le début du dernier voyage de ce malheureux gentleman. »

Après quoi, au grand soulagement de Darcy, l'enquête se poursuivit sans perte de temps. On avait manifestement fait comprendre à Mr Piggott qu'il était sage d'en dire le moins possible à la justice, et après avoir prêté serment, il se contenta de confirmer que Mr et Mrs Wickham, accompagnés du capitaine Denny, étaient arrivés à l'auberge en chaise de louage le vendredi après-midi après quatre heures et avaient demandé que le cabriolet de l'auberge les

conduise à Pemberley le soir même. Le cocher devait y laisser Mrs Wickham avant de poursuivre sa route avec les deux
messieurs jusqu'au King's Arms de Lambton. Il n'avait surpris aucune querelle entre les membres du groupe ni dans
l'après-midi, ni quand ils étaient montés dans le cabriolet.
Le capitaine Denny était resté silencieux – il faisait l'effet
d'un monsieur très silencieux – et Mr Wickham avait bu
copieusement, sans qu'on pût, selon l'aubergiste, le dire
ivre et irresponsable.

Mr Piggott céda la place à George Pratt, le cocher, dont
le témoignage était manifestement très attendu et dura un
certain temps, avec d'amples commentaires sur le comportement des juments, Betty et Millie. Elles avaient bien travaillé jusqu'au moment où ils s'étaient engagés dans le
bois, et étaient alors devenues si nerveuses qu'il avait été
difficile de les faire avancer. Les chevaux détestaient toujours entrer dans le bois les soirs de pleine lune, à cause du
fantôme de Mrs Reilly. Les messieurs s'étaient peut-être
querellés à l'intérieur de la voiture, mais il n'avait rien
entendu car il avait fort à faire pour maîtriser les chevaux.
C'était le capitaine Denny qui, passant la tête par la fenêtre,
lui avait donné l'ordre de s'arrêter. Il avait ensuite quitté le
cabriolet. Lui-même avait entendu le capitaine dire que
Mr Wickham n'avait qu'à régler ses affaires tout seul et
qu'il ne voulait pas y prendre part – ou quelque chose de ce
genre. Le capitaine Denny était alors parti en courant dans
le bois et Mr Wickham l'avait suivi. Un certain temps
s'était écoulé, il ne pouvait pas se montrer plus précis, et
puis ils avaient entendu des coups de feu et Mrs Wickham,
qui était dans tous ses états, lui avait crié de continuer sa
route jusqu'à Pemberley, ce qu'il avait fait. À ce moment-
là, les juments étaient tellement terrifiées qu'il avait eu un
mal du diable à les maîtriser et avait craint que le cabriolet
ne verse avant leur arrivée à Pemberley. Il décrivit ensuite

ce qui s'était passé lors du voyage de retour, sans oublier l'arrêt du cabriolet afin que le colonel Fitzwilliam pût aller prendre des nouvelles de la famille qui occupait le cottage du bois. Il estimait que l'absence du colonel avait duré une dizaine de minutes.

Darcy eut l'impression que le récit de Pratt n'avait rien d'inédit pour le jury, pas plus que pour l'ensemble de Lambton et de Pemberley Village et au-delà. Pratt avait livré son témoignage sur un fond sonore de grognements et de soupirs de sympathie, surtout lorsqu'il s'était attardé sur les craintes de Betty et Millie. Il n'y eut aucune question.

Le colonel vicomte Hartlep fut alors appelé et il prêta serment avec une impressionnante autorité. Il retraça brièvement mais d'une voix ferme son rôle dans les événements de la soirée, y compris la découverte du corps, un témoignage qui fut ensuite réitéré, sans plus d'émotion ni de fioritures, par Alveston, puis par Darcy. Le coroner leur demanda à tous si Wickham avait parlé et ses aveux, si préjudiciables à sa cause, furent dûment répétés.

Sans laisser à quiconque le temps de prendre la parole, Makepeace posa alors la question capitale : « Mr Wickham, vous vous prétendez résolument innocent du meurtre du capitaine Denny. Dans ce cas, pourquoi, lorsqu'on vous a trouvé agenouillé près du corps, avez-vous affirmé, à plusieurs reprises, que vous l'aviez tué et que vous étiez responsable de sa mort ? »

La réponse fut donnée sans hésitation. « Parce que, Monsieur, le capitaine Denny avait quitté le cabriolet, fort mal disposé à mon égard en raison de mon intention de laisser Mrs Wickham à Pemberley où elle n'était ni invitée ni attendue. Il me semblait également que si je n'avais pas été ivre, j'aurais pu l'empêcher de quitter le cabriolet et de s'enfoncer dans le bois. »

Clitheroe chuchota à Darcy : « Très peu convaincant. Cet imbécile est trop sûr de lui. Il aura intérêt à faire mieux aux assises s'il veut sauver son cou. D'ailleurs, était-il vraiment ivre ? »

Mais personne ne posa de question. Makepeace était manifestement disposé à laisser le jury se faire une opinion sans commentaire de sa part et prit grand soin de ne pas encourager les témoins à s'interroger longuement sur le sens précis des paroles de Wickham. L'agent chef Brownrigg intervint alors et prit son temps, avec une délectation évidente, pour faire la relation de l'activité de la police, et notamment de la fouille du bois. Aucune information n'avait été recueillie sur l'éventuelle présence d'étrangers dans le voisinage, les occupants de Pemberley House et de tous les cottages du domaine disposaient d'alibis et l'enquête policière était encore en cours. Le docteur Belcher fit grand usage de termes médicaux dans son témoignage, que le public écouta avec respect et le coroner avec une irritation patente, avant d'exprimer en bon anglais l'opinion que la cause de la mort était un violent coup porté sur l'arrière de la tête et que le capitaine Denny n'avait pas pu survivre à pareille blessure plus de quelques minutes, tout au plus, bien qu'il fût impossible de donner une estimation précise de l'heure de sa mort. On avait découvert un bloc de pierre qui aurait pu avoir été utilisé par l'assassin, et qui, selon lui, pouvait, par ses dimensions et son poids, avoir occasionné une blessure de ce genre en admettant que le coup eût été porté avec une grande force, mais aucune preuve ne permettait de rattacher au crime cette pierre plutôt qu'une autre. Une unique main se leva avant qu'il ne quitte la barre des témoins.

Makepeace intervint. « Frank Stirling, il est fort rare que vous n'ayez rien à dire. Quelle question souhaitez-vous poser ?

— Simplement celle-ci, Monsieur. Si nous avons bien compris, Mrs Wickham devait être déposée à Pemberley House pour assister au bal du lendemain soir, mais pas en compagnie de son mari. Je suppose que Mr Wickham n'était pas reçu comme invité par son beau-frère et Mrs Darcy.

— Pouvez-vous me préciser le lien entre la liste d'invités de Mrs Darcy pour le bal de Lady Anne et la mort du capitaine Denny, ou le témoignage que vient de faire le docteur Belcher ?

— C'est très simple, Monsieur. Si les relations entre Mr Darcy et Mr Wickham étaient aussi mauvaises et si peut-être Mr Wickham n'était pas un homme assez correct pour être reçu à Pemberley, cela pourrait avoir un rapport avec son caractère, il me semble. C'est une chose vraiment singulière qu'un homme interdise sa maison à son beau-frère, sauf si celui-ci est un homme violent ou querelleur. »

Makepeace sembla peser brièvement ces propos, avant de répondre que les relations entre Mr Darcy et Mr Wickham, qu'elles fussent ou ne fussent pas habituelles entre beaux-frères, ne pouvaient avoir de rapport avec la mort du capitaine Denny. C'était le capitaine Denny et non Mr Darcy qui avait été assassiné. « Essayons de nous en tenir aux faits qui nous intéressent ici. Vous auriez dû poser votre question au moment où Mr Darcy a témoigné si vous l'estimiez utile. Nous pouvons néanmoins rappeler Mr Darcy à la barre des témoins et lui demander si Mr Wickham est, généralement, un homme violent. »

Cela fut immédiatement fait et en réponse à la question de Makepeace, Darcy, auquel il fut préalablement rappelé qu'il s'exprimait toujours sous serment, déclara qu'à sa connaissance, Mr Wickham n'avait jamais eu cette réputation et que personnellement, il ne l'avait jamais vu violent. Cela faisait plusieurs années qu'ils ne se fréquentaient plus, mais du temps qu'ils se voyaient, Mr Wickham passait généralement pour un homme pacifique et affable en société.

« J'espère que vous êtes satisfait, Mr Stirling. Un homme pacifique et affable. Y a-t-il d'autres questions ? Non ? Je propose donc que le jury réfléchisse à son verdict. »

Après quelques échanges, les jurés décidèrent de se réunir en privé et après qu'on les eût dissuadés de se rendre dans le lieu de leur choix, à savoir la salle de l'auberge, ils se retirèrent dans la cour, où ils se tinrent à l'écart pendant dix minutes sans cesser de chuchoter. À leur retour, ils se virent demander formellement quel était leur verdict. Frank Stirling se leva alors et prit un petit carnet pour donner lecture de quelques lignes, tenant visiblement à prononcer ces paroles avec la précision et l'assurance de rigueur. « Nous déclarons, Monsieur, que le capitaine Denny est mort d'un coup à l'arrière du crâne, que ce coup a été porté par George Wickham et que, par conséquent, le capitaine Denny a été assassiné par ledit George Wickham.

– Est-ce un verdict unanime ? demanda Makepeace.

– Oui, Monsieur. »

Après avoir regardé l'horloge, Makepeace retira ses lunettes et les rangea dans son étui. Il reprit alors la parole : « À l'issue des formalités nécessaires, Mr Wickham sera renvoyé aux prochaines assises de Derby. Merci, Messieurs, vous pouvez vous retirer. »

Darcy songea qu'une procédure qu'il aurait crue encombrée de chausse-trapes linguistiques et d'embarras s'était déroulée de façon presque aussi ordinaire qu'une assemblée mensuelle de la paroisse. Les témoignages avaient suscité intérêt et engagement, mais on n'avait relevé aucune excitation manifeste, aucun moment dramatique, et force lui était d'admettre que Clitheroe avait raison et que l'issue était inévitable. Même si le jury avait conclu à un meurtre commis par un ou des inconnus, Wickham serait resté en prison en tant que principal suspect et les enquêtes policières, dont il ne pouvait qu'être la cible principale, se seraient poursuivies pour aboutir presque inéluctablement au même résultat.

Le domestique de Clitheroe apparut alors pour se charger du fauteuil roulant. Consultant sa montre, Clitheroe remarqua : « Trois quarts d'heure, du début à la fin. Je pense que les choses se sont passées exactement comme le prévoyait Makepeace, et le verdict n'aurait guère pu être différent.

– Celui du procès sera-t-il identique ? s'inquiéta Darcy.

– Pas forcément, Darcy, pas forcément. Je pourrais organiser une défense très efficace. Je vous suggère de trouver un bon avocat et, si possible, de faire transférer l'affaire à Londres. Henry Alveston sera en mesure de vous conseiller sur la marche à suivre, mes informations sont probablement dépassées. Ce jeune homme a des idées un peu hardies, ai-je entendu dire, bien qu'il soit l'héritier d'une baronnie fort ancienne, mais c'est indéniablement un juriste intelligent et qui réussit bien dans son métier. Il serait néanmoins grand temps qu'il se trouve une épouse et aille s'installer sur ses terres. La paix et la sécurité de l'Angleterre dépendent de l'existence de gentlemen vivant dans leurs demeures en bons propriétaires fonciers et en bons maîtres, attentionnés à l'égard de leurs domestiques, faisant la charité aux pauvres, et prêts, en qualité de juges de paix, à jouer un rôle actif en assurant la paix et l'ordre au sein de leurs communautés. Si les aristocrates français avaient mené pareille existence, il n'y aurait jamais eu de révolution. Mais cette affaire est intéressante et son issue dépendra des réponses qui seront apportées à deux questions : pour quel motif le capitaine Denny s'est-il précipité dans le bois et que voulait dire George Wickham en affirmant que tout était de sa faute ? Je suivrai son déroulement avec intérêt. *Fiat justitia ruat caelum.* Je vous souhaite le bonjour. »

Sur ces mots, sa voiture en osier s'ébranla, franchit la porte non sans quelques nouvelles difficultés, et disparut aux regards.

VII

Pour Darcy et Elizabeth, l'hiver de 1803-1804 s'étira tel un bourbier noir dans lequel ils s'enlisaient, sachant que le printemps ne pourrait leur apporter qu'une nouvelle épreuve et peut-être une horreur plus grande encore, dont la mémoire empoisonnerait le restant de leurs jours. Mais il leur fallait vivre ces quelques mois sans laisser leur douleur et leur détresse assombrir l'existence de Pemberley ni mettre en péril la paix et la confiance de ceux qui dépendaient d'eux. Par bonheur, cette inquiétude était largement infondée. Seuls Stoughton, Mrs Reynolds et les Bidwell avaient connu Wickham enfant, et les domestiques moins âgés ne s'intéressaient guère à ce qui se passait à l'extérieur de Pemberley. Darcy avait donné instruction que l'on n'évoquât pas le procès, et l'approche de Noël était une source d'intérêt et d'excitation plus vive que le sort éventuel d'un homme dont l'essentiel du personnel de maison n'avait jamais entendu parler.

Mr Bennet apportait une présence tranquille et rassurante au château, un peu comme un fantôme familier et bienveillant. Il passait une partie du temps que Darcy arrivait à libérer à discuter avec son gendre dans la bibliothèque ; Darcy, lui-même d'une haute intelligence, savait apprécier l'esprit d'autrui. De temps en temps, Mr Bennet se rendait chez sa fille aînée à Highmarten pour s'assurer que les volumes de la bibliothèque de Bingley étaient à l'abri du zèle intempestif des domestiques et dresser la liste des ouvrages à acquérir. Il ne demeura pourtant à Pemberley que trois semaines. Il reçut en effet une lettre de Mrs Bennet, dans laquelle elle se plaignait d'entendre toutes les nuits des bruits de pas feutrés autour de la maison et de souffrir de vertiges constants et d'incessantes palpitations. Un retour immédiat de Mr Bennet s'imposait pour assurer sa sécurité. Pourquoi se préoccupait-il des assassinats survenus chez d'autres, alors que le risque était grand qu'il s'en produisît un à Longbourn s'il ne revenait pas au plus vite ?

Son départ laissa un vide dont toute la maisonnée se ressentit, et l'on entendit Mrs Reynolds dire à Stoughton : « N'est-il pas étrange, Mr Stoughton, que nous regrettions tant Mr Bennet maintenant qu'il est parti alors que c'est à peine si nous avons posé les yeux sur lui quand il était ici ? »

Darcy et Elizabeth trouvaient l'un comme l'autre un réconfort dans le travail, et il y avait fort à faire. Darcy avait déjà commandé des plans pour la rénovation de plusieurs cottages du domaine et se consacrait plus que jamais aux affaires de la paroisse. La guerre avec la France, déclarée au mois de mai précédent, provoquait son lot d'agitation et de misère ; le prix du pain avait augmenté et la moisson avait été médiocre. Darcy faisait tout son possible pour secourir ses tenanciers et un flot constant d'enfants se présentait à la cuisine où on leur remettait de grands pots de soupe roborative, épaisse et aussi riche en viande qu'un ragoût. On organisait peu de dîners et uniquement pour de proches amis, mais les Bingley venaient régulièrement apporter leurs encouragements et leur aide, et les lettres de Mr et Mrs Gardiner étaient fréquentes.

Après l'enquête judiciaire, Wickham avait été conduit dans la nouvelle prison du comté, à Derby, où Mr Bingley continuait de lui rendre visite et faisait savoir qu'il le trouvait généralement d'humeur optimiste. Dans le courant de la semaine précédant Noël, ils apprirent que la demande de transfert du procès avait enfin été acceptée et qu'il se tiendrait à l'Old Bailey, la cour d'assises de Londres. Elizabeth était déterminée à accompagner son mari le jour de l'audience, bien qu'il ne pût être question qu'elle soit présente dans l'enceinte du tribunal. Mrs Gardiner leur adressa une chaleureuse invitation, proposant que Darcy et Elizabeth descendent chez eux, Gracechurch Street, lors de leur séjour à Londres, une offre qui fut acceptée avec reconnaissance. Avant le Nouvel An, George Wickham fut conduit à la prison londonienne de Coldbath et ce fut désormais Mr Gardiner qui se chargea de lui rendre visite et de verser les sommes remises par Darcy pour assurer le confort du prisonnier, ainsi que son prestige auprès des geôliers et de ses compagnons d'infortune. Mr Gardiner relatait que Wickham demeurait confiant et que l'un des aumôniers de la prison, le révérend Samuel Cornbinder, passait le voir régulièrement. Mr Cornbinder était connu pour son talent aux échecs, un jeu qu'il avait enseigné à Wickham et qui occupait désormais une grande partie du temps du détenu. Mr Gardiner était d'avis que le révérend était mieux accueilli comme partenaire d'échecs que pour ses invitations au repentir, mais Wickham semblait l'apprécier sincèrement et les échecs, pour lesquels il s'était pris d'une passion frôlant l'obsession, étaient un antidote efficace contre ses accès occasionnels de colère et de désespoir.

Noël arriva et la fête annuelle des petits, à laquelle étaient conviés tous les enfants du domaine, se tint comme à l'accoutumée. Darcy comme Elizabeth estimaient qu'il ne fallait pas les priver de ce plaisir si rare, surtout en des temps aussi difficiles. Des cadeaux avaient été choisis et furent distribués à tous les tenanciers ainsi qu'au personnel du domaine et aux gens de maison, une activité qui réclama une grande partie du temps de Mrs Reynolds et d'Elizabeth, laquelle chercha en outre à s'occuper l'esprit par un programme méthodique de lecture et en s'efforçant de faire quelques progrès au piano avec les conseils de Georgiana. Ayant moins d'obligations mondaines, Elizabeth avait davantage de temps à consacrer à ses enfants et à ses visites aux pauvres, aux vieillards et aux infirmes et elle constata, comme Darcy lui-même, que des journées aussi bien remplies pouvaient occasionnellement tenir en échec les cauchemars les plus opiniâtres eux-mêmes.

Il y avait quelques nouvelles réjouissantes. Louisa avait largement recouvré sa bonne humeur depuis que Georgie était retourné chez sa mère et Mrs Bidwell trouvait la vie plus facile maintenant que les pleurs de l'enfant ne troublaient plus le repos de Will. Après Noël, les semaines semblèrent soudain s'écouler beaucoup plus rapidement, alors que la date du procès approchait.

LIVRE CINQ

Le procès

I

Le procès devait se tenir le jeudi 22 mars à onze heures, à l'Old Bailey. Alveston serait chez lui, à proximité du Palais de Justice, et avait proposé de venir présenter ses respects la veille aux Gardiner, à leur domicile de Gracechurch Street, en compagnie de Jeremiah Mickledore, l'avocat de Wickham, afin d'expliquer à Darcy la procédure du lendemain et lui donner quelques conseils sur la déposition qu'il serait appelé à faire. Elizabeth préférait accomplir le trajet en deux jours et ils avaient donc décidé de passer la nuit à Banbury et d'arriver le mercredi 21 mars en début d'après-midi. D'ordinaire, quand les Darcy quittaient Pemberley, les principaux domestiques se tenaient à la porte pour leur dire au revoir et leur souhaiter bon voyage, mais ce départ ne ressemblait pas aux autres et seuls Stoughton et Mrs Reynolds étaient présents, le visage grave, pour les accompagner de leurs vœux et assurer aux Darcy que la vie à Pemberley se poursuivrait comme elle le devait durant leur absence.

Ouvrir la maison de ville des Darcy provoquait un important remue-ménage domestique et lorsqu'ils décidaient de séjourner brièvement à Londres pour y faire des achats, aller voir une nouvelle pièce de théâtre ou une exposition récente, ou parce que Darcy avait affaire avec son homme de loi ou son tailleur, ils logeaient chez les Hurst, et Miss Bingley se joignait généralement à eux. Mrs Hurst préférait n'importe quelle visite à l'absence de visite et éprouvait un plaisir vaniteux à exhiber la splendeur de sa demeure ainsi que le nombre de ses voitures et de ses domestiques, tandis que Miss Bingley ne manquait jamais de distiller avec art les noms de ses amis les plus distingués et de transmettre les derniers ragots sur les scandales qui ébranlaient les hautes sphères. Elizabeth retrouvait alors l'amusement que lui avait toujours inspiré le spectacle des prétentions et des ridicules de ses voisins, pourvu qu'aucune compassion ne fût requise, tandis que Darcy estimait que si la bonne intelligence familiale lui imposait de rencontrer des gens avec lesquels il avait peu de choses en commun, mieux valait que ce fût à leurs dépens qu'aux siens. Mais en cette occasion, aucune invitation n'avait été reçue des Hurst ni de Miss Bingley. Il est des événements tragiques dont il est prudent de se tenir à distance, des notoriétés dont il est préférable de s'abstenir et ils ne pensaient voir ni les Hurst ni Miss Bingley pendant la durée du procès. En revanche, l'invitation des Gardiner avait été immédiate et chaleureuse. Ici, dans cette demeure familiale confortable et sans ostentation, ils trouveraient le réconfort et la sécurité de l'intimité, des voix paisibles qui ne formuleraient aucune exigence, ne réclameraient aucune explication, et une paix générale qui pourrait les préparer à l'épreuve à venir.

Mais quand ils arrivèrent au cœur de Londres, ayant laissé derrière eux les arbres et les étendues verdoyantes de Hyde Park, Darcy eut l'impression de pénétrer dans un État étranger, de respirer un air renfermé et nauséabond et d'être environné d'une multitude menaçante. Jamais encore il ne s'était senti aussi déplacé à Londres. On avait peine à croire que le pays fût en guerre ; tout le monde paraissait pressé, les passants marchaient à grands pas comme absorbés par leurs propres soucis mais de temps en temps, il surprenait les regards envieux ou admirateurs qui se portaient sur leur voiture. Pas plus qu'Elizabeth, il n'eut envie de faire le moindre commentaire lorsqu'ils arrivèrent dans les avenues plus larges et plus connues où le cocher se frayait prudemment un passage entre les vitrines étincelantes et tapageuses éclairées par des flammes vacillantes et les cabriolets, les carrioles, les charrettes et les carrosses privés qui encombraient les rues, les rendant quasiment impraticables. Enfin, ils s'engagèrent dans Gracechurch Street. À l'instant même où ils approchaient de la maison des Gardiner, la porte s'ouvrit, et Mr et Mrs Gardiner se précipitèrent pour les accueillir et diriger leur cocher vers les écuries, à l'arrière. Quelques minutes plus tard, les bagages étaient déchargés et Elizabeth et Darcy pénétraient dans le havre de paix et de sécurité qui serait leur refuge jusqu'au terme du procès.

II

Alveston et Jeremiah Mickledore arrivèrent après le dîner pour donner à Darcy quelques instructions et conseils et, ayant exprimé tous leurs espoirs et présenté leurs meilleurs vœux, ils repartirent moins d'une heure plus tard. Cette nuit allait être l'une des plus pénibles de la vie de Darcy. Mrs Gardiner, d'une hospitalité indéfectible, avait veillé à ce que leur chambre contînt tout ce qui était nécessaire à son confort et à celui d'Elizabeth, non seulement les deux lits qu'ils aspiraient à rejoindre, mais la table de chevet disposée entre eux, chargée d'une carafe d'eau, de livres et d'une boîte de biscuits. Gracechurch Street ne pouvait être entièrement silencieuse mais en temps normal, le bruit sourd et les grincements des véhicules et même les cris occasionnels n'auraient pas suffi à le tenir éveillé. Il tenta de chasser de son esprit l'inquiétude que lui inspirait l'épreuve du lendemain, mais des pensées encore plus dérangeantes s'imposaient à lui. Il avait l'impression que son double se tenait au pied du lit, le contemplant d'un regard accusateur, presque méprisant, répétant des arguments et des accusations qu'il pensait avoir depuis longtemps réduits au silence, mais que cette vision importune rappelait à la vie avec une force et des justifications renouvelées. C'était lui et nul autre qui avait fait de Wickham un membre à part entière de sa famille, qui lui avait donné le droit de l'appeler frère. Demain, il serait dans l'obligation de faire une déposition qui pourrait contribuer à envoyer son ennemi au gibet ou à le libérer. Même si Wickham était jugé « non coupable », ce procès le rapprocherait de Pemberley ; et s'il était condamné et pendu, Darcy lui-même se verrait infliger un fardeau d'horreur et de culpabilité qu'il léguerait à ses fils et aux générations à venir.

Il ne regrettait pas son mariage – autant regretter qu'il fût né. Cette union lui avait apporté un bonheur qu'il n'avait jamais cru possible, un amour dont les deux petits garçons charmants et en bonne santé qui dormaient dans la nursery de Pemberley étaient le gage et l'assurance. Mais il s'était marié en bravant tous les principes qui gouvernaient sa vie depuis son enfance, toutes les convictions de ce qu'il devait à la mémoire de ses parents, à Pemberley, toutes les responsabilités que lui imposaient sa classe et sa fortune. Malgré l'ardeur de son attirance pour Elizabeth, il aurait pu s'éloigner, comme il soupçonnait que l'avait fait le colonel Fitzwilliam. Le prix qu'il avait payé en soudoyant Wickham pour qu'il épousât Lydia avait été le prix d'Elizabeth.

Il se remémora sa rencontre avec Mrs Younge. L'immeuble dans lequel elle louait des chambres meublées se trouvait dans un quartier respectable de Marylebone, et Mrs Younge était l'incarnation même de la logeuse attentionnée et de bonne réputation. Il se rappela leur conversation. « Je n'accepte que les jeunes gens des familles les plus respectables qui ont quitté le toit parental pour exercer un emploi dans la capitale et prendre leur indépendance. Leurs parents savent qu'ils seront bien nourris et bien soignés et que leur comportement sera soumis à une surveillance opportune. Cela fait de longues années que je jouis d'un revenu plus que suffisant et à présent que je vous ai exposé la situation, nous pouvons parler affaires. Mais avant cela, puis-je vous offrir quelque chose à boire ? »

Il avait refusé sans grande civilité et elle avait repris :
« Je suis une femme d'affaires et j'estime que le respect des
règles formelles de courtoisie n'est jamais préjudiciable.
Mais fort bien, nous pouvons nous en dispenser. Je sais ce
que vous désirez : l'adresse de George Wickham et de Lydia
Bennet. Peut-être pourriez-vous engager les négociations
en me faisant connaître la somme la plus élevée que vous
seriez prêt à verser en échange de cette information, une
information que, je puis vous l'assurer, vous serez incapable
d'obtenir de tout autre que moi. »

L'offre qu'il avait faite n'avait évidemment pas été jugée
suffisante et il avait fini par accepter les conditions de
Mrs Younge et par quitter sa maison comme si elle était
infectée par la peste. Cela n'avait été que la première des
sommes considérables qu'il avait dû débourser avant de
convaincre George Wickham d'épouser Lydia Bennet.

Épuisée par le voyage, Elizabeth s'était retirée immédiatement après le dîner. Elle était déjà endormie quand il la
rejoignit dans leur chambre, et il resta quelques minutes à
son chevet, plongé dans le silence, contemplant avec amour
son beau visage apaisé ; pendant quelques heures au moins,
elle serait affranchie de tout souci. Une fois couché, il se
retourna sans trouver le repos, en quête d'un réconfort que
le moelleux des oreillers lui-même ne pouvait lui assurer,
avant de se sentir enfin sombrer dans le sommeil.

III

Alveston était sorti de chez lui de bonne heure pour se rendre à l'Old Bailey et Darcy était seul lorsque, peu avant dix heures et demie, il traversa l'imposant vestibule conduisant à la salle d'audience. Il eut immédiatement l'impression d'avoir mis les pieds dans une volière de créatures tapageuses qu'on aurait déposée dans un asile d'aliénés. Le procès ne devait pas commencer avant une bonne demi-heure, mais les premiers sièges étaient déjà occupés par une foule caquetante de femmes vêtues à la dernière mode, tandis que les rangées du fond se remplissaient rapidement. Tout Londres semblait être là, et les pauvres se bousculaient dans un inconfort bruyant. Bien que Darcy eût présenté sa citation à comparaître à l'huissier, personne ne sembla lui prêter la moindre attention et ne lui indiqua où il était censé prendre place. Il faisait chaud pour un mois de mars, et l'air était moite, mélange écœurant de parfum et de corps mal lavés. Près du siège du juge, un groupe de juristes devisait aussi nonchalamment que dans un salon. Il aperçut Alveston parmi eux et, lorsque leurs regards se croisèrent, le jeune homme se dirigea immédiatement vers lui pour le saluer et lui montrer les places réservées aux témoins.

« L'accusation n'appellera que le colonel et vous-même à témoigner à propos de la découverte du corps de Denny, lui annonça-t-il. Le temps manque, comme toujours, et ce juge a tendance à s'impatienter lorsque des témoignages identiques se répètent inutilement. Je resterai à proximité ; nous aurons peut-être l'occasion de nous reparler dans le courant du procès. »

Le brouhaha s'apaisa soudainement, comme si l'on avait coupé le bruit au couteau. Le juge avait fait son entrée. Le juge Moberley assumait les honneurs de sa charge avec assurance, mais il manquait de séduction, et son visage étroit dans lequel ne ressortaient que ses yeux sombres était presque écrasé par une énorme perruque carrée qui lui donnait, songea Darcy, l'air d'un animal curieux pointant le nez hors de sa tanière. Des groupes d'hommes de loi en grande discussion se séparaient et se reconstituaient tandis qu'ils se dirigeaient, avec le greffier, vers les sièges qui leur étaient attribués. Les jurés remplissaient eux aussi leurs places réservées. Soudain le prisonnier, flanqué de deux agents de police, apparut au banc des accusés. Darcy fut bouleversé par son apparence. Il avait maigri, malgré la nourriture qui lui avait été régulièrement apportée de l'extérieur et ses traits tirés étaient pâles, moins, songea Darcy, en raison de l'épreuve qu'il vivait en cet instant que des longs mois qu'il avait déjà passés en prison. Les yeux rivés sur lui, Darcy prit à peine conscience des préliminaires du procès, de la lecture à haute et intelligible voix de l'acte d'accusation, du choix des jurés et de la prestation de serment. Wickham se tenait debout, raide, à la barre et quand on lui demanda ce qu'il avait décidé de plaider, il prononça les mots « Non coupable » d'une voix ferme. Malgré les chaînes et sa pâleur, Darcy dut convenir qu'il restait séduisant.

Darcy aperçut alors un visage familier. Elle avait dû corrompre quelqu'un afin qu'on lui réservât une place dans la première rangée parmi les autres femmes, et elle l'avait rejointe furtivement, silencieusement. Elle était assise presque immobile parmi les battements d'éventails et les oscillations des chapeaux à la mode. Il ne la vit d'abord que de profil, mais elle se retourna et, bien que leurs regards se fussent croisés sans signe de reconnaissance, il fut certain qu'il s'agissait bien de Mrs Younge ; il lui avait suffi de voir son profil pour s'en convaincre.

Il était bien décidé à éviter son regard mais en parcourant de temps en temps la salle d'audience, il remarqua que la sobre élégance de ses vêtements contrastait avec l'ostentation criarde qui l'entourait. Son chapeau, garni de rubans violets et verts, encadrait un visage qui lui parut aussi juvénile que lors de leur première rencontre. Elle portait le même genre de tenue lorsque le colonel Fitzwilliam et lui l'avaient invitée à Pemberley pour un entretien d'embauche à l'époque où ils cherchaient une dame de compagnie pour Georgiana. Elle avait alors présenté aux deux jeunes gens l'image d'une dame de bonne naissance, s'exprimant de façon choisie, parfaitement digne de confiance, éprouvant une sympathie sincère pour la jeunesse et consciente des responsabilités qui lui incomberaient. Son attitude quand il l'avait découverte dans cet immeuble respectable de Marylebone avait été différente, certes, mais tout aussi digne. Il se demanda alors quelle force l'attachait à Wickham, une force suffisamment puissante pour l'inciter à se mêler au public de femmes qui prenaient plaisir à voir un être humain se débattre pour échapper à la corde.

IV

À présent, alors que l'avocat général s'apprêtait à prononcer son discours d'introduction, Darcy releva un changement chez Mrs Younge. Elle était toujours assise, parfaitement droite, mais ses yeux étaient rivés sur la barre des accusés avec une intensité et une concentration remarquables, comme si, par un simple échange de regards, elle pouvait transmettre au prisonnier un message, d'espoir ou de persévérance peut-être. Cela ne dura que quelques secondes, mais l'espace de cet instant, l'apparat de la cour, la robe écarlate du juge, les couleurs vives des spectateurs, n'existèrent plus pour Darcy ; il n'avait conscience que de ces deux êtres, tout entiers absorbés l'un par l'autre.

« Messieurs les jurés, l'affaire que vous avez à juger est particulièrement pénible pour vous comme pour nous, puisqu'il s'agit de l'assassinat brutal commis par un ancien officier de l'armée sur la personne de son ami et compagnon d'armes. Bien qu'une grande partie des événements soit condamnée à rester dans l'obscurité dans la mesure où le seul être en mesure d'en témoigner est la victime, les faits essentiels sont clairs et ne prêtent pas à conjecture. Je vais vous les exposer à présent. Le prévenu, accompagné du capitaine Denny et de Mrs Wickham, a quitté l'auberge du Green Man, au village de Pemberley, dans le Derbyshire, vers neuf heures du soir, le vendredi 14 octobre, afin de rejoindre, en passant par le chemin du bois, Pemberley House, où Mrs Wickham devait passer la nuit et une période indéterminée pendant que son mari et le capitaine Denny poursuivraient leur route jusqu'au King's Arms de Lambton. Vous entendrez une déposition faisant état d'une querelle entre le prévenu et le capitaine Denny pendant leur séjour au Green Man, et l'on vous répétera les paroles prononcées par le capitaine Denny au moment où il a quitté le cabriolet pour s'enfoncer en courant dans le bois. Wickham l'a suivi. Des coups de feu se sont fait entendre et, ne voyant pas revenir son mari, Mrs Wickham, dans un état de grande agitation, a ordonné de poursuivre jusqu'à Pemberley, où une équipe de recherche a été constituée. Deux témoins qui ont gardé un souvenir extrêmement vivace de cet épisode capital feront une déposition sur la découverte du corps. Le prévenu, couvert de sang, était agenouillé à côté de sa victime et a avoué par deux fois, dans les termes les plus explicites, avoir assassiné son ami. Parmi de nombreux autres éléments qui demeurent peut-être obscurs et mystérieux à propos de cette affaire, ce fait occupe une place centrale ; il y a eu des aveux, ceux-ci ont été répétés et, telle est du moins mon opinion, parfaitement compris comme tels. L'équipe de secours ne s'est pas mise à la recherche d'autres assassins potentiels, Mr Darcy a veillé à ce que Wickham soit placé sous bonne garde et a pris soin d'appeler immédiatement le magistrat. Malgré des recherches approfondies et extrêmement consciencieuses, rien n'a révélé la présence d'un étranger dans les bois cette nuit-là. Les occupants du cottage du bois, une femme d'âge mûr, sa fille et un mourant, n'auraient pu en aucun cas avoir soulevé la pierre très pesante qui a, pense-t-on, provoqué la blessure fatale. Vous entendrez des témoignages affirmant que ce genre de pierre se trouve aisément dans les bois, et Wickham, qui les connaît depuis son enfance, aurait naturellement su où la chercher.

« Il s'agit d'un crime particulièrement odieux. Un médecin vous confirmera que le coup porté au front a seulement mis la victime hors d'état de se défendre et a été suivi d'une agression meurtrière alors que le capitaine Denny, aveuglé par le sang qui ruisselait de sa plaie, cherchait à fuir. On a peine à imaginer assassinat plus lâche et plus atroce. Le capitaine Denny ne saurait être ramené à la vie, mais il est possible de lui rendre justice et je suis convaincu que vous, messieurs les jurés, n'hésiterez pas à prononcer un verdict de culpabilité. J'appellerai à présent le premier témoin de l'accusation. »

V

On entendit mugir « Nathaniel Piggott », et presque immédiatement, le patron du Green Man prit place à la barre des témoins. Brandissant solennellement le Nouveau Testament, il prêta serment. Il était vêtu avec soin, ayant endossé le costume du dimanche qu'il mettait générale-ment pour aller à l'église, mais paraissait tout à fait à l'aise dans ses habits. Il passa une bonne minute à examiner les jurés du regard scrutateur d'un homme en présence de can-didats peu prometteurs à un emploi à l'auberge. Enfin, son regard se posa sur l'avocat général comme s'il était assuré d'être de taille à affronter toutes les questions de Sir Simon Cartwright. Quand on le lui demanda, il indiqua son nom et son adresse : « Nathaniel Piggott, tenancier du Green Man, village de Pemberley, Derbyshire. »

Son témoignage fut direct et concis. En réponse aux interrogations de l'avocat général, il déclara au tribunal que George Wickham, Mrs Wickham et feu le capitaine Denny étaient arrivés à l'auberge le vendredi 14 octobre dans une voiture de louage. Mr Wickham avait commandé à boire et à manger et avait demandé que le cabriolet conduise Mrs Wickham à Pemberley plus tard dans la soi-rée. Mrs Wickham elle-même lui avait dit, au moment où il accueillait le groupe dans la salle de l'auberge, qu'elle passerait la nuit à Pemberley afin d'assister au bal de Lady

Anne le lendemain. « Elle paraissait fort impatiente. » Répondant à d'autres questions, il rapporta que Mr Wickham lui avait déclaré qu'après avoir fait halte à Pemberley, il souhaitait que le cabriolet poursuive jusqu'au King's Arms de Lambton où le capitaine Denny et lui-même resteraient pour la nuit avant de prendre la diligence de Londres le lendemain.

« N'a-t-il pas été question à ce moment-là, demanda Mr Cartwright, que Mr Wickham pût séjourner, lui aussi, à Pemberley ?

— Pas à ma connaissance, Monsieur, et ça m'aurait surpris. Mr Wickham, comme le savent certains d'entre nous, n'est jamais reçu à Pemberley. »

Un murmure parcourut la salle. Instinctivement, Darcy se crispa sur son siège. On s'aventurait en terrain glissant plus tôt qu'il ne l'avait prévu. Sans quitter du regard l'avocat général, il sentit les yeux des jurés posés sur lui. Mais après un instant de silence, Simon Cartwright changea de sujet : « Mr Wickham vous a-t-il payé ce qu'ils avaient mangé et bu, ainsi que la location du cabriolet ?

— Oui, Monsieur, pendant qu'ils étaient dans la salle. Le capitaine Denny a dit à Mr Wickham : "C'est ton affaire, c'est à toi de payer. J'ai à peine ce qu'il me faut pour Londres."

— Les avez-vous vus partir dans le cabriolet ?

— Oui, Monsieur. Il était environ neuf heures moins le quart.

— Et quand ils sont partis, avez-vous remarqué quelle était leur humeur, ou quelle était la nature des relations entre les deux messieurs ?

— Je ne peux pas dire que j'aie remarqué quoi que ce soit, Monsieur. J'étais occupé à donner mes instructions à Pratt, le cocher. La dame lui avait demandé de faire très attention en rangeant sa malle dans le cabriolet, parce qu'elle contenait sa robe de bal. J'ai tout de même observé que le capitaine Denny était très silencieux, comme il l'avait été du reste pendant qu'ils buvaient à l'auberge.

— L'un ou l'autre de ces messieurs avait-il beaucoup bu ?

— Le capitaine Denny n'avait bu que de la bière, et une pinte seulement. Mr Wickham en avait pris deux, puis il est passé au whisky. Au moment de leur départ, il avait le visage fort rouge et ne tenait pas très bien sur ses jambes, mais son élocution était plutôt claire, bien que forte, et il est monté en voiture sans aide.

— Avez-vous surpris une conversation entre eux quand ils sont montés dans le cabriolet ?

— Non, Monsieur, rien dont je me souvienne. C'est Mrs Piggott qui a entendu ces messieurs se quereller, comme elle me l'a dit, mais cela s'est passé plus tôt.

— Nous entendrons votre épouse tout à l'heure. C'est tout ce que j'ai à vous demander, Mr Piggott. Vous pouvez quitter la barre, à moins que maître Mickledore n'ait des questions à vous poser. »

Nathaniel Piggott se tourna avec assurance vers l'avocat de la défense comme maître Mickledore se levait. « Aucun de ces messieurs n'était d'humeur causante, si j'ai bien compris. Avez-vous eu l'impression qu'ils étaient heureux de voyager ensemble ?

— Ils n'ont jamais dit qu'ils ne l'étaient pas, Monsieur, et il n'y a pas eu de dispute entre eux au moment de leur départ.

— Pas le moindre signe de querelle ?

— Rien que j'aie remarqué, Monsieur. »

Le contre-interrogatoire s'arrêta là et Nathaniel Piggott s'éloigna avec l'air satisfait de l'homme convaincu d'avoir fait bonne impression.

Martha Piggott fut alors appelée à la barre et il se produisit quelque émoi dans le coin opposé de la salle d'audience quand une petite femme replète se dégagea d'un attroupement d'amies et de connaissances qui lui murmuraient des encouragements, et s'avança vers la barre en se dandinant. Elle portait un chapeau abondamment garni de rubans roses impeccables, neuf de toute évidence et acheté sans nul doute en l'honneur de cette occasion exceptionnelle. Il eût été plus impressionnant s'il n'avait pas été posé sur un buisson de cheveux jaune vif et si elle n'y avait pas constamment porté la main comme pour s'assurer qu'il était toujours sur sa tête. Elle garda les yeux fixés sur le juge jusqu'à ce que l'avocat général se lève pour lui adresser la parole, après qu'elle lui eut accordé un léger signe d'encouragement de la tête. Elle indiqua son nom et son adresse et prêta serment d'une voix claire avant de confirmer le récit que son mari avait fait de l'arrivée des Wickham et du capitaine Denny.

Darcy chuchota à Alveston : « Elle n'a pas témoigné à l'enquête judiciaire. Y a-t-il quelque chose de nouveau ?

— Oui, acquiesça Alveston, et qui pourrait être ennuyeux. »

Simon Cartwright demanda : « Quelle était l'atmosphère générale qui régnait à l'auberge entre Mr et Mrs Wickham et le capitaine Denny ? Diriez-vous, Mrs Piggott, qu'ils formaient un groupe heureux ?

— Non, Monsieur. Mrs Wickham était de bonne humeur et riait beaucoup. C'est une dame aimable, qui a son franc-parler. C'est elle qui m'a dit, à moi et puis à Mr Piggott, quand nous étions dans la salle, qu'elle se rendait au bal de Lady Anne et que ce serait une bonne farce parce que Mr et Mrs Darcy ne savaient même pas qu'elle allait venir et qu'ils ne pourraient pas la renvoyer par une nuit de tempête. Le capitaine Denny était très silencieux, mais Mr Wickham était agité, comme s'il avait hâte de partir.

— Avez-vous surpris une dispute, une altercation ? »

Maître Mickledore bondit sur ses pieds, reprochant à l'accusation de chercher à influencer le témoin et la question fut reformulée : « Avez-vous assisté à un échange de propos entre le capitaine Denny et Mr Wickham ? »

Mrs Piggott n'eut pas besoin qu'on lui explique deux fois ce qu'on attendait d'elle. « Pas pendant qu'ils étaient à l'auberge, Monsieur, mais ensuite, après leur repas, Mrs Wickham a demandé que sa malle soit montée à l'étage pour qu'elle puisse se changer avant leur départ pour Pemberley. Elle ne voulait pas mettre sa robe de bal, a-t-elle dit, mais quelque chose de joli pour faire bonne impression en arrivant. J'ai envoyé Sally, ma femme de chambre, pour l'aider. Ensuite, il m'a fallu aller aux cabinets dans la cour et quand j'ai ouvert la porte, sans faire de bruit, pour sortir, j'ai vu Mr Wickham et le capitaine Denny qui parlaient.

— Avez-vous entendu ce qu'ils disaient ?

— Oui, Monsieur. Ils n'étaient qu'à quelques pas de moi. J'ai pu voir que la figure du capitaine Denny était toute blanche. Il disait : "Cela n'a été que tromperie, du début à la fin. Tu es d'un égoïsme incroyable. Tu n'as aucune idée de ce que peut éprouver une femme."

— Vous êtes certaine qu'il a prononcé ces mots ? »

Mrs Piggott hésita : « Ma foi, Monsieur, il se peut que je les aie un peu mélangés, mais je peux vous assurer que le capitaine Denny a bien dit que Mr Wickham était égoïste et ne comprenait pas les sentiments des femmes et que ça n'avait été que tromperie du début à la fin.

— Que s'est-il passé ensuite ?

— Comme je ne voulais pas que ces messieurs me voient sortir des cabinets, j'ai tiré la porte jusqu'à ce qu'elle soit presque refermée et j'ai surveillé par l'interstice jusqu'à ce qu'ils soient partis.

— Êtes-vous prête à jurer avoir entendu ces mots ?

– Mais j'ai déjà juré, Monsieur. Je témoigne sous serment.

– En effet, Mrs Piggott, et je suis heureux que vous ayez conscience de l'importance de ce fait. Que s'est-il passé une fois que vous êtes rentrée dans l'auberge ?

– Les messieurs m'ont rapidement suivie, et Mr Wickham est monté dans la chambre que j'avais réservée pour sa femme. Mrs Wickham avait dû finir de se changer parce qu'il est redescendu et a dit que la malle était de nouveau sanglée et prête à être chargée dans le cabriolet. Les messieurs ont mis leur manteau et leur chapeau et Mr Piggott a demandé à Pratt d'amener le cabriolet.

– Dans quel état se trouvait alors Mr Wickham ? »

Il y eut un moment de silence, et l'on aurait pu croire que Mrs Piggott ne comprenait pas parfaitement le sens de la question. Cartwright précisa, non sans impatience : « Était-il sobre ou présentait-il des signes d'ébriété ?

– Je savais qu'il avait bu, bien sûr, Monsieur, et il avait l'air d'en avoir eu plus que son compte. J'ai trouvé sa voix pâteuse quand il a pris congé. Mais il était toujours debout et il est monté dans le cabriolet sans aide. Et puis ils sont partis. »

Il y eut un nouveau silence. L'avocat général consulta ses papiers avant de reprendre la parole : « Merci, Mrs Piggott. Voulez-vous bien rester où vous êtes pour le moment ? Merci. »

Jeremiah Mickledore se leva. « Donc, si cette conversation inamicale entre Mr Wickham et le capitaine Denny a eu lieu – parlons de désaccord, si vous voulez bien –, elle ne s'est pas achevée par des cris ni par des gestes violents. L'un ou l'autre de ces messieurs a-t-il porté la main sur l'autre pendant la conversation que vous avez surprise dans la cour ?

– Non, Monsieur, en tout cas, je n'en ai rien vu. Mr Wickham aurait été bien insensé de provoquer le capitaine Denny. Le capitaine Denny était plus grand que lui de plusieurs pouces et bien plus vigoureux, à mon sens.

— Et quand ils sont montés en voiture, avez-vous remarqué si l'un ou l'autre était armé ?

— Oui, Monsieur, le capitaine Denny l'était.

— Donc, pour autant que vous puissiez en juger, le capitaine Denny, quelle que fût son opinion sur le comportement de son compagnon, pouvait voyager en cabriolet avec lui sans redouter d'agression physique de sa part ? Il était plus grand, plus vigoureux, et il était armé. Cette situation correspond-elle bien à vos souvenirs ?

— Oui, Monsieur, il me semble.

— Il ne s'agit pas de ce qu'il vous semble, Mrs Piggott. Avez-vous vu les deux messieurs monter dans le cabriolet et le capitaine Denny, le plus grand des deux, possédait-il une arme à feu ?

— Oui, Monsieur.

— Donc, en dépit de leur différend, vous ne vous êtes pas inquiétée à l'idée qu'ils voyagent ensemble ?

— Mrs Wickham était avec eux, Monsieur. Ils n'allaient tout de même pas en venir aux mains dans le cabriolet en présence d'une dame ! Et Pratt n'est pas un imbécile. Au moindre signe de grabuge, il aurait certainement fouetté ses chevaux et regagné l'auberge. »

Jeremiah Mickledore avait une dernière question à poser. « Pourquoi n'avez-vous pas fait ce témoignage au moment de l'enquête judiciaire, Mrs Piggott ? N'en avez-vous pas saisi l'importance ?

— On ne me l'a pas demandé, Monsieur. Mr Brownrigg est venu à l'auberge après l'enquête et c'est alors qu'il m'a interrogée.

— Mais vous vous étiez certainement rendu compte avant que Mr Brownrigg ne vienne vous parler que vous disposiez d'informations qui trouvaient légitimement leur place dans l'enquête judiciaire ?

— Je me suis dit, Monsieur, que si l'on avait voulu que je parle, on serait venu me le demander, et je ne tenais pas à donner à tout Lambton l'occasion de ricaner à mon propos. Il est scandaleux qu'une dame ne puisse pas aller aux cabinets sans qu'on lui pose publiquement des questions à ce sujet. Mettez-vous à ma place, Mr Mickledore. »

On entendit un bref éclat de rire, promptement étouffé. Maître Mickledore annonça qu'il n'avait pas d'autre question à poser et Mrs Piggott, enfonçant son chapeau sur sa tête, regagna sa place pesamment avec une satisfaction mal dissimulée, au milieu des chuchotements de félicitations des dames du village de Pemberley.

VI

La méthode de Simon Cartwright apparaissait désormais avec évidence et Darcy put en apprécier l'intelligence. Les événements seraient retracés scène par scène, apportant au récit cohérence et crédibilité et faisant naître dans la salle d'audience, au fil de son élaboration, un peu de la curiosité et de l'impatience propres au théâtre. Mais après tout, songea Darcy, un procès pour homicide n'était-il pas une forme de divertissement public ? Les acteurs costumés en fonction du rôle qu'ils étaient appelés à jouer, le brouhaha de commentaires heureux et d'expectative avant l'apparition du personnage suivant, puis l'instant éminemment dramatique où l'acteur principal surgissait au banc des accusés, qu'il ne quitterait que pour la dernière scène : la vie ou la mort. C'était le droit anglais en action, un droit respecté dans toute l'Europe. Était-il possible de prendre une telle décision, dans toute son effroyable irrévocabilité, avec plus de justice ? Darcy avait été assigné à comparaître, mais, en parcourant du regard la salle d'audience comble, les couleurs vives et les couvre-chefs oscillants des élégantes qui contrastaient avec les tenues ternes des pauvres, il eut honte de faire partie de cette foule.

On appelait George Pratt à témoigner. À la barre, il avait l'air plus âgé que dans le souvenir de Darcy. Ses vêtements étaient propres, mais usés, et il avait dû se laver récemment les cheveux, lesquels se dressaient en pointes pâles autour de son visage, lui donnant l'aspect pétrifié d'un clown. Il prêta serment d'une voix lente, le regard fixé sur le papier comme si cette langue lui était étrangère, avant de lever les yeux vers Cartwright avec l'expression vaguement suppliante d'un enfant pris en faute.

L'avocat général avait manifestement estimé que la bienveillance serait ici l'instrument le plus efficace. Il prit la parole : « Vous avez prêté serment, Mr Pratt, ce qui signifie que vous avez juré de dire la vérité à cette cour, aussi bien dans vos réponses à mes questions que dans tout ce que vous pourrez déclarer. Je voudrais que vous racontiez à la cour avec vos propres mots ce qui s'est passé dans la nuit du vendredi 14 octobre.

— Je devais conduire les deux messieurs, Mr Wickham et le capitaine Denny, et puis aussi Mrs Wickham à Pemberley dans le cabriolet de Mr Piggott et puis laisser la dame au château et poursuivre ma route pour emmener les deux messieurs au King's Arms de Lambton. Mais Mr Wickham et le capitaine Denny ne sont jamais arrivés à Pemberley, Monsieur.

— Oui, nous savons cela. Comment deviez-vous vous rendre à Pemberley ? Quelle porte du domaine deviez-vous emprunter ?

— La porte nord-ouest, Monsieur, puis le sentier du bois.

— Et que s'est-il passé ? Avez-vous eu du mal à franchir la porte ?

— Non, Monsieur. Jimmy Morgan est venu l'ouvrir. Il a dit que personne n'avait le droit de passer, mais il me connaissait et quand j'ai expliqué que je devais conduire Mrs Wickham au bal, il nous a laissés entrer. J'avais fait un peu moins d'un quart de lieue sur le sentier quand un de ces messieurs... je pense que c'était le capitaine Denny... a frappé pour que je m'arrête, ce que j'ai fait. Il est sorti du cabriolet et s'est dirigé vers le bois. Il a crié qu'il en avait assez, et que Mr Wickham n'avait qu'à se débrouiller sans lui.

— S'agit-il de ses paroles exactes ? »

Pratt réfléchit un instant. « Je ne pourrais pas en jurer, Monsieur. Peut-être qu'il a dit : "Débrouille-toi tout seul, maintenant, Wickham. J'en ai plus qu'assez."

— Que s'est-il passé ensuite ?

— Mr Wickham est sorti du cabriolet lui aussi et il lui a crié qu'il était idiot et qu'il devait revenir, mais le capitaine ne l'a pas écouté. Alors Mr Wickham l'a suivi dans le bois. La dame est sortie du cabriolet en lui criant de revenir et de ne pas la laisser, mais il n'y a pas fait attention. Quand il a disparu dans le bois, elle est remontée dans le cabriolet et s'est mise à pleurer que c'était pitié. Et alors, nous sommes restés là, comme ça, Monsieur.

— Vous n'avez pas songé à vous enfoncer vous-même dans le bois ?

— Non, Monsieur. Je ne pouvais tout de même pas laisser Mrs Wickham, ni les chevaux, alors j'ai préféré rester. Mais au bout d'un moment, il y a eu des coups de feu et Mrs Wickham s'est mise à hurler et a dit que nous allions tous nous faire tuer et que je devais la conduire à Pemberley aussi vite que possible.

— Les coups de feu étaient-ils proches ?

— Je ne saurais pas vous dire, Monsieur. Assez proches pour qu'on les entende bien.

— Et combien en avez-vous entendu ?

— Trois ou quatre, peut-être. Je ne sais plus, Monsieur.

— Et ensuite ?

— J'ai fouetté les chevaux pour les mettre au galop et nous avons continué comme ça jusqu'à Pemberley pendant que la dame, elle criait tout le temps. Quand on s'est arrêtés devant le château, elle a failli tomber du cabriolet.

Mr Darcy et d'autres gens étaient à la porte. Je ne me rappelle plus trop qui c'était, mais je crois bien qu'il y avait deux messieurs en plus de Mr Darcy et deux dames. Ils ont aidé Mrs Wickham à entrer dans la maison, et Mr Darcy a dit que je devais rester avec les chevaux parce qu'il voulait que je le conduise avec certains des messieurs à l'endroit où le capitaine Denny et Mr Wickham s'étaient enfoncés dans le bois. Alors j'ai attendu, Monsieur. Et puis un autre monsieur, je sais maintenant que c'était le colonel Fitzwilliam, il a remonté l'allée principale au grand galop et a rejoint les autres. Quelqu'un est allé chercher une civière, et puis des couvertures et des lanternes et ensuite les trois messieurs – Mr Darcy, le colonel et un autre monsieur que je ne connaissais pas –, ils sont montés dans la voiture et on est retournés dans le bois. Puis les messieurs sont sortis et ils ont marché devant jusqu'à temps qu'on arrive au chemin qui conduit au cottage du bois, alors le colonel, il est allé voir si la famille était saine et sauve et lui dire de bien verrouiller sa porte. Ensuite les trois messieurs, ils ont continué à marcher jusqu'à ce que j'aie retrouvé l'endroit où je pensais que le capitaine Denny et Mr Wickham avaient disparu. Alors Mr Darcy m'a dit d'attendre là et ils sont entrés dans le bois.

– Cela a dû être un moment de grande inquiétude pour vous, Pratt.

– Oui, Monsieur. J'avais grand peur, Monsieur, n'ayant personne avec moi, et pas d'arme non plus et j'ai trouvé le temps bien long. Mais ensuite je les ai entendus revenir. Ils portaient le corps du capitaine Denny sur une civière et le troisième monsieur, il a aidé Mr Wickham, qui ne tenait pas trop bien sur ses jambes, à monter dans le cabriolet. J'ai fait faire demi-tour aux chevaux et puis on est retournés lentement à Pemberley. Le colonel et Mr Darcy marchaient derrière en portant la civière et le troisième monsieur était dans le cabriolet avec Mr Wickham. Après cela, Monsieur, ça s'embrouille dans ma tête. Je sais qu'on a emporté la civière et que Mr Wickham, qui criait très fort et tenait à peine debout, a été conduit à l'intérieur du château et qu'on m'a demandé d'attendre. Enfin, le colonel est sorti et il m'a dit de conduire le cabriolet jusqu'au King's Arms, de les avertir là-bas que les messieurs ne viendraient pas mais de repartir immédiatement sans leur laisser le temps de poser de questions. Il m'a dit aussi qu'à mon arrivée au Green Man, je ne devais dire à personne ce qui s'était passé si je ne voulais pas avoir d'ennuis avec la police. Il a dit qu'ils viendraient me parler le lendemain. J'avais peur que Mr Piggott me pose des questions quand je rentrerais, mais Mrs Piggott et lui étaient déjà au lit. À cette heure-là, le vent était tombé et il pleuvait dru. Mr Piggott a ouvert la fenêtre de sa chambre et m'a demandé si tout allait bien, et il m'a dit de m'occuper des chevaux et d'aller me coucher. J'étais éreinté, Monsieur, et le lendemain matin, je dormais encore quand la police elle est arrivée juste après sept heures. J'ai dit ce qui s'était passé, la même chose qu'à vous, Monsieur, aussi bien que je m'en souvenais, et sans rien garder par-devers moi.

— Merci, Mr Pratt, dit Cartwright. Vous avez été très clair. »

Maître Mickledore se leva d'un bond. « J'ai une ou deux questions à vous poser, Mr Pratt. Quand Mr Piggott vous a demandé de conduire les voyageurs à Pemberley, était-ce la première fois que vous voyiez les deux messieurs ensemble ?

— Oui, Monsieur.

— Et qu'avez-vous pensé de leurs relations ?

— Le capitaine Denny, il causait pas beaucoup et Mr Wickham avait un peu bu, pour sûr, mais ils ne se sont pas querellés ni disputés.

— Le capitaine Denny a-t-il manifesté quelque réticence à monter en voiture ?

— Pas du tout, Monsieur. Il avait l'air content de se mettre en route.

— Avez-vous surpris une conversation entre eux au cours du voyage, avant qu'on vous demande d'arrêter le cabriolet ?

— Non, Monsieur. Ça n'aurait point été facile. Avec le vent et puis le terrain accidenté, il aurait fallu qu'ils crient très fort pour que je les entende.

— Et il n'y a pas eu de cris ?

— Pas que j'aie entendus en tout cas.

— Les voyageurs, à votre connaissance, se sont donc mis en route en bonne intelligence et vous n'aviez aucune raison de vous attendre à des problèmes.

— Non, Monsieur, aucune.

— Il me semble que lors de l'enquête judiciaire, vous avez dit au jury que vous aviez eu du mal à maîtriser vos chevaux à partir du moment où vous vous êtes engagé dans le bois. Cela a dû être un voyage pénible pour eux.

— Oh, oui, Monsieur. Dès qu'ils sont entrés dans le bois, ils ont été très nerveux, à hennir et à piaffer sans discontinuer.

— Ils ont dû vous donner du fil à retordre.

— Pour sûr, Monsieur, j'ai eu bien de la peine avec eux. Aucun cheval n'aime entrer dans le bois par pleine lune... aucun être humain non plus.

— Pouvez-vous être absolument certain des paroles qu'a prononcées le capitaine Denny en quittant le cabriolet ?

— Ma foi, Monsieur, je l'ai entendu dire qu'il ne voulait plus faire route avec Mr Wickham et que Mr Wickham devait se débrouiller tout seul ou quelque chose de ce genre.

— Quelque chose de ce genre. Merci, Mr Pratt, c'est tout ce que j'avais à vous demander. »

Pratt fut autorisé à se retirer et quitta la barre infiniment plus heureux qu'il n'y était arrivé. Alveston chuchota à Darcy : « Aucun problème jusqu'ici. Mickledore est parvenu à jeter le doute sur le témoignage de Pratt. Et maintenant, Mr Darcy, ce sera votre tour, ou celui du colonel. »

VII

Darcy sursauta en entendant prononcer son nom, bien qu'il fût évidemment préparé à cet appel. Il traversa la salle d'audience en passant devant des rangées de regards qui lui parurent hostiles et chercha à reprendre le contrôle de ses pensées. Il était bien décidé à ne pas croiser le regard de Wickham, de Mrs Younge ni du membre du jury qui, chaque fois qu'il avait parcouru le banc des jurés, l'avait dévisagé avec une intensité inamicale. Il garderait les yeux rivés sur l'avocat général pendant qu'il répondrait à ses questions, se tournant occasionnellement vers le jury ou vers le juge qui était immobile comme un Bouddha, ses petites mains grassouillettes croisées sur le bureau, les paupières mi-closes.

La première partie de l'interrogatoire fut sans détours. En réponse aux interrogations, il décrivit la soirée, le dîner, l'assistance présente, le départ du colonel Fitzwilliam et de Miss Darcy, l'arrivée du cabriolet et de Mrs Wickham affolée, et enfin, la décision de revenir dans le même cabriolet par le sentier du bois pour essayer de découvrir ce qui s'était passé et vérifier si Mr Wickham et le capitaine Denny n'avaient pas besoin d'une quelconque assistance.

Simon Cartwright demanda : « Vous attendiez-vous à un danger ou, peut-être, à une tragédie ?

— Non, Monsieur, en aucun cas. J'avais espéré, je pensais

même, que le sort le plus fâcheux qu'ait pu connaître l'un ou l'autre des voyageurs était d'avoir été victime d'un accident dans le bois, un accident sans gravité mais qui l'aurait estropié, et je m'attendais à ce que nous croisions Mr Wickham et le capitaine Denny se dirigeant lentement vers Pemberley ou regagnant l'auberge, l'un soutenant l'autre. C'est le récit de Mrs Wickham, confirmé par la suite par Pratt, faisant état de coups de feu, qui m'a persuadé qu'il serait plus prudent d'organiser une expédition. Le colonel Fitzwilliam était revenu à temps pour en faire partie et il était armé.

– Le vicomte Hartlep sera appelé à témoigner un peu plus tard. Poursuivons. Auriez-vous l'obligeance de nous décrire votre trajet dans le bois et les événements qui ont précédé la découverte du corps du capitaine Denny ? »

Darcy n'avait pas eu besoin de répéter son rôle, mais il avait néanmoins consacré quelque temps à choisir les mots précis qu'il utiliserait et le ton sur lequel il s'exprimerait. Il s'était mis dans l'esprit qu'il aurait à faire son exposé devant un tribunal, et non devant un cercle d'amis. Insister sur le silence que rompaient seulement le bruit de leurs pas et le grincement des roues eût été une complaisance coupable. Tout ce qu'on lui demandait était d'énoncer les faits, de façon rigoureuse et convaincante. Il rapporta donc que le colonel avait brièvement quitté leur petit groupe pour aller avertir Mrs Bidwell, son fils mourant et sa fille qu'il pouvait y avoir quelque risque et leur conseiller de garder leur porte soigneusement verrouillée.

« En partant pour le cottage, le vicomte Hartlep vous a-t-il informé que telle était son intention ?

– Oui.

– Combien de temps son absence a-t-elle duré ?

– Pas plus de quinze ou vingt minutes, dirais-je, encore que cela m'ait paru plus long sur le moment.

– Puis vous avez repris votre route ?

— En effet. Pratt a été en mesure de nous indiquer avec quelque certitude l'endroit où le capitaine Denny s'était enfoncé dans le bois. Nous nous y sommes alors engagés, mes compagnons et moi-même, et avons cherché à repérer le sentier que l'un ou l'autre aurait pu emprunter. Au bout de quelques minutes, une dizaine, dirais-je, nous sommes arrivés dans la clairière où nous avons découvert le corps du capitaine Denny, ainsi que Mr Wickham, penché sur lui et qui pleurait. Il m'est apparu immédiatement avec évidence que le capitaine Denny était mort.

— Dans quel état avez-vous trouvé Mr Wickham ?

— Il était profondément affligé et, à en croire son haleine et son discours, je pense qu'il avait bu, exagérément sans doute. Le visage du capitaine Denny était maculé de sang et il y avait également du sang sur les mains et le visage de Mr Wickham... sans doute, ai-je pensé, parce qu'il avait touché son ami.

— Mr Wickham a-t-il parlé ?

— Oui.

— Qu'a-t-il dit ? »

La question tant redoutée avait été posée et l'espace de quelques secondes effroyables, Darcy fut incapable de rassembler ses idées. Il regarda ensuite Cartwright et déclara : « Je pense, Monsieur, pouvoir me rappeler ses propos avec exactitude, sinon peut-être dans leur ordre précis. Dans mon souvenir, il a dit : "Je l'ai tué. C'est ma faute. Il était mon ami, mon seul ami, et je l'ai tué." Puis il a répété : "C'est ma faute."

— Sur le moment, quel sens avez-vous donné à ses paroles ? »

Darcy avait conscience que toute la salle d'audience attendait sa réponse. Il posa le regard sur le juge qui ouvrit alors lentement les yeux et le dévisagea. « Répondez à la question, Mr Darcy. »

Ce fut à cet instant seulement qu'il comprit qu'il avait dû rester muet pendant plusieurs secondes. Il s'adressa enfin au juge : « J'avais devant moi un homme bouleversé, agenouillé près du corps de son ami. J'ai pensé que Mr Wickham voulait dire que sans le différend qui avait poussé le capitaine Denny à quitter le cabriolet et à s'éloigner dans le bois, son ami n'aurait pas été assassiné. Telle a été mon impression immédiate. Je n'ai pas vu d'arme. Je savais que le capitaine Denny était le plus robuste des deux, et qu'il était armé. C'eût été le comble de la folie de la part de Mr Wickham que de poursuivre son ami dans le bois, sans lanterne ni arme, dans l'intention de lui donner la mort. Il ne pouvait même pas avoir la certitude de retrouver le capitaine Denny au milieu des taillis et des arbres impénétrables, avec pour toute lumière celle du clair de lune. Il m'est apparu qu'il ne pouvait y avoir eu de geste meurtrier de la part de Mr Wickham, que ce fût par impulsion ou par préméditation.

— Avez-vous vu ou entendu une autre personne que Lord Hartlep ou Mr Alveston au moment d'entrer dans le bois ou sur le lieu du meurtre ?

— Non, Monsieur.

— Vous déclarez donc sous serment avoir trouvé le corps du capitaine Denny et Mr Wickham souillé de sang, penché sur lui et disant, non pas une fois, mais deux, qu'il était responsable de l'assassinat de son ami. »

Le silence se fit plus pesant. Darcy eut l'impression pour la première fois d'être un animal acculé. Il répondit enfin : « Ce sont les faits, Monsieur. Vous m'avez demandé comment je les avais interprétés sur le moment. Je vous ai répondu, j'ai pensé alors, et je pense encore aujourd'hui, que Mr Wickham ne reconnaissait pas avoir commis un meurtre mais qu'il disait ce qui était la vérité, à savoir que si le capitaine Denny n'avait pas quitté le cabriolet et ne s'était pas engagé dans le bois, son chemin n'aurait pas croisé celui de son assassin. »

Mais Cartwright n'en avait pas fini. Changeant de sujet, il demanda : « Si Mrs Wickham était arrivée à Pemberley House inopinément et sans que vous en ayez été averti, aurait-elle été reçue ?

— Oui, Monsieur.

— Il s'agit, bien sûr, de la sœur de Mrs Darcy. Mr Wickham aurait-il été, lui aussi, le bienvenu en pareilles circonstances ? Mrs Wickham et lui étaient-ils invités au bal ?

— La question, Monsieur, ne se pose pas. Il n'y avait aucune raison qu'ils le fussent. Cela faisait un certain temps que nous n'étions plus en relations et je ne savais même pas où ils avaient élu domicile.

— Êtes-vous sûr, Mr Darcy, que votre réponse ne manque pas quelque peu de sincérité ? Les auriez-vous invités si vous aviez su comment les atteindre ? »

À cet instant, Jeremiah Mickledore se leva et se tourna vers le juge : « Monsieur le juge, pourriez-vous me préciser quel est le lien entre la liste d'invitations de Mrs Darcy et l'assassinat du capitaine Denny ? Nous sommes certainement tous en droit de recevoir qui nous voulons sous notre toit, qu'il s'agisse ou non de membres de notre famille, sans avoir à exposer nos raisons devant un tribunal dans des circonstances où pareille invitation ne saurait présenter le moindre intérêt. »

Le juge s'agita sur son siège et demanda d'une voix d'une fermeté inattendue : « Avez-vous quelque raison d'aborder des questions de ce genre, Mr Cartwright ?

— Oui, monsieur le juge : éclaircir les relations éventuelles entre Mr Darcy et son beau-frère et, partant, donner indirectement au jury un certain aperçu du caractère de Mr Wickham.

— Je doute, observa le juge, que l'absence d'invitation à

un bal puisse donner un aperçu significatif de la nature essentielle de cet homme. »

Jeremiah Mickledore se leva à nouveau pour s'adresser cette fois à Darcy : « Il me semble que vous disposez de certaines informations sur la conduite de Mr Wickham pendant la campagne d'Irlande en août 1798, n'est-ce pas ?

— En effet, Monsieur. Je sais qu'il a été blessé et a été décoré pour acte de bravoure.

— À votre connaissance, a-t-il jamais été emprisonné pour crime ou a-t-il eu maille à partir avec la police ?

— Non, Monsieur, pas à ma connaissance.

— Dans la mesure où il est l'époux de la sœur de Mrs Darcy, vous le sauriez probablement ?

— S'il s'agissait d'affaires graves ou fréquentes, certainement.

— On nous a dit que Wickham était en état d'ébriété. Quelles mesures avez-vous prises pour le garder sous contrôle lorsque vous êtes arrivés à Pemberley ?

— Nous l'avons couché et nous avons fait venir le docteur McFee, tant pour lui que pour Mrs Wickham.

— Il n'a pas été enfermé ni placé sous bonne garde ?

— La porte n'était pas fermée à clé, mais deux personnes ont été chargées de le surveiller.

— Était-ce bien nécessaire, puisque vous le pensiez innocent ?

— Il était ivre, Monsieur, et je ne pouvais me permettre de le laisser errer à sa guise dans toute la maison, d'autant plus que j'ai des enfants. Son état physique m'inspirait également quelque inquiétude. Je suis magistrat, Monsieur, et je savais que toutes les personnes mêlées à cette affaire devaient être à la disposition de Sir Selwyn Hardcastle lorsqu'il viendrait les interroger. »

Maître Mickledore se rassit et Simon Cartwright reprit son audition. « Une dernière question, Mr Darcy. Votre petite équipe de recherche était formée de trois hommes, dont l'un était armé. Vous aviez également l'arme du capitaine Denny, qui aurait pu être utilisable. Rien ne vous permettait de penser que la mort du capitaine Denny ne venait pas juste de se produire. L'assassin aurait fort bien pu se dissimuler à proximité. Pourquoi ne vous êtes-vous pas mis à sa recherche ?

— Il m'a semblé que la première chose à faire était de regagner Pemberley aussi rapidement que possible avec le corps du capitaine Denny. Il aurait été quasiment impossible de suivre la piste d'un homme qui se serait caché dans ce bois touffu et je me suis dit que l'assassin avait dû prendre la fuite.

— Certains pourraient juger que cette explication n'est guère convaincante. Lorsqu'on trouve le corps d'un homme assassiné, la première réaction est certainement d'essayer d'arrêter son meurtrier.

— En la circonstance, Monsieur, cette idée ne m'est pas venue à l'esprit.

— En effet, Mr Darcy. Et je peux le comprendre. Vous étiez déjà en présence de l'homme que vous considériez, quoi que vous en disiez, comme le meurtrier. Pourquoi, en effet, auriez-vous eu l'idée de rechercher quelqu'un d'autre ? »

Sans laisser à Darcy le temps de réagir, Simon Cartwright confirma sa victoire par ces derniers mots : « Je ne peux que vous féliciter, Mr Darcy, de l'acuité de votre esprit, qui paraît posséder une remarquable facilité à échafauder des pensées cohérentes en des circonstances où le bouleversement inspirerait à la plupart d'entre nous des réactions moins cérébrales. Vous découvriez, après tout, une scène d'une horreur peu commune. Je vous ai demandé comment vous aviez interprété les propos de l'accusé quand vous l'avez trouvé, vos compagnons et vous-même, agenouillé, les mains ensanglantées, devant le corps de son ami assassiné. Vous avez été capable d'en déduire, sans perdre une seconde, que quelque différend avait dû inciter le capitaine Denny à quitter leur véhicule et à s'enfuir dans le bois, de vous rappeler la différence de taille et de poids des deux hommes et son importance, et de noter qu'il n'y avait pas d'arme sur place qui aurait pu servir à infliger l'une ou l'autre blessure. Il est certain que l'assassin n'a pas eu l'obligeance de les laisser commodément à votre disposition. Merci. Vous pouvez vous retirer. »

À l'étonnement de Darcy, maître Mickledore ne se leva pas pour procéder à un contre-interrogatoire et il craignit que ce ne fût parce que l'avocat de la défense savait que rien ne pourrait atténuer les dommages qu'il avait causés. Il n'avait aucun souvenir d'avoir regagné sa place. Une fois assis, il fut rempli d'une colère désespérée contre lui-même. Il se maudit, se traitant d'imbécile et d'incapable. Alveston ne lui avait-il pas expliqué soigneusement comment réagir durant cette audition ? « Prenez votre temps avant de répondre, mais pas au point de paraître calculer, répondez aux questions simplement et précisément, n'en dites pas davantage qu'on ne vous en demande, ne brodez jamais ; si Cartwright en désire davantage, il n'a qu'à le demander. À la barre des témoins, mieux vaut ne pas en dire assez qu'en dire trop si l'on veut éviter les catastrophes. » Or il en avait trop dit, avec des conséquences désastreuses. Sans nul doute, le colonel ferait preuve de plus de sagesse, mais le mal était fait.

Il sentit la main d'Alveston se poser sur son épaule. Darcy se tourna vers lui d'un air malheureux : « J'ai bien peur d'avoir nui à la défense, n'est-ce pas ?

— En aucun cas. Alors que vous étiez un témoin de l'accusation, vous avez tenu un discours très frappant en faveur de la défense, ce que Mickledore ne peut pas faire. Les jurés l'ont entendu, et c'est l'essentiel. Cartwright ne pourra pas l'effacer de leur esprit. »

Les témoins de l'accusation continuèrent à se succéder. Le docteur Belcher indiqua les causes de la mort et les agents décrivirent avec précision leurs tentatives infructueuses pour identifier les véritables armes du crime, bien qu'on eût découvert de grosses pierres sous les feuilles, dans le bois ; malgré des fouilles et des investigations exhaustives, on n'avait pu relever le moindre indice de la présence d'un déserteur ou de tout autre inconnu dans le bois à l'heure dite.

Lorsque le colonel vicomte Hartlep fut appelé à la barre des témoins, le silence se fit et Darcy se demanda pourquoi Simon Cartwright avait souhaité que ce témoin essentiel fût le dernier à s'exprimer au nom de l'accusation. Espérait-il peut-être que l'impression serait plus durable et plus forte si c'était l'ultime déposition qu'entendait le jury ? Le colonel était en uniforme, et Darcy se rappela qu'il avait un rendez-vous plus tard dans la journée au ministère de la Guerre. Il s'avança vers la barre des témoins d'une démarche aussi naturelle que s'il faisait sa promenade matinale, s'inclina brièvement en direction du juge, prêta serment et attendit que Cartwright commence son audition avec, songea Darcy, l'air légèrement impatient du soldat de métier qui a une guerre à gagner et est prêt à manifester à la cour le respect qui lui est dû, tout en prenant ses distances avec ses présomptions. Il se tenait là, dans la dignité de son uniforme, rendant justice à la réputation qui faisait de lui un des meilleurs partis et des plus vaillants officiers de l'armée britannique. Quelques chuchotements s'élevèrent, rapidement réduits au silence, et Darcy remarqua que les rangées d'élégantes se penchaient en avant avec curiosité – évoquant un peu, songea-t-il, des petits chiens enrubannés frémissant à l'odeur d'une friandise.

Le colonel fut interrogé minutieusement sur tous les détails de la soirée, depuis le moment où il était revenu de sa sortie à cheval pour participer à l'expédition jusqu'à l'arrivée de Sir Selwyn Hardcastle à Pemberley pour prendre l'enquête en main. Il s'était rendu avant cela au King's Arms de Lambton où il était plongé dans un entretien privé avec une visiteuse au moment où le capitaine Denny avait été assassiné. Cartwright l'interrogea alors sur les trente livres trouvées en possession de Wickham et le colonel répondit calmement que c'était lui qui avait remis cette somme à l'accusé pour lui permettre de s'acquitter d'une dette d'honneur et que ce n'était que l'obligation de parler devant le tribunal qui l'avait persuadé de violer la promesse solennelle qu'il lui avait faite de garder le secret sur cette transaction. Il n'avait pas l'intention de révéler le nom de la personne à qui cette somme devait être remise, mais ce n'était pas le capitaine Denny, et cet argent n'avait rien à voir avec la mort de ce dernier.

Maître Mickledore se leva alors brièvement. « Pouvez-vous, colonel, donner à la cour l'assurance que ce prêt ou ce don n'était pas destiné au capitaine Denny, et n'est en aucune façon lié à ce meurtre ?

– Bien sûr. »

Cartwright en revint alors à la signification des paroles que Wickham avait prononcées au-dessus du corps de son ami. Comment le témoin les avait-il comprises ?

Le colonel réfléchit quelques secondes avant de parler. « Je ne suis pas qualifié, Monsieur, pour lire dans les pensées d'autrui, mais j'approuve l'opinion énoncée par Mr Darcy. J'y vois une réaction instinctive davantage que les conclusions d'un examen immédiat ou détaillé des indices. Je ne méprise pas l'instinct ; il m'a sauvé la vie en maintes occasions, et il repose, évidemment, sur l'appréciation de tous les faits marquants. Il n'est pas nécessairement erroné parce qu'il échappe à la conscience.

— La possibilité de renoncer à vous occuper tout de suite du corps du capitaine Denny afin de vous mettre immédiatement à la recherche de son meurtrier a-t-elle été considérée ? Je suppose que, le cas échéant, votre habitude du commandement vous aurait conduit à prendre la direction des recherches.

— Je n'ai pas envisagé pareille éventualité, Monsieur. Je ne m'engage pas en territoire hostile et inconnu avec une force insuffisante en laissant mes arrières sans protection. »

Il n'y eut pas d'autres questions. On en avait apparemment fini avec les témoignages de l'accusation. Alveston chuchota : « Mickledore s'est montré brillant. Le colonel a confirmé votre témoignage et le doute a été jeté sur la validité de celui de Pratt. Je commence à avoir quelque espoir, mais il nous reste à entendre ce que Wickham aura à dire pour sa défense, ainsi que le résumé du juge à l'adresse du jury. »

VIII

Des ronflements occasionnels révélaient que la chaleur de la salle d'audience avait provoqué quelque somnolence, mais des coups de coude et des chuchotements témoignèrent d'un regain d'intérêt lorsque Wickham se leva enfin du banc des accusés pour prendre la parole. Sa voix était claire et ferme mais dénuée d'émotion, presque, songea Darcy, comme si, au lieu de prononcer les mots susceptibles de lui sauver la vie, il en donnait lecture.

« Je suis accusé ici de l'assassinat du capitaine Martin Denny et j'ai plaidé non coupable de cette accusation. Je suis en effet entièrement innocent de ce crime et c'est en tant que tel que je me présente devant la justice de mon pays. J'ai servi dans la milice avec le capitaine Denny il y a un peu plus de six ans, c'est à ce moment-là qu'il est devenu mon ami, en même temps que mon compagnon d'armes. Cette amitié s'est poursuivie et sa vie m'était aussi chère que la mienne. Je l'aurais défendu jusqu'à la mort s'il avait été attaqué, et je l'aurais fait si j'avais été présent au moment de la lâche agression qui lui a coûté la vie. Il a été dit au cours des témoignages que vous avez entendus qu'un différend nous avait opposés à l'auberge, avant que nous ne nous mettions en route pour ce fatal voyage. Il s'agissait d'un simple désaccord entre amis, mais il était de mon fait. Le capitaine Denny, qui était un homme d'honneur et possédait de profonds sentiments humains, estimait que j'avais eu tort de démissionner de l'armée sans avoir d'occupation établie et alors que je ne pouvais assurer un foyer stable à mon épouse. Il jugeait en outre que mon projet de laisser Mrs Wickham à Pemberley pour qu'elle y passe la nuit et assiste au bal du lendemain était irréfléchi et ne pouvait qu'être source d'embarras pour Mrs Darcy. Je pense que c'est l'exaspération croissante que lui inspirait ma conduite qui lui a rendu ma compagnie intolérable et que telle est la raison qui l'a incité à faire arrêter le cabriolet et à s'éloigner en courant dans le bois. Je l'ai suivi pour l'exhorter à revenir. C'était une nuit de tempête et cette forêt, impénétrable par endroits, pouvait être dangereuse. Je ne nie pas avoir prononcé les paroles que l'on a mises dans ma bouche, mais j'entendais par là que j'étais responsable de la mort de mon ami dans la mesure où c'était notre désaccord qui l'avait entraîné dans le bois. J'avais beaucoup bu. Pourtant, s'il y a bien des choses dont je n'ai pas gardé la mémoire, je me souviens parfaitement du sentiment d'horreur qui s'est emparé de moi quand je l'ai découvert et que j'ai vu son visage couvert de sang. Ses yeux m'ont confirmé ce que j'avais déjà compris : il était mort. Le choc, l'épouvante et la pitié m'ont accablé, mais pas au point de me faire négliger de faire mon possible pour appréhender son assassin. J'ai pris son pistolet et j'ai tiré plusieurs coups de feu contre ce qui m'a semblé être une silhouette en fuite, et je l'ai poursuivie plus avant dans le bois. À ce moment-là, l'alcool que j'avais absorbé avait fait son effet et je ne me rappelle plus rien avant le moment où je me suis trouvé près de mon ami, sa tête posée sur mes genoux. C'est à cet instant que l'équipe de secours est arrivée.

« Messieurs les jurés, l'accusation portée contre moi ne résiste pas à l'examen des faits. Si j'avais frappé mon ami au front et, plus brutalement, à l'arrière de la tête, où sont les deux armes ? Malgré des recherches approfondies, aucune d'entre elles n'a pu être présentée à la cour. Si l'on prétend que j'ai poursuivi mon ami dans une intention homicide, comment aurais-je pu espérer l'emporter sur un homme plus grand et plus robuste que moi, et armé qui plus est ? Et pour quelle raison aurais-je agi de la sorte ? Aucun motif n'a pu être avancé. L'absence de toute trace de la présence d'un étranger dans le bois ne signifie pas que cet homme n'a pas existé ; il ne se serait certainement pas attardé sur le lieu de son crime. Je ne puis que jurer, et je n'ai pas oublié que je parle sous serment, que je n'ai joué aucun rôle dans l'assassinat du capitaine Martin Denny et que je m'en remets en toute confiance à la justice de mon pays. »

Son plaidoyer fut suivi d'un instant de silence, puis Alveston chuchota à Darcy : « Il n'a pas été bon.

— Comment cela ? s'étonna Darcy sur le même ton. Il m'a semblé suffisamment éloquent. Il a énoncé clairement les principaux arguments, l'impossibilité de prouver que leur querelle était sérieuse, l'absence d'armes, l'absurdité de poursuivre son ami dans une intention meurtrière, le manque de motif. Que vous faut-il de plus ?

— Ce n'est pas facile à expliquer, mais j'ai déjà entendu tant de défenses d'accusés que je crains que celle-ci ne soit pas efficace. Malgré tout le soin apporté à sa construction, il lui manquait l'étincelle vitale née de l'assurance de l'innocence. Son élocution, son absence de passion, la méticulosité de son exposé ; il a plaidé non coupable, sans doute, mais il ne se sent pas innocent. Or c'est une chose que les jurés perçoivent, ne me demandez pas comment. Il n'est peut-être pas coupable de ce crime, mais un sentiment de culpabilité l'habite.

— Cela nous arrive à tous, parfois ; se sentir coupable ne relève-t-il pas de la nature humaine ? Indéniablement, le jury ne pourra que lui accorder le bénéfice du doute. Personnellement, cette allocution m'aurait suffi.

— Je prie pour qu'elle suffise au jury, pourtant je suis loin d'être optimiste, dit Alveston.

— Mais s'il était ivre ?

— Il a effectivement prétendu l'avoir été à l'heure du crime, toutefois il ne l'était pas trop pour monter dans le cabriolet sans aide à l'auberge. La question n'a pas été examinée plus avant dans les témoignages, mais à mon sens, on peut se demander à quel point il était ivre à ce moment-là. »

Tout au long du discours de Wickham, Darcy avait cherché à ne pas le perdre de vue un instant ; cependant, il ne put résister alors à l'envie de jeter un coup d'œil en direction de Mrs Younge. Il n'y avait aucun risque que leurs regards se croisent. Celui de la femme était rivé sur Wickham, et de temps en temps, Darcy voyait ses lèvres remuer comme si elle écoutait réciter un texte qu'elle avait elle-même écrit ; ou peut-être priait-elle tout bas. Quand il releva les yeux vers la barre des accusés, Wickham regardait droit devant lui ; il se tourna vers le juge Moberley au moment où celui-ci commençait son résumé à l'adresse du jury.

IX

Le juge Moberley n'avait pas pris de notes. Il se pencha alors légèrement vers les jurés comme si cette affaire ne pouvait présenter aucun intérêt pour le reste du tribunal, et la belle voix qui avait tout d'abord séduit Darcy était suffisamment claire pour être entendue de toute l'assistance. Il récapitula les témoignages succinctement mais méticuleusement, donnant l'impression que le temps n'avait pas d'importance. Son intervention s'acheva sur des paroles qui, estima Darcy, prêtaient quelque crédit à la défense, et il reprit courage.

« Messieurs les jurés, vous avez écouté avec patience et, manifestement, avec une vive attention les témoignages qui vous ont été présentés au cours de ce long procès. Il vous incombe à présent de prendre ces témoignages en considération et de rendre votre verdict. Nous savons que l'accusé a, dans le passé, fait une brillante carrière militaire et a accompli des actions d'une bravoure insigne qui lui ont valu une médaille, mais ces exploits ne doivent pas affecter votre décision, laquelle doit se fonder exclusivement sur les témoignages qui vous ont été présentés. Votre responsabilité est lourde, c'est un fait. Je sais pourtant que vous accomplirez votre devoir sans crainte ni partialité et conformément à la loi.

« Le mystère central, si je puis employer cette expression, entourant cette affaire porte sur les raisons qui ont conduit le capitaine Denny à se précipiter dans le bois alors qu'il aurait pu rester confortablement installé et en parfaite sûreté dans le cabriolet ; on n'imagine pas qu'il ait pu être agressé en présence de Mrs Wickham. L'accusé nous a livré sa version du motif qui a poussé le capitaine Denny à faire arrêter le cabriolet de façon aussi inopinée, et vous aurez à vous demander si vous jugez cette explication satisfaisante. Le capitaine Denny n'est plus en vie pour nous éclairer sur ses agissements, et nous ne disposons en l'occurrence d'aucun autre témoignage que celui de Mr Wickham. À l'image de nombreux éléments de cette affaire, ce point fait l'objet d'une simple supposition ; or c'est en vous appuyant sur des témoignages prêtés sous serment, et non sur des opinions dénuées de tout fondement, que vous pourrez prononcer votre verdict avec assurance : les circonstances dans lesquelles l'équipe de secours a trouvé le corps du capitaine Denny et entendu les paroles attribuées à l'accusé. Vous avez entendu l'explication qu'il donne de leur signification, et c'est à vous de décider si vous le croyez ou non. S'il ne fait pour vous aucun doute que George Wickham est coupable du meurtre du capitaine Denny, vous rendrez un verdict de culpabilité ; si vous n'avez pas cette certitude, l'accusé est en droit d'être acquitté. Je vous laisse maintenant à vos délibérations. Si vous souhaitez vous retirer pour réfléchir à votre décision, une salle est à votre disposition. »

X

À la fin du procès, Darcy était aussi épuisé que s'il s'était lui-même tenu à la barre. Il espérait ardemment quelques paroles rassurantes d'Alveston, mais la fierté, et la conscience qu'il serait tout aussi exaspérant qu'inutile de le presser de questions, le poussèrent à garder le silence. Il ne restait qu'à espérer et à attendre. Le jury avait préféré se retirer pour se concerter et en son absence, la salle d'audience était redevenue bruyante comme une immense volière de perroquets, le public échangeant des commentaires sur les témoignages et prenant des paris sur le verdict. L'attente ne fut pas longue. Les jurés revinrent moins de dix minutes après leur départ. Il entendit la voix forte et autoritaire du greffier demander : « Qui est votre président ?

— C'est moi, Monsieur. » Le grand homme brun dont il avait senti le regard se poser sur lui si souvent pendant le procès et qui était, de toute évidence, la personnalité dominante du groupe, se leva.

« Avez-vous réussi à vous entendre sur un verdict ?

— Oui.

— Estimez-vous le prisonnier coupable ou non coupable ? »

La réponse jaillit sans hésitation : « Coupable.

— S'agit-il d'un verdict unanime ?

– Oui. »

Darcy se rendit compte qu'il avait dû émettre un hoquet de surprise. Il sentit la main apaisante d'Alveston se poser sur son bras. Un brouhaha s'éleva dans la salle – un mélange de gémissements, de cris et de protestations qui s'intensifia jusqu'au moment où, comme mus par une forme de contrainte collective, tous les spectateurs redevinrent silencieux. Tous les regards se tournèrent alors vers Wickham. Darcy, accablé par le tollé, avait fermé les yeux ; il s'obligea alors à les rouvrir et à les poser sur la barre des accusés. Le visage de Wickham présentait la rigidité et la pâleur morbide d'un masque mortuaire. Il ouvrit la bouche comme pour parler, mais aucun mot ne franchit ses lèvres. Cramponné à la balustrade, il sembla chanceler un instant et Darcy sentit ses propres muscles se contracter en voyant Wickham se ressaisir et, sans effort manifeste, trouver le ressort nécessaire pour se redresser et se tenir parfaitement droit. Regardant le juge, il retrouva sa voix, un peu rauque d'abord, puis forte et claire : « Je suis innocent de cette accusation, monsieur le juge. Je jure devant Dieu que je ne suis pas coupable. » Les yeux écarquillés, il parcourut désespérément la salle d'audience comme en quête d'un visage amical, d'une voix qui pût clamer son innocence. Puis il répéta avec encore plus d'énergie : « Je ne suis pas coupable, monsieur le juge, je ne suis pas coupable. »

Darcy tourna les yeux vers l'endroit de la salle où s'était trouvée Mrs Younge, sobrement vêtue et silencieuse au milieu des soieries, des mousselines et des éventails qui s'agitaient. Elle avait disparu. Elle avait dû se lever dès que le jury avait rendu son verdict. Il fallait qu'il la rattrape, il devait savoir quel rôle elle avait joué dans la mort tragique de Denny, comprendre les raisons de sa présence ici, de ses yeux rivés sur ceux de Wickham, comme si elle cherchait à lui insuffler un peu d'énergie, un peu de courage.

Repoussant le bras d'Alveston, il se fraya un passage jusqu'à la porte. Elle était maintenue fermée, afin de retenir la foule qui se pressait à l'extérieur et qui, à en juger par les clameurs croissantes, était bien décidée à entrer. En cet instant, les hurlements reprirent de plus belle à l'intérieur de la salle d'audience, moins compatissants, plus furieux. Il lui sembla entendre le juge menacer de faire appel à la police ou à l'armée pour expulser les fauteurs de troubles, et quelqu'un, près de lui, criait : « Où est le bonnet noir ? Pourquoi, au nom de Dieu, ne peuvent-ils pas trouver ce maudit bonnet et le lui coller sur la tête ? » Un cri de triomphe retentit et, regardant autour de lui, il vit un carré noir brandi au-dessus de la foule par un jeune homme juché sur les épaules de ses camarades, et il comprit dans un frisson que c'était le bonnet noir.

Il se débattit pour rester près de la porte et, lorsque la foule du dehors parvint à l'entrouvrir, il réussit à se faufiler et à jouer des coudes pour rejoindre la rue. C'était le même tapage, la même cacophonie de gémissements, de cris, un chœur de voix hurlantes, qui exprimaient ici, lui sembla-t-il, plus de pitié que de colère. Un lourd carrosse était arrêté, et la foule cherchait à faire descendre le cocher de son siège. Il criait : « Ce n'est pas ma faute. Vous avez vu la dame. Elle s'est jetée juste sous mes roues ! »

Elle gisait là, écrasée sous les lourdes roues comme un animal errant, son sang s'écoulant en un filet rouge qui se rassemblait en flaque sous les sabots des chevaux. L'odeur les faisait hennir et se cabrer, et le cocher avait le plus grand mal à les maîtriser. Darcy ne jeta qu'un coup d'œil à la scène et se détourna ; pris d'une violente nausée, il vomit dans le caniveau. La puanteur acide sembla empoisonner l'atmosphère. Il entendit une voix crier : « Où est le corbillard ? Pourquoi ne l'emmène-t-on pas ? Il n'est pas décent de la laisser ici ! »

Le passager du carrosse s'apprêtait à descendre mais, voyant la foule, il recula à l'intérieur et tira le rideau, préférant manifestement attendre que les agents de police viennent rétablir l'ordre. La foule semblait grandir encore, des enfants qui regardaient sans comprendre, des femmes avec des nourrissons dans les bras qui, effrayés par le bruit, se mettaient à pleurer. Il ne pouvait rien faire. Il ne lui restait qu'à regagner la salle d'audience et à rejoindre le colonel et Alveston dans l'espoir de trouver quelque réconfort dans leur présence : mais au fond de lui-même, il savait qu'il ne pouvait y en avoir.

Il reconnut alors le chapeau garni de rubans violets et verts. Il avait dû tomber de sa tête et rouler sur le pavé, s'arrêtant juste à ses pieds. Darcy le contempla comme en transe. Près de lui, une femme titubante, un enfant braillant sous un bras, une bouteille de gin à la main, s'avança, se baissa, le ramassa et le posa de travers sur sa tête. Adressant un sourire à Darcy, elle lança : « Il peut plus lui servir à rien, pas vrai ? » et elle s'esquiva.

XI

L'attrait concurrent d'un cadavre avait attiré quelques hommes dehors, ce qui lui permit de se glisser jusqu'à la porte et de se laisser porter à l'intérieur avec les six derniers spectateurs à être admis. Une voix de stentor s'éleva : « Des aveux ! Des aveux ont été apportés ! » D'un coup, toute la salle fut en ébullition. On put croire un instant que la foule allait faire descendre Wickham de force de la barre des accusés, mais des huissiers l'encadrèrent immédiatement et, après être resté debout, manifestement ahuri, pendant quelques instants, il s'assit, enfouissant son visage dans ses mains. Le bruit s'amplifia encore. Darcy reconnut alors le docteur McFee et le révérend Percival Oliphant, entourés de policiers. Surpris par leur présence, il vit que l'on disposait deux lourds sièges dans lesquels les deux hommes, qui paraissaient à bout de forces, se laissèrent tomber. Il cherchait à s'avancer jusqu'à eux, mais la foule était si dense que sa masse houleuse était impénétrable.

Des spectateurs avaient quitté leur place et s'approchaient du juge. Celui-ci leva son marteau, l'abaissa vigoureusement et réussit enfin à se faire entendre. Le brouhaha s'apaisa. « Huissier, fermez les portes. Au moindre trouble, j'ordonne l'évacuation du tribunal. Le document dont je viens de prendre connaissance m'a été présenté comme contenant des aveux signés en présence de deux témoins, à savoir vous-même, docteur Andrew McFee, et vous, révérend Percival Oliphant. Messieurs, ces signatures sont-elles les vôtres ? »

Le docteur McFee et Mr Oliphant répondirent d'une même voix. « Oui, monsieur le juge.

– Le document que vous nous avez remis a-t-il été écrit de la main de la personne qui l'a signé au-dessus de vos propres signatures ? »

Le docteur McFee prit la parole : « En partie, monsieur le juge. William Bidwell était au seuil de la mort et il a rédigé ces aveux dans son lit, soutenu par des oreillers, mais il me semble que, bien que tremblante, son écriture est suffisamment claire pour être lisible. Le dernier paragraphe, comme vous pouvez le constater, n'est pas de la même main. C'est moi qui l'ai noté sous la dictée de William Bidwell. Il était encore capable de parler, mais plus d'écrire, si ce n'est pour signer de son nom.

– Je demanderai donc à l'avocat de la défense de donner lecture de ce texte. Après quoi, je réfléchirai à la façon dont il convient de procéder. À la moindre interruption, le contrevenant sera évacué de la salle. »

Jeremiah Mickledore prit le document et, ajustant ses lunettes, le parcourut rapidement avant de le lire d'une voix forte et claire. Un silence complet régnait dans la salle.

Je soussigné, William John Bidwell, fais ces aveux de mon plein gré pour donner le récit véridique de ce qui s'est passé dans le bois de Pemberley dans la nuit du 14 octobre dernier. J'agis ainsi dans la pleine certitude d'être tout près de la mort. J'étais couché à l'étage, dans la pièce de devant, mais à part moi, il n'y avait personne dans la maison, sauf mon neveu George dans son berceau. Mon père travaillait à Pemberley. Il y avait eu de bruyants caquetages du côté du poulailler et ma mère et ma sœur Louisa, craignant la présence d'un renard, étaient allées voir ce qui se passait. Ma mère n'aime pas que je quitte mon lit parce que j'ai très peu de forces, mais j'avais envie de regarder par la fenêtre. J'ai pu prendre appui sur le lit jusqu'à la croisée. Le vent était violent et c'était une nuit de lune. Alors que je regardais au-dehors, j'ai vu un officier en uniforme sortir du bois et se tenir là, les yeux fixés sur le cottage. J'ai reculé derrière les rideaux pour pouvoir observer sans me faire voir.

Ma sœur Louisa m'avait confié qu'un officier de la milice, en garnison à Lambton l'année précédente, avait cherché à attenter à sa vertu. J'ai su instinctivement que c'était l'homme dont elle m'avait parlé et qu'il était revenu pour l'enlever. Quelle autre raison pouvait-il avoir de s'approcher du cottage par une nuit pareille? Mon père n'était pas là pour la protéger et j'avais toujours été fort affligé d'être un invalide sans force, incapable de travailler alors que lui-même se donnait tant de peine, et trop faible pour protéger ma famille. J'ai chaussé mes pantoufles et suis arrivé à descendre l'escalier. M'emparant du tisonnier dans l'âtre, je suis sorti par la porte.

L'officier a fait mine de s'avancer vers moi et a tendu la main comme pour témoigner de ses intentions pacifiques, mais je savais à quoi m'en tenir. Je me suis approché de lui, un peu flageolant sur mes jambes, et j'ai attendu qu'il s'approche et alors, de toutes mes forces, j'ai balancé le tisonnier qui l'a heurté au front. Le coup n'était pas violent, mais il a entamé la peau et la blessure s'est mise à saigner. Il a essayé de s'essuyer les yeux, mais j'ai bien vu qu'il était aveuglé. Il s'est retiré au milieu des arbres en titubant et j'ai éprouvé un grand élan de joie qui m'a donné de la force. Il était hors de vue quand j'ai entendu un énorme bruit, comme le craquement d'un arbre qui tombe. Je suis entré plus avant dans le bois en m'agrippant tant bien que mal aux troncs et j'ai constaté, à la lueur de la lune, qu'il avait trébuché sur le bord de la tombe du chien et était tombé à la renverse, heurtant la pierre tombale de la tête. C'était un homme robuste et il avait fait un grand bruit en tombant, mais je ne savais pas que cette chute avait été fatale.

J'étais empli de fierté à l'idée d'avoir sauvé ma sœur chérie quand sous mes yeux, il a basculé de la tombe du chien, s'est mis à genoux et a cherché à s'éloigner. Je savais qu'il voulait m'échapper mais je n'avais pas assez de vigueur pour m'efforcer de le suivre. J'étais heureux de songer qu'il ne reviendrait pas.

Je ne me souviens pas comment j'ai regagné le cottage. Je me rappelle seulement que j'ai essuyé le bouton du tisonnier avec mon mouchoir que j'ai jeté au feu. J'ai gardé en mémoire l'image de ma mère m'aidant à remonter l'escalier et à me recoucher, et me reprochant d'avoir quitté mon lit. Je n'ai rien dit de ma rencontre avec l'officier. J'ai appris le lendemain matin que le colonel Fitzwilliam était passé plus tard au cottage pour lui parler des deux messieurs disparus, mais c'est une affaire dont j'ignorais tout.

J'ai gardé le silence sur ce qui s'était passé même après avoir appris que Mr Wickham était mis en accusation. J'ai encore gardé le silence pendant les mois qu'il a passés à la prison de Londres, mais je savais que je devais faire ces aveux afin que, s'il était jugé coupable, on sache la vérité. J'ai décidé de tout avouer au révérend Oliphant et il m'a dit que le procès de Mr Wickham devait se tenir dans quelques jours et qu'il fallait que je mette ces aveux par écrit sur-le-champ afin qu'ils soient apportés au tribunal avant le début du procès. Mr Oliphant a immédiatement fait chercher le docteur McFee et le soir même, je leur ai tout avoué à tous les deux et j'ai demandé au docteur McFee combien de temps il me restait à vivre. Il m'a dit qu'il ne pouvait le savoir avec certitude, mais que j'avais peu de chance de durer plus d'une semaine encore. Il m'a exhorté lui aussi à rédiger ces aveux et à les signer, et c'est ce que je fais. Je n'ai écrit que la vérité, sachant que je répondrai bientôt de tous mes péchés devant le trône de Dieu, et dans l'espoir de Sa miséricorde.

Le docteur McFee intervint alors : « Il lui a fallu plus de deux heures pour écrire ce document, soutenu par une potion que je lui ai administrée. Le révérend Oliphant et moi sommes convaincus qu'il avait conscience de l'imminence de sa mort et que ce qu'il a écrit est la vérité devant Dieu. »

Il y eut un instant de silence, puis les clameurs reprirent d'un bout à l'autre de la salle d'audience, les spectateurs bondissant de leurs sièges avec force hurlements et trépignements, tandis que quelques hommes se mettaient à crier en mesure des mots bientôt repris en chœur par la foule : « Lâchez-le ! Lâchez-le ! Libérez-le ! » La barre des accusés était à présent entourée d'un si grand nombre d'agents et d'huissiers que l'on avait beaucoup de mal à distinguer Wickham.

Une fois de plus, la voix de stentor réclama le silence. Le juge s'adressa au docteur McFee. « Pouvez-vous nous expliquer, docteur, pourquoi vous avez apporté ce document capital à la cour au dernier moment du procès, alors que le jugement allait être prononcé ? Une arrivée aussi inutilement théâtrale est une offense à ma personne et à ce tribunal, et j'exige des explications.

– Nous vous présentons nos excuses les plus sincères, monsieur le juge, déclara le docteur McFee. Ce document est daté d'il y a trois jours, moment auquel le révérend Oliphant et moi-même avons reçu ces aveux. La nuit était déjà fort avancée, et nous sommes partis dès le lendemain matin pour Londres dans ma voiture. Nous ne nous sommes arrêtés que pour nous restaurer et faire boire les chevaux. Comme vous le constaterez, monsieur le juge, le révérend Oliphant, qui a plus de soixante ans, est complètement épuisé. »

Le juge reprit avec humeur : « Il ne se tient que trop de procès où des témoignages essentiels arrivent bien tard. Néanmoins, il semblerait que vous ne soyez pas fautifs et j'accepte vos excuses. Je vais à présent conférer avec mes conseillers sur la procédure à suivre. L'accusé sera reconduit dans la prison où il était détenu pendant que la question d'une grâce royale, qui est, bien sûr, une prérogative de la Couronne, sera examinée par le ministre de l'Intérieur, le Chancelier, le ministre de la Justice et d'autres éminents hommes de loi. Moi-même, en tant que juge d'instance, aurai voix au chapitre. À la lumière de ce document, je ne prononcerai pas de jugement. Néamoins, le verdict du jury n'est pas révocable. Vous pouvez être assurés, Messieurs, que les tribunaux d'Angleterre ne condamnent pas à mort un homme dont l'innocence a été prouvée. »

Il y eut quelques murmures, mais la salle d'audience commença à se vider. Wickham était debout, les doigts agrippés au bord de la barre, les articulations blanches. Il était immobile, pâle, paraissant en transe. Un des agents lui détacha les doigts un par un, comme à un enfant. Un passage s'ouvrit entre la barre des accusés et une porte latérale, et Wickham, sans un regard derrière lui, fut reconduit en silence dans sa cellule.

LIVRE SIX

Gracechurch Street

I

On s'était accordé pour penser que la présence de Mr Alveston aux côtés de Mr Mickledore pourrait être utile pour satisfaire aux formalités du recours en grâce. Il resta donc au tribunal alors que Darcy, impatient de retrouver Elizabeth, reprenait le chemin de Gracechurch Street. Il était déjà quatre heures quand Alveston apparut pour annoncer que toutes les procédures nécessaires devraient être achevées le surlendemain, en fin d'après-midi. Il serait alors en mesure d'aller chercher Wickham à la prison et de l'accompagner jusqu'à Gracechurch Street. On espérait pouvoir agir dans la plus grande discrétion. Une chaise de louage attendrait à la porte arrière de la prison de Coldbath et une autre, qui servirait de leurre, devant l'entrée principale. Par bonheur, ils avaient réussi à ne pas ébruiter que Darcy et Elizabeth logeaient chez les Gardiner et non, comme chacun le pensait, dans quelque hostellerie de luxe, et s'il était possible d'empêcher le public de connaître l'heure de l'élargissement de Wickham, celui-ci devrait être en mesure de rejoindre Gracechurch Street sans attirer l'attention. Pour le moment, il avait regagné la prison de Coldbath, mais l'aumônier, le révérend Cornbinder, avec lequel il s'était lié d'amitié, lui avait offert de loger chez lui et son épouse le soir de sa libération. Wickham avait exprimé le désir de se rendre effectivement chez le pasteur dès qu'il aurait raconté son histoire à Darcy et au colonel, déclinant l'invitation faite par Mr et Mrs Gardiner de rester sous leur toit. Les Gardiner avaient estimé que cette proposition devait être faite, ce qui n'empêcha pas tout le monde d'être soulagé qu'elle n'eût pas été acceptée.

« Wickham ne semble avoir dû son salut qu'à un miracle, remarqua Darcy, mais indéniablement, le verdict était irrationnel et a été rendu de mauvaise foi. Il n'aurait jamais dû être jugé coupable.

– Pardonnez-moi de ne pas vous approuver, objecta Alveston. Les propos que les jurés ont considérés comme des aveux ont été répétés à deux reprises, et ils y ont ajouté foi. De plus, il restait trop d'éléments inexpliqués. Le capitaine Denny aurait-il vraiment quitté le cabriolet pour se précipiter dans des bois touffus et inconnus par une nuit pareille, simplement pour éviter l'embarras d'assister à l'arrivée de Mrs Wickham à Pemberley ? Elle est la sœur de Mrs Darcy, après tout. N'était-il pas bien plus vraisemblable que Wickham se fût engagé dans quelque entreprise illicite à Londres et que, Denny se refusant à être un complice docile, il ait cru bon de le réduire au silence avant qu'ils ne quittent le Derbyshire ?

« Un autre élément a pourtant pu jouer un rôle dans ce verdict. Je ne l'ai appris qu'en m'entretenant avec un des jurés alors que j'étais encore au tribunal. Il semblerait que le président du jury ait une nièce à laquelle il est très attaché. Son mari a pris part à la rébellion irlandaise et s'est fait tuer. Depuis, cet homme voue à l'armée une haine implacable. Si ce fait avait été connu, Wickham aurait indéniablement pu récuser ce membre du jury, mais la nièce ne porte pas le nom de son oncle et ce secret avait peu de chances d'être éventé. Wickham avait fait savoir clairement avant le procès qu'il n'avait pas l'intention de contester le choix des jurés, comme il en avait le droit, ni d'appeler trois témoins à se porter garants de son caractère. Je crois qu'il s'est montré d'emblée optimiste, mais également fataliste. Il a mené une carrière de vaillant officier, a été blessé au service de sa patrie et s'accommodait d'être jugé par son pays. Si sa parole, prononcée sous serment, ne suffisait pas, qui aurait pu lui rendre justice ?

— Il reste tout de même un problème qui me tracasse, remarqua Darcy, et j'aimerais avoir votre avis à ce sujet. Pensez-vous réellement, Alveston, qu'un homme mourant aurait pu porter ce premier coup ?

— Oui. J'ai eu connaissance, dans l'exercice de mon métier, de cas où des gens gravement malades ont trouvé une vigueur surprenante quand cet effort était requis. Le coup était léger, et après cela, William Bidwell ne s'est pas aventuré bien loin dans la forêt. En revanche, je ne peux croire qu'il ait regagné son lit sans assistance. Il me paraît plus probable qu'il ait laissé la porte du cottage entrouverte, que sa mère l'ait remarquée à son retour, soit partie à sa recherche et l'ait aidé à rentrer chez eux et à se coucher. C'est certainement elle qui a nettoyé le bouton du tisonnier et a brûlé le mouchoir souillé. Mais il me semble, et vous me donnerez sans doute raison, que rendre ces soupçons publics ne servirait pas la cause de la justice. Il n'y a pas de preuve, il ne pourra jamais y en avoir, et mieux vaut certainement nous réjouir de la grâce royale qui sera accordée et être pleinement heureux que Wickham, qui a fait preuve d'un remarquable courage dans toute cette épreuve, soit libre de commencer ce qui sera, nous pouvons l'espérer, une existence plus satisfaisante. »

On dîna de bonne heure, presque en silence. Darcy avait pensé que le soulagement de voir Wickham échapper à la pendaison publique serait une telle bénédiction que tous les autres sujets d'inquiétude se réduiraient en proportion, mais à présent que cette préoccupation essentielle s'était évanouie, les soucis mineurs se bousculaient dans son esprit. Quel récit Wickham leur ferait-il à son arrivée ? Comment Darcy et Elizabeth pourraient-ils échapper à l'abjection de la curiosité publique durant le reste de leur séjour chez les Gardiner ? Le colonel avait-il joué un rôle, et lequel, dans toute cette mystérieuse affaire ? Il éprouvait une envie lancinante de retrouver Pemberley et était torturé par la prémonition, qu'il savait pourtant parfaitement déraisonnable, qu'un danger y rôdait. Cela faisait des mois qu'ils ne dormaient pas paisiblement, Elizabeth et lui, et il avait conscience que cette impression de catastrophe imminente, qu'elle partageait, était en grande partie le fruit d'une lassitude accablante de l'esprit et du corps. Cette incapacité à fêter convenablement une libération apparemment miraculeuse semblait inspirer à leurs compagnons le même sentiment de culpabilité. Mr et Mrs Gardiner étaient pleins de sollicitude, mais le délicieux dîner que leur hôtesse avait fait préparer demeura presque intact et ses invités rejoignirent leurs lits à peine le dernier plat servi.

Au petit déjeuner, l'humeur générale était indéniablement bien meilleure ; leur première nuit à l'abri de toutes les images affreuses leur avait accordé le repos et un sommeil réparateur, et ils étaient bien mieux disposés à faire face à tout ce que pourrait apporter cette nouvelle journée. Le colonel se trouvait toujours à Londres, et il arriva alors à la demeure de Gracechurch Street. Après avoir présenté ses hommages à Mr et Mrs Gardiner, il annonça : « J'ai des choses à vous dire, Darcy, qui sont liées à mon rôle dans toute cette affaire et que je puis à présent vous révéler en toute sûreté. Vous êtes en droit de les entendre avant que Wickham ne nous rejoigne. Je préférerais vous parler seul à seul, mais je ne vois bien sûr aucun inconvénient à ce que vous transmettiez mes propos à Mrs Darcy. »

Il exposa à Mrs Gardiner l'objet de sa visite et elle suggéra que Darcy et lui se retirent dans son boudoir, qu'elle avait déjà eu la prévenance de faire préparer, car cette pièce, la plus confortable et la plus reposante de la maison, se prêtait idéalement à l'entrevue, inévitablement pénible pour toutes les parties, prévue le lendemain avec Wickham accompagné d'Alveston.

Ils s'assirent et le colonel se pencha en avant dans son fauteuil. « J'ai jugé important, commença-t-il, de parler le premier afin que vous puissiez confronter le récit de Wickham au mien. Nous n'avons ni l'un ni l'autre lieu d'être fiers de nous ; cependant, j'ai toujours cherché à agir pour le mieux tout en lui faisant l'honneur de penser qu'il agissait de même. Je ne m'efforcerai pas de justifier ma conduite dans cette affaire, mais seulement de l'expliquer et j'essaierai d'être bref.

« C'est à la fin du mois de novembre 1802 que j'ai reçu une lettre de Wickham qui m'a été portée à ma résidence londonienne où je me trouvais alors. Ce message me faisait succinctement savoir qu'il avait des ennuis et serait heureux que j'accepte de le recevoir dans l'espoir que je pourrais lui prodiguer des conseils et lui accorder quelque assistance. Je n'avais nulle envie d'être mêlé à cela, mais estimais avoir à son égard une obligation à laquelle je ne pouvais me dérober. Pendant la rébellion irlandaise, il a sauvé la vie d'un jeune capitaine placé sous mon commandement, qui était mon filleul et gisait à terre, gravement blessé. Rupert n'a pas survécu longtemps à ses blessures, mais les secours apportés par Wickham ont permis à sa mère — et à moi-même — de lui dire adieu et de veiller à ce qu'il s'éteigne dans le confort. Un homme d'honneur ne saurait oublier pareil service, et ayant lu sa lettre, j'ai accepté de le voir.

« Son histoire n'avait rien d'exceptionnel et peut être

racontée simplement. Comme vous le savez, sa femme était régulièrement reçue à Highmarten. Lui ne l'était pas et en de telles occasions, il descendait dans une auberge locale ou dans un meublé aussi bon marché que possible et s'occupait de son mieux en attendant que Mrs Wickham juge bon de le rejoindre. À cette époque, ils menaient une existence errante et précaire. Après avoir quitté l'armée – une décision fort déraisonnable selon moi –, il est passé d'une occupation à une autre, ne conservant jamais un emploi bien longtemps. Sa dernière situation l'avait conduit auprès d'un baronet, Sir Walter Elliot. Wickham ne m'a pas expliqué très clairement les raisons de son départ, mais il m'en a suffisamment dit pour que je comprenne que le baronet était trop sensible aux charmes de Mrs Wickham au goût de Miss Elliot, et que Wickham lui-même n'avait pas hésité à faire quelques avances à cette dame. Je vous rapporte cela pour que vous compreniez quel genre de vie ils menaient. Il cherchait une nouvelle position ; en attendant, Mrs Wickham s'était installée, temporairement mais confortablement, chez Mrs Bingley à Highmarten et Wickham était livré à lui-même.

« Vous vous rappelez peut-être que l'été 1802 a été particulièrement beau et chaud. Aussi, pour économiser un peu d'argent, dormait-il parfois à la belle étoile ; un soldat ne craint pas de vivre à la dure. Il avait toujours aimé le bois de Pemberley et parcourait à pied de nombreuses lieues depuis une auberge proche de Lambton pour passer ses journées et certaines de ses nuits à sommeiller sous les arbres. C'est là qu'il a rencontré Louisa Bidwell. Elle s'ennuyait, elle aussi, et souffrait de la solitude. Elle avait cessé de travailler à Pemberley afin d'aider sa mère à soigner son frère malade, et son fiancé, très pris par ses obligations, ne venait la voir que rarement. Ils se rencontrèrent par hasard dans le bois. Wickham n'avait jamais su résister à une jolie femme et sans doute le résultat était-il presque inévitable en raison du caractère de l'un et de la vulnérabilité de l'autre. Ils commencèrent à se voir plus fréquemment, et elle l'avertit dès qu'elle soupçonna qu'elle attendait un enfant. Wickham agit d'abord avec plus de générosité et de compassion à son endroit que ceux qui le connaissent n'auraient tendance à en attendre de lui ; il semble, en fait, avoir éprouvé une grande tendresse pour cette fille, en avoir peut-être même été un peu amoureux. Quels qu'aient été ses motifs et ses sentiments, ils ont élaboré un plan tous les deux. Elle écrirait à sa sœur mariée qui était établie à Birmingham et dès que son état risquerait d'être apparent, elle se rendrait là-bas et y donnerait naissance à son enfant que l'on ferait passer pour celui de sa sœur. Wickham espérait que Mr et Mrs Simpkins accepteraient d'élever le petit comme le leur, mais n'ignorait pas qu'ils auraient besoin d'argent. C'est pour cette raison qu'il est venu me voir et, de fait, je conçois mal à qui d'autre il aurait pu demander pareille assistance.

« Sans me bercer d'illusions sur son caractère, je n'ai jamais été aussi dur à son égard que vous, Darcy, et j'étais disposé à l'aider. S'y ajoutait un motif plus puissant, le désir d'éviter qu'un scandale ne vînt éclabousser Pemberley. Puisque Wickham avait épousé Miss Lydia Bennet, cet enfant, bien qu'illégitime, eût été votre neveu ou votre nièce en même temps que celui de Mrs Darcy et des Bingley. Nous avons donc décidé que je lui prêterais trente livres sans intérêt, remboursables en plusieurs versements en fonction de ses possibilités. Je ne me faisais aucune illusion sur l'acquittement de cette somme, mais c'était un montant dont je pouvais supporter la perte. J'aurais payé plus de trente livres pour m'assurer qu'un bâtard de George Wickham ne vivrait pas sur les terres de Pemberley et ne jouerait pas dans le bois de Pemberley.

— Voilà une générosité qui frôle l'excentricité et, connaissant cet individu aussi bien que vous, la sottise, diront certains. Il faudra que vous ayez eu d'autres motifs, plus personnels, dans votre désir d'éviter que les bois de Pemberley ne fussent ainsi souillés.

— Si tel est le cas, je n'ai pas à en rougir. Je reconnais volontiers qu'en ce temps-là, je nourrissais des vœux, des attentes même, qui n'étaient pas déraisonnables mais que j'ai renoncé aujourd'hui à voir exaucés. Néanmoins, il me semble qu'en considération des espoirs que j'entretenais et sachant ce que je savais, vous auriez, vous aussi, imaginé quelque plan pour sauver votre demeure et votre personne de l'embarras et de l'ignominie. »

Sans attendre de réponse, il poursuivit : « Ce plan était assez simple. Après la naissance, Louisa regagnerait le cottage du bois avec l'enfant sous prétexte de montrer le nouveau-né à ses parents et à son frère. Wickham tenait en effet à s'assurer que c'était un enfant vivant et en bonne santé. L'argent serait remis le matin du bal de Lady Anne, un moment où Louisa et Wickham savaient que toutes les personnes liées à Pemberley seraient occupées. Une voiture attendrait sur le sentier du bois. Louisa raccompagnerait ensuite le petit chez sa sœur et Michael Simpkins. Il n'y aurait alors au cottage du bois que Mrs Bidwell et Will, les seuls à avoir été informés de cet arrangement. Une fille ne peut dissimuler un secret de cette nature à sa mère, ni du reste à un frère dont elle était proche et qui ne sortait jamais de la maison ; ils étaient bien décidés tous les trois à ce que Bidwell n'en sache jamais rien. Louisa avait dit à sa mère et à Will que le père était un des officiers de la milice qui avait quitté Lambton l'été précédent. Elle ignorait entièrement que son amant fût Wickham. »

Il s'interrompit alors, prit un verre de vin et le but lentement. Aucun d'eux ne prononça un mot, et ils attendirent en silence. Deux bonnes minutes s'écoulèrent avant qu'il ne reprenne le fil de son récit.

« Nous pensions donc, Wickham et moi, que tout avait été arrangé pour le mieux. L'enfant serait élevé et aimé par sa tante et son oncle et ignorerait à jamais l'identité de ses vrais parents. Louisa ferait le mariage convenable qui avait été prévu. L'affaire devait donc en rester là.

« Wickham n'est pas un homme qui aime agir seul quand il lui est possible de trouver un allié ou un compagnon, une imprudence qui explique sans doute la folie qui l'a conduit à emmener Miss Lydia Bennet quand il s'est enfui à Brighton pour échapper à ses créanciers et à ses obligations. Cette fois, il s'est confié à son ami Denny, et plus entièrement encore à Mrs Younge, qui semble avoir constitué une présence déterminante dans l'existence de Wickham depuis sa jeunesse. Je crois savoir que ce sont des subsides réguliers de cette dame qui ont largement contribué à assurer l'entretien de Wickham et de son épouse pendant qu'il était sans emploi. Il a demandé à Mrs Younge de se rendre discrètement dans le bois afin de lui faire un rapport sur les progrès de l'enfant, ce que Mrs Younge a fait, se faisant passer pour une dame en visite dans la région et s'arrangeant pour rencontrer Louisa alors qu'elle promenait le nourrisson. Le résultat a cependant été malencontreux à un égard : Mrs Younge s'est immédiatement entichée du bambin et s'est mis en tête de remplacer les Simpkins et de l'adopter elle-même. Or ce qui promettait de poser une grave difficulté a tourné à son avantage : Michael Simpkins a écrit qu'il n'était pas disposé à élever l'enfant d'un autre. Apparemment, les relations entre les deux sœurs avaient été un peu difficiles au moment des couches de Louisa. De plus, Mrs Simpkins avait déjà trois enfants et pouvait s'attendre à en avoir d'autres. Les Simpkins acceptaient de s'occuper de l'enfant pendant trois semaines encore, afin de permettre à Louisa de lui trouver un foyer, mais pas davantage. Louisa annonça la nouvelle à Wickham, lequel la transmit à Mrs Younge. Louisa était au désespoir, évidemment. Il fallait qu'elle trouve un foyer pour cet enfant, et l'offre de Mrs Younge apparut rapidement comme la solution à tous leurs problèmes.

« Wickham avait informé Mrs Younge de mon intérêt dans cette affaire et des trente livres que j'avais promises et effectivement remises à Wickham. Elle savait que je serais à Pemberley pour le bal de Lady Anne, car je ne manquais jamais d'y assister quand je pouvais obtenir une permission à cette date, et Wickham avait toujours eu à cœur de s'informer de tout ce qui se passait à Pemberley, essentiellement grâce aux rapports de sa femme, laquelle se rendait fréquemment à Highmarten. Mrs Younge m'a écrit à mon adresse londonienne pour m'annoncer qu'elle envisageait d'adopter l'enfant et passerait deux jours au King's Arms. Elle souhaitait discuter de ce projet avec moi, car elle avait compris que j'étais mêlé à cette affaire. Nous nous sommes donné rendez-vous à neuf heures du soir, la veille du bal de Lady Anne, un moment où elle supposait que tout le monde serait trop occupé pour relever mon absence. Je ne doute pas, Darcy, que vous aurez jugé à la fois étrange et discourtois de ma part que je quitte le salon de musique aussi soudainement en prétextant souhaiter prendre un peu d'exercice. Je me sentais obligé de respecter ce rendez-vous car je me doutais des intentions de cette dame. Vous vous rappelez sans doute qu'elle était aussi séduisante qu'élégante lors de notre première entrevue et je l'ai trouvée encore fort belle. J'admets cependant que, après les onze années qui s'étaient écoulées, je ne l'aurais peut-être pas reconnue avec certitude.

« Elle s'est montrée très convaincante. Vous n'aurez pas oublié, Darcy, que je ne l'avais vue qu'une fois lorsque nous étions à la recherche d'une dame de compagnie pour Miss Georgiana et vous savez combien elle pouvait se montrer émouvante et convaincante. Elle avait manifestement connu une belle réussite pécuniaire et était arrivée à l'auberge avec son propre équipage et un cocher, accompagnée de surcroît d'une servante. Elle m'a présenté des relevés de sa banque prouvant qu'elle était parfaitement en mesure d'entretenir l'enfant mais a ajouté – avec l'ombre d'un sourire – qu'elle était une femme prudente et souhaitait que la somme de trente livres fût doublée. En revanche, je pouvais être assuré qu'elle ne me réclamerait pas de versements ultérieurs. Si elle adoptait le petit, celui-ci quitterait Pemberley pour toujours.

– Vous vous êtes mis à la merci d'une femme dont vous saviez pourtant qu'elle était corrompue et pratiquait certainement l'extorsion, observa Darcy. L'argent qu'elle touchait de ses pensionnaires ne pouvait lui permettre de vivre dans pareille opulence. Il fallait qu'elle eût d'autres sources de revenus et nos expériences précédentes vous avaient appris quel genre de femme elle était.

– Il s'agissait de vos expériences précédentes, Darcy, et non des miennes, rétorqua le colonel. J'admets que nous avons pris ensemble la décision de lui confier Miss Darcy, mais je ne l'avais pas rencontrée en d'autres occasions. Peut-être avez-vous eu affaire à elle par la suite, je ne suis pas dans le secret et ne désire pas l'être. En l'écoutant et en examinant les documents qu'elle avait apportés, je me suis convaincu que la solution qu'elle proposait pour l'enfant de Louisa était raisonnable et bonne. Mrs Younge adorait manifestement ce petit et était prête à se charger de la responsabilité de son entretien et de son éducation futurs. Surtout, il quitterait définitivement Pemberley et n'entretiendrait plus aucun lien avec le domaine. C'était mon premier souci, et je suis certain que c'eût été le vôtre. Je n'aurais pas agi contre la volonté de la mère, et je ne l'ai pas fait.

— Louisa aurait-elle été vraiment heureuse de savoir son enfant confié à une femme entretenue, qui pratiquait l'extorsion de fonds ? Avez-vous vraiment cru que Mrs Younge ne reviendrait pas régulièrement vous soutirer davantage d'argent ? »

Le colonel sourit. « Darcy, il m'arrive d'être étonné par votre naïveté, par votre ignorance du monde qui s'étend au-delà des grilles de votre Pemberley adoré. La nature humaine n'est pas, comme vous semblez le croire, toute noire ou toute blanche. Mrs Younge était, je vous l'accorde, une femme qui s'enrichissait par des moyens malhonnêtes, mais elle y réussissait fort bien et considérait que ses extorsions pouvaient être un moyen judicieux de gagner sa vie, à condition qu'elles fussent menées avec discrétion et bon sens. Ce sont les escrocs ratés qui finissent en prison ou au gibet. Elle réclamait à ses victimes ce qu'elles pouvaient se permettre de lui verser, mais ne les a jamais acculées à la faillite ni au désespoir, et elle tenait parole. Je ne doute pas un instant que vous ayez acheté son silence quand vous l'avez renvoyée. A-t-elle jamais dit un mot de la période qu'elle a passée aux côtés de Miss Darcy ? Et après que Wickham et Lydia se sont enfuis, quand vous l'avez persuadée de vous donner leur adresse, vous avez certainement payé cette information d'un bon prix, mais a-t-elle jamais parlé de cette affaire ? Je ne cherche pas à la défendre, je savais qui elle était, mais j'ai trouvé plus facile de traiter avec elle qu'avec bien des gens vertueux.

— Je ne suis pas aussi naïf que vous le croyez, Fitzwilliam, protesta Darcy. Je sais depuis longtemps comment elle opère. Qu'avez-vous fait de la lettre que Mrs Younge vous a adressée ? Je serais curieux de savoir quelles promesses elle vous a faites pour vous convaincre non seulement de soutenir son projet d'adoption, mais de doubler la mise. Vous-même, vous n'avez certainement pas eu la naïveté de croire que Wickham vous rendrait vos trente livres.

— J'ai brûlé cette lettre, la nuit que nous avons passée dans la bibliothèque. J'ai profité de ce que vous dormiez pour la jeter au feu. Je ne voyais pas à quoi elle pourrait encore me servir. Quand bien même les motifs de Mrs Younge eussent été suspects, quand bien même elle eût ultérieurement manqué à sa parole, quel recours judiciaire pouvais-je avoir contre elle ? J'ai toujours estimé qu'un message contenant des informations qui ne sont pas destinées à être connues de tous devait être détruit ; il n'est pas d'autre sécurité possible. Quant à l'argent, je me proposais, en toute confiance, de laisser à Mrs Younge le soin de persuader Wickham de s'en défaire. J'étais certain qu'elle y réussirait ; elle possédait une expérience et des moyens de pression qui me faisaient défaut.

— Lorsque vous vous êtes levé de bonne heure, le matin qui a suivi la nuit que vous nous avez fait passer dans la bibliothèque, et que vous êtes allé voir dans quel état se trouvait Wickham... cela faisait-il partie de votre plan ?

— Si je l'avais trouvé réveillé et dégrisé et si j'en avais eu la possibilité, j'avais l'intention de lui faire comprendre qu'il devait garder un silence absolu sur les circonstances dans lesquelles il avait touché les trente livres et s'en tenir à cela devant n'importe quel tribunal, à moins que je ne révèle moi-même la vérité et qu'il ne soit ainsi libre de confirmer mes dires. Je lui aurais exposé que si la police ou un tribunal l'interrogeait, il devrait prétendre que je lui avais remis ces trente livres pour lui permettre de rembourser une dette d'honneur, ce qui était exact en réalité, et que j'avais donné ma parole que le motif de cette dette ne serait jamais révélé.

— Je doute qu'un tribunal eût exigé du colonel Lord

Hartlep de manquer à sa parole. Mais il aurait pu souhaiter savoir si cet argent était destiné à Denny.

— J'aurais dû être en mesure de répondre que ce n'était pas le cas. Il était important pour la défense que cela fût établi au moment du procès.

— Je me suis demandé pourquoi, avant que nous partions chercher Denny et Wickham, vous vous étiez précipité pour aller voir Bidwell et le dissuader en réalité de venir avec nous et de regagner le cottage du bois. Vous êtes intervenu avant que Mrs Darcy n'ait eu le temps de donner ses instructions à Stoughton et à Mrs Reynolds. Sur le moment, j'ai trouvé votre comportement inutilement, et même présomptueusement, serviable. Je comprends à présent pourquoi il fallait tenir Bidwell à l'écart du cottage du bois cette nuit-là et pourquoi vous avez tenu à aller prévenir Louisa.

— Je me suis montré présomptueux, en effet, et je vous prie, un peu tardivement, de m'en excuser. Il importait évidemment de faire savoir aux deux femmes qu'il ne serait peut-être pas possible de venir chercher l'enfant le lendemain matin comme il avait été prévu. J'étais las de tous ces faux-fuyants et estimais qu'il était temps de leur dire la vérité. Je leur ai annoncé que Wickham et le capitaine Denny s'étaient égarés dans le bois et que Wickham, le père de l'enfant de Louisa, était marié à la sœur de Mr Darcy.

— Vous avez dû laisser Louisa et sa mère dans un état de profond désarroi, remarqua Darcy. Il est difficile d'imaginer l'émotion qu'elles ont dû éprouver en apprenant que l'enfant dont elles s'occupaient était le bâtard de Wickham et que lui-même s'était égaré dans le bois avec un ami. Elles avaient entendu les coups de feu et ont dû craindre le pire.

— Je ne pouvais rien faire pour les rassurer. Je n'en avais pas le temps. Mrs Bidwell s'est écriée : "Bidwell en mourra.

Le fils de Wickham, ici, dans le cottage du bois ! Quelle tache sur Pemberley, quel coup effroyable pour notre maître et pour Mrs Darcy, quel déshonneur pour Louisa, et pour nous tous !" Vous relèverez avec intérêt l'ordre de son énumération. Je me suis inquiété pour Louisa. Elle a failli s'évanouir, puis s'est blottie sur une chauffeuse et s'est mise à trembler de tout son corps. Je voyais bien qu'elle était bouleversée, mais je ne pouvais rien faire. Mon absence avait déjà duré plus longtemps que vous ne pouviez l'avoir prévu, Alveston et vous.

— Bidwell, son père et son grand-père avant lui ont vécu dans ce cottage et ont été au service de ma famille, rappela Darcy. Leur détresse est l'expression d'une loyauté naturelle. Effectivement, si l'enfant était resté à Pemberley ou même y était venu régulièrement en visite, Wickham aurait pu obtenir ainsi ses entrées auprès de ma famille et de ma maison, ce qui m'aurait profondément répugné. Ni Bidwell ni sa femme n'ont jamais rencontré Wickham adulte, mais le fait qu'il soit mon beau-frère et ne soit pourtant jamais reçu a dû leur faire comprendre à quel point notre rupture était profonde et définitive.

— Ensuite, nous avons trouvé le corps de Denny, poursuivit le colonel. Je n'ignorais pas que le lendemain matin, Mrs Younge et tous les gens du King's Arms, de même que tout le voisinage, seraient informés du meurtre survenu dans le bois de Pemberley et de l'arrestation de Wickham. Quelqu'un a-t-il vraiment pu croire que Pratt quitterait le King's Arms cette nuit-là sans raconter ce qui s'était passé ? Je ne doute pas que la réaction de Mrs Younge aura été de regagner Londres immédiatement, sans l'enfant. Ce qui ne signifie pas qu'elle eût renoncé définitivement à tout espoir d'adoption. Peut-être Wickham, quand il arrivera, pourra-t-il nous éclairer sur ce point. Mr Cornbinder doit-il l'accompagner ?

– Je suppose, acquiesça Darcy. Il a, semble-t-il, été fort utile à Wickham et j'espère que son influence persistera, bien que je ne sois guère optimiste. Le révérend est sans doute trop étroitement lié dans l'esprit de Wickham aux quatre murs de sa cellule, à l'image de la corde et à de longs mois de sermons pour qu'il désire passer plus de temps que nécessaire en sa compagnie. Quand il arrivera, nous entendrons le reste de cette lamentable histoire. Je suis navré, Fitzwilliam, que vous ayez été mêlé aux affaires de Wickham ainsi qu'aux miennes. Quel jour infortuné que celui où vous avez vu Wickham et où vous lui avez remis ces trente livres ! Je reconnais qu'en appuyant la proposition d'adoption de Mrs Younge, vous avez agi dans l'intérêt de l'enfant. Je ne puis qu'espérer que le pauvre petit, après des débuts aussi consternants, finira par être heureusement et définitivement installé chez les Simpkins. »

II

Peu après le déjeuner, un clerc de l'étude d'Alveston se présenta pour confirmer que la grâce royale serait accordée le lendemain en milieu d'après-midi et pour remettre à Darcy une lettre qui n'exigeait, affirma-t-il, aucune réponse immédiate. Elle était signée du révérend Samuel Cornbinder et avait été envoyée depuis la prison de Coldbath. Darcy et Elizabeth s'assirent pour la lire ensemble.

Révérend Samuel Cornbinder
Prison de Coldbath
Monsieur,
Vous serez surpris de recevoir en cet instant une communication d'un homme qui est un étranger pour vous, bien que Mr Gardiner, que j'ai rencontré, vous ait peut-être parlé de moi. Je dois commencer par vous prier de bien vouloir m'excuser de faire ainsi intrusion dans votre intimité alors que votre famille et vous-même célébrez la libération de votre beau-frère, lequel a échappé à une accusation injuste et à une mort ignominieuse. Néanmoins, si vous avez la bonté de prendre connaissance de cette missive, je suis certain que vous admettrez que la question qui m'amène à vous importuner est à la fois importante et d'une certaine urgence et qu'elle vous affecte, vous et votre famille.
Permettez-moi d'abord de me présenter. Je m'appelle Samuel Cornbinder et suis l'un des aumôniers de la prison de Coldbath où

j'ai le privilège d'assister depuis neuf ans aussi bien des accusés dans l'attente de leur procès que des hommes déjà condamnés. Mr George Wickham, qui sera bientôt à vos côtés pour vous expliquer les circonstances qui ont conduit à la mort du capitaine Denny, une explication à laquelle vous avez évidemment droit, figurait dans le premier groupe de ces prisonniers.

Je confierai cette lettre à l'Honorable maître Henry Alveston, qui vous la remettra accompagnée d'un message de Mr Wickham. Celui-ci a exprimé le désir que vous le lisiez avant qu'il ne se présente devant vous, afin que vous soyez informé du rôle que j'ai joué dans ses projets d'avenir. Mr Wickham a supporté sa détention avec une force d'âme remarquable mais, ce qui est bien naturel, il lui est arrivé parfois d'être accablé par l'éventualité d'un verdict de culpabilité et il a été alors de mon devoir de diriger ses pensées vers Celui qui seul peut nous pardonner tout ce qui est advenu et nous donner la force d'affronter ce qui nous attend. Inévitablement, au cours de nos entretiens, il m'a confié beaucoup de détails sur son enfance et sur la suite de son existence. Je tiens à souligner, qu'en tant que membre évangélique de l'Église d'Angleterre, je ne crois pas à la confession auriculaire, mais je tiens à vous assurer que toutes les confidences que me font les détenus restent sous le sceau du secret. J'ai encouragé les espoirs d'un verdict de non culpabilité de Mr Wickham et dans ses moments d'optimisme – qui étaient, j'ai le plaisir de le dire, nombreux –, il a employé son esprit à réfléchir à son avenir et à celui de son épouse.

Mr Wickham a exprimé le plus vif désir de ne pas rester en Angleterre et d'aller tenter sa chance dans le Nouveau Monde. Par bonheur, je suis en mesure de l'assister dans ce projet. Mon frère jumeau, Jeremiah Cornbinder, a émigré il y a cinq ans dans l'ancienne colonie de Virginie où il a monté une entreprise de dressage et de vente de chevaux, dans laquelle, grâce essentiellement à ses connaissances et à son talent, il a remarquablement réussi. En raison du développement de son affaire, il cherche actuellement un assistant, un homme qui aurait l'expérience des chevaux, et il m'a *écrit il y a tout juste un an afin d'éveiller mon intérêt pour cette affaire et m'assurer que tout candidat que je lui recommanderais serait aimablement reçu et se verrait proposer un poste pour une période d'essai de six mois. Quand Mr Wickham a été écroué à la prison de Coldbath et que j'ai commencé à le visiter, j'ai rapidement pris conscience qu'il possédait des qualités et une expérience qui feraient de lui un candidat éminemment compétent pour l'emploi que propose mon frère si, comme il l'espérait et l'attendait, il était reconnu non coupable d'une grave accusation. Mr Wickham est bon cavalier et a eu l'occasion de prouver son courage. J'en ai débattu avec lui et il est fort désireux de profiter de cette possibilité et, bien que je ne me sois pas entretenu avec Mrs Wickham, il m'assure qu'elle est tout aussi impatiente que lui de quitter l'Angleterre et de profiter des chances que le Nouveau Monde est susceptible de leur offrir.*

Il se pose évidemment, comme vous pouvez vous en douter, un problème pécuniaire. Mr Wickham espère que vous aurez la bonté de lui consentir un prêt du montant nécessaire, comprenant le prix de la traversée et un revenu suffisant pour lui permettre de vivre pendant quatre semaines, avant qu'il ne touche son premier salaire. Une maison sera mise gratuitement à sa disposition et l'élevage de chevaux — puisque c'est ainsi que l'on peut qualifier l'entreprise de mon frère — est situé à moins d'une lieue de la ville de Williamsburg. Mrs Wickham ne sera donc pas privée de la société et des raffinements nécessaires à une dame de bonne naissance.

Si ces propositions devaient vous agréer et si vous étiez dans la possibilité d'assurer cette aide, je serais heureux de vous présenter mes respects à l'heure et à l'endroit qui vous conviendraient et de vous fournir plus de détails sur la somme nécessaire et sur le logement proposé. Je vous remettrais également des lettres de recommandation qui vous donneront toute assurance sur la position de mon frère en Virginie et sur son caractère qui, est-il besoin de le dire, est exceptionnel. C'est un homme et un employeur juste, mais qui ne tolère ni malhonnêteté ni paresse. S'il est possible à Mr Wickham d'accepter une offre qui lui inspire quelque ardeur, cela l'éloignera de toutes les tentations. Son élargissement et ses états de service de valeureux soldat feront de lui un héros national et malgré la fugacité d'une telle gloire, je crains que pareille notoriété ne soit guère favorable à la réforme de son existence qu'il m'affirme être déterminé à entreprendre.

Vous pouvez me joindre à toute heure du jour ou de la nuit à l'adresse ci-dessus et je tiens à vous assurer de ma bonne volonté dans cette affaire et de ma disposition à vous fournir toute information que vous pourrez souhaiter sur la situation offerte.

Je vous prie d'agréer, cher Monsieur, l'expression de mes sentiments les plus sincères
Samuel Cornbinder

Darcy et Elizabeth lurent la lettre en silence puis, sans commentaire, Darcy la tendit au colonel.

« Il convient, me semble-t-il, que je reçoive ce pasteur, dit Darcy, et il est bon que nous soyons informés de ce projet avant de rencontrer Wickham. Si cette offre est aussi sincère et convenable qu'elle le paraît, elle résoudra certainement le problème de Bingley en même temps que le mien, sinon celui de Wickham. Il me reste à apprendre combien cela me coûtera, mais si Lydia et lui restent en Angleterre, il ne faut guère nous attendre à ce qu'ils puissent vivre sans subsides réguliers.

– Je suppose, intervint le colonel Fitzwilliam, que Mrs Darcy comme Mrs Bingley ont contribué de leurs propres deniers aux dépenses de Wickham. Pour parler clair, cette solution soulagera les deux familles de cette contrainte financière. En ce qui concerne le comportement futur de Wickham, j'ai quelque peine à partager la confiance du Révérend dans sa métamorphose, mais je pense que Jeremiah Cornbinder sera plus compétent que la famille de Wickham à veiller à la correction de sa conduite à venir. Je serai heureux d'apporter ma contribution à la somme indispensable, laquelle ne devrait pas, selon moi, être très élevée.

— Cette affaire est de ma responsabilité, protesta Darcy. Je vais répondre sur-le-champ à Mr Cornbinder et espère pouvoir le rencontrer de bonne heure demain matin, avant l'arrivée de Wickham et Alveston. »

III

Le révérend Cornbinder leur rendit visite après la messe du lendemain, en réponse à un message de Darcy qui lui avait été remis en main propre. Ses dehors ne furent pas sans surprendre Darcy qui, à la lecture de sa lettre, s'était attendu à rencontrer, sinon un vieillard, du moins un homme d'âge mûr ; il constata avec étonnement que Mr Cornbinder était considérablement plus jeune que ne le suggérait son style épistolaire, ou avait réussi à endurer les rigueurs et les responsabilités de sa charge sans perdre l'apparence et la vigueur de la jeunesse. Darcy lui exprima sa reconnaissance pour tout ce qu'il avait fait afin d'aider Wickham à supporter sa captivité, mais sans évoquer la conversion souhaitable de celui-ci à un mode de vie plus honorable, sujet sur lequel il n'avait pas compétence pour se prononcer. Il se prit de sympathie pour Mr Cornbinder, qui n'était ni trop solennel ni mielleux, et arrivait muni d'une lettre de son frère et de toutes les informations financières nécessaires pour permettre à Darcy de prendre une décision parfaitement informée quant à l'ampleur de l'aide qu'il devait et pouvait apporter à l'établissement de Mr et Mrs Wickham dans la nouvelle existence qu'ils semblaient impatients d'embrasser.

La lettre de Virginie avait été reçue quelque trois semaines auparavant. Mr Jeremiah Cornbinder y exprimait

351

sa confiance dans le jugement de son frère et, sans exagérer les avantages que le Nouveau Monde pouvait offrir, donnait un tableau rassurant de la vie à laquelle un candidat muni de recommandations pouvait s'attendre.

Le Nouveau Monde n'est pas un refuge pour les paresseux, les délinquants, les indésirables ou les vieillards, mais un jeune homme qui a été acquitté sans équivoque d'un crime capital, a manifesté de la force d'âme pendant son épreuve et a fait preuve d'une vaillance remarquable sur le champ de bataille semble posséder les qualifications qui lui assureront un accueil bienveillant. Je cherche un homme qui associe des compétences pratiques, si possible dans le dressage des chevaux, à une bonne éducation et je suis convaincu qu'il trouvera sa place dans une société qui, par son intelligence et l'ampleur de ses intérêts culturels, est digne de rivaliser avec celles de toutes les villes civilisées d'Europe et offre des possibilités presque infinies. Je pense pouvoir prédire en toute confiance que les descendants de ceux qu'il espère rejoindre aujourd'hui seront les citoyens d'un pays aussi puissant, sinon plus puissant encore, que celui qu'ils ont quitté, d'un pays qui continuera à donner un exemple de liberté au monde entier.

Le révérend Cornbinder prit la parole : « De même que mon frère peut se fier à mon jugement lorsque je lui recommande Mr Wickham, je me fie à sa bonne volonté et suis certain qu'il fera tout son possible pour aider le jeune couple à se sentir chez lui et à prospérer dans le Nouveau Monde. Il souhaite tout particulièrement attirer des immigrants d'Angleterre pourvus d'une épouse. Je lui ai écrit pour lui recommander Mr Wickham deux mois avant son procès, mais je m'attendais à son acquittement et étais convaincu qu'il était exactement l'homme que recherchait mon frère. Je me fais rapidement une idée des prisonniers que je rencontre et ne me suis encore jamais trompé. Sans trahir les confidences de Mr Wickham, j'ai donné à entendre que certains aspects de sa vie pouvaient inciter un homme prudent à hésiter, mais j'ai également pu assurer à mon frère que Mr Wickham s'est amendé et est bien décidé à poursuivre sur cette voie. Il ne fait pas de doute que ses qualités l'emportent sur ses défauts, et mon frère est un homme assez raisonnable pour ne pas s'attendre à la perfection. Nous avons tous péché, Mr Darcy, et nous ne pouvons espérer de miséricorde si nous n'en faisons pas preuve dans notre vie. Si vous êtes disposé à assurer le coût de la traversée et la modeste somme nécessaire à l'entretien de Mr Wickham et de sa femme pendant les premières semaines de son emploi, ils pourraient embarquer sur l'*Esmeralda* qui quitte Liverpool dans quinze jours. Je connais le capitaine et j'ai toute confiance en lui et dans l'équipement de son navire. Je suppose que vous souhaiterez disposer de quelques heures pour réfléchir à tout cela et, certainement, en discuter avec Mr Wickham lui-même, mais il serait utile que je puisse avoir une réponse avant demain soir à neuf heures.

— George Wickham devrait arriver ici avec notre ami, maître Alveston, cet après-midi. Au vu de ce que vous dites, je suis certain que Mr Wickham acceptera la proposition de votre frère avec gratitude. À ma connaissance, il a été prévu que Mr et Mrs Wickham partiraient d'ici pour rejoindre Longbourn où ils doivent rester jusqu'à ce qu'ils aient pris une décision touchant leur avenir. Mrs Wickham est impatiente de revoir sa mère et ses amies d'enfance; si son mari et elle émigrent, ce sera sans doute la dernière fois qu'elle les verra. »

Samuel Cornbinder se leva pour prendre congé. « C'est fort probable, en effet, admit-il. La traversée de l'Atlantique n'est pas une aventure dans laquelle on s'engage à la légère et peu de mes connaissances en Virginie ont entrepris, ou souhaité entreprendre, le voyage de retour. Je vous remercie, Monsieur, de m'avoir reçu aussi promptement et vous remercie aussi de la générosité de l'accueil que vous avez fait à la proposition que je vous ai présentée.

— Vos sentiments vous font honneur, mais votre reconnaissance est imméritée. Je ne risque guère de regretter ma décision. J'en suis moins sûr s'agissant de Mr Wickham.

— Je serais fort surpris qu'il ait à la déplorer, Monsieur.

— Vous ne souhaitez pas attendre son arrivée ?

— Non, Monsieur. Je lui ai rendu le service que je pouvais lui rendre. Il ne souhaitera pas me voir avant ce soir. »

Sur ces mots, il broya la main de Darcy avec une force peu commune, mit son chapeau et partit.

IV

Il était quatre heures de l'après-midi quand ils entendirent un bruit de pas suivi de voix. Ceux qu'ils attendaient arrivaient enfin de l'Old Bailey. Darcy se leva d'un bond, terriblement embarrassé. Il savait combien la réussite de la vie sociale dépend du respect bienséant de conventions largement acceptées, et avait été éduqué dès son enfance à accomplir les gestes que l'on attendait d'un gentleman. Certes, sa mère avait de temps à autre exprimé un point de vue plus modéré, rappelant que les bonnes manières consistaient essentiellement à manifester de la considération pour les sentiments d'autrui, surtout lorsqu'il s'agissait de membres d'une classe inférieure, une appréciation que sa tante, Lady Catherine de Bourgh, négligeait ostensiblement. Mais en cet instant, les conventions aussi bien que les conseils ne lui étaient d'aucun secours. Il n'existait aucune règle dictant comment recevoir un homme dont la coutume exigeait qu'il l'appelât son frère et qui, quelques heures auparavant, avait été condamné à la pendaison publique. Bien sûr, il était heureux que Wickham eût échappé au bourreau, mais n'était-il pas aussi soulagé pour sa propre tranquillité d'esprit et pour sa propre réputation parce que Wickham avait sauvé sa tête ? Les préceptes de la délicatesse et de la compassion réclamaient certainement qu'il échange avec lui une chaleureuse poignée de main, un geste qui lui paraissait pourtant aussi inopportun qu'hypo-crite.

Mr et Mrs Gardiner avaient quitté précipitamment le boudoir dès les premiers bruits de pas, et il les entendit alors accueillir d'une voix forte les nouveaux venus. Mais la réponse ne parvint pas à ses oreilles. La porte s'ouvrit et les Gardiner entrèrent, pressant doucement Wickham d'avancer, Alveston à son côté.

Darcy espéra que son visage n'exprimait rien du bouleversement et de la surprise qui étaient les siens. Comment croire que l'homme qui avait trouvé la force de se dresser, à la barre des accusés, pour proclamer son innocence d'une voix claire et ferme était le même que celui qui se tenait à présent devant eux ? Wickham paraissait physiquement diminué et les vêtements qu'il avait portés lors de son procès semblaient à présent trop grands pour lui, une tenue bon marché, de mauvaise qualité et mal coupée, destinée à un homme dont on ne prévoyait pas qu'il la porterait longtemps. Son teint présentait encore la pâleur malsaine de la détention; pourtant, lorsque leurs regards se croisèrent et s'attachèrent l'un à l'autre un instant, Darcy reconnut dans les yeux de Wickham une lueur de sa personnalité d'autrefois, une expression de calcul et, peut-être, de dédain. Mais il avait surtout l'air épuisé, comme si l'ébranlement du verdict de culpabilité et le soulagement de la grâce étaient plus qu'un corps humain ne saurait endurer. L'ancien Wickham n'avait cependant pas disparu et Darcy eut conscience de l'effort et aussi du courage qu'il devait rassembler pour se tenir droit et affronter ce qui pourrait arriver.

« Mon cher Monsieur, s'écria Mrs Gardiner, vous avez besoin de sommeil. De nourriture, peut-être, mais de sommeil avant tout. Je vais vous montrer une chambre où vous pourrez prendre du repos et où l'on vous apportera de quoi vous restaurer. Ne serait-il pas préférable que vous dormiez un peu, ou du moins que vous vous reposiez une heure avant de parler ? »

Sans quitter l'assemblée du regard, Wickham répondit : « Merci, Madame, de votre bonté, mais quand je m'en irai dormir, ce sera pour de longues heures, et j'ai bien peur d'avoir pris l'habitude d'espérer ne jamais me réveiller. Il faut pourtant que je parle à ces messieurs et cela ne peut attendre. Je suis assez solide, Madame, mais s'il était possible d'avoir un peu de café fort et peut-être une légère collation… »

Mrs Gardiner jeta un coup d'œil à Darcy avant d'acquiescer : « Bien sûr. Des ordres ont déjà été donnés en ce sens et je vais veiller à ce qu'ils soient exécutés immédiatement. Mr Gardiner et moi-même nous retirerons pour que vous puissiez vous exprimer plus librement. Si j'ai bien compris, le révérend Cornbinder vous a offert l'hospitalité pour la nuit et passera vous chercher avant le dîner. Vous ne serez pas dérangé et pourrez dormir tout votre soûl. Nous vous préviendrons, Mr Gardiner et moi, dès qu'il arrivera. » Sur ces mots, ils s'esquivèrent et la porte se referma silencieusement sur eux.

Après un instant d'indécision, Darcy s'avança, le bras tendu et déclara d'une voix qui lui parut à lui-même d'une froideur guindée : « Je vous félicite, Wickham, de la force d'âme que vous avez manifestée pendant votre détention et je suis heureux de vous voir lavé de ces injustes accusations. Je vous en prie, installez-vous. Nous pourrons parler dès qu'on vous aura apporté à boire et à manger. Il y a fort à dire, mais nous pouvons être patients.

— Je ne vous ferai pas attendre longtemps », répondit Wickham. Il se laissa tomber dans un fauteuil tandis que les autres s'asseyaient. Un silence pesant s'installa et le soulagement fut général quand, quelques instants plus tard, la porte s'ouvrit sur une domestique chargée d'un grand plateau où étaient disposées une cafetière et une assiette de pain, de fromage et de viandes froides. Dès que la servante eut quitté la pièce, Wickham se versa du café et vida sa tasse d'un trait. « Veuillez pardonner mes mauvaises manières, murmura-t-il. J'ai été récemment à bien mauvaise école pour ce qui est de la pratique d'un comportement civilisé. »

Après quelques minutes durant lesquelles il mangea avidement, il repoussa le plateau et dit : « Eh bien, je ferai sans doute mieux de commencer. Le colonel Fitzwilliam pourra confirmer une grande partie de mes propos. Comme je suis déjà un scélérat à vos yeux, Darcy, je doute que tout ce que je pourrai ajouter à la liste de mes forfaits vous étonne beaucoup.

— Vous n'avez aucune excuse à présenter, fit Darcy. Vous avez déjà affronté un jury, nous n'en constituons pas un autre. »

Wickham rit, un bref aboiement sonore et rauque. « Dans ce cas, il ne me reste qu'à espérer que vous aurez moins de préjugés que lui. J'imagine que le colonel Fitzwilliam vous a déjà informé de l'essentiel.

— Je n'ai dit que ce que je sais, intervint le colonel, ce qui n'est pas grand-chose, et je suppose qu'aucun de nous n'imagine que l'entière vérité a été révélée à votre procès. Nous avons attendu votre retour pour entendre le récit complet auquel nous avons droit. »

Wickham ne reprit pas la parole immédiatement. Il resta assis, les yeux posés sur ses mains jointes, puis se redressa avec un effort manifeste et se mit à parler d'une voix presque éteinte, comme s'il récitait une histoire qu'il connaissait par cœur.

« On vous aura dit que je suis le père de l'enfant de Louisa Bidwell. Nous nous sommes rencontrés pour la première fois il y aura bientôt deux ans, alors que ma femme se trouvait à Highmarten où elle aimait passer plusieurs semaines en été. N'étant pas reçu dans cette maison, j'avais pris l'habitude de descendre à l'auberge locale la moins chère que je pouvais trouver, où je pouvais m'arranger pour rencontrer Lydia de temps en temps. Le parc de Highmarten eût été contaminé si j'y avais posé le pied, et je préférais passer mon temps dans les bois de Pemberley. J'y ai vécu certaines des heures les plus heureuses de mon enfance et ai retrouvé un peu de cette joie juvénile en compagnie de Louisa. Je l'avais croisée par hasard en me promenant. Elle était bien seule, elle aussi. Elle vivait presque entièrement confinée dans leur petite maison à s'occuper d'un frère atteint d'une maladie mortelle et ne voyait que rarement son fiancé, que ses devoirs et son ambition tenaient pleinement occupé à Pemberley. D'après ce qu'elle m'a dit de lui, je me suis fait le portrait d'un homme terne et bien plus âgé qu'elle, mû par le seul désir de prolonger sa servitude et dénué de l'imagination qui lui aurait permis de comprendre que sa fiancée s'ennuyait et s'impatientait. Louisa est, de surcroît, une fille intelligente, une qualité qu'il n'aurait pas su apprécier même s'il avait eu l'esprit de la reconnaître. J'admets l'avoir séduite, mais je puis vous assurer que je ne l'ai pas forcée. Je n'ai jamais jugé nécessaire de violenter une femme, et n'ai jamais connu de jeune fille plus avide d'amour.

« Quand elle s'est trouvée grosse, nous avons été atterrés, l'un comme l'autre. Elle était profondément bouleversée et m'a clairement fait comprendre que personne ne devait être informé de son état hormis sa mère bien sûr, qu'il eût été difficile de tenir dans l'ignorance. Louisa ne voulait pas accabler son frère qui n'avait plus que quelques mois à vivre, mais il devina la vérité et elle la reconnut. Son premier souci était de ne pas tourmenter son père. Elle savait, la malheureuse, que la perspective d'être une source de déshonneur pour Pemberley serait pire pour lui que tout ce qui pouvait lui arriver, à elle. Je comprenais mal, je dois l'avouer, en quoi un ou deux enfants de l'amour auraient constitué une telle infamie. Après tout, c'est une situation fâcheuse mais fort courante dans les grandes maisons. Pourtant, c'est ainsi qu'elle considérait la situation. Elle avait dans l'idée de se rendre chez sa sœur mariée, avec la complicité de sa mère, avant que son état ne devînt visible, et d'y rester jusqu'après ses couches. On ferait passer l'enfant pour celui de sa sœur. J'ai suggéré qu'elle revienne avec lui dès qu'elle serait en état de voyager sous prétexte de le montrer à sa grand-mère. Il fallait que je m'assure qu'il était vivant et en bonne santé avant de pouvoir prendre la meilleure décision concernant son avenir. Le plus raisonnable, avons-nous estimé, serait que je trouve la somme nécessaire pour convaincre les Simpkins de se charger de l'enfant et de l'élever comme le leur. C'est alors que j'ai adressé une requête désespérée au colonel Fitzwilliam. Quand le moment a été venu de rendre Georgie aux Simpkins, il m'a remis les trente livres prévues par notre accord. Mais sans doute savez-vous déjà tout cela. Il a agi, a-t-il dit, par compassion envers un soldat qui avait servi sous ses ordres, mais je le soupçonne d'avoir eu d'autres motifs ; des commérages de domestiques que Louisa a surpris pouvaient donner à penser que le colonel avait quelque espoir de trouver une épouse à Pemberley. Un homme fier et prudent, surtout s'il est riche et membre de l'aristocratie, évite de s'allier au scandale, particulièrement s'il s'agit d'une petite affaire aussi ordinaire et aussi sordide. Il ne souhaitait pas davantage que Darcy ne l'eût désiré voir mon bâtard jouer dans les bois de Pemberley.

— Je suppose que vous n'avez jamais révélé à Louisa votre véritable identité ? demanda Alveston.

— C'eût été de la folie, et n'aurait fait qu'aggraver sa

détresse. J'ai agi comme font la plupart des hommes dans ma situation et je me félicite que mon histoire ait été convaincante et propre à éveiller la pitié de toute jeune fille sensible. Je lui ai dit que je m'appelais Frederick Delancey – j'ai toujours aimé ces deux initiales –, que j'avais été soldat, que j'avais été blessé pendant la campagne d'Irlande – ce qui était exact – et étais rentré chez moi pour découvrir que mon épouse bien-aimée était morte en couches, et mon fils avec elle. Ce triste récit a considérablement accru l'amour et la dévotion que me portait Louisa. J'ai été obligé de broder en ajoutant que je devrais bientôt regagner Londres pour y trouver un emploi, mais que je reviendrais l'épouser et que l'enfant pourrait alors quitter les Simpkins et nous rejoindre afin que nous formions une vraie famille. Ensemble, sur l'insistance de Louisa, nous avons gravé mes initiales sur plusieurs troncs d'arbres en gage de mon amour et de mon engagement. J'avoue que je n'étais pas sans espérer que ces inscriptions causeraient quelque dommage. J'ai promis d'envoyer de l'argent aux Simpkins dès que j'aurais trouvé et payé mon logement à Londres.

– Quelle tromperie infâme, Monsieur, s'écria le colonel, aux dépens d'une jeune fille crédule et foncièrement innocente ! Je suppose qu'après la naissance de l'enfant, vous auriez disparu définitivement et que pour vous, l'affaire eût été réglée.

– Je reconnais la tromperie, mais son résultat me paraissait souhaitable. Louisa n'aurait pas tardé à m'oublier, elle aurait épousé son fiancé et l'enfant aurait été élevé par des membres de sa famille. J'ai entendu parler de bien pires façons de régler le sort d'un bâtard. Malheureusement, les choses n'ont pas tourné comme nous l'espérions. Quand Louisa est rentrée chez elle avec son enfant et que nous nous sommes retrouvés comme de coutume près de la tombe du chien, elle était porteuse d'un message de

Michael Simpkins. Il avait changé d'avis et ne voulait plus se charger du petit définitivement, même contre une somme généreuse. Sa femme et lui avaient déjà trois filles et pouvaient s'attendre à avoir d'autres enfants, et il ne pouvait admettre que Georgie soit le fils aîné de la famille et bénéficie de plus de droits que tout autre garçon né ultérieurement. Il semble d'autre part qu'il y ait eu quelques différends entre Louisa et sa sœur pendant qu'elle était chez eux en attendant la naissance. Deux femmes dans une cuisine n'est pas gage d'harmonie. J'avais confié à Mrs Younge la situation dans laquelle se trouvait Louisa et elle a insisté pour voir l'enfant. Elle voulait donner rendez-vous à Louisa dans le bois, avec le petit. Elle a immédiatement raffolé de Georgie et s'est mis en tête de l'adopter. Je savais qu'elle aurait aimé avoir des enfants, mais n'avais encore jamais pris conscience de la force de ce désir. C'était un joli bambin et de plus, bien sûr, c'était mon fils. »

Darcy ne put demeurer silencieux plus longtemps. Les questions se pressaient dans son esprit. « Je suppose que la femme en noir que les deux bonnes ont aperçue dans le bois était Mrs Younge, n'est-ce pas ? Comment avez-vous pu mêler à un projet concernant l'avenir de votre propre fils cette femme dont la conduite, telle que nous la connaissons, trahit l'une des plus viles et des plus méprisables créatures de son sexe ? »

Wickham se retint pour ne pas bondir de son siège. Les jointures de ses doigts posés sur les accoudoirs avaient blanchi, son visage s'était soudain empourpré de colère. « Autant que vous sachiez la vérité. Eleanor Younge est la seule femme à m'avoir jamais aimé. Aucune des autres, pas même mon épouse, ne m'a accordé autant de sollicitude, de bonté, de soutien, aucune ne m'a donné pareil sentiment de compter pour quelqu'un que ma sœur. Oui, c'était ma demi-sœur. Cela vous surprendra, je le conçois.

Mon père a la réputation d'avoir été le régisseur le plus efficace, le plus loyal, le plus admirable de feu Mr Darcy, et il l'a été, en effet. Ma mère était une femme sévère, avec lui comme avec moi ; on ne riait jamais chez nous. Mon père était un homme comme les autres, et quand les affaires de Mr Darcy le conduisaient à Londres pour une semaine ou plus, il y menait une autre vie. Je ne sais rien de la femme qu'il y fréquentait, mais sur son lit de mort, il m'a avoué qu'il avait eu une fille. Je dois dire à sa décharge qu'il a fait ce qu'il pouvait pour contribuer à son entretien, mais j'ai su peu de chose sur ses débuts dans l'existence, si ce n'est qu'elle avait été placée dans une école à Londres qui ne valait guère mieux qu'un orphelinat. Elle s'en est enfuie à douze ans et il n'a plus eu de rapport avec elle. Lorsque l'âge et ses responsabilités à Pemberley ont commencé à se faire trop lourds pour lui, il n'a plus été en mesure de se mettre à sa recherche. Mais elle a pesé sur sa conscience jusqu'à son dernier soupir et il m'a supplié de faire ce que je pouvais pour la retrouver. L'école avait fait faillite depuis longtemps et son propriétaire était inconnu, mais j'ai pu me mettre en relation avec des habitants de la maison voisine qui s'étaient liés avec l'une des fillettes et n'avaient pas rompu tout lien avec elle. Finalement, je l'ai retrouvée. Elle était fort éloignée de l'indigence. Elle avait épousé un homme beaucoup plus âgé qu'elle qui lui avait laissé suffisamment d'argent à sa mort pour lui permettre d'acheter à Marylebone une maison où elle recevait des pensionnaires, exclusivement des jeunes gens de familles respectables qui avaient quitté le foyer parental pour venir travailler à Londres. Leurs tendres mères étaient éperdues de reconnaissance à l'égard de cette dame honnête et maternelle qui refusait fermement de recevoir des jeunes femmes sous son toit, qu'elles fussent pensionnaires ou visiteuses.

— Je savais cela, confirma le colonel. Mais vous ne dites rien de la manière dont votre sœur a vécu, ni des malheureux hommes victimes de ses extorsions. »

Wickham eut quelque difficulté à maîtriser sa colère. Il reprit : « Elle a causé moins de torts dans sa vie que bien des mères de famille respectables. Son mari ne lui avait pas accordé de douaire et il a bien fallu qu'elle vive d'expédients. Nous nous sommes rapidement pris d'une grande affection l'un pour l'autre, peut-être parce que nous partagions de nombreux points communs. Elle était intelligente. Elle disait que mon plus grand atout, le seul peut-être, était que les femmes m'aimaient et que j'avais l'art de m'en rendre agréable. Ma meilleure assurance d'échapper à la pauvreté serait d'épouser une femme riche et elle pensait que j'avais les qualités nécessaires pour y parvenir. Comme vous le savez, mon premier espoir, le plus prometteur, a été réduit à néant quand Darcy est arrivé à Ramsgate pour jouer les frères indignés. »

Le colonel avait bondi sur ses pieds avant que Darcy n'ait eu le temps de bouger. « Il est un nom qui ne doit pas franchir vos lèvres, s'écria-t-il, ni dans cette pièce, ni ailleurs, si vous tenez à la vie, Monsieur. »

Wickham lui décocha un regard dans lequel brillait son assurance ancienne. « Je ne suis pas assez ignorant des usages du monde, Monsieur, pour ne pas savoir quand une dame porte un nom qu'aucun scandale ne pourra jamais éclabousser et une réputation qui est, je vous l'accorde, sacrée. Je sais également qu'il y a des femmes que leur mode d'existence aide à préserver cette pureté. Ma sœur était du nombre. Mais revenons à l'affaire qui nous intéresse. Par bonheur, les désirs de ma sœur offraient une solution à notre problème. Puisque la sœur de Louisa avait refusé de se charger de l'enfant, il fallait lui trouver un foyer. Eleanor a ébloui Louisa de récits de la vie qu'il mènerait et Louisa a accepté que le matin du bal de Pemberley, Eleanor vienne au cottage avec moi pour prendre le petit et l'emmener avec nous à Londres où je chercherais du travail et où elle s'occuperait temporairement de lui, en attendant que Louisa et moi puissions nous marier. Évidemment, nous n'avions aucune intention de donner à Louisa l'adresse de ma sœur.

« Les choses ne se sont pas passées comme nous l'avions prévu. Je dois admettre que la faute en incombe largement à Eleanor, qui n'avait pas l'habitude de traiter avec les femmes et s'était fait une règle de ne point le faire. Les hommes sont plus directs, elle savait les persuader et les circonvenir. Même lorsqu'elle avait obtenu d'eux de grosses sommes, ils ne lui en tenaient jamais véritablement rigueur. Les hésitations sentimentales de Louisa l'ont impatientée. Pour elle, c'était une question de bon sens : Georgie avait besoin d'un foyer de toute urgence et elle pouvait lui en offrir un, bien supérieur de surcroît à celui des Simpkins. Mais Louisa n'aimait pas Eleanor, voilà tout, et elle est devenue soupçonneuse ; Eleanor a trop insisté pour que les trente livres promises aux Simpkins lui reviennent. Louisa a fini par accepter que nous venions chercher l'enfant comme prévu, mais nous ne pouvions exclure qu'elle se montre opiniâtre au moment de se séparer du petit pour de bon. Voilà pourquoi j'ai tenu à ce que Denny nous accompagne quand nous irions prendre Georgie. J'étais sûr que Bidwell serait à Pemberley et que tous les domestiques seraient occupés, et je savais que l'équipage de ma sœur pourrait pénétrer dans le domaine sans difficulté par la porte nord-ouest. Un ou deux shillings suffisent à régler ce genre de difficultés avec une surprenante facilité. Eleanor avait déjà organisé une entrevue avec le colonel au King's Arms de Lambton la veille au soir afin de l'informer que nos plans avaient changé.

365

— Je n'avais pas revu Mrs Younge, intervint le colonel Fitzwilliam, depuis le temps où elle avait postulé au poste de dame de compagnie. Elle m'a charmé comme elle l'avait fait la première fois. Elle m'a donné des détails sur sa situation financière et m'a convaincu, comme je l'ai dit à Darcy, que sa proposition était la plus favorable à l'enfant. Au demeurant, je continue à penser que le mieux eût effectivement été que Mrs Younge adoptât Georgie. Cependant, m'étant fait un devoir de passer au cottage du bois alors que nous étions en route pour aller voir de quoi il retournait et ce qu'était cette histoire de coups de feu, j'ai cru bon de faire savoir à Louisa que son amant était Wickham, qu'il était marié et qu'un de ses amis et lui-même avaient disparu dans le bois. Après cette révélation, il ne fallait plus espérer que l'enfant fût confié à Mrs Younge, amie et confidente de Wickham.

— Il n'avait jamais été question de laisser le choix à Louisa », fit observer Darcy. Il se tourna vers Wickham : « Vous aviez prévu qu'au besoin, vous prendriez l'enfant de force, n'est-ce pas ? »

Wickham répondit avec une indifférence apparente : « J'aurais tout fait, tout, vous dis-je, pour qu'Eleanor puisse avoir Georgie. C'était mon fils, c'était son avenir qui nous importait, à elle comme à moi. Depuis que nous nous étions retrouvés, je n'avais jamais pu lui donner quoi que ce soit en échange de son soutien et de son amour. Enfin, j'avais quelque chose à lui offrir, quelque chose dont elle avait follement envie, et je n'allais certainement pas laisser l'indécision et la stupidité de Louisa se mettre en travers de ce projet.

— Et quelle vie aurait menée cet enfant, élevé par une femme pareille ? » demanda Darcy.

Wickham ne répondit pas. Tous les yeux étaient rivés sur lui et Darcy remarqua, avec un mélange d'horreur et de compassion, qu'il cherchait désespérément à conserver un semblant de sérénité. L'assurance, l'insouciance presque, qui avaient marqué son récit avaient disparu. Il tendit une main tremblante vers la cafetière, mais ses yeux étaient aveuglés de larmes et il ne réussit qu'à la faire tomber de la table. Personne ne dit un mot cependant, personne ne bougea avant que le colonel ne se baisse et, ramassant la cafetière, ne la repose sur la table.

Se maîtrisant enfin, Wickham reprit : « Le petit aurait été aimé, plus aimé que je ne l'avais été dans mon enfance, ou vous dans la vôtre, Darcy. Ma sœur n'avait jamais eu d'enfant et voilà qu'elle avait la possibilité de s'occuper du mien. Je ne doute pas qu'elle ait effectivement réclamé de l'argent, c'est ainsi qu'elle vivait, mais elle l'aurait dépensé pour le petit. Elle l'avait vu. C'était un bel enfant. Mon fils est beau. Désormais, je ne les reverrai plus, ni l'un ni l'autre. »

Darcy répliqua d'une voix dure : « Mais vous n'avez pas pu résister à la tentation de vous confier à Denny. Vous n'aviez à affronter que Louisa et sa mère, mais vous teniez à éviter que Louisa vous fasse une scène et refuse de vous remettre l'enfant. Tout devait se faire dans la plus grande discrétion si vous ne vouliez pas donner l'alerte au frère malade. Il vous fallait un autre homme, un ami sur lequel vous puissiez compter. Or lorsqu'il a compris que vous aviez promis d'épouser Louisa et que vous étiez décidé à lui prendre son enfant de force s'il le fallait, Denny a refusé de jouer son rôle. C'est pour cette raison qu'il a quitté le cabriolet. Nous nous sommes toujours demandé pourquoi il s'était éloigné du chemin qui l'aurait reconduit à l'auberge ou pourquoi il n'était pas resté dans le cabriolet, comme l'eût fait tout homme raisonnable, jusqu'à son arrivée à Lambton, où il aurait pu partir sans donner d'explication. Il est mort parce qu'il avait décidé d'avertir Louisa

Bidwell de vos intentions. Les paroles que vous avez prononcées sur le corps de votre ami mort étaient vraies. Vous
avez tué votre ami. Vous l'avez tué aussi sûrement que si
vous l'aviez transpercé d'une épée. Et Will, agonisant dans
la solitude, a cru protéger sa sœur de l'entreprise d'un
séducteur. En réalité, il a tué le seul être qui se proposait de
l'aider. »

Mais Wickham avait l'esprit occupé par une autre mort.
« Quand Eleanor a entendu le mot "coupable", murmura-
t-il, sa vie n'a plus eu aucun prix pour elle. Elle savait que
dans quelques heures, je serais mort. Elle se serait tenue au
pied du gibet et aurait assisté à mes dernières convulsions
si cela avait pu m'apporter un ultime réconfort, mais il est
des horreurs que l'amour lui-même ne saurait endurer. Je
suis certain qu'elle avait prévu sa mort à l'avance. Elle nous
avait perdus tous les deux, mon fils et moi, mais elle pouvait au moins s'assurer que, comme moi, elle ne reposerait
pas en terre sanctifiée. »

Darcy s'apprêtait à dire qu'il serait certainement possible de lui éviter cette dernière indignité, mais un regard
de Wickham le réduisit au silence. « Vous avez méprisé
Eleanor lorsqu'elle était en vie, lança-t-il, ne lui infligez
pas votre condescendance dans la mort. Le révérend Cornbinder fait le nécessaire et n'a pas besoin de votre aide.
Dans certaines sphères de la vie, il possède une autorité qui
n'appartient pas à Mr Darcy de Pemberley lui-même. »

Tous demeurèrent silencieux. Enfin, Darcy demanda :
« Et l'enfant ? Qu'est-il devenu ? Où est-il maintenant ? »

Ce fut le colonel qui lui répondit : « Je m'en suis occupé.
L'enfant est retourné chez les Simpkins, et donc, comme
chacun le croit, chez sa mère. Le meurtre de Denny a causé
beaucoup d'émoi et de désarroi à Pemberley, et Louisa n'a
pas eu de mal à convaincre les Simpkins de reprendre l'enfant pour le mettre à l'abri du danger. Je leur ai envoyé

anonymement une somme confortable et à ma connaissance, il n'a pas été suggéré qu'il doive quitter leur foyer.
Ce qui ne veut pas dire que le problème ne se posera pas tôt
ou tard. Je ne souhaite pas me mêler davantage de cette
affaire ; il est probable que je serai bientôt employé à des
tâches d'une autre importance. L'Europe ne sera débarrassée
de Bonaparte que le jour où il aura été définitivement
défait sur terre comme sur mer, et j'espère être du nombre
des privilégiés qui participeront à cette grande bataille. »

Ils étaient tous à bout de forces et personne n'avait rien
à ajouter. Aussi furent-ils soulagés quand, plus tôt que
prévu, Mr Gardiner ouvrit la porte pour annoncer l'arrivée
de Mr Cornbinder.

V

La nouvelle de la grâce de Wickham les avait libérés de l'angoisse qui leur étreignait le cœur, mais personne ne se laissa aller à la moindre manifestation d'allégresse. Ils en avaient trop enduré pour pouvoir faire davantage que remercier sincèrement le Ciel de sa libération et se préparer à la joie de rentrer chez eux. Elizabeth savait que Darcy était aussi impatient qu'elle de se mettre en route pour Pemberley et espérait qu'ils pourraient partir le lendemain matin. Mais cela leur fut impossible. Darcy avait des affaires à régler avec son notaire pour organiser le transfert de fonds au révérend Cornbinder et, par son intermédiaire, à Wickham, et ils avaient reçu la veille une lettre de Lydia annonçant son intention de venir à Londres retrouver son époux bien-aimé aussitôt que possible, avant, de toute évidence, de faire un retour triomphal à Longbourn. Elle voyagerait dans la voiture familiale accompagnée d'un valet et semblait tenir pour admis qu'elle serait logée Grace-church Street. On pourrait aisément trouver un lit pour John, le valet, à l'auberge locale. Comme elle ne mention-nait pas l'heure probable de leur arrivée le lendemain, Mrs Gardiner se chargea immédiatement de réorganiser les chambres et de faire, tant bien que mal, de la place pour un troisième attelage dans les écuries. Elizabeth était accablée de fatigue et devait faire un immense effort de volonté pour ne pas éclater en sanglots de soulagement. Le désir de revoir ses enfants occupait l'essentiel de ses pensées, comme, elle le savait, de celles de Darcy, et ils avaient prévu de partir le surlendemain.

La journée suivante commença par l'envoi d'un courrier exprès à Pemberley pour avertir Stoughton de leur retour imminent. Toutes les formalités nécessaires ainsi que les bagages à faire les occupèrent si bien qu'Elizabeth vit fort peu Darcy. Ils avaient le cœur trop lourd pour parler, et Elizabeth savait plus qu'elle ne sentait qu'elle était heureuse ou, du moins, qu'elle le serait dès qu'elle serait rentrée chez elle. On s'était inquiété à l'idée qu'une fois répandue la nouvelle de la grâce, une foule bruyante de partisans de Wickham n'afflue Gracechurch Street, mais par bonheur, on n'eut à souffrir d'aucun trouble de ce genre. La famille chez qui le révérend Cornbinder avait organisé l'accueil de Wickham était d'une discrétion absolue et son adresse inconnue. Aussi la foule qui se rassembla se concentra-t-elle autour de la prison.

La voiture des Bennet arriva avec Lydia le lendemain après le déjeuner, mais cela n'éveilla pas davantage la curiosité du public. Au grand soulagement des Darcy et des Gardiner, Lydia se conduisit avec plus de retenue et de raison qu'on n'en pouvait attendre d'elle. L'angoisse des derniers mois, encore exaspérée par la conscience que son mari jouait sa vie lors de son procès, avait adouci son tempérament d'ordinaire tempétueux, et elle réussit même à remercier Mrs Gardiner de son hospitalité avec une expression qui avait tout d'une reconnaissance sincère et d'une vraie compréhension de ce qu'elle devait à leur bonté et à leur générosité. Elle se montra moins à l'aise avec Elizabeth et Darcy, et ne leur adressa aucun remerciement.

Avant le dîner, le révérend Cornbinder se présenta pour la conduire là où logeait Wickham. Elle revint trois heures plus tard à la nuit tombée, d'excellente humeur. Il était redevenu son beau, son galant, son irrésistible Wickham et elle parlait de leur avenir sans douter un instant que cette aventure marquerait pour eux le commencement de la prospérité et de la gloire. Elle avait toujours été aventureuse, et de toute évidence, était aussi impatiente que Wickham de quitter définitivement l'Angleterre. Elle rejoignit Wickham pendant que son mari reprenait quelques forces, mais ne supporta que brièvement les prières matinales de leur hôte, les bénédicités et les grâces qui accompagnaient chaque repas, et trois jours plus tard, la voiture des Bennet parcourait à grand fracas les rues de Londres, se dirigeant vers la vision réjouissante de la route qui menait au Hertfordshire et à Longbourn.

VI

Ils avaient décidé de regagner le Derbyshire en deux jours, car Elizabeth était épuisée et ne souhaitait pas faire de trop longues heures de route. En milieu de matinée, le lundi suivant le procès, la voiture fut conduite devant la porte d'entrée, et après avoir exprimé des remerciements pour lesquels ils eurent peine à trouver suffisamment de mots, ils partirent enfin. Ils somnolèrent tous deux pendant une grande partie du trajet, mais étaient éveillés quand l'équipage franchit la limite du comté pour entrer dans le Derbyshire, et ce fut avec un ravissement croissant qu'ils traversèrent les villages familiers et parcoururent des routes qu'ils connaissaient bien. La veille, c'était la raison qui leur avait dit qu'ils étaient heureux ; à présent, ils sentaient la chaleur de la joie irradier le moindre de leurs nerfs. Leur arrivée à Pemberley n'aurait pu être plus différente de leur départ. Tous les membres du personnel, en uniformes lavés et repassés, étaient alignés pour les accueillir et ce fut les larmes aux yeux que Mrs Reynolds leur fit la révérence et, avec une émotion trop profonde pour pouvoir s'exprimer par des paroles, qu'elle souhaita silencieusement la bienvenue à Elizabeth.

Leur première visite fut pour la nursery où Fitzwilliam et Charles les reçurent par des cris perçants et des bonds de joie et où ils passèrent un moment à écouter les nouvelles de Mrs Donovan. Il s'était passé tant de choses durant la semaine qu'ils avaient passée à Londres qu'Elizabeth eut l'impression d'avoir été absente pendant des mois. Puis ce fut à Mrs Reynolds de lui faire son rapport. « Soyez assurée, Madame, dit-elle, que je n'ai rien d'affligeant à vous apprendre, mais il y a une question de quelque importance dont je dois vous entretenir. »

Elizabeth suggéra qu'elles se rendent comme d'ordinaire dans son boudoir. Mrs Reynolds sonna pour commander qu'on apporte du thé pour deux, et elles s'assirent devant un feu, allumé plus pour le réconfort que pour la chaleur qu'il dispensait. Mrs Reynolds commença son récit.

« Nous avons, bien sûr, appris les aveux de Will en rapport avec la mort du capitaine Denny et tout le monde éprouve une vive compassion pour Mrs Bidwell. Certains estiment tout de même que Will aurait dû parler plus tôt et vous épargner ainsi, à Mr Darcy et vous-même, ainsi qu'à Mr Wickham, beaucoup d'inquiétude et de peine. De toute évidence, il a été motivé par la nécessité d'avoir le temps de faire la paix avec Dieu, mais certains estiment que cette paix a été payée bien trop cher. On l'a enterré au cimetière ; Mr Oliphant a prononcé une oraison pleine de sentiment et Mrs Bidwell a eu le plaisir de constater qu'il était venu beaucoup de monde, dont un grand nombre de Lambton. Les fleurs étaient de toute beauté et Mr Stoughton et moi-même avions fait en sorte qu'une couronne soit déposée à l'église en votre nom, à Mr Darcy et vous. Nous étions persuadés d'agir conformément à ce que vous auriez souhaité. Mais c'est de Louisa qu'il faut que je vous entretienne, Madame.

« Le lendemain de la mort du capitaine Denny, Louisa est venue me voir et a demandé à me parler en confidence. Je l'ai conduite dans mon petit salon où elle a fondu en larmes, profondément affligée. J'ai réussi, à force de patience et non sans difficulté, à la calmer et elle m'a raconté son histoire. Avant la visite du colonel la nuit du drame, elle n'avait pas la moindre idée que le père de son enfant pût être Mr Wickham et je crains fort, Madame, qu'elle n'ait été gravement trompée par les propos qu'il lui avait tenus. Elle ne voulait plus jamais le voir et s'était également prise d'aversion pour le petit Georgie. Mr Simpkins et sa sœur n'en voulaient plus non plus et Joseph Billings, informé de son existence, n'était pas disposé à épouser Louisa si cela l'obligeait à prendre la responsabilité de l'enfant d'un autre. Elle lui avait avoué avoir eu un amant, mais le nom de Mr Wickham n'avait jamais été prononcé. À mon sens comme à celui de Louisa, il ne devra jamais l'être afin d'éviter à Bidwell la honte et la douleur. Louisa voulait absolument trouver pour Georgie un bon foyer, une famille aimante, et c'est pour cette raison qu'elle était venue me voir. J'ai été heureuse de l'aider. Vous vous rappelez peut-être, Madame, que je vous ai parlé de la veuve de mon frère, Mrs Goddard, qui dirige depuis quelques années une excellente école à Highbury. L'une de ses pensionnaires, Miss Harriet Smith, a épousé un fermier des environs, Robert Martin, et est très heureusement installée. Ils ont trois filles et un fils, mais le médecin lui a annoncé qu'elle ne devait pas s'attendre à avoir d'autres enfants. Or son mari et elle sont fort désireux d'avoir un autre garçon comme compagnon de jeux de celui qu'ils ont déjà. Mr et Mrs Knightley de Donwell Abbey forment le couple le plus en vue de Highbury. Mrs Knightley est une amie de Mrs Martin et a toujours manifesté un vif intérêt pour ses enfants. Elle a eu la bonté de m'adresser une lettre, en plus de celles que j'ai reçues de Mrs Martin, m'assurant de son assistance et de sa bienveillance durable à l'égard de Georgie s'il venait à Highbury. Il m'a semblé qu'il ne saurait être mieux placé, et il a donc été décidé qu'il reviendrait le plus tôt possible chez Mrs Simpkins afin qu'on pût le chercher à Birmingham plutôt qu'à Pemberley, où la voiture envoyée par Mrs Knightley n'aurait pas manqué d'attirer l'attention. Tout s'est passé exactement comme prévu ; les lettres suivantes ont confirmé que l'enfant s'était bien adapté, que c'est un petit garçon tout à fait heureux et aimable, choyé par toute la famille. J'ai bien sûr conservé toute cette correspondance afin que vous puissiez la lire. Mrs Martin était fort ennuyée d'apprendre que Georgie n'était pas baptisé, mais il a reçu ce sacrement à l'église de Highbury et porte désormais le prénom de John, comme le père de Mrs Martin.

« Je suis désolée de n'avoir pas pu vous en aviser plus tôt, mais j'avais promis à Louisa de garder le secret tout en lui faisant clairement comprendre, Madame, qu'il faudrait impérativement vous en informer. La vérité aurait profondément bouleversé Bidwell et il croit, comme tous les gens de Pemberley, que le petit Georgie est retourné chez sa mère, Mrs Simpkins. J'espère avoir bien agi, Madame, mais je savais combien Louisa était inquiète à l'idée que son père puisse apprendre la vérité sur cet enfant, et combien elle tenait à ce que le petit soit entouré de soins et d'amour. Elle ne souhaite pas le revoir ni avoir de rapports réguliers sur son développement. Elle ignore du reste chez qui il a été placé. Il lui suffit de savoir qu'il sera aimé et ne manquera de rien.

— Vous n'auriez pu mieux agir, approuva Elizabeth, et je respecterai bien sûr votre confidence. Je vous serais cependant reconnaissante de me laisser faire une exception ; il faut que j'en parle à Mr Darcy. Je sais qu'il gardera le secret. Les fiançailles de Louisa avec Joseph Billings tiennent-elles toujours ?

— Oui, Madame, et Mr Stoughton a un peu allégé la charge de travail de Billings pour lui permettre de passer plus de temps avec elle. Je pense que Mr Wickham lui a troublé l'esprit, mais les sentiments qu'elle a pu éprouver pour lui se sont transformés en haine et elle semble désormais envisager avec satisfaction la vie qu'elle mènera à Highmarten en compagnie de Joseph. »

Quels que fussent ses travers, Wickham était un homme intelligent, séduisant et aimable, et Elizabeth se demanda si, pendant les heures qu'ils avaient passées ensemble, Louisa, une jeune fille que le révérend Oliphant jugeait d'une grande intelligence, n'avait pas entraperçu l'image d'une existence différente, plus enivrante. Mais indéniablement, tout avait été réglé au mieux, pour son enfant et sans doute pour elle. L'avenir qui l'attendait était celui de servante à Highmarten, d'épouse du maître d'hôtel, et avec le temps, Wickham ne serait plus qu'un souvenir pâlissant. Ce qui n'empêcha pas Elizabeth d'éprouver un pincement de regret qu'elle jugea irrationnel, sinon étrange.

ÉPILOGUE

Par un matin du début du mois de juin, Elizabeth et Darcy prenaient leur petit déjeuner ensemble sur la terrasse. Il faisait un temps splendide et la journée s'annonçait engageante, avec la promesse de présences amicales et de plaisirs partagés. Henry Alveston avait pu échapper brièvement à ses responsabilités londoniennes et était arrivé la veille au soir ; on attendait les Bingley pour le déjeuner et le dîner.

« Je serais heureux, Elizabeth, dit Darcy, que vous acceptiez de venir vous promener au bord de la rivière avec moi. Il y a des choses dont je voudrais vous entretenir, des questions qui me préoccupent depuis longtemps et dont nous aurions dû parler plus tôt. »

Elizabeth acquiesça. Cinq minutes plus tard, ils traversaient côte à côte la pelouse pour rejoindre le sentier qui longeait le cours d'eau. Ils gardèrent le silence jusqu'à ce qu'ils eussent franchi le pont construit à l'endroit où la rivière s'étrécissait et qui conduisait à un banc installé alors que Lady Anne attendait son premier enfant, afin de lui offrir un lieu de repos commode. Au-delà de la rive opposée, la vue donnait sur Pemberley House, une perspective que Darcy et Elizabeth appréciaient beaucoup et vers laquelle leurs pas les menaient toujours instinctivement. La journée avait commencé par une brume matinale annoncia-

trice de chaleur, à en croire la prophétie invariable du jardinier, et sur les arbres, les premières pousses tendres des
feuilles vert acide du printemps avaient cédé la place à des
frondaisons luxuriantes, tandis que les parterres de fleurs
estivales et la rivière scintillante s'associaient en une célé-
bration vivante de beauté et d'épanouissement.

C'est avec soulagement que l'on avait reçu à Longbourn
la lettre d'Amérique que l'on attendait depuis longtemps,
et la copie que Kitty en avait adressée à Elizabeth lui avait
été remise le matin même. Wickham n'avait écrit qu'un
bref compte rendu, auquel Lydia avait ajouté quelques
lignes griffonnées. La découverte du Nouveau Monde leur
inspirait un enthousiasme sans borne. Wickham évoquait
surtout les magnifiques bêtes de son patron et les projets
d'élevage de chevaux de steeple-chase qu'ils nourrissaient,
Mr Cornbinder et lui-même, tandis que Lydia prétendait
que la vie à Williamsburg était cent fois plus divertissante
que dans ce trou assommant de Meryton, précisant qu'elle
s'était déjà liée à quelques officiers et à leurs épouses en
garnison dans les environs. On pouvait penser que Wickham avait enfin trouvé une occupation qu'il était susceptible de conserver ; quant à savoir s'il serait capable de
conserver sa femme, c'était une question dont les Darcy
étaient fort heureux d'être séparés par un océan vaste de
presque trois mille milles.

« Je pensais à Wickham, dit alors Darcy, et au voyage
qu'il a affronté avec notre sœur et, pour la première fois, en
toute sincérité, je lui souhaite d'être heureux. Je suis
convaincu que la terrible épreuve qu'il a surmontée peut
effectivement lui inspirer la réforme de son existence en
laquelle le révérend Cornbinder a une telle confiance et que
le Nouveau Monde lui permettra de réaliser tous ses
espoirs. Mais le passé est trop intimement lié à ce que je
suis, et mon unique désir aujourd'hui est de ne plus jamais

revoir Wickham. La tentative de séduction à laquelle il s'est livré avec Georgiana était tellement odieuse que je ne puis penser à lui sans répulsion. Je me suis évertué à chasser toute cette triste aventure de mon esprit et à faire comme si elle n'était jamais arrivée, et je pensais y parvenir plus aisément en n'abordant jamais cette question avec Georgiana. »

Elizabeth resta silencieuse un moment. Wickham ne faisait planer aucune ombre sur leur bonheur et ne pouvait porter atteinte à l'entière confiance, exprimée ou inexprimée, qui régnait entre eux. Si leur union n'était pas la réalité même du bonheur, c'est que les mots n'avaient pas de sens. Si une même délicatesse les dissuadait d'évoquer jamais l'amitié qui avait jadis lié Wickham à Elizabeth, ils partageaient la même opinion sur son caractère et sur son mode de vie, et Elizabeth avait approuvé la détermination de son mari à ne jamais le recevoir à Pemberley. Dans le même souci de ne pas heurter inutilement Darcy, elle ne lui avait jamais parlé du projet de fugue de Georgiana, dans lequel il voyait un stratagème de Wickham pour s'emparer de la fortune de la jeune fille et se venger d'affronts passés, qui n'existaient que dans son imagination. Elizabeth avait le cœur si débordant d'amour pour son mari et de confiance en son jugement qu'il ne pouvait y avoir place pour la moindre critique ; elle ne concevait pas un instant qu'il ait pu agir sans réflexion ou sans sollicitude à l'égard de Georgiana, mais peut-être le moment était-il venu pour le frère comme pour la sœur d'affronter le passé, aussi douloureux fût-il, et d'en parler ensemble.

Elle dit tout bas : « Ne croyez-vous pas, mon ami, que le silence qui pèse entre Georgiana et vous est regrettable ? N'oublions pas que toute catastrophe a pu être heureusement évitée. Vous êtes arrivé à temps à Ramsgate et Georgiana vous a tout avoué, et en a même éprouvé un soulagement manifeste. Il n'est pas certain qu'elle serait vraiment partie avec lui. Il serait bon que sa présence cesse de vous rappeler constamment un événement qui vous fait souffrir l'un comme l'autre. Je sais qu'elle aspire à se savoir pardonnée.

— C'est moi qui dois être pardonné, murmura Darcy. La mort de Denny m'a obligé à faire face à ma propre responsabilité, pour la première fois, peut-être, et Georgiana n'est pas la seule à avoir subi les conséquences de ma négligence. Wickham ne se serait jamais enfui avec Lydia, il ne l'aurait pas épousée et ne serait pas entré dans votre famille si j'avais dompté mon orgueil et avais dit la vérité sur lui dès son arrivée à Meryton.

— Vous n'auriez guère pu le faire sans trahir le secret de Georgiana, observa Elizabeth.

— Un mot de mise en garde à qui de droit aurait suffi. Mais le mal remonte bien plus loin, il remonte à ma décision de faire quitter l'école à Georgiana et de la placer sous la direction de Mrs Younge. Comment ai-je pu être aussi aveugle, aussi insouciant, aussi négligent des précautions les plus élémentaires, moi qui suis son frère, qui étais son tuteur, le seul en qui mon père et ma mère aient eu confiance pour veiller sur elle et la préserver du danger? Elle n'avait que quinze ans alors, et n'était pas heureuse dans cette école. C'était un pensionnat élégant et coûteux, mais où l'on ignorait la tendresse et où l'on se contentait d'inculquer aux jeunes filles l'orgueil et les valeurs du beau monde sans leur offrir la moindre éducation sérieuse ni leur enseigner le moindre bon sens. Il était préférable que Georgiana quitte cet établissement, mais elle n'était pas prête à être confiée à la garde d'autrui. Elle était, comme moi, timide et mal à l'aise en société; vous l'avez constaté vous-même quand vous êtes venue vous reposer pour la première fois quelques instants à Pemberley en compagnie de Mr et Mrs Gardiner.

— J'ai également constaté, et n'ai cessé de le faire depuis, la confiance et l'amour qui vous unissaient. »

Il poursuivit comme si elle n'avait rien dit. « La confier à autrui, à Londres d'abord, puis accepter cette installation à Ramsgate ! Elle aurait dû revenir à Pemberley ; elle y était chez elle. J'aurais pu la conduire ici, lui trouver une dame de compagnie respectable pour parfaire une éducation qui avait négligé l'essentiel, et être là, à ses côtés, pour lui prodiguer l'amour et le soutien d'un frère. Or je l'ai confiée à la garde d'une femme que je considérerai toujours, bien qu'elle ne soit plus de ce monde et soit ainsi au-delà de toute réconciliation terrestre, comme l'incarnation même du mal. Vous n'en avez jamais parlé, mais certainement, vous vous serez demandé pourquoi Georgiana n'était pas restée à mes côtés à Pemberley, le seul foyer qu'elle eût jamais connu.

— J'admets qu'il m'est arrivé de m'interroger parfois, mais après vous avoir vus ensemble, Georgiana et vous, je n'ai pu croire un instant que vous ayez agi pour tout autre motif que son bonheur et son bien-être. S'agissant de Ramsgate, les médecins auraient pu lui recommander les bienfaits de l'air marin. Peut-être Pemberley, où ses deux parents étaient morts, était-il trop imprégné de tristesse. La nécessité dans laquelle vous étiez de vous occuper du domaine aurait également pu vous empêcher de consacrer à Georgiana autant de temps que vous l'auriez souhaité. J'ai pu observer qu'elle était heureuse en votre compagnie et j'étais convaincue que vous aviez toujours agi en frère aimant. » Elle s'interrompit un instant avant d'ajouter : « Et le colonel Fitzwilliam ? Il était son tuteur, lui aussi. J'imagine que vous avez reçu Mrs Younge ensemble ?

— En effet. Je lui avais envoyé une voiture qui l'a conduite à Pemberley pour notre entretien et elle a été invitée à rester dîner. Rétrospectivement, j'ai conscience de la facilité avec laquelle elle a su manipuler deux jeunes gens inexpérimentés. Elle s'est présentée comme la personne idéale pour assumer la responsabilité d'une jeune fille. Elle avait une apparence irréprochable, a prononcé les paroles qu'il fallait, a affirmé être de bonne naissance, bien éduquée, pleine d'intérêt pour la jeunesse, dotée de manières parfaites et d'une moralité exemplaire.

— Ne vous a-t-elle pas présenté de références ?

— Des références impressionnantes. Forgées de toutes pièces, bien sûr. Nous les avons acceptées avant tout parce que nous étions séduits par ses dehors et par ses compétences apparentes. Nous aurions évidemment dû écrire à ses prétendus précédents employeurs, mais nous avons négligé de le faire. Nous n'avons vérifié qu'une référence, et avons découvert plus tard que la recommandation qui nous avait alors été adressée émanait d'une complice de Mrs Younge. Elle était tout aussi mensongère que sa requête initiale. J'ai cru que Fitzwilliam avait écrit, alors que lui-même pensait que je m'en étais occupé, et j'assume mes torts ; il avait été rappelé dans son régiment et des soucis plus immédiats requéraient son attention. C'est moi qui porte la plus lourde responsabilité. Je ne puis nous trouver d'excuses, ni à l'un ni à l'autre, mais c'est pourtant ce que j'ai fait sur le moment.

— C'était une lourde obligation pour deux jeunes gens, célibataires l'un comme l'autre, remarqua Elizabeth, même si l'un d'eux était son frère. N'y avait-il pas de parente ou de proche amie de la famille à qui Lady Anne aurait pu faire partager cette tutelle avec vous ?

— Je comprends votre étonnement. Le choix aurait évidemment dû se porter sur Lady Catherine de Bourgh, la sœur aînée de ma mère. Toute autre décision risquait de provoquer une brouille durable entre elles. Mais elles n'avaient jamais été proches, car leurs tempéraments étaient par trop différents. Ma mère était généralement considérée comme rigide dans ses opinions et imbue de l'orgueil propre à sa classe, mais c'était la meilleure des femmes à l'égard de tous ceux qui étaient dans la peine ou le besoin, et elle ne se trompait jamais dans son jugement. Vous savez quelle est la nature, ou plus exactement quelle était la nature de Lady Catherine. C'est votre immense bonté à son égard après son deuil qui a commencé à fléchir son cœur.

— Je ne puis jamais songer aux travers de Lady Catherine, observa Elizabeth, sans me rappeler que c'est sa visite à Longbourn, sa détermination à découvrir s'il y avait un engagement entre nous et, le cas échéant, à l'empêcher qui nous a rapprochés.

— Quand elle m'a fait part de votre réaction à son ingérence, j'ai su que j'avais des raisons d'espérer. Mais vous étiez une femme adulte, et beaucoup trop fière pour tolérer l'impudence de Lady Catherine. Elle eût fait une tutrice désastreuse pour une jeune fille de quinze ans. Georgiana l'avait toujours un peu crainte. Des invitations étaient fréquemment envoyées à Pemberley à l'adresse de ma sœur. Lady Catherine était allée jusqu'à proposer qu'elle partage une gouvernante avec sa cousine à Rosings, et que les deux jeunes filles soient élevées comme des sœurs.

— Dans l'espoir peut-être qu'elles le deviendraient effectivement. Lady Catherine ne m'a pas caché que vous étiez destiné à épouser sa fille.

— Destiné par elle-même, et non par ma mère ; c'était une raison supplémentaire pour laquelle Lady Catherine n'a pas été choisie pour faire partie du conseil de tutelle. Mais autant je déplore les intrusions de ma tante dans l'existence d'autrui, autant il me faut admettre qu'elle se serait montrée plus perspicace que moi. Elle ne se serait pas laissé abuser par Mrs Younge. J'ai risqué le bonheur de

Georgiana, sa vie peut-être, en la mettant sous la coupe de cette femme. Mrs Younge savait parfaitement ce qu'elle faisait et Wickham a participé d'emblée à ce complot. Il avait fait son affaire de rester informé de tout ce qui se passait à Pemberley ; il lui a appris que je cherchais une compagne pour Georgiana et elle s'est empressée de postuler cet emploi. Mrs Younge savait que, grâce à sa remarquable faculté de séduction, les meilleures chances de Wickham d'accéder à l'existence à laquelle il estimait avoir droit était d'épouser une grosse fortune et Georgiana avait été choisie pour victime.

— Vous croyez donc qu'ils avaient déjà conçu tous deux ce projet infâme à l'instant où vous l'avez rencontrée ?

— Assurément. Ils avaient prévu cette fugue de longue date, Wickham et elle. Il l'a plus ou moins admis quand nous nous sommes parlé, Gracechurch Street. »

Ils restèrent assis un moment en silence, contemplant l'endroit où le cours d'eau tourbillonnait et faisait des remous sur les pierres plates de la rivière. Puis Darcy sortit de sa torpeur.

« Ce n'est pas tout, et il me reste des choses à vous dire. Comment ai-je pu avoir l'insensibilité, la présomption de chercher à séparer Bingley de Jane ? Si j'avais pris la peine de m'entretenir avec elle, de prendre la mesure de sa bonté et de sa douceur, j'aurais compris que Bingley serait un homme heureux s'il parvenait à gagner son amour. Je craignais sans doute qu'un mariage entre Bingley et votre sœur ne me rende encore plus difficile de surmonter l'amour que j'avais pour vous, une passion qui était devenue une torture mais que je m'étais persuadé de devoir réprimer. À cause de l'ombre que la vie de mon arrière-grand-père avait jetée sur la famille, on m'a appris dès ma plus tendre enfance que les grandes possessions s'accompagnent de grandes responsabilités, et qu'un jour, l'entretien de Pemberley et des nombreuses personnes dont le domaine assure le gagne-pain et le bonheur, reposerait sur mes épaules. Les désirs personnels et la félicité privée devaient toujours s'effacer devant cette responsabilité quasi sacrée.

« Et c'est parce que j'étais convaincu de mal agir que je vous ai fait cette première demande déshonorante et que je vous ai écrit la lettre, plus infâme encore, qui l'a suivie et cherchait à justifier, au moins partiellement, ma conduite. J'ai délibérément formulé ma proposition en des termes inacceptables pour une femme dotée d'un peu d'affection et de loyauté à l'égard de sa famille et après votre refus méprisant et ma lettre de justification, j'étais certain d'avoir définitivement étouffé toutes les pensées que je pouvais nourrir à votre endroit. Je me trompais. Après notre séparation, vous n'avez quitté ni mon esprit ni mon cœur et c'est lorsque vous vous êtes rendue dans le Derbyshire avec votre tante et votre oncle et que nous nous sommes rencontrés inopinément à Pemberley que j'ai su avec une entière certitude que je vous aimais encore et que jamais je ne cesserais de vous aimer. C'est alors que j'ai commencé, sans grand espoir je l'avoue, à m'évertuer de vous prouver que j'avais changé, à m'efforcer d'être le genre d'homme que vous pourriez estimer digne d'être votre mari. J'étais comme un petit garçon qui montre tous ses jouets, cherchant désespérément à obtenir l'approbation. »

Après un instant de silence, il poursuivit : « La soudaineté de mon changement d'attitude, entre la lettre ignominieuse que je vous ai remise à Rosings, l'insolence, le ressentiment injustifié, l'arrogance et l'insulte faite à votre famille, et l'accueil, aussi peu de temps après, que je vous ai accordé à vous, ainsi qu'à Mr et Mrs Gardiner à Pemberley, ne faisait qu'exprimer le besoin que j'éprouvais de réparer le tort que je vous avais causé, de gagner tant bien que mal votre respect, et peut-être même de vous inspirer des sentiments plus chaleureux. Ce besoin était si pressant qu'il a triomphé de toute discrétion. Mais comment auriez-vous pu croire que j'avais changé? Comment n'importe quelle créature douée de raison l'aurait-elle pu? Mr et Mrs Gardiner eux-mêmes connaissaient sans doute ma réputation d'orgueil et d'arrogance et ont dû être fort surpris de cette transformation. Quant à mon comportement à l'égard de Miss Bingley, vous avez dû le trouver répréhensible. C'est en tout cas ce que vous avez exprimé lorsque vous êtes venue à Netherfield rendre visite à Jane malade. Puisque je n'avais aucune intention d'épouser Caroline Bingley, pourquoi lui donner de l'espoir en fréquentant aussi assidûment sa famille? Par moments, mon impolitesse à son égard a dû être blessante. Quant à Bingley, cet excellent ami, il a dû espérer une alliance entre nous. Pour ma part, je n'ai pas eu envers eux l'attitude d'un ami ni d'un gentleman. La vérité est que j'éprouvais pour moi-même un tel dégoût que je n'étais plus fait pour la société des hommes.

– Je ne pense pas que Caroline Bingley soit femme à se laisser blesser quand elle a un objectif en vue, mais si vous êtes résolu à croire que la déception de Bingley devant la perte d'une alliance plus étroite avec vous l'emporte sur l'inconvénient d'être l'époux de sa sœur, je ne chercherai certainement pas à vous détromper sur ce point. Personne ne peut vous accuser d'avoir trompé l'un ou l'autre, vous n'avez jamais laissé planer le moindre doute sur vos sentiments. Quant à l'évolution de votre attitude à mon égard, rappelez-vous que j'étais en train d'apprendre à vous connaître et de tomber amoureuse de vous. J'ai cru que vous aviez changé parce que je voulais le croire, de toute mon âme. Et si je me suis laissé guider davantage par l'instinct que par une réflexion rationnelle, l'avenir ne m'a-t-il pas donné raison?

— Entièrement raison, mon cher amour. »

Elisabeth poursuivit : « J'ai autant de motifs de regret que vous, et votre lettre a présenté un avantage, celui de me faire concevoir pour la première fois que j'avais pu me tromper au sujet de George Wickham ; n'était-il pas hautement improbable qu'un homme dont Mr Bingley avait fait son meilleur ami ait pu se conduire comme le prétendait Mr Wickham, se montrer aussi peu respectueux des désirs de son père et aussi poussé par la malveillance ? La lettre que vous déplorez tant aura au moins eu une conséquence heureuse.

— Les passages concernant Wickham, remarqua Darcy, étaient les seules paroles honnêtes de toute cette lettre. Il est curieux, ne trouvez-vous pas, que j'aie écrit tant de choses délibérément destinées à vous blesser et à vous humilier et n'aie pu cependant supporter de penser que, après votre départ, vous continuiez à me voir tel que Wickham m'avait dépeint ? »

Elle se rapprocha de lui et ils restèrent assis un moment sans rien dire. « Aucun de nous n'est plus celui qu'il était autrefois, murmura-t-elle enfin. Ne songeons plus au passé que lorsqu'il nous apporte du plaisir, et contemplons l'avenir avec confiance et espoir.

— Je me suis précisément interrogé sur l'avenir. Je sais qu'il est difficile de m'arracher à Pemberley et que ce n'est peut-être pas le moment le plus opportun pour voyager en Europe, mais ne serait-il pas délicieux de retourner en Italie et de revisiter les lieux que nous avons tant admirés pendant notre voyage de noces ? Nous pourrions partir en novembre et éviter ainsi l'hiver anglais. Point n'est besoin de rester longtemps à l'étranger si l'idée de quitter les garçons vous tourmente.

— Ils seraient en parfaite sûreté entre les mains de Jane, sourit Elizabeth, et vous savez combien elle aime s'occuper d'eux. Retourner en Italie serait une joie, qu'il va nous falloir cependant différer. J'étais sur le point de vous confier mes propres projets pour l'automne. Au début de ce mois de novembre, mon amour, j'ai le ferme espoir de tenir notre fille dans mes bras. »

Il fut incapable de prononcer un mot, mais la joie qui lui fit monter les larmes aux yeux inonda son visage et la pression de sa main suppléa tout ce qu'il aurait pu dire. Quand il eut recouvré sa voix, il demanda : « Êtes-vous sûre que vous vous sentez bien ? Vous devriez sûrement mettre un châle. Ne serait-il pas préférable de rentrer à la maison afin que vous puissiez vous reposer ? Est-il raisonnable de rester assise ici ?

— Je me porte à merveille, répondit Elizabeth dans un éclat de rire. N'est-ce pas toujours le cas ? Et c'est indéniablement le meilleur endroit du domaine pour vous annoncer cette nouvelle. Rappelez-vous que c'est le banc où Lady Anne venait se reposer quand elle attendait votre naissance. Je ne puis évidemment pas vous promettre une fille. J'ai le pressentiment d'être destinée à être la mère de fils, mais si c'est un garçon, nous lui ferons place.

— En effet, mon amour, à la nursery et dans nos cœurs. »

Ce fut dans le silence qui suivit qu'ils aperçurent Georgiana et Alveston descendant les marches de Pemberley en direction de la pelouse proche de la rivière. Darcy lança avec une feinte sévérité : « Que vois-je, Mrs Darcy ? Notre sœur et Mr Alveston marchant main dans la main, sans se dissimuler, sous les fenêtres de Pemberley ? N'est-ce pas inconvenant ? Que signifie pareil comportement ?

— Je vous laisse le soin d'en décider, Mr Darcy.

— Je ne peux qu'en conclure que Mr Alveston a une importante communication à nous faire, une demande à me présenter, peut-être.

Épilogue

« — Une demande ? Certainement pas, mon amour. N'oublions pas que Georgiana n'est plus soumise à votre tutelle. Tout aura été réglé entre eux et ils viennent ensemble, non pour demander, mais pour annoncer. Il reste cependant une chose dont ils ont besoin, et qu'ils sont en droit d'espérer : votre bénédiction.

— Je la leur accorderai, et de grand cœur. Je ne peux imaginer d'homme que je serais plus heureux d'appeler mon frère. Et je parlerai à Georgiana dès ce soir. Il n'y aura plus de silence entre nous. »

Ils se levèrent du banc d'un même mouvement et regardèrent Georgiana et Alveston, dont le rire heureux cascadait au-dessus de la ritournelle du cours d'eau, les rejoindre en courant, toujours main dans la main, à travers l'herbe scintillante.

Ouvrage composé en Garamond
par Dominique Guillaumin, Paris

Impression réalisée par
CPI BRODARD ET TAUPIN
La Flèche

pour le compte des Éditions Fayard
en juin 2012

PAPIER À BASE DE
FIBRES CERTIFIÉES

Fayard s'engage pour
l'environnement en réduisant
l'empreinte carbone de ses livres.
Celle de cet exemplaire est de :
0,800 kg éq. CO_2
Rendez-vous sur
www.fayard-durable.fr

Imprimé en France
Dépôt légal : mai 2012
N° d'impression : 69579
36-17-3269-2/04